粤
粤派批评丛书
专题研究

本项目受广东省宣传文化发展
专项资金资助出版

广东省作家协会
广东人民出版社 组编

"粤派批评"与港澳台地区及海外华文文学研究史

贺仲明 主编

SPM
南方出版传媒
广东人民出版社
·广州·

图书在版编目（CIP）数据

"粤派批评"与港澳台地区及海外华文文学研究史 / 贺仲明主编. —广州：广东人民出版社，2022.1
（粤派批评丛书）
ISBN 978-7-218-15076-5

Ⅰ.①粤…　Ⅱ.①贺…　Ⅲ.①华文文学—文学研究—世界　Ⅳ.①I106

中国版本图书馆CIP数据核字〔2021〕第119125号

"YUEPAI PIPING" YU GANGAOTAI DIQU JI HAIWAI HJAWEN WENXUE YANJIUSHI
"粤派批评"与港澳台地区及海外华文文学研究史
贺仲明　主编

出 版 人：肖风华

项目统筹：施　勇
责任编辑：刘飞桐
责任校对：钱　丰
装帧设计：河马设计
排　　版：广州市奔流文化传播有限公司
责任技编：吴彦斌

出版发行：广东人民出版社
地　　址：广州市海珠区新港西路204号2号楼（邮政编码：510300）
电　　话：（020）85716809（总编室）
传　　真：（020）85716872
网　　址：http://www.gdpph.com
印　　刷：恒美印务（广州）有限公司
开　　本：787毫米×1092毫米　1/16
印　　张：18.5　　字　　数：222千
版　　次：2022年1月第1版
印　　次：2022年1月第1次印刷
定　　价：88.00元

如发现印装质量问题，影响阅读，请与出版社（020-85716808）联系调换。
售书热线：（020）85716826

"粤派批评"丛书编辑委员会

总　序

　　在近百年来的中国文坛，"京派批评""海派批评"以及20世纪80年代崛起的"闽派批评"已是大家公认的文学现象，但"粤派批评"却极少被人提起。其实，不论从地域精神文化气质，从文脉的历史传承，还是从批评的影响力来看，"粤派批评"都有着自己的精神气质和文化品格，有它的优势和辉煌。只不过，由于历史、现实、文化和地域的诸多原因，"粤派批评"一直被低估、忽视乃至遮蔽。正是有鉴于此，我们认为，以百年"粤派"文学以及美术、音乐、戏剧、影视等评论为切入点，出版一套"粤派批评"丛书，挖掘被历史和某种文化偏见所遮蔽的"粤派批评"的价值，彰显"粤派"文学与文化的独特内涵和深厚底蕴，这不仅能更好地展示广东文艺批评的力量，让"粤派批评"发出更响亮的声音，而且有助于增强广东文化的自信，提升广东文化的影响力，促进区域文化发展，从而在当前打造广东"文化强省"的进程中发挥积极的文化效应。

　　出版"粤派批评"丛书，有厚实的、充分的历史、现实、文化和地域等方面的依据。

　　1. 传统文化的影响。岭南文化明显不同于北方文化。如汉代以降以陈钦、陈元为代表的"经学"注释，便明显不同于北方"经学"的严密深邃与繁复，呈现出轻灵简易的特点，因此被称为"简易之学"。六祖惠能则为佛学禅宗注进了日常化、世俗化的内涵。明代大儒陈白沙主张"学贵知疑"，强调独立思考，提倡较为自由开放的学风，逐渐形成一个有"粤派"特点的哲学学派。这种不同于北方的文化传统，势必对"粤派批评"的形成起到潜移默化的作用。

　　2. 文论传统的依据。"粤派批评"的起源可追溯到晚清，黄遵宪的"诗界革命",梁启超的"小说界革命"的倡导,开创了一个时代的风潮,在全国产生了普泛的影响。20世纪二三十年代,黄药眠在《创造周刊》发表大量文艺大众化、诗歌民族化文章,产生了很大影响。钟敬文则研究民间文学,被视为中国民间文学的创始人。中华人民共和国成立后的十七年,"粤派批评"的代表人物是黄秋耘、萧殷和梁宗岱。黄秋耘在"百花时代"勇猛向上,慷慨悲歌,疾恶如仇,高举着"写真实"与"干预生活"两面旗帜,大声呼吁"不要在人民疾苦面前闭上眼睛"。在中国当代文学理论批评史上,萧殷也许不是一流的评论家,但却是一流的编辑家。王蒙曾说过:"我的第一个恩师是萧殷,是萧殷发现了我。"而梁宗岱通过中西诗学的贯通,建立起了现代性与本土经验相融汇的诗歌理论批评体系。新时期以来,"粤派批评"也涌现出不少在全国有一定知名度的批评家。如在广东本土,"30后"的有饶芃子、黄树森、黄修己、黄伟宗;"40后"的有刘斯奋、谢望新、李钟声;"50后"的有蒋述卓、程文超、林岗、陈剑晖、郭小东、金岱、宋剑华、徐肖楠、江冰;"60后""70后"的有彭玉平、谢有顺、贺仲明、钟晓毅、申霞艳、胡传吉、纪德君、陈希、杨汤琛;"80后"的有李德南、陈培浩、唐诗人;等等。在北京、上海、武汉及香港等地生活的"粤派批评"家的有杨义、洪子诚、温儒敏、陈平原、陈思和、吴亮、程德培、黄子平、古远清等,其阵容和影响力虽不及"京派批评"和"海派批评",但其深厚力量堪比"闽派批评",超越国内大多数地域的文学批评。如果将视野和范围再开放拓展,加上饶宗颐、王起、黄天骥等老一辈学者的纯学术研究,"粤派批评"更是蔚为壮观。

3. 地理环境的优势。从地理上看,广东占有沿海之利,在沟通世界方面具有得天独厚的优势;同时,广东处于边缘,这既是劣势也是优势。近现代以来,粤派学者在中西文化交汇的背景下,感受并接受多种文明带来的思想启迪。他们视野开阔,思维活跃,不安现状,积极进取,敢为人先,因此能走在时代变革的前列。黄遵宪、康有为、梁启超、孙中山等是这方面的代表人物。他们秉承中国学术的传统,开创了"粤派批评"的先河。这种地缘、文化土壤的内在培植作用,在"粤派批评"的发展过程中是显而易见的。

"粤派批评"有属于自己的鲜明特点。

1. 从总体看,除发生期的梁启超、黄遵宪外,"粤派批评"家不像北京的批评家那样关注现代性、全球化、后殖民等宏观问题，也不似"闽派批评"那样积极参与到"朦胧诗""方法论""主体性"的论争中。"粤派批评"家有自己的批评立场、批评观念，亦有自己的学术立足点和生长点。他们师承的是梁启超、黄遵宪、黄药眠、钟敬文这些大家的治学批评理路。他们既面向时代和生活，感受文艺风潮的脉动，又高度重视审美中的文化积累和文化传承；既追求批评的理论性、学理性和体系建构，注重文学史的梳理阐释，又强调批评的实践性，注重感性与诗性的个性呈现。比如，古远清的港台文学研究，饶芃子的海外华文文学研究，郭小东的中国知青研究，陈剑晖的散文研究，蒋述卓的文化诗学研究，宋剑华对经典的阐释重构，都各有专攻，各擅胜场，且处于国内领先地位。

2. 中国现当代文学史写作，是"粤派批评"最为鲜亮的一道风景线。在这方面，"粤派批评"几乎占了文学史写作的半壁江山，而且处于前沿位置，有的甚至成为中国现当代文学史写作的高地。比如20世纪80年代，钱理群、陈平原、黄子平联合发表的著名论文《论"二十世纪中国文学"》，其中的陈平原、黄子平均为粤人。洪子诚的《中国当代文学史》以方法先进、富于问题意识、善于整合中西传统资源和吸纳同时代前沿研究成果著称，它与陈思和的《中国当代文学史教程》被学界誉为中国现当代文学史的"南北双璧"。杨义的三卷本《中国现代小说史》是将比较方法运用于文学史写作的有效实践，该著材料扎实，眼光独到，文本分析有血有肉，堪与夏志清的《中国现代小说史》比肩。此外，温儒敏的《中国现代文学批评史》、黄修己的《中国现代文学发展史》、古远清的港台文学史写作也都各具特色，体现出自己的史观、史识和史德。

3. "粤派批评"还有一个亮点，即注重文学批评的日常化、本土经验和实践性。"粤派批评"家追求发现创新，但不拒绝深刻宽厚；追求实证内敛，而不喜凌空高蹈；追求灵动圆融，而厌恶哗众取宠。这就是前瞻视野与务实批评结合，经济文化与文学批评合流，全球眼光与岭南乡土文化挖掘齐头并进，灵活敏锐与学问学理相得益彰，多元开放与独立的文化人格互为表里。这既是广东本土批评家的批评践行，也是他们的共性和个性特征，是广东文化研究和文学批评的可贵品格。

"粤派批评"的这种特色，可以用八个字来概括：创新、实证、内敛、精致。

创新。从六祖慧能到陈白沙心学标榜"贵疑""自得"，再到康、梁，粤地便一直有创新的传统。这种创新精神在百年的"粤派批评"中也得到充分的践行和展示，这一点在当下应受到特别的重视。

实证。康有为的老师朱九江，其著述被称为"实学"，他倡导经世致用的实证研究，这一批评立场和方法，在后来的许多粤派批评家身上也清晰可见。

内敛。"粤派批评"虽注重创新，强调质疑批判精神，但它不事张扬作秀，它的总体基调是低调务实，是闪敛型的。正是因此，它往往容易被忽视，被低估，甚至在某些时段被边缘化。

精致。"粤派批评"比较个人化，偏重民间的立场和姿态，也不热衷于宏观问题的发声和庞大理论体系的建构，但粤派批评家的批评实践具有"博"与"精"并举，"广"与"深"兼备，"奇"与"正"互补的特点，这形成了"粤派批评"细微却精致的特色。

建构"粤派批评"，不能沿袭传统的流派范畴与标准，而需要有一面旗帜、一个领袖、一套共同或相近的文学理论主张、一批作品或论著来证明、体现这些理论主张。事实上，在当今中国的文学语境下，纯粹的、传统意义上的文学流派或学派是不存在的。因此，"粤派批评"更多地是描述一个客观的文学事实，即"粤派批评"作为一个实践在先、命名在后的批评范畴，并非主观臆想、闭门造车的结果。它不是一个具有特定文学立场、主张和追求趋向一致性和自觉结社的理论阐释行动。它只是一个松散的、没有理论宣言与主张的群体。因此，没有必要纠结"粤派批评"究竟是一个学派，还是一个地域性的概念，但有一点可以肯定："粤派批评"已是一个特色鲜明的客观存在，即虽具有地方身份标志，却不是局限于一地之见的文艺理论家批评家群体。

"粤派批评"丛书不仅要具备相当规模，而且应做成一个开放、可持续发展的产品链，这样才能产生较大的规模效应，发出自己强有力的声音，并将这种声音辐射到全国。为此，丛书分为"文选"和"专题"两大版块。文选共38本，分"大家文存""名家文丛""中坚文汇""新锐文综"四个层次。

专题共12本。两大版块加起来共50本，计划在3年内完成。以后视情况再陆续补充，使之成为广东一张打得响，并在全国的文艺版图中占有一席之地的文化名片。

　　党的十九大报告指出："发展中国特色社会主义文化，就是以马克思主义为指导，坚守中华文化立场，立足当代中国现实，结合当今时代条件，发展面向现代化、面向世界、面向未来的，民族的科学的大众的社会主义文化，推动社会主义精神文明和物质文明协调发展。"在广东省委宣传部的指导支持下，广东省作家协会和广东人民出版社联合编纂出版"粤派批评"丛书，是贯彻落实十九大关于文化建设发展精神和习近平总书记关于文艺工作的重要指示的一项重要举措，是讲好中国故事、传播中国声音、阐发中国精神、展现中国风貌的一次文化实践。我们坚信，扎根广东、辐射全国的"粤派批评"必将成为新时代坚定文化自信、实现中华民族伟大复兴路上其中一块稳固的基石。

"粤派批评"丛书编辑委员会

2020年5月15日

目　录

前　言

　　说实话，由我来主编这本《"粤派批评"与港澳台地区及海外华文文学研究史》①也许不是最合适的。因为虽然我工作所在的暨南大学是海外华文文学研究的重镇，也是中国世界华文文学学会的驻会单位，但我个人却并不从事这一领域的研究工作。甚至由于我来广州工作时间不长，对粤派海外华文文学研究历史和现状也是一步步才了解和熟悉的。不过对于承担这项工作，我还是很乐意也感到荣幸的，也想借此机会表达一些我的想法。

　　首先，我想表达对各位粤派海外华文文学研究者，特别是其中的学界前贤的充分敬意。我虽然不从事海外华文文学研究，但对这个领域的学者还是多少有些了解的。早在20世纪80年代初上大学时，就经常阅读台港及海外文学作品，知道许多老一辈海外华文文学研究者的名字。说实话，尽管很长一段时间中，学界对海外华文文学研究持比较轻视的态度，但我丝毫没有这样的想法，相反，我觉得在改革开放之初，这些学者为国内读者打开了一扇重要的大门，其影响虽然不如袁可嘉等西方现代派文学的推介者，但意义是一样的。近年来学界已经越来越认识到海外华文文学研究的重要性，参与其中的学者也越来越多。我觉得这是一种很好的趋势，也相信其会有更大的发展。

　　通过主编这本书，我更全面地了解了中国海外华文文学研究的历史和现状，特别是看到曾敏之、潘亚暾等早就读过其著作的前辈学者原来都在广东，

---

　　①　学术界存在着"海外华文文学"和"海外华人文学"两个概念的不同看法。这里遵从习惯，采用"海外华文文学"概念，但书中有些内容其实是更适合作为"海外华人文学"来界定的，但从概念的一致性出发，就不另作说明了。

属于粤派文学批评家，更是心生骄傲和敬意。我深深地感到，海外华文文学研究是粤派文学批评中的重要一部分。这其中，曾敏之作为奠基者和开拓者的坚毅和勇气，潘亚暾、饶芃子、王晋民、赖伯疆、许翼心、陈贤茂、王剑丛等继承者的开放目光和跨界视野，以及古远清、王列耀、吴奕锜、熊国华、陈实、钱超英等学界中坚到青年一代的沉实和执着，都是粤派批评特色不同侧面的体现。而老中青几代学者的不断开拓，也结下了硕果，是粤派文学批评中不可缺少的重要部分。在这当中，无论是开拓者们筚路蓝缕，从空白中对学科的建立，还是拓展者对学科的壮大和深入，以及后继者的创新和发展，都各有成就和奉献，特别是诸位前贤的功绩将被铭记于学科的历史当中。

对于海外华文文学研究，我基本上算是外行，但我主要从事中国当代文学研究，与海外华文文学研究的许多问题有较多交集，也曾经参加过几次海外华文文学的学术会议，与一些学者有过一些交流，因此，也想借此机会谈点自己对其学科发展方面的想法。我的看法很可能是浅陋的，更不敢说有"他山之石"的意思，只是相信"旁观者清"的格言，也许旁观者的视角，能够提供一些容易被内在视角所忽视的启示。

一、资料研究与文学研究的结合。在海外华文文学研究界，存在着重资料和重文学的不同侧重。资料工作当然是非常重要的，特别是在其发展的早期，深入挖掘、了解各地文学的基本状况，是文学研究的必要前提。事实上，即使在今天，也还有很多地域的资料挖掘很不够，对其面貌认识比较模糊。所以，资料工作绝对不可偏废。但是另一方面，对文学性的关注也非常必要。因为不管怎么说，文学研究最基本的核心还是在文学性。海外华人作家之创作文学作品，读者之对海外华人作品感兴趣，中心点还在文学：对文学的热爱和文学的魅力。只有充分挖掘这些文学作品的艺术魅力，才能吸引更多的读者，也才能更好地促进海外华文文学创作，提升研究自身的高度。目前的学界似乎存在着某些单一化甚至割裂的迹象。如何将这两方面的研究结合起来，是这个学科发展的重要前提。

二、需要综合研究的切入。海外华文文学研究与政治、历史、文化有着非常密切的联系。所以，尽管文学研究的中心始终应该是文学，但是在方法上，打开视野，将跨学科方法引进来，对于这一学科的发展确实具有很大的意义。特别是近年来，一些学者，特别是年轻学者有困惑感，觉得资料搜集对外界提供的条件要求较高，文学研究又受到创作本身数量和质量的一定限制，因此不知道如何选题。我想，如果能够将视野拓宽，将文学放在大的背景上考察，联系到时代政治、文化环境，以及作家的文化等多方面因素，值得讨论的空间还是非常大的。这其中还涉及一个问题，就是海外华文文学与中国现当代文学的关系问题。这是一个有争议的问题，我了解的情况有限，不便多言。但我的观点是：如果真能把跨学科方法引进来，做好了，有了超越学科界限的社会影响，其成为独立学科也就自然而然了。

三、加强宏观性的整体研究。参与过几次海外华文文学领域的博士论文答辩，我有一个强烈的感觉，就是海外华文文学研究与国内现当代文学研究博士论文选题中一个很大差别：微观研究多，宏观研究少。扩展到学术界似乎也多少存在这种情况（当然，也有不少优秀学者兼顾微观和宏观研究）。很多学者的视野都在具体的作家作品，却很少有更高的整体审察。其中的原因我不清楚，而且，着力于具体作家作品也有其深入的优势。作为学者个体研究，这种方式当然没任何问题，但是，从学科角度说，如果大家都这样做，却很少有人去关注整体问题，回避宏观研究，那肯定是一个大的缺陷。从大的方面说，容易只见树木不见森林，难以对整个文学格局进行准确把握，对创作潮流进行分析和推进；从小的方面说，也难以产生对学科发展具有促动力量的文章著作，进而促进学科的独立发展。

我的话纯粹属于个人浅见，难有深度。不过对于主编这本书，我还是觉得很高兴。一个重要的原因是，尽管本书的成书时间拖得比较长，但书稿质量让人很满意。审阅整个书稿内容，我觉得它已经比较完整地展现了广东海外华文文学研究界的历史和概况。虽然采用的主要是重要研究团队和重要学者介绍相结合的方式，宏观的论述比较少，但这些团队和学者已经构成了粤派海外华文文学研究的基本主体，因此，团队和学者研究个性和学术成就的展示，也就自然而然地代表了粤派海外华文文学研究的整体特点。而且，我以为，比起那种整体的宏观介绍，这种典型介绍方式更能突出特色，效果也许会更好。所以，我主要只是为全书设立框架，对个别作者的文字做出调整，具体内容则充分尊重作者意思，基本上没有做出改动。在此，我要真诚地感谢本书所有的作者，感谢他们为本书付出的精力和劳动！只是略有遗憾的是，有两位有成就的学者因为种种原因，虽几经邀请，还是放弃了展示其研究成果的机会，只能留下遗珠之憾。

最后，我简要介绍一下本书的编写过程。本书的启动是在2018年初，蒋述卓、陈剑晖教授和我一起与广东人民出版社的肖风华社长等商量"粤派批评"丛书的分册主编。确定这一册由我主编之后，我先后请教了多位相关前辈学者，也与很多学者进行了沟通交流，得到了他们的大力支持，也收获了很多宝贵意见。特别是我的同事和李亚萍女士给我提出了很好的建议。在此一并向这些学者表示诚挚的感谢！最后，还要感谢广东省作家协会张培忠书记和广东人民出版社肖风华社长，他们是这本书最终得以问世的关键！

贺仲明

2020年5月于暨南大学

"粤派批评"与港澳台地区及海外华文文学研究史概况

　　广东地处祖国南部，海岸线漫长，海外华侨华人众多，又拥有如广州等多个对外开放的通商口岸，同时毗邻香港和澳门，接受外来思想文化较多。特别是近代以来，出现了黄遵宪、康有为、梁启超、孙中山等诸多时代最先进的知识分子代表，思想文化和经济发展都处于全国前沿。

　　这种种条件，决定了广东成为国内台港澳地区与海外华文文学研究的先锋。改革开放初期，尽管文学界破冰解冻尚在起步中，但作为思想开放的前沿之地，广东学界率先突破思想藩篱，关注并研究从"台港文学热"中引发的海外华文文学，成为开风气之先的重要领军者，并涌现出诸多卓有成就的研究者，形成了自己显著的"粤派"特色。在之后数十年的发展中，粤派学者们保持着自己的研究风格，有重点、有步骤地推进学科建设，从而使自己成为国内台港澳地区与海外华文文学研究的重镇，并形成了代际传承、多元中心的研究特点。

　　具体说，改革开放40多年来的粤派台港澳地区与海外华文文学研究可以分成四个阶段。开创期由曾敏之先生领衔，他为学科发展开疆拓土，起到了最重要的奠基者作用；继承期涌现出四个活跃的研究中心及团队，学科建设逐渐开枝散叶；在团队之外，又出现了多种有特色的个性化学者研究；近年来，以"70后"为代表的新生代学者不断拓展学科边界，为海外华文文学研究提供新的视点。一代代学者继往开来，锐意进取，使得粤派台港澳地区与海外华文文学研究始终处于动态发展过程中，表现出强大的生命力。

一

在极"左"年代，台港澳地区与海外华文文学研究曾因政治原因被视为禁区，学界对其他地区的汉语写作也知之甚少。1978年十一届三中全会召开，中国进入改革开放新时期。时任香港《文汇报》副总编辑的著名作家曾敏之敏锐地体察到政治解冻与思想解放的讯息，提出"面向海外，促进交流"的口号。1979年，他在《花城》杂志创刊号上发表《港澳及东南亚汉语文学一瞥》一文，这被视为台港澳地区及海外华文文学研究领域的拓荒之作，中国海外华文文学研究也由此发端。

尔后，曾敏之身体力行地推进台港澳地区和海外华文文学研究。他以极大的热情向学界推介香港作家，介绍香港文艺界动态。而且，他还以"文艺通讯"的形式为祖国大陆读者推介白先勇、陈若曦、王拓等台湾作家，介绍台湾地区的文艺动态，打开了了解台湾文学的窗口。同时，他还提出《香港文学》的创刊建议、组建作家团体，改变了当时香港作家散兵游勇式的创作状态，逐渐形成专业化、规范化的作家组织，为提升整体创作水平提供了后备保障。

同时，曾敏之意识到，仅靠一己之力无法实现学科的可持续发展，唯有建立完备的学术体制才能真正盘活台港澳地区及海外华文文学研究。因此他突破以一己之力建立文学互联的单线模式，通过建立相关研究机构、召开学术会议，组建学术组织等方式，以点带面，逐渐汇聚起一批学者队伍。具体来说，做出了以下实绩：

（一）成立暨南大学港台文学研究室。牵头组成包括许翼心、翁光宇、潘亚暾、卢菁光、饶芃子、王列耀等在内的研究团队，使暨南大学逐渐成为国内开展台港澳地区及海外华文文学研究的重要基地。暨南大学编写了《台湾香港文学教学大纲》，开设了"港台文学研究"等课程，形成了科研与教学双向促进的学科体系，为其它地区的港台文学学科建设提供良好的范本。（二）组织召开首届台港文学学术研讨会。1982年，由中国当代文学学会台港文学研究会（曾敏之担任会长）、暨南大学中文系、中山大学中文系、厦门大学台湾研究所、福建省社会科学院文学所、福建人民出版社和华南师范学院中文系等联合发起首届台港文学学术研讨会。作为会议重要组织者的曾敏之，在分析当前学科现状的前提上，勉励学者们"拓展胸襟，大开眼界，才可能在研究上放手一些，以主观的努力争取客观的变化，创造更好的研究条件。"①（三）筹建中国世界华文文学学会。该学会的成立极大地提升了内部凝聚力，促进了世界范围内华文文学的交流、互动。

曾敏之兼具报人之风骨、作家之敏锐与学者之谨严，于众人观望之际首发先声，为台港澳地区及海外华文文学研究开疆拓土，为该学科形成庞大的学者队伍和完备的学术体系奠定良好基础。他的学术研究也具有"报人论证"的特点，善于以杂文及社论笔法反映时代眉目，与现实人生建立紧密关联，以强烈的忧患意识和家国情怀承担起时代与历史责任。而且，他的研究建立在"文以载道"这一中国传统文学观念的基础上，强调文学于现实人生的意义与对传统文化道德的延续、发扬作用。

二

在曾敏之的倡导和影响下，粤派台港澳地区与海外华文文学研究迅速进入高峰期，涌现出潘亚暾、饶芃子、王列耀、王晋民、王剑丛、赖伯疆、许翼心、陈贤茂、吴奕锜等一批承继者和发扬者，他们不断壮大粤派海外华文文学研究力量，开垦研究新领域，创新研究方法及策略，为学科发展打下坚实基础。具体说，逐渐形成了暨南大学、中山大学、广东省社科院、汕头大学四个研究中心，它们各有专长，也各具特色，开拓出了各自独立的研究向度。

在曾敏之先生的倡导推动下，素有华侨华人研究传统的暨南大学逐步发展为台港澳地区及海外华文文学研究重镇，先后成立了暨南大学台港暨海外华文文学研究中心、台港澳暨海外华文文学资料中心等，逐渐形成了既有代际传承又有突破创新的成熟研究团队，具有以比较文学方法做跨界交叉研究的显著

① 曾敏之：《把台港文学研究推进一步——在台港文学学术讨论会上的总结发言》，《台湾香港文学论文选》，福建人民出版社1983年版，第5页。

特点。暨南大学团队架构清晰,有着相互关涉、彼此促进的三大部分:第一部分由中国现当代文学的台港澳地区及海外华文文学作品研究拓展至海外华文文学史研究,华文社团、媒介与文学发展关系研究和海外华文文学与中国文学关系研究等,比较文学方法的运用充分推动研究的横向拓展与纵向延伸。第二部分在华文文学研究基础上开展海外华文诗学研究,主张以中国视野再度审视海外汉学家对中国文学及文论的研究,把对自身诗学本质的探寻放置在异质文化碰撞与对话的场域中。第三部分为海外华裔文学研究,以海外华人的非母语创作及海外华裔文学的诗学研究为主,这与前两个方面形成了颇具意味的参照与互补。三者构成了互动性极强又各具特色的有机整体。在这三个部分中,涌现出了以潘亚暾、饶芃子、王列耀等为代表的优秀学者。

潘亚暾是20世纪80年代以来投身于台港及海外华文文学教学与研究的第一代学人。他充分利用粤闽地区长期形成的海外联系网络,推动文学交流与研究,其研究从作家作品的评析入手,以点带面纵览区域文学发展面貌,进而做出撰写文学史的尝试。其研究的作家作品覆盖面广,特别是对香港文学进行了全方位扫描,为文学史书写积累丰富而典型的个案。同时,他与作家交往甚密,便于知人论世,研究视野开阔。此外,他大量编选海外华文文学经典作品,系统介绍海外华文文学现状,还曾与汪义生合著《香港文学史》《海外华文文学名家》,独著《世界华文女作家素描》,在社会读者中具有较大影响。

作为中国世界华文文学学会创始人之一的饶芃子,经历了从文艺学到比较文学,再到海外华文文学的两次学科跨界,丰富的学科背景推动其提出整合研究的命题,运用文化研究、比较研究等方法来进行海外华文文学研究。其探索将暨南大学的海外华文文学研究推向国内前沿,在极大推进学科建设的同时,更使海外华文文学这一学科发挥文化交流等独特作用。她重要的学术贡献是提出海外华文文学是"一个世界性与民族性交汇的特殊汉语文学空间"①,以跨文化视野与世界性眼光解读海外华文文学,重视文化研究,并将海外华文文学与比较文学融会贯通,提出了具体的操作路径,突破了原有的研究范式。此外,饶芃子还主编了《海外华文文学教程》,成功申报国家社会科学基金重

---

① 饶芃子:《多元文化视野中的海外华文文学》,《社会科学战线》2011年第12期。

大项目"百年海外华文文学研究",在全国学界具有较大影响。进入21世纪,饶芃子依然笔耕不辍,出版了《世界华文文学的新视野》《比较文学与海外华文文学》等,坚持以"比较的方法""文化的视角"①来研究海外华文文学,呈现出开阔的理论视域。另外,饶芃子也在为学科发展培养后备人才方面做出卓越贡献,建立了包括费勇、李亚萍、朱巧云在内的独具特色的海外华文文学研究团队。

王列耀是第二任中国世界华文文学学会会长,也是台港澳地区及海外华文文学研究的第三代学者、学科建设的重要推动者与文学交流使者,著有《隔海之望——东南亚华人文学中的"望"与"乡"》《困者之舞——印度尼西亚华文文学四十年》等。其学术研究呈现出注重横纵向结合,逐步向外拓展的态势:从现当代文学转向台港文学、东南亚华文文学,后研究对象涉及面更广,如北美、欧洲、澳洲及日韩华文文学,并汇聚了如龙扬志、池雷鸣、温明明等一批科研学者,为学科建设添砖加瓦。

继饶芃子之后,蒋述卓在比较文学的框架下大力推动海外华文诗学研究的深入发展,这也是他多年从事中国古代文艺理论和文化诗学研究工作的自然延伸。蒋述卓能够在总体上观照海外华人学者诗学研究,立足比较视野,阐发海外华人诗学研究的文化特质,并充分关注和肯定海外华人学者将古典文论与现当代文学汇通的学术独特性,重视中国文学传统且具反思意识。他于2018年获得国家社科基金重大招标项目"华人学者中国文艺理论及思想的文献整理与研究",对海外华文文学中的一个重要问题展开了系统深入的研究。在他的带领下,暨南大学的这一研究领域中还涌现出了刘绍瑾、李凤亮、闫月珍、郑焕钊等优秀学者。

此外,卫景宜及其开创的海外华裔文学研究构成了暨南大学海外华文文学研究中的重要一维,其对汤亭亭、哈金等中国移民作家的创作有着持续关注,成果颇丰。詹乔、许双如、肖淳端等也是海外华裔文学研究的重要新生力量。

中山大学是广东台港澳地区及海外华文文学的研究重镇之一,在台港文

① 饶芃子、李亚萍:《海外华文文学研究的反思与拓展》,《学术研究》2003年第8期。

学研究方面成效显著，有着将文学研究放入文化传播与影响中考查的研究传统。1970年代末，王晋民开创中山大学台港澳地区文学研究，着重研究台湾文学。王剑丛于20世纪80年代中期的加入则引入了香港文学的研究维度，艾晓明也为这一领域的发展注入力量。

王晋民是国内台湾文学研究的重要开拓者，出版有专著《台湾当代文学》《台湾文学》《台湾当代文学史》等。其研究以台湾文学为主要阵地，并以白先勇研究为重，积极推动台湾文学研究的海外交流并留下珍贵史料。其研究特点是重实证与史料建设，编纂了相关辞典与文学史论著。王剑丛则主要在香港文学研究领域颇有建树，著有《香港文学史》，其编写方式特别具有整体观，在文学史体例与思维方式上具有一定的创新性。王剑丛还很重视文学的内外部研究，在探寻香港文学普遍性规律的同时，对香港文学的文化传播与社会影响有较多关注。艾晓明则具有较新的理论视野，她采用西方后殖民理论、女性主义理论等解读香港文学，开拓了新的研究视角。姚达兑的研究侧重于文化交流、传播和接受史角度，这对我国文化的对外传播具有意义。

广东省社会科学院文学研究所是全国最早开展世界华文文学研究的机构之一。2000年以前具有结构完善的科研梯队，研究领域从台港澳地区延伸拓展到海外（主要是东南亚华侨华人文学），研究成果显著。同时充分利用地域优势联合举办港台与海外华文文学学术研讨会、新马华文文学学术座谈会。1991年曾主办第五届台港澳暨海外华文文学国际学术研讨会，许翼心、赖伯疆于此次会议上初显构建"世界华文文学"的理论尝试，这为此后十年中国内世界华文文学的研究深化奠定基础。但2000年后，广东省社会科学院文学研究所进行了改组并调整了研究方向，其台港澳地区及海外华文文学研究面临着断代失语的困境。

曾任广东省社会科学院文学研究所所长的赖伯疆是"世界华文文学"概念的首倡者，他基于"中国文学——华文文学——世界文学"的坐标体系及研究视野著述《海外华文文学概况》，较早对海外华文文学的发展做出总体性的梳理研究。梁若梅在20世纪80年代初就关注台港及海外华文文学研究，专注于台湾文学研究领域，是较早系统地研究台湾作家陈若曦的学者，著有《陈若曦创作论》。许翼心的研究重点在香港文学，对香港文学的过程性与结构性特点有着理论阐释，并以史料发掘与访谈实录的方式对早期香港文学的状况进行了整体性把握。同时，许翼心也十分关注学科建设，积极倡导、组织该学科领域的许多重要活动。陈实、钟晓毅是广东省社会科学院文学研究所的中生代研究学者。陈实对新加坡文坛有独到的把握，并特别倡导将世界华文文学作为一门独立文学学科来看待。钟晓毅则重视文学地域研究与文化研究，以文本细读的方式深入个体作者的精神世界，进行充分的个案探究。

汕头大学台港及海外华文文学研究中心于1984年挂牌成立，该研究团队重视文学史编写与理论争鸣，表现出关注学科理论建设与学科性质定位的特点。其主办的《华文文学》刊物也成为推介作家作品的窗口和理论争鸣的重要平台。1993年，以陈贤茂、吴奕锜为代表的汕头大学团队完成《海外华文文学史初编》的撰写，这被视为"'海外华文文学研究'新学科建立的标志"①。他们更在此基础上，完成了四卷本《海外华文文学史》，并提出了应尊重海外华文文学研究对象的特殊性的观点，诸多实践廓清了海外华文文学的整体轮廓和基本面貌，具有填补空白的开创性意味。新世纪初汕头大学学者提出的"文化的华文文学"概念，引起了研究者对学科理论建设的重视。

陈贤茂是"海外华文文学"这一概念的最初命名者，其基于"语种"的界定标准，对海外华文文学的定义及种属进行诠释，充分明晰海外华文文学的研究边界。在其倡导下，1986年在深圳举办的第三届台港文学学术研讨会正式把海外华文文学列入讨论范围，并改名"台港及海外华文文学学术讨论会"，这标志着"海外华文文学"这一命名逐渐为学界所认可、接受。同时，他还身体力行地推进汕头大学"台港及海外华文文学研究中心"的成立和《华文文学》的创办。该刊物的创办很好地推动了海外华文文学研究的发展。陈贤茂撰写的《海外华文文学与中国文学的关系》《海外华文文学与中国文化的关系》等论文强调海外华文文学的"中国性"特征，具有一定的影响力。

吴奕锜也是汕头大学海外华文文学研究的重要学者，著有《吴奕锜选集：从"乡愁"出发》《新移民文学漫论》等。其研究特别重视文本细读，将社会历史批评与审美批评相结合。在文学史写作中则立足于典型个案，基于特

---

① 古远清：《拓荒性的贡献：评陈贤茂等著〈海外华文文学史初编〉》，《华文文学》1995年第1期。

定的历史、地域语境考察不同地域华文文学的差异性特征。此外,他还为世界华文文学研究提供了"新移民文学"这一新的切入角度,并运用身份理论等进行阐释。除学术研究外,吴奕锜大力改革《华文文学》,通过多元栏目的设置促进学科的理论提升,也提高了刊物的专业层次与学术品格。

刘俊峰、燕世超、易崇辉、张卫东、庄园等人先后担任《华文文学》主编、副主编,在延续华文文学理论建设传统的基础上,不断拓宽华文文学的研究边界,使《华文文学》这一刊物成为汕头大学对外交流合作的重要平台,也为华文文学研究构建了多重对话空间。

三

除了以上四个各具特色的研究团队,海外华文文学的中间发展期还出现了古远清、熊国华、钱超英等具有影响力的学者,他们以独立的学术思考和独特的学术创造,实现了学科发展多方位的个性开拓。

古远清以私家史述说、在场发声的姿态在学界出现。他善于捕捉庞杂、流动性大的信息素材,对文学现场进行观察与写真,并将文学史料融入文学史专题书写中,以严谨、求真、独立的学术态度对问题进行刨根问底式探寻。著有八种11本(不包括合作)跨越两岸三地的当代文学史著述系列,被称为"古远清现象"。他的研究具有明确的民族立场,也呈现出强烈的私家治史的个人著述风格,角度独到,观点泼辣,视野开阔。在文学史和文学批评中不因人废文,表现出一分为二的态度。

具有中国古代文学学科背景的熊国华在20世纪90年代初,因一个偶然的机会转入台港澳地区及海外华文文学研究。其以台湾新诗为生发点,逐渐扩展到香港、澳门和海外华文诗歌研究,同时也广泛涉猎散文与小说评论、人物评传写作。除从事文学研究外,熊国华在诗歌创作方面有着旺盛的创造力,常活跃在华夏诗报社、国际诗人笔会、中国世界华文文学学会和国际华文微诗群等团体、组织中。诗人的身份使其在从事文学评论时更能打破读者心理的封闭性,更易理解作者主体的价值观念和对形式的驾驭方式,融理论与实际、理性与感性为一体。与此同时,熊国华积极组织与参与多种类型的文学活动,以此推动

学科的繁荣发展。

有着诗人身份的钱超英早期主要进行中西诗歌研究，20世纪90年代至今，从事国际移民研究、中国文化美学、流散文学和文论的比较研究。曾在澳大利亚访学和工作生活四年，对20世纪80年代末到90年代初的澳洲"新华人文学"有着深入研究。著有《"诗人"之"死"：一个时代的隐喻》、论文集《流散文学：本土与海外》，选编《澳大利亚新华人文学及文化研究资料选》。作为一名区域华文文学研究者，钱超英已有的本土性经验使其研究既能入乎其内，又能出乎其外。他在"流散"等文学议题上有着独特的思考，充分借助"文化身份"理论介入研究。其研究特点表现为：（一）"坚持本土与外来的双重辩证。"①在地经验有利于钱超英对澳华文学进行总体性把握，同时能够鞭辟入里地对一些本土议题发表见解。而对中国文化、文学传统的坚持使其建立起反思的维度，实现本土关怀与跨域观照的双重结合。（二）"整合流散与移民问题。"②实现新的空间与题材拓展。钱超英借"流散"理论探讨澳洲新华人文学的族群寓言问题，并继续开枝散叶，打通"广义移民""文化离散"等概念，借"流散"实现了传统中国大陆文学与海外华文文学的汇通。③

四

粤派台港澳地区及海外华文文学研究在一批新生代学者的推动下继往开来，在学科理论建设与研究方法、理念运用上呈现出新局面。

作为新生代学者代表的蒲若茜出身西学，具备扎实的文学理论基础和独特的研究风格，对族裔文学有浓厚兴趣。20世纪90年代末入职暨南大学，师从饶芃子，关注并研究华裔美国文学，著有《族裔经验与文化想象——华裔美国

---

① 朱崇科：《流散诗学及其边界：钱超英的澳华文学研究》，《世界华文文学论坛》2016年第3期。

② 朱崇科：《流散诗学及其边界：钱超英的澳华文学研究》，《世界华文文学论坛》2016年第3期。

③ 常江虹：《"越界"中的新视域——读钱超英的新著〈流散文学：本土与海外〉》，世界华文文学论坛》2008年第1期。

小说典型母题研究》。该著充分考虑到华裔美国文学产生的多元文化语境及其自身的“混血”文学特性，并将华裔美国中、英文小说创作纳入研究范围中，具有较大创新意义。

此外，蒲若茜重视海外华人英语文学研究团队的建设，充分发挥团队集群效应，在关注华裔美国文学的英语文学研究的同时，考察华裔美国作者的汉语及双语创作，进一步凸显暨南大学海外华文文学“跨界研究”的学科特点。已形成了跨语言（英语、汉语）的华裔美国文学对比研究、亚裔美国文学批评范式与理论关键词研究、华裔美国文学中的中国形象及中国文化意象研究等研究领地。其中，“亚裔美国文学批评范式与理论关键词研究”这一项目聚焦亚裔美国文学研究理论和海外华人诗学研究，从族裔身份批评、文化身份批评、女性主义批评、心理批评、与流散诗学的关系等角度出发，聚焦亚裔美国文学文本，梳理亚裔美国文学理论关键词，并通过历史还原与理论回溯等方法辩证考量理论关键词的价值，初步建构起了亚裔美国文学批评的理论体系。

新生代学者朱崇科的研究历程大体呈现出三阶段：从鲁迅研究延展至香港文学，后作为“南来文人”涉足新马华文学，进而从比较视野介入“世界华文文学”，他对海外华文文学的中国性、本土性、民族性以及世界性等特征有着深入的探讨。第一阶段的学术路径呈现三步并进的状态：一是鲁迅与香港的互动研究。其化用巴赫金狂欢理论，对鲁迅及香港经典作家的故事新编（体）小说中的主体介入现象进行阐释；二是鲁迅学研究，他将鲁迅与香港、南洋作家进行异同对比，建立起互动联系；三是香港文学研究，这是其学术起点，但与鲁迅研究及新马华文文学研究相比略显松散。第二阶段的研究表现出对新马在地文化的深切关怀，并以此为基础探析文学作品与理论。著有《本土性的纠葛：边缘放逐·“南洋”虚构·本土迷思》《考古文学“南洋”：新马华文文学与本土性》。他重视第一手史料，从空间诗学的理论视角探索华文文学内在肌理，提出“复数中国性”概念，充分探索华文文学多元混杂的本土性。第三阶段提出“华语比较文学”概念，在世界性与本土性的双重视角下进行“华语语系文学内部的比较”①，呈现出学术研究的更多可能。

---

① 朱崇科：《华语比较文学：超越主流支流的迷思》，《文学评论》2007年第6期。

此外，陈涵平、凌逾、彭志恒、颜敏、李亚萍、龙扬志、温明明等也都是近年来有影响的粤派台港和海外华文文学研究学者。其中，陈涵平是饶芃子的学生，他重视意象研究与叙事艺术研究，发掘"北美新华文文学"的文化内涵与诗学特质，近年来主要致力于海外华文文学经典梳理与解读。凌逾则侧重于从跨媒介叙事和创界创意文化角度展开研究，并形成了自己的研究特点，即摆脱西方理论的固化限制，以中西打通的思维进行学术研究，努力构建华文文学的本土叙事学，挖掘华文文学的传统意蕴。彭志恒的研究具有泛文化主义倾向，曾与吴奕锜等人提出"文化的华文文学"。他从文化概念、种类和个体主义文化学等角度来观照海外华文文学，并对留学生文学有所关注。颜敏主要从事"华文文学的跨语境传播"研究，善于从文学期刊中探索海外华文文学的发展及研究动向。

这些中青年学者普遍表现出新的理论视野，采用新的研究方法，也具有突破前人研究瓶颈的学术勇气。这些学者是当前粤派台港和海外华文文学研究的主力中坚，也代表着它的未来。

以上大致梳理了改革开放40年来的粤派台港澳地区及海外华文文学研究情况，我们可以清晰地看出，粤派学者确实表现出在学科建设与方法论选择上的深刻自觉，形成了鲜明的学术个性，奉献出了累累硕果。从学科发展看，粤派海外华文文学研究从资料匮乏、研究力量不足、平台缺失的空白中艰难起步，发展至如今，形成了老中青三代学者齐聚一堂的盛况，逐步彰显作为一门独立学科的特色与意义，同时也激活了与其他多个学科之间的良性互动。我们相信，在未来，粤派台港澳地区及海外华文文学研究会取得更大的成就，将这一学科推向新的高峰。

（贺仲明、汤静雯，暨南大学文学院）

参考资料：

［1］曾敏之：《把台港文学研究推进一步——在台港文学学术讨论会上的总结发言》，《台湾香港文学论文选》，福建人民出版社1983年版。

［2］饶芃子：《多元文化视野中的海外华文文学》，《社会科学战线》2011年第12期。

［3］饶芃子、李亚萍：《海外华文文学研究的反思与拓展》，《学术研究》2003年第8期。

［4］古远清：《拓荒性的贡献：评陈贤茂等著〈海外华文文学史初编〉》，《华文文学》1995年第1期。

［5］杨剑龙：《海外华文文学研究现状与21世纪文学史编撰的意义》，《甘肃社会科学》2020年第4期。

［6］朱文斌、岳寒飞：《中国海外华文文学研究四十年》，《文艺争鸣》2019年第7期。

第一章

早期的奠基者：曾敏之

成如容易却艰辛

——论曾敏之的台港澳地区及海外华文文学研究

曾敏之原籍广东梅县，出生于广西罗城，20世纪50年代后，长期居住在广东，是当代广东的台港澳地区及海外华文文学研究的拓荒者、奠基人和推动者。2019年是台港澳地区及海外华文文学研究40周年，这一学科从草创到成长，曾敏之贡献巨伟。本文将重新回到20世纪70年代末80年代初的历史与文学语境，勘探曾敏之倡导台港澳地区及海外华文文学研究的时情、文情与胆识，分析曾敏之台港澳地区及海外华文文学研究的内容、风格与特点。

一、春寒料峭发新声：开创新的学术领域

1978年初冬，61岁的曾敏之被中共港澳工委派往香港领导《文汇报》编务。时隔30年重新进入香港，曾敏之不仅感受到了内地与香港现代化程度的明显差距，作为身兼记者与作家双重身份的文化人，他也敏锐地发现了两地因交流长期阻断造成的巨大隔膜。"如何来化解疑虑，凝聚文化界的人心？曾敏之觉得，除了要办好报纸，重建党和国家的威信之外，也要从文化文学交流着手，加强沟通，逐步凝聚共识。"①一盘借助文化文学推动海峡两岸暨港澳交流互信的棋逐渐在曾敏之心中酝酿。

（一）初试啼声的"一瞥"

1978年12月5—16日，广东省作家协会在广州沙面复兴路上的广东胜利宾馆召开广东省文学创作座谈会，初到香港《文汇报》工作的曾敏之受邀参会。

---

① 陆士清：《曾敏之评传——敢遣春温上笔端》，复旦大学出版社2011年版，第185页。

这次文学创作座谈会的主题是"破冰解冻、除毒复苏，进一步解放思想，努力把创作搞上去"，与会代表就创作上如何突破"四人帮"所设的禁区展开了热烈的讨论。有感于内外文化交流长期闭塞，曾敏之在这次座谈会上做了题为"面向海外，促进交流"的发言，认为"要拨乱反正，文学交流最能见成效；要打通内外交流的管道，文学交流最容易被接受；港澳回归，台海统一，要从文学、文化交流着手"①，呼吁大陆文学界关注港澳台地区和海外华文文学。有意味的是，这次座谈会召开的时间刚好在1978年的中央工作会议（11月10日至12月15日）和十一届三中全会（12月18—22日）之间，曾敏之"面向海外"的远见卓识，正好应和了思想解放的滚滚大潮。但1978年冬天的中国大地，改革的春雷虽已奏响，"文革"的流毒却尚未清除，文艺教条主义在文坛仍然盛行。就此次座谈会而言，其主题虽强调解放思想，但仍弥漫着"左"的气息，据一位当年参会的广东作家回忆，"当时，破冰解冻尚在起步中，'左'的阴影还随处可见。例如，会前我收到的会议通知书的附注上，还写有'抓纲治国'等话语，'纲'是什么？阶级斗争"②。在这样乍暖还寒的政治时节中，"在文艺思想激烈斗争的氛围里，在许多人对面向海外还存在着思想藩篱的环境中，曾敏之的'面向海外，促进交流'的发言，还是一枝春寒料峭中待放的花蕾，可钦佩的是他的卓识和勇气"③。

曾敏之这只春燕的初啼，虽语惊四座，却也因意识超前而几乎被消声：广东作协相关刊物对上述座谈会的报道只字未提曾敏之的发言及其内容，"一位在广东和全国都有很大影响的老作家就说，曾敏之到香港后，满脑子都是资本主义文艺，要注意呢。他还对曾敏之作了善意的'警示'"④。但曾敏之打破文学锁国的呼声还是引起了当时正在筹办《花城》杂志的编辑的注意，他们向曾敏之约稿，请他撰写介绍香港和海外华文文学的文章，准备在1979年《花城》创刊号刊登。接到约稿任务的曾敏之返回香港后，即开始收集资料，1979年1月，便完成了一篇约四千字的文章，这就是后来被誉为台港澳地区及

---

① 陆士清：《曾敏之评传——敢遣春温上笔端》，复旦大学出版社2011年版，第186页。
② 江励夫：《一次需自备粮票参与的文学创作座谈会》，《羊城晚报》2016年1月16日。
③ 陆士清：《曾敏之评传——敢遣春温上笔端》，复旦大学出版社2011年版，第187页。
④ 同上，第186页。

海外华文文学研究领域拓荒之作的《港澳及东南亚汉语文学一瞥》（下文简称《一瞥》）。

在《一瞥》中，曾敏之首先向内地读者介绍了两份香港纯文学杂志《海洋文艺》和《当代文艺》，认为："《海洋文艺》刊登的小说作品多反映海外的社会现实生活，散文、诗歌也令人感受到海洋的气息；研究则遍及现代与当代的作家作品，特别是从'五四'新文学运动以来的老作家很受重视。对古典文学，也有研究专文，唐诗、宋词颇为海外人士所欣赏，研究专文也就偏重一些。"①《当代文艺》历时虽久，却销路趋窄，颇感寂寞，"但是从《当代文艺》发表的散文中，却看到了怀念祖国的强烈感情"②。在分析《海洋文艺》时，曾敏之还特别指出在香港从事纯文学创作的艰难："在香港这个地方，从事专业写作谋生太不容易，为了应付生活，就迫得作者在产量上去'竞争'。……加上文化市场很小，版税对作者的生活没有什么帮助，于是新文艺创作就走独木桥了。这是香港新文艺的写照。"③除了积极评价《海洋文艺》和《当代文艺》，《一瞥》还介绍了香港的文学出版状况："继三十年代上海出版的《中国新文学大系》之后，香港出版了《中国新文学大系续编》，出版了《现代文艺丛书》，出版了一些作家的选集。从'五四'到三十年代的作家作品多选进去了。香港的大专院校也多选取从'五四'到三十年代的作品作教材，至于选材的标准，也许是根据温和的内容和较好的艺术技巧吧。"④

此外，《一瞥》还简要介绍了新加坡、马来西亚和泰国的华文文学发展状况。曾敏之指出，新加坡虽然是商业都市，与香港有着相近的城市气息，但文艺却并不落后，不仅出版过两套《新文学大系》，还创办了《北斗文艺》《新生》《激流》等纯文艺刊物，组织了中国语文学会、中文学会等文艺组织，作家们自费出版了大量作品。马来西亚的《赤道诗刊》和《大学文艺》是两份聚焦当代马来西亚文学发展的纯文艺刊物，办刊方针各有侧重。泰国方面，曾敏

---

① 曾敏之：《港澳及东南亚汉语文学一瞥》，选自曾敏之：《望云海》，人民文学出版社1982年版，第220页。

② 同上，第221页。

③ 同上，第220页。

④ 同上，第221页。

之直言只看到《泰华文学》月刊，但从中也能看出泰华文艺本土化的倾向。1979年夏，曾敏之在香港会见由新加坡写作人协会会长黄孟文率领的新加坡作家访问团，并撰写《新加坡汉语文学掠影》（1979年7月），该文在《一瞥》的基础上，更加深入地介绍了新加坡文艺发展的最新状况，积极肯定了新加坡华文文学在主办刊物、培育新人、倡导自由的文艺批评等方面的成就。

《一瞥》作为台港澳地区及海外华文文学研究的开篇之作，具有如下几点特征：首先，《一瞥》对香港文学的观察，侧重于纯文学，积极肯定了其中的现实主义写作，强调这些作品对香港底层市民生活的客观反映，却没有涉及武侠和言情等香港通俗文学和现代主义创作，这是那个时代文艺观念的一种投射，因而具有鲜明的历史痕迹。其次，曾敏之既是资深报人，也是知名作家，20世纪60年代还曾在暨南大学教授古典文学和现代文学，《一瞥》反映了曾敏之这三重身份所具备的专业素养，他认为《海洋文艺》上的散文、诗歌具有"海洋的气息"的观点，无疑是敏锐而又到位的，他对新加坡作家谷雨《求生记》的批评也显示了不俗的文学修养；同时，曾敏之作为一位从内地到香港工作的作家，他对香港乃至东南亚华文文学的观察，始终有中国内地文学作为参照系，运用比较的视野发掘中国内地之外的汉语文学之特色，因而《一瞥》特别强调了香港及东南亚华文作家的业余性、文化市场狭小、自费印书成为风气等，这些观察对当时的内地读者理解香港及东南亚的华文文学具有重要意义。第三，《一瞥》将港澳与东南亚的华文文学并置在一起讨论，名之为"海外文谈"，强调了它们与中国内地文学的差异性，初步奠定了台港澳地区及海外华文文学研究的基本学理框架和阐释逻辑，具有重要的发生学价值。当然，"澳门文学"在《一瞥》中是缺位的，有名而无实。

《一瞥》是曾敏之台港澳地区及海外华文文学研究的初次尝试，"为多少年来几乎完全隔膜于外部华文文学世界的内地文坛，打开了一扇瞭望天光行云的窗子，使内地的读者，也能看到外部世界被华文文学朝露滋润的朵朵鲜花……具有不可替代的拓荒的意义"[①]。发表《一瞥》之后，曾敏之在1979—

---

① 陆士清：《曾敏之评传——敢遣春温上笔端》，复旦大学出版社2011年版，第191页。

1984年间，又先后撰写了《尊严与追求》《新加坡汉语文学掠影》《海外文谈》《深刻·隽永·海洋风》、"海外文情"系列等文章，积极呼吁内地学界关注研究台港澳地区及海外华文文学这一特殊的文学生态。

（二）挥笔拓荒谈香港

《尊严与追求》《海外文谈》《深刻·隽永·海洋风》和"海外文情"（一）（之二、之三、之四）等文章在《一瞥》的基础上，进一步分析了香港文学的独特性、香港部分作家的创作特征。在《尊严与追求》（1979年7月）中，曾敏之指出，相对于内地文学既有文坛也有文艺运动的状况，（香港文学）"既没有'坛'，也无所谓'运动'，有的是为新文艺而孤军作战的一些个人。……他们的写作是自发的，所有的文学知识是自修得来的"[①]。在香港这个商业社会中，曾敏之发现，要成为一个纯文学作家是非常困难的，但有一批作家仍在积极维护文艺创作的尊严和追求一种崇高的境界，曾敏之紧接着介绍了海辛、何达、原甸、洪荒、舒巷城、林真、张君默、吴羊璧、章初、谢雨凝、李辉英、刘以鬯、阮朗、胡菊人、司马长风、谈锡永等近20位不甘寂寞的香港作家，简述了他们的艺术追求和创作特征，其间的许多作家都是第一次被介绍到内地，对于内地学界了解香港纯文学创作尤其是现实主义创作起到了重要的引导作用。

曾敏之在繁忙工作之余，常主动接触香港老中青文艺工作者。他到香港后不久，就与著名作家刘以鬯成为新知，而且也很快与香港现实主义代表性作家舒巷城结为朋友。这些主动的接触，使曾敏之能够尽快融入香港文坛，掌握其内部肌理。在与舒巷城相识后，曾敏之撰写了《深刻·隽永·海洋风》（1980年3月），专文讨论舒巷城的短篇小说创作。曾敏之通过分析《雪》《伦敦的八月》和《波比的生日》深刻的思想性和精湛的艺术性，指出舒巷城"在短篇小说的创作上很精于布局，善于刻画人物和描写气氛，以此来表现主

---

① 曾敏之：《尊严与追求》，选自曾敏之：《望云海》，人民文学出版社1982年版，第226页。

题"①。在此基础上，曾敏之进一步认为，舒巷城的创作固然受到他的人生阅历和生活体验的深刻影响，同时也大量借鉴了古今中外的优秀艺术经验，例如他认为《伦敦的八月》与沈从文的《边城》等作品有着相似的魅力，《波比的生日》则让他想到契诃夫的讽刺艺术。"舒巷城这么一位优秀的小说家，当时内地文化界恐怕很少有人了解他，而像曾敏之这么充分积极评价他的，即使在香港，恐怕也是第一回吧！"②

在《海外文谈》（1980年7月20日）中，曾敏之提出应该用辩证的观点来考察香港的文艺，"这里的专业作家不多，文艺刊物销量不小，报纸的副刊以消闲的随笔小品和武侠小说占了主要篇幅"，"但是也仍有可喜的一面，就是对新文艺的研究、创作也显示出一定成绩，有一批青年作者在孜孜努力"③。曾敏之在这篇文章中，还首次向内地文坛介绍了香港文艺研究的相关动态，指出"凡是内地销行到海外的书刊，他们都注意研究"，尤其是"伤痕文学"在香港受到广泛关注："我参加文艺青年作者的集会，他们都读过《伤痕》《班主任》等短篇小说，也研究了自粉碎'四人帮'以来国内短篇小说创作的倾向，也研究了去年内地评奖小说的情况。"④曾敏之也注意到，香港文艺评论界对"伤痕文学"的研究不同于内地注重对"伤痕"的揭露，他们"多从技巧上评议短处"，"认为多用老套的叙述法，变化不大，成就不高"，其主要原因则是"叙述加议论太多"⑤。这些观点无疑是对内地"伤痕文学"评论的重要补充。此外，曾敏之还介绍了香港文艺评论界关于短篇小说技巧创新的相关讨论，指出有研究者倡导借鉴美国短篇小说创作经验："现在美国作家的短篇小说，不侧重于故事、人物，它只是一个意境，是抒情的，也是写实的，文字洗练，丰腴而不枯瘠，正在开辟一条新路，创造一种风格。"虽然曾敏之对美

---

①　曾敏之：《深刻·隽永·海洋风》，选自曾敏之：《望云海》，人民文学出版社1982年版，第246页。

②　陆士清：《曾敏之评传——敢遣春温上笔端》，复旦大学出版社2011年版，第194页。

③　曾敏之：《海外文谈》，选自曾敏之：《望云海》，人民文学出版社1982年版，第240、241页。

④　同上，第241页。

⑤　同上，第242页。

国短篇小说不侧重写人物认为还"值得讨论",但这样的创作方法的介绍在20世纪80年代初的大陆文坛无疑是有重要价值的,后来汪曾祺的相关创作正契合了这一创作思潮。

在"海外文情"(一)、(之二)、(之三)和(之四)中,曾敏之集中讨论了香港之谓"文化沙漠"的问题。曾敏之认为:"如果从报刊杂志数量之多来说,可称林林总总,拥有出版登记证的报刊有100种左右,怎能以文化沙漠看待它?如果从文艺的角度加以认真的考察,就难免有'文化沙漠'之感了"①。"文化沙漠"的提出,反映了海内外文学界对香港纯文艺贫弱现状的焦虑,"至于香港文学有没有前途?香港朋友考虑的答案是悲观成分多,乐观的估计少"②。但曾敏之从香港年青一代作家那里,看到香港文学的未来并不悲观,"我觉得香港有大批青年正向往纯正的文学,对传统有所继承,对祖国的文学事业企求了解。事实上,他们正在尽主观的努力开拓文学的新途径""看起来,'文化沙漠'在有心人的栽树育林之下,会逐步改变它的荒凉情景的"③。

(三)赤子深情观台湾

初到香港的曾敏之在与内地文友的书信中多次谈到,为了理解认识这个新的环境、追踪时代的脉搏,他总是利用工作之余的时间不断学习,"在学习过程中,我把港台文学放进了日程,也就是说结合专业与兴趣,把香港文艺界、台湾文艺界的情况作为研究的一部分"④。因此,20世纪80年代初,曾敏之不仅立足香港谈香港文学,也利用香港的开放优势,向内地介绍台湾文学。在《海外文谈》(1980年7月20日)一文的结尾,曾敏之首次涉及台湾文学,

---

① 曾敏之:《海外文情(一)》,选自曾敏之:《望云海》,人民文学出版社1982年版,第253页。
② 曾敏之:《海外文情之四:"沙漠"和"绿洲"》,选自曾敏之:《海上文谭:曾敏之选集》,花城出版社2012年版,第18页。
③ 曾敏之:《海外文情之三:有心人栽树育林》,选自曾敏之:《海上文谭:曾敏之选集》,花城出版社2012年版,第15页。
④ 曾敏之:《海外文谈》,选自曾敏之:《望云海》,人民文学出版社1982年版,第240页。

简要介绍了王拓和白先勇的创作，并建议读者阅读白先勇的有关小说："白先勇有一篇《永远的尹雪艳》由北京出版的《当代》转载了，你看到了吗？我希望你看看，就会从中理解到现实主义土壤生长出来的文学，是有它一定的价值的。"①此外，曾敏之还在《海外文情》（二）、（之一：《台湾文艺界近事》）、（之五：《春风吹苏文苑》）、（之六：《陈若曦黄春明对文学的新观感》）等文章中集中介绍了台湾文坛的近况。

在《海外文情（二）》（1980年8月28日）中，曾敏之进一步谈及20世纪30年代文学在台湾的接受情况："在台湾，因有政治压力，却是把30年代的文学中断了，30年代的文学作品一概列为禁书，查禁颇严，封存得很彻底，因此中国的新文学运动在台湾被割掉了一个时代！"②曾敏之通过阅读和观察，敏锐地发现台湾文学界正在酝酿涌动着一股呼吁解除查禁30年代文学的浪潮，他引用李欧梵、白先勇等人的自述，强调30年代文学对台湾作家影响深远，不能抹杀："要用政治手段把新文学运动历史隔断一个时代是不可能的，台湾对30年代文学作品的解禁问题虽在辩论之中，但是形势的发展比人强，想把30年代文学作品长期禁锢是很难的了。"③果不其然，在1981年2月20日的"海外文情"（之五：《春风吹苏文苑》）中，曾敏之带来了台湾文坛的三个"佳音"，其中之一即为30年代文学在台湾的解禁，另外两个则是"报告文学《卖血人》受到好评"和"重视培养文学新秀"④。

曾敏之在香港工作期间，除了积极接触香港文人，也热情会见赴港交流的台湾作家，并通过"文艺通讯"的形式较早向国内读者推介了白先勇、陈若曦、陈映真、王拓、庄因、黄春明等台湾作家。"曾敏之这些写于20世纪70年代末和80年代初的、深情关注台湾文坛的'文情'篇章，介绍和记述了台湾有代表意义作家的动态，他们的创作成就，他们的文艺观点，他们的所思所想，

① 曾敏之：《海外文谈》，选自曾敏之：《望云海》，人民文学出版社1982年版，第244页。
② 曾敏之：《海外文情（二）》，选自曾敏之：《望云海》，人民文学出版社1982年版，第256页。
③ 同上，第258页。
④ 曾敏之：《海外文情之五：春风吹苏文苑》，选自曾敏之：《海上文谭：曾敏之选集》，花城出版社2012年版，第19—21页。

以及他们对台湾文坛的影响,给大陆文艺界洞开了了解台湾文艺之窗。"①曾敏之从两岸同属一个中国的立场出发研究台湾文学,也奠定了此后大陆台湾文学研究的基本学术导向,具有重要的意义。

二、运筹帷幄谋发展:建立完善的学术体制

在撰写《一瞥》及"海外文情"系列文章的过程中,曾敏之逐渐意识到,要真正落实他在1978年广东省文学创作座谈会上提出的"面向海外,促进交流"的主张,靠他一人之力是不够的,如何使内地学界更加重视台港澳地区及海外华文文学?如何号召更多的内地学人来研究这一特殊的文学领域?又由谁来研究?如何建立一套完备的学术体制来促进相关研究?是曾敏之一直在思考的问题。从1979年直至逝世,30余年间,曾敏之殚精竭虑、运筹帷幄,从建立相关研究机构、召开学术研讨会,到组建学术组织,台港澳地区及海外华文文学学术发展史及学科发展史的每个阶段,都烙下了曾敏之深深的足迹。

(一)促暨南大学成立港台文学研究室

20世纪80年代初,改革开放的号角刚刚吹响,中华大地虽然在逐渐复苏回暖,但春寒料峭,人们尚未从"文革"的担忧中完全走出来,而台港澳地区及海外华文文学研究对象的特殊性,也使许多学人望而却步。"当时,国门刚刚打开,交流尚待启动,内地的文艺界很少人能接触到这些作家的作品,另一方面也有不少人心有余悸,怕再遭到'文革'式的批判。怎样才能打破这种局面?曾敏之想到了他执教过的暨南大学,想到了秦牧。"②曾敏之之所以想到暨南大学,希望由暨南大学来率先迈开这艰难的一步,或许可以从以下三个方面寻找原因:首先,暨南大学是国内华侨最高学府,素以"宏教泽而系侨情"而名扬海外,暨南大学"面向海外,面向港澳台"的办学方针、"朔南暨,声教讫于四海"的办学精神,与曾敏之"面向海外,促进交流"的呼声不谋而

① 陆士清:《曾敏之评传——敢遣春温上笔端》,复旦大学出版社2011年版,第199页。
② 同上,第203页。

合，对台港澳地区及海外华文文学的研究既是暨南大学的内在使命，其广泛的涉侨联系也使其具有先天的研究优势。其次，曾敏之与暨南大学有着很深的渊源。1961年，曾敏之赴暨南大学中文系任教，担任写作教研室和中国现代文学教研室主任，讲授"汉魏六朝文学作品选读""中国现代文学史""鲁迅研究专题""写作"等课程。"文革"中暨南大学被撤销，曾敏之等并入华南师范大学中文系，"文革"结束后落实工作时，曾敏之曾对找他谈话的港澳工委人员表示想继续留在暨南大学教书，最终虽未能如愿，但他却时刻关注着暨南大学的发展，他希望暨南大学能在台港澳地区及海外华文文学研究方面走在全国的前列。第三，曾敏之的老朋友、著名散文家秦牧在暨南大学复办后被派到中文系担任系主任，而中文系的许多教师如杨嘉（时任中文系副主任）、陈芦荻、许翼心等都与曾敏之是相交挚友，他们能够理解并接受曾敏之的拳拳之心，"他们对事关国家前途和文艺事业的许多问题都有共识"①。

1979年春节，《一瞥》创作后不久，曾敏之回广州度假。在一次宴请秦牧、杨嘉、陈芦荻、许翼心等的雅集上，曾敏之向秦牧等建议，由暨南大学中文系率先关注和研究港台文学，这一提议当即得到他们的认可。"经过商讨，他们当场做了两个决定：一是在中文系现当代文学教研室建立港台文学研究小组，配备人员着手这方面研究工作的筹备；二是由中文系拨出部分经费，委托曾敏之在香港搜集和购买相关的资料。于是，曾敏之担任起了港台文学资料的采购员。他勤跑香港各家书店，很快购到了一批书刊，在当时海关监管甚严的情况下，通过新华社的证明，将这些资料运抵暨大中文系，为暨大中文系的台港文学的研究工作提供了初步的资料保证，也惠及了许多拓荒者。"②1980年，曾敏之受聘为暨南大学中文系客座教授，兼任中文系港台文学研究室主任，暨大中文系逐步形成了一个以曾敏之为首，包括许翼心、翁光宇、潘亚暾、卢菁光等在内的研究团队，此后，饶芃子、王列耀等的加入，使这一团队不断扩充夯实，暨南大学也逐渐成为国内开展台港澳地区及海外华文文学研究的重镇。

---

① 陆士清：《曾敏之评传——敢遣春温上笔端》，复旦大学出版社2011年版，第204页。
② 同上。

暨南大学中文系港台文学研究室成立后，在曾敏之的主持下，组织编写《台湾香港文学教学大纲》，开设"港台文学研究"课程，逐渐建立科研与教学相统一的学科体系。而此后不久，中山大学、复旦大学、厦门大学、福建社会科学院等也相继成立港台文学研究机构，组织科研人员开展相关研究和教学，逐步消除政治顾虑，形成一定的学术氛围。这意味着内地台港澳地区及海外华文文学研究学术建制已开始艰难起步，而曾敏之的超凡胆识和身体力行在其间无疑起到了重要的作用。

（二）组织召开首届台港文学学术研讨会

经过三年左右的发展，到1982年，内地已经形成了一批研究台港澳地区及海外华文文学的学术力量，一些高校也相继开设了台港文学选修课程，产生了一些研究成果，曾敏之等开始酝酿筹备召开一次全国性的台港文学学术研讨会。

1982年6月10日至16日，由中国当代文学学会台港文学研究会（曾敏之担任会长）、暨南大学中文系、中山大学中文系、厦门大学台湾研究所、福建省社会科学院文学所、福建人民出版社和华南师范学院中文系等联合发起的首届台湾香港文学学术研讨会在暨南大学召开。会议由秦牧和曾敏之共同主持，出席会议的代表包括来自北京、上海、福建、广东、吉林、山东、甘肃、湖北、四川、安徽、广西等省区市的台港文学研究、教学和出版工作者，来自香港的作家、评论家彦火（潘耀明）、陶然、冯伟才、高旅、海辛等50多人，广东省文联和作协负责人杜埃、秦牧、韦丘，暨南大学副校长梁奇达、罗戈东、李辰等出席开幕式并讲话，中国文联和作协的孔罗荪、萧乾、毕朔望也分别发来贺电。①此次研讨会共收到学术论文40篇，就台港文学研究的意义和方法、台港文学流派的历史和发展趋向、台港文学中作家作品的评论、台港文学的教学和教材编写等问题展开了热烈的研讨②，会后由福建人民出版社出版了会议论文

① 翁光宇整理：《台湾香港文学学术讨论会纪要》，选自《台湾香港文学论文选》，福建人民出版社1983年版。

② 详细内容见翁光宇整理：《台湾香港文学学术讨论会纪要》，选自《台湾香港文学论文选》，福建人民出版社1983年版，第267—273页。

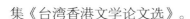

集《台湾香港文学论文选》。

　　曾敏之是首届台港文学研讨会的重要组织者和参与者，会上他不仅作了专题报告，还在闭幕式上作了题为《把台港文学研究推进一步》的总结发言，积极肯定研讨会所取得的成果，同时也指出当前研究所存在的不足，并对台港文学研究的前景充满期待，热情地勉励与会学者："有朋友担心研究台港文学会带来风险，对这一点，谁也不写保单。但只要我们胸怀坦荡，有的是为祖国统一大业尽力的热忱，符合国家民族的利益，就不必心有余悸。……我们需要消除顾虑，拓展胸襟，打开眼界，才可能在研究上放手一些，以主观的努力争取客观的变化，创造更好的研究条件。"①

　　首届台港文学研讨会是台港澳地区及海外华文文学研究领域一次具有里程碑意义的会议。首先，出席这次会议的学者都是台港澳地区及海外华文文学研究中的拓荒者，包括曾敏之、陆士清、王晋民、潘亚暾、许翼心、卢善庆、武治纯、封祖盛、黄重添、翁光宇等，他们通过本次会议聚合在一起，形成了国内最早的一支研究队伍，正如曾敏之在会议总结发言中所言："这次会议还有一个可喜的现象，就是研究台湾香港文学已形成了一支队伍，来自各大学的教师及文学研究的同志，从东南西北汇集广州，共同开会研究，就充分证明这支队伍已形成。"②其次，会议编选出版的论文集《台湾香港文学论文选》，"首次体现了自1979年以来内地研究港台文学的成果，它宣告台港澳和海外华文文学研究的历史过程真正开始了"③。会议还专门讨论了台港文学的教学问题，使得此次会议成为台港澳地区及海外华文文学学科建设的重要起点。最后，开创了台港澳地区及海外华文文学研究领域每两年召开一次全国性学术研讨会的先河，研讨会名称由首届的"台港文学学术研讨会"逐渐演变定型为"世界华文文学国际学术研讨会"，至今已举办了十九届，成为这一领域学术体制的重要一环，"不仅使研讨会本身成了台港澳和海外华文文学与中国内地

----

　　①　曾敏之：《把台港文学研究推进一步——在台港文学学术讨论会上的总结发言》，选自《台湾香港文学论文选》，福建人民出版社1983年版，第5页。

　　②　曾敏之：《把台港文学研究推进一步——在台港文学学术讨论会上的总结发言》，选自《台湾香港文学论文选》，福建人民出版社1983年版，第2页。

　　③　陆士清：《曾敏之评传——敢遣春温上笔端》，复旦大学出版社2011年版，第209页。

文学交流的平台，也加速了从事这方面教学、研究者团队的扩大和凝聚"①。

（三）筹建中国世界华文文学学会

1980年4月，曾敏之应邀参加在广州举办的中国当代文学学会成立大会，除了在大会上作关于港台及海外华文文学的专题报告，曾敏之等还积极呼吁将港台文学列入大学中文系课程，并建议筹组当代文学学会下属的港台文学研究会。1981年3月，中国当代文学学会港台文学研究会在暨南大学正式成立，曾敏之被推选为会长。1982年首届台港文学学术研讨会召开时，出席会议的国内学者来自五湖四海，区域分布较广，定期召开学术研讨会固然能够将这支分散的研究力量聚合成队伍，但学者之间的联系仍不够紧密，而且学者的研究范围也在不断扩大，海外华文文学逐渐成为学术热点，中国当代文学学会港台文学研究会已经不能明确指涉这支队伍的研究外延，加上20世纪80年代一大批专业性的学术组织先后成立的背景下，曾敏之开始思考组建全国性的学会组织。他在与陆士清对话时曾谈到："做学问，特别是社会科学和文学艺术类，主要要靠个人的钻研和努力，但是群体的作用、社团组织的作用也是极其重要的。因为群体和社团可以通过组织活动，在内部沟通消息，交流心得和成果，达到互相影响、互相促进、互相激励的目的，在思想碰撞中获得学术研究的进步和升华。同时可以运用学会组织的平台，组织内外交流。"②

1991年7月，在广东中山召开的第五届台港澳暨海外华文文学国际学术研讨会上，由曾敏之提议、许翼心起草、20多位学者签署了关于成立全国性学会的倡议书。1993年7月，在江西庐山召开的第六届世界华文文学国际学术研讨会上，正式成立中国世界华文文学学会筹委会，萧乾和曾敏之被推选为筹委会主任，开始向国家民政部申报，但申报过程却异常艰辛。由于是涉外文化交流的学术组织，从1993年到1999年，筹委会几经申报均未获批，"为了尽快打破这个僵局，曾敏之便通过原《大公报》的同事和挚友吕德润先生，将这一要求由曾敏之以信陈情，呈给钱其琛副总理，终于获得了钱副总理的支持。2000年，筹委会接获国家民政部通知，要求筹委会根据相关法规正式办理申报手

---

① 陆士清：《曾敏之评传——敢遣春温上笔端》，复旦大学出版社2011年版，第209页。
② 同上。

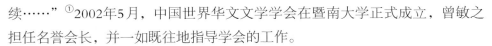

续……"①2002年5月，中国世界华文文学学会在暨南大学正式成立，曾敏之担任名誉会长，并一如既往地指导学会的工作。

中国世界华文文学学会的成立，迈出了世界华文文学学科化的重要一步，"不仅有助于加强自身的凝聚力，吸引更多学人参与，特别是吸引对这方面有兴趣的年青学者进入这一领域，对促进世界范围内华文文学的交流、互动，也有十分重要的意义"②。曾敏之是中国世界华文文学学会的重要倡议者，在学会筹备申报的八年间，他团结带领学界同仁做了许多努力，在申报的关键时刻，他又依靠个人的人际关系，最终获得高层的支持，为学会的成立做出了杰出贡献。

（四）推动香港文学及其研究的发展

曾敏之虽然不是香港土生土长的作家，但他作为"香港文坛的左翼文学领军人物"③，主编《文汇报·文艺》周刊，催生《香港文学》杂志，创办香港作家联会，30余年间为推动香港文学及其研究的发展尽心尽力。

曾敏之在《一瞥》和"海外文情"等系列文章中反复提及香港纯文学刊物生存艰难，苦熬多年的《海洋文艺》也在1980年宣告停刊，纯文学缺乏发表园地历来是香港文学的一个短板。曾敏之到香港主持《文汇报》编务后，一直兼任《文汇报·文艺》周刊主编，"十年间共出版了五百多期，发表了五百多万字的文学作品和评论，……联系和团结了香港各方面的作家，给他们提供了一个发表创作和开展评论的纯文学园地，在香港成长的作家如海辛、张君默、谭秀牧……都是《文艺》周刊的作者。尤其是扶掖后进培养文学新人方面，曾敏之更是花了不少心血，其中有一批七八十年代从内地南来的新移民作家，如陶然、东瑞、白洛、秦岭雪、张诗剑、舒非、林湄、华莎、黄虹坚、兰心、周蜜蜜……大多是投稿于《文汇报·文艺》周刊而走向文学道路的，他们大部分

————————

①　陆士清：《曾敏之评传——敢遣春温上笔端》，复旦大学出版社2011年版，第210页。

②　饶芃子：《世界文坛的奇葩：饶芃子选集》，花城出版社2012年版，第262页。

③　陈思和：《序》，选自陆士清：《曾敏之评传——敢遣春温上笔端》，复旦大学出版社2011年版，第2页。

一直坚持创作，成为活跃香港文坛的中坚，有的已经卓然成家了"①。许多以往不愿在"左派"报纸发表作品的香港作家，如刘以鬯等，在曾敏之的积极争取下，也都成为《文汇报·文艺》周刊的作者。

尽管曾敏之主编的《文汇报·文艺》周刊在纯文学园地日渐萧条的情境下，支撑起了一片小小的文学天地，但他也意识到香港纯文学要有所作为，仅靠报纸副刊是不够的，必须要有一份大型的纯文学杂志。"他与罗孚一起向新华社的领导建议，可否拨出部分经费，办一份《香港文学》。他说一份有风格、有影响的《海洋文艺》停刊了，香港已经没有了大型的文学杂志，文坛的荒漠对内外文化交流不利，对弘扬中华民族文化不利，也不利于香港同胞民族文化认同感的增加。新华社领导很重视他的意见，并指派他和罗孚来筹备并主编这本纯文学杂志，但曾敏之不赞成"②。出于多种原因考虑，曾敏之和罗孚最终向新华社领导推荐了刘以鬯这位香港各方面都能接受的作家来主编即将创刊的《香港文学》，事实证明，曾敏之和罗孚的考虑及推荐是正确的，1985年1月创刊、由刘以鬯担任主编的《香港文学》，迅速成为华人世界品味高雅、影响广泛的文学杂志，极大地提升了香港文学在华人文学界的影响力。刘以鬯为《香港文学》杂志的发展起到了重要作用，与此同时，我们也应该牢记曾敏之和罗孚为催生这份杂志所做出的积极贡献。他们当年的清醒和明智，为《香港文学》的发展奠定了良好基础。

曾敏之20世纪70年代末到香港时，香港还没有一个作家团体，大部分的写作人都是"野生野长"，埋头单干。经过一段时间的深入观察，特别是与内地作家的创作环境比较之后，曾敏之意识到："香港的社会可以孕育伟大的文学作品，但是作家的创作条件不够，需要有如内地帮助作家的方式一样加以扶助，能让他们专心于创作，才有可能干出'细活'或'精品'来。"③至于如何"扶助"，在商业社会的香港，像国内一样建立由国家财政扶植的

---

① 许翼心：《香港文学的历史观察：许翼心选集》，花城出版社2012年版，第219—220页。

② 陆士清：《曾敏之评传——敢遣春温上笔端》，复旦大学出版社2011年版，第216页。

③ 曾敏之：《海外文情之四："沙漠"和"绿洲"》，选自曾敏之：《海上文谭：曾敏之选集》，花城出版社2012年版，第18页。

专业作家体系是不可能的，但曾敏之却在思考，通过建立作家团体的方式来帮助香港作家提高自我写作素养，因为"如果有了如作家协会的组织，不是可以通过文学的讲座和创作的研讨来帮助和扶持他们的成长吗？"①此外，曾敏之也希望，通过组建作家团体，能够进一步团结香港作家，消除作家之间"左""右"派别的对立，实现人心"归顺"。在接受《南方都市报》记者提问"为什么会创办香港作家联会"时，曾敏之特别强调："我到香港以后，深深地感受到香港的作家是涣散的，没有团结的。从20世纪50年代开始，人心不是向往北京，是向往英国的。英国统治香港百多年，有了法制，有了自由，变成一个国际化的大都市。文化教育界多倾向自由主义。我提议是不是创立一个组织，成立香港作家协会。但是有人认为：不行呀，香港还没有回归，别人会以为香港作家协会是中国作家协会的分会，影响不好。就搁下来了，很快就被倪匡他们抢了去，他们知道我们要搞，就马上成立香港作家协会。名称被他们抢去了，怎么办呢？就搞一个作家联谊会吧。"②怀着如此远大的信念，1987年10月25日，曾敏之、刘以鬯等31位香港作家发起成立"香港作家联谊会"，并在1988年1月31日举办成立酒会，曾敏之被推举为会长，连选连任四届。"我们的章程是要消除对立，把青年的作家组织起来。后来觉得联谊会的名称不好听，香港的很多联谊会都是吃吃喝喝的，就再申报，改为香港作家联会……"③

香港作家联会成立后，积极吸收新成员，从最初成立时的31人，逐渐发展到300多人，成为香港最大的纯文学作家组织。作联积极开展文学专题班、文艺讲座、举办征文比赛、组织文艺活动、搭建交流平台、担当内外文学交流的重任、鼓励从事台港澳地区及海外华文文学研究等，培育香港青年的文学信念，提高他们的创作技巧，激发写作热情，促进青年作家对内地的认识和了解，加深认同，推动了香港文学的发展。曾敏之是香港作家联会的缔造者，作联的蓬勃发展得益于曾敏之几十年的辛劳和睿智。"两三百个会员的文人大社

---

① 陆士清：《曾敏之评传——敢遣春温上笔端》，复旦大学出版社2011年版，第216页。

② 李怀宇：《曾敏之——中国记者报道周恩来第一人》，《南方都市报》2006年10月25日。

③ 同上。

团作联，之所以能够少相轻而多相亲，与创会会长曾老的超强亲和力大有关系。他发挥近交远亦交的磁石般的亲和力，所以从香港的饶宗颐、金庸诸位先生，到北京的邓友梅、美国的聂华苓，都为作联谈文和挥笔，都成为作联之友。……创立后，发展中，曾老仍然劳心劳力，苟非如此，作联绝无今天的成绩。"[①]2003年，为表彰曾敏之卓越的文学成就和为推广中国现代文学所作出的贡献，香港特区政府授予其荣誉勋章。

台港澳地区及海外华文文学研究从草创到成熟，曾敏之居功至伟，正如陈思和所言，"从香港文学到世界华文文学的学科发展历程，今天只是顺势而行，但从一开始奠定其基础的时候，非曾先生的雄才大略，绝不可能有今天的壮观局面""现在，国内高校里世界华文文学的学科发展，正在接近、并且圆满地体现他的理念及其整整30年不懈的努力"[②]。

三、报人风骨书生志：时代转折中的选择

从1978年曾敏之倡导"面向海外，促进交流"、1979年发表《一瞥》至今，台港澳地区及海外华文文学研究已走过40年的历程。回到历史的起点，我们不禁要问，为什么是1978年和1979年？为什么是曾敏之成为最早的一只春燕？时代与个人怎样的机缘促发了曾敏之的相关思考？现代知识分子的风骨及报人身份，又对曾敏之的相关研究产生了怎样的影响？这一系列的问题都需要重新回到时代的语境中，探讨作为个体知识分子的曾敏之与改革开放的共振关系，解读曾敏之的台港澳地区及海外华文文学研究背后的家国情怀。

（一）历史的大潮与个人的选择

在极左年代，"由于众所周知的原因，文学领域中所有关于'台港'与'海外'的东西，在内地'文化大革命'结束之前是极为敏感的、需要避忌的

---

① 黄维樑：《以作联友，联友以作》，转引自陆士清：《曾敏之评传——敢遣春温上笔端》，复旦大学出版社2011年版，第226页。

② 陈思和：《序》，选自陆士清：《曾敏之评传——敢遣春温上笔端》，复旦大学出版社2011年版，第32页。

政治问题"①，不仅台港及海外华文文学研究被视为禁区，而且与台港及海外华文作家交流对话的渠道也被迫中断，长期的隔膜使内地学界对其他区域的汉语写作缺乏起码的认知。因此，政治上的解禁或松动也成为开展相关研究的必然契机。

1978年，曾敏之在广东省文学创作座谈会上呼吁"面向海外，促进交流"，恰好在十一届三中全会召开、改革开放的号角吹响之时，这不能不说是历史的巧合，但巧合的背后又何尝不是历史的必然。1976年，中央粉碎"四人帮"，结束"文革"，国家的政治生活出现新的气象，"曾敏之是一个老新闻记者，他时刻关注着并敏锐地感觉到了党和国家政治氛围和社会生活的变化，尽管如何评价'文革'、如何处理'文革'中发生的种种问题尚待解决，但毕竟看到了新时期将要来临的曙光"②。1978年，"真理标准问题"的讨论再度引起了曾敏之的高度关注，他在这场讨论中看到了政治解冻、思想解放的强烈信号，坚信"春天"的到来。带着这样的信念，1978年初冬，61岁的曾敏之赴港整顿"文革"中被极左意识形态破坏的《文汇报》编务，此后不久，十一届三中全会召开，"原来心头尚存如何来认识香港和利用好香港的疑虑，曾敏之现在已在三中全会公报中找到了驱散疑云的阳光，那就是要解放思想，从改革开放以及对台交流的视角来认识香港和利用好香港"③。在内地逐渐解放思想、走向改革开放的背景下，曾敏之提出"面向海外，促进交流"，是正当其时的。1979年，曾敏之又在《花城》公开发表《一瞥》，开启台港澳地区及海外华文文学研究的实践，也正式打破了内地文学领域不能讨论"台港"及"海外"的"禁忌"。

可以说，曾敏之的台港澳地区及海外华文文学研究诞生于改革开放的时代大潮，受其影响又与其共振。放在大的历史语境下来看，曾敏之的拓荒之声，无疑可被视为是"文革"结束后内地思想解放的产物，如果没有内地政治气氛的变化，如此触犯"禁忌"的观点无疑会被打成"毒草"，但1978年和1979年

---

① 吴奕锜：《近20年来台港澳及海外华文文学研究述评——以历届学术年会及其论文集为例》，《汕头大学学报（人文科学版）》2001年第2期。

② 陆士清：《曾敏之评传——敢遣春温上笔端》，复旦大学出版社2011年版，第162页。

③ 同上，第184页。

接连发声的曾敏之本人却并未因"出格"的言论而受到批判，这在某种程度上具有重要的示范价值，许多仍在观望的学者从曾敏之的"安然无恙"看到了突破"禁区"的可能。正如有研究者在新千年所指出的："以其自身的示范效应为跃跃欲试者提供了理论与现实的双重依据——他们的平安无事本身就意味着此事可行！"①改革开放的进一步推进、台海局势的变化也促进了曾敏之等先行者的台港澳地区及海外华文文学研究的发展，使其在短短数年之内就呈现出蓬勃发展的态势，恰如曾敏之在首届台港文学研讨会总结发言中所分析的："在我的印象中，学术会议能一开始就受到如此重视，是很不容易的。产生这种影响的原因是形势造成的。如果没有'九点和平方案'的提出和中央对外政策的开放，台港文学研究就提不到议事日程上来。目前的形势对研究工作是有利的。"②

曾敏之的台港澳地区及海外华文文学研究，得益于改革开放大潮所提供的有利形势，而他个人的睿智、胆识和勇气又使他能够在这股大潮中首度发声，成为最早的拓荒者。曾敏之是一位集报人、作家和学者三重身份于一体的现代知识分子。赴港后，曾敏之通过调研，感受到香港的复杂性，为香港文化界的人心未归而忧虑重重。作为一名老报人，他深知要改变这种局面，必须首先改变以往僵硬的宣传方式，从加强对话着手，利用文学交流，逐步促使人心归顺，这些思考最后凝练为"面向海外，促进交流"，这样的远见卓识体现了曾敏之作为一名优秀报人的敏锐性和洞察力。

曾敏之赴港前已是出版了诸多著作的老作家，这样的身份使他到港后对文学保持了一种敏感，进而在商业气息浓厚的香港很快就捕捉到台港及海外华文文学的独特气息；同时，在搭建内外交流的宏伟蓝图时，曾敏之首先意识到文学的作用，与他自身的作家身份也密切相关。曾敏之20世纪60年代曾在暨南大学中文系任教，他对台港及海外华文文学的思考虽然建立在宏大的意识形态目的上，但他又不唯政治，"他更具有大学教师和学者的学

---

① 吴奕锜：《近20年来台港澳及海外华文文学研究述评——以历届学术年会及其论文集为例》，《汕头大学学报（人文科学版）》2001年第2期。

② 曾敏之：《把台港文学研究推进一步——在台港文学学术讨论会上的总结发言》，选自《台湾香港文学论文选》，福建人民出版社1983年版，第1页。

科眼界和学术思维，从一开始他就把香港文学从一般报刊评论的小圈子里摆脱出来，使其与高校、研究所紧紧捆绑在一起，使之进入高校教学领域，逐渐发展成为一门重要的学科；并且，学者的眼光使他不是孤立地把握香港文学，而是逐渐与台湾文学，进而与世界华文文学紧紧联系在一起，开创了一大片崭新的文学空间，使之成为与中国内地文学并驾齐驱的一个新学科"①。

（二）书生报国一支笔

回顾曾敏之从事台港澳地区及海外华文文学研究的历程，不难感知到背后改革开放的气息，也可看出时代转折期曾敏之作为现代知识分子的良知和担当。"曾敏之先生是以官方人士的身份到香港开展工作的，同时他又是一个颇有清流声望的知识分子，他在1957年被错划'右派'，在'文革'中吃过苦头，并且在以后的种种大是大非的风浪面前，也始终保持了知识分子的良知和风骨。这样的知识分子，注定在20世纪中国的政治风浪里要承担更多的历史责任。……曾敏之先生在中国历史关键时刻被委以重任，南下香港领衔左派文艺阵营，这正是从20世纪30年代树立鲁迅、茅盾为左翼作家联盟的旗帜，20世纪40年代树立郭沫若为文化界领军人物，树立闻一多、朱自清为进步知识分子的杰出代表，一脉而来，这也决定了曾敏之先生后半生重建辉煌的人生道路。"②曾敏之的台港澳地区及海外华文文学研究，只有放在这样的历史脉络中来考察，才能看出其时代意义和精神价值。

首先，反映了现代以来进步报人的铮铮风骨。曾敏之先后在《大公报》《文汇报》工作，与胡政之、张季鸾、陈凡等著名报人共事，延续了近代以来报人身上那种疾呼民主、追求进步、鞭挞腐朽、期盼复兴的风骨。曾敏之的台港澳地区及海外华文文学研究，具有"报人论政"的特点，风格上采用了杂文及社论的笔法，坚持文艺应该干预生活的理念，自

---

① 陈思和：《序》，选自陆士清：《曾敏之评传——敢遣春温上笔端》，复旦大学出版社2011年版，第3页。

② 陈思和：《序》，载陆士清：《曾敏之评传——敢遣春温上笔端》，复旦大学出版社2011年版，第2—3页。

觉地担时代所赋予的历史责任。20世纪80年代初，台海对立、香港尚未回归，曾敏之对台湾文学及香港文学的考察，摆脱了就文学谈文学的思路，更多通过文学了解台湾和香港，并进一步促进相互之间的了解，消除长期以来形成的隔阂，正如他在首届台港文学学术研讨会总结发言中所提及的："这队伍过去所做的工作及今天的会议，是会为台湾回归祖国，完成统一大业作出一点贡献的。"①进入新世纪以后，面对全球化对中国的冲击、中国传统文化的失落，曾敏之以一个报人的敏锐，在多次世界华文文学研讨会中都强调研究者应该有民族忧患意识，要正视世界华文文学所面临的挑战，坚守优秀的中国文学传统，以中国文化精髓反击西方文化霸权。例如在2010年第十六届世界华文文学国际学术研讨会的书面致词中，面对"环视海外作家，有人宣扬文学是抒写个人的绝对自由，排除民族主义，超越国家观念，超越道德批判，改变国族历史文化，纯以见证人性为核心"的观点，曾敏之明确地提出质疑："试问：如果按照不需要对中华文化执着固守，则华文文学的实质是什么呢？华文文学能否定中华文化为载体吗？当然，华文文学是个开放的体系，固守中华文化并不否定华文作家在与不同国家、不同民族文化的接触、交流和碰撞中融入多元文化的要素。固守自己的文化身份，是对祖国和民族的眷恋，是中华民族赋予的传统道德。……我们推动华文文学的正确发展，必须正视一切误导的理论与谬误。"②曾敏之的高屋建瓴，在一些人看来或许是"迂腐"，但作为一位经历了现代以来的民族危难、政治动乱、重新复兴的报人型知识分子，这一厚重的民族忧患意识，是现代以来进步知识分子优良传统的反映，而这一传统的核心之一即是"情牵人民、心系国是"，这也恰恰是曾敏之台港澳地区及海外华文文学研究的精髓之一。

其次，彰显了现代文人浓烈的家国情怀。"书生报国，秃笔一枝"是曾敏之为文的宗旨，20世纪80年代以来，他撰写了大量悼念现代知识分子的散

---

① 曾敏之：《把台港文学研究推进一步——在台港文学学术讨论会上的总结发言》，选自《台湾香港文学论文选》，福建人民出版社1983年版，第2页。

② 曾敏之：《在第十六届世界华文文学国际学术研讨会上的书面致词》，选自曾敏之：《海上文谭：曾敏之选集》，花城出版社2012年版，第61页。

文，颂赞他们的爱国之情，如他在一篇悼念林同济教授的文章中指出："林老虽饱经风霜，而坚韧不拔，虽受折磨，而爱国之志不渝。从他的身上可以看到老一辈知识分子的思想感情，是如何凝聚在忧国忧民的事业上！"①而我们从曾敏之身上同样也能看到现代文人的良知以及忧国忧民的家国情怀："强调文艺与现实、时代紧密相连，文艺为民族解放、国家强盛、人民幸福的伟大事业服务，反对作家吟风弄月，脱离现实人生，是曾敏之一以贯之的文艺观。"②两者的相互交融，使曾敏之的台港澳地区及海外华文文学研究具有典型的"文以载道"特点，这里的"道"既包括港澳回归、台海统一、内外交流、人心归顺，也包括民族特征与民族气派。新世纪以来，曾敏之以耄耋之年在不同场合不断呼吁："世界华文文学不能忽略文化传统强调的人生意义，要以情的道德缔造中华民族及人与人之间的精神价值观。"③这些主张在某些人看来可能是"空洞的""落后的"，但联系曾敏之一生所走过的路，联系他这一代知识分子的历史责任，曾敏之的振聋发聩之声是令人敬佩的，这里包含了现代以来所有追求进步的知识分子对家国的拳拳之心，而这也恰恰是曾敏之台港澳地区及海外华文文学研究的另一精髓。

结　语

台港澳地区及海外华文文学研究是一块新兴的学术领域，发端于改革开放的时代潮流中，至今已有近40年的历史，形成了一支庞大的学术队伍，建立了完备的学术体制，而曾敏之正是其中主要的奠基人和引领者。回顾曾敏之30余年台港澳地区及海外华文文学研究的历程，正好印证了王安石两句诗所言："看似寻常最奇崛，成如容易却艰辛。"他为这一学术领域的发展倾尽了后半

①　曾敏之：《"洗出人间一点真"——悼念林同济教授》，选自曾敏之：《望云海》，人民文学出版社1982年版，第210页。
②　朱双一：《感动与敬意——在"新闻与文学的关系——曾敏之创作谈"研讨会上的发言》，《世界华文文学论坛》2011年第3期。
③　曾敏之：《我们要记情——在"共享文学时空"研讨会上的发言》，选自曾敏之：《海上文谭：曾敏之选集》，花城出版社2012年版，第57页。

生大量的心力，其贡献可用陈思和教授在《曾敏之先生九十大寿》贺词中的一段话来概括："先生倡导研究华文文学，开风气之先，尽拓荒之责。组织推动，尽心尽力。登高振臂，凝聚文友，促华文文学内外交流，期旺旺然成就伟业，扬中华文化之精华，贡献于环球之人类！"①

（本节撰稿者：温明明，暨南大学文学院副教授）

---

① 转引自陆士清：《深深的闪光的历史履痕——曾敏之与华文文学研究》，《华文文学》2008年第2期。

第二章

深入与拓展（一）：潘亚暾、
饶芃子、王列耀与暨南大学
海外华文文学学科团队

暨南大学是海内外公认的"华侨最高学府"，素有华侨华人研究的传统，台港澳地区文学研究也是率全国风气之先。1979年曾敏之撰文《港澳与东南亚汉语文学一瞥》（《花城》1979年创刊号），这是大陆第一篇介绍并倡导关注本土以外汉语文学的文章。在他的积极推动下，1982年暨南大学召开了首届"台湾香港文学学术讨论会"，在全国引起轰动，之后每两年举办一次。潘亚暾继续在现当代文学教研室拓展台港澳地区及东南亚华文文学的研究，1987年成立了暨南大学台港暨海外华文文学研究中心，并建立了台港澳地区暨海外华文文学资料中心。20世纪80年代中后期饶芃子介入其中，利用其文艺学学科背景极大地推动了该领域学科研究的发展，尤其是1993年比较文艺学博士点获批后，暨南大学海外华文文学的研究也更上层楼，开始招收博士研究生，很快第三代、第四代、第五代研究者逐渐成长起来了。

1994年，在曾敏之、饶芃子等前辈的推动下，由北京、上海、福建等地20余所高校与研究机构共同发起成立了中国世界华文文学学会筹备委员会，萧乾、曾敏之任主任，饶芃子任常务副主任，秘书处设在暨南大学，筹委会成立以后，与多所大学和研究机构共同主办了11届海外华文文学国际学术研讨会。2002年，中国世界华文文学学会（国家一级学会）挂靠暨南大学成立，饶芃子当选为首任会长，蒋述卓担任学会顾问，王列耀担任副会长兼秘书长。2005年，面向全国举办华文文学教师培训班，并主办了首届世界华文文学高峰论坛。

2006年，在原海外华文文学研究中心学科梯队基础上，暨南大学整合文学院、新闻与传播学院、华文学院、外国语学院、艺术学院等科研团队力量，组建了暨南大学海外华文文学与华语传媒研究中心。2007年12月，中心获批为广东省普通高校人文社会科学重点研究基地，饶芃子担任中心名誉主任，蒋述卓担任主任，王列耀担任常务副主任。该研究基地现有专职研究人员20余人，校内外兼职研究人员近50人（其中海外兼职研究员18人），下设海外华文文学与华人诗学、华语传媒与当代文艺生产、华语传媒产业发展与中外文化交流、旅游文学四个研究室及海外华文文学及华语传媒文献信息中心，实现了各个学科之间的交叉与跨界，进一步拓展了海外华文文学研究的广度和深度。近年来，中心专兼职人员共承担省部级以上课题100余项，其中包括以饶芃子为首席专家的国家社科基金重大项目"百年海外华文文学研究"，出版研究著作近50余部，取得了突破性的发展。

　　暨南大学海外华文文学之所以能够在学界处于领先位置，离不开几代研究者的共同努力。这支队伍有其内在的承继，也有不断更新的力量。暨南大学海外华文文学的研究团队大致可分为三个部分：中国现当代文学专业的台港澳地区及海外华文文学研究；文艺学专业的海外华人诗学研究，以海外华文文学的诗学探讨及对海外华人学者的文艺理论研究为主；外国语学院的海外华裔文学研究，以海外华人的非母语创作及海外华裔文学的诗学研究为主。这三个方向相互勾连，互相影响，以海外华文文学为基础，逐渐成长为一棵枝繁叶茂的学术之树。海外华文作家作品解读是最基本的枝干，在此基础上进一步生发出对各个国家、区域的海外华文文学史的梳理，对海外华文社团、华文媒介与海外华文文学发展的关系研究，进而思考海外华文文学与中国文学乃至当地主流文学的关系等，构成了台港澳地区及海外华文文学研究中的重要组成部分。总括而言，这一方向的研究特点是注重区域拓展，追溯历史纵深，用比较文学的方法努力在跨界交叉研究方面做出贡献。海外华文诗学研究一方面是在第一个方向的基础上自然产生的，如何总结海外华文文学的总体特征、内涵本质及研究方法成为该领域研究者必须面对的、进而在此基础上探索其成为一个独立学科的可能性。而对海外华人学者的文艺理论研究则是以中国视野去面对海外汉学家对中国文学、文论研究的再研究，这是十分独特的分支，是中国学者在比较文学的框架下如何应对西方的汉学研究，并进而探讨中国文论在海外如何被传播、接受乃至变形的轨迹，也可看成是中国文学与西方文学的深层次关系研究。这种对话是深层次的文化碰撞，也是在全球化进程中，中国学者积极寻求走向世界的努力。因此，该方向的研究特点是放眼世界，探寻自身诗学本质。海外华裔文学研究则以跨语言的姿态介入海外华人及华裔的非母语创作，海外华人的非母语创作与海外华文文学形成有意味的参照和互补，同为移民文学展现出各具差异的文化表征；而同为华人非母语文学，华人移民与华裔因身份的不同，也产生出多重可比性。而在此基础上探讨总体华裔文学的诗学特质，与海外华文文学又会呈现出别样的风景。三个方向的研究人员彼此交叉互动，并驾齐驱，以暨南大学海外华文文学研究基地为主要交流平台，形成各有特色的发展方向，为暨南大学海外华文文学研究做出了诸多贡献。

第一节　潘亚暾：台港及海外华文文学研究

提及台港文学和海外华文文学的发生，潘亚暾无疑是一个不可忽视的个案。作为20世纪80年代以降率先投身于台港及海外华文文学教学与研究的第一代学人，潘亚暾在文情传递、开疆辟土、打通关节等方面曾经发挥了极为重要的作用，其关注视野从台港文学扩张至东南亚华文大区域，并有意识地推动学科内涵不断延展。尽管从学术道路审视其学术成就可能还存在一些缺憾，但也恰恰反映出这样一门新兴学科在发展过程中的总体境况，何尝又不是个体面对时代而发声时必然面临的困难？

潘亚暾（1931—2014）生于福建南安，早年在侨乡泉州接受教育，其父潘葵村毕业于燕京大学，1934年于菲律宾马尼拉创办曙光学校，招收华人子弟。由于亲友散居南洋，潘亚暾自幼主要受其母影响，少年时期喜欢文学，青年时代赴港就读于华侨工商学院文史系。1950年夏，由港转穗，先后毕业于华南文艺学院和中山大学。1957年因于《作品》发表《他不是老油条》而被打成"右派"，毕业后分配至贵州大学任教，1978年调黔南师专任教。同年暨南大学复办，因师资调配和学科发展需要，于1980年奉调广州，任教于暨南大学中文系，并先后开设《香港文学》和《海外华文文学》课程。他曾介绍转向台港文学教学与研究的原因，主要有感于长期以来的封边锁国，大陆读者对港台及海外华文文学缺乏起码的认识，因此决心做些沟通、引进、交流工作。而他之所以从香港文学入手，是因为他曾在香港求学，在港同窗亲友众多，加上家眷定居香港，常有机会前往探

亲，"研究香港文学可谓得天时、地利、人和之便"①。

潘亚暾介入台港文学研究的契机与经历，一定程度上揭示出20世纪80年代初中国内地学界台港文学研究兴起的历史因缘。海外华文文学研究之所以在东南沿海地区首开风气，无疑得益于粤闽等华侨华人输出大省长期以来形成的海外联系网络，当然更离不开当代中国改革开放的历史大背景。而这样一种从无到有的学术实践，既奠定了早期华文文学学者在本领域的开创之功，也在很大层面上规约了相关研究的介绍基调。因此，潘亚暾的台港与海外华文文学研究恪守着文情传递、面貌展示的宗旨，学术路径展示出从个案批评、区域文学现状介绍到文学史书写的演进逻辑。

作为先行者，潘亚暾无疑是全身心投入台港文学研究的一位。据他自己粗略统计，先后发表的各体文章达1000多万字，大部分作品发表于港澳及作家居住地的报纸副刊，除本名之外，经常署"乐融融""悠悠""明月""清风""潘真"等笔名，意在避免造成发表过于频繁的印象，这从一个侧面说明其评论之勤。仅以香港文学为例，他曾于1999年透露，自从关注香港文坛以来，20年时间里已有系列"三打"，如"三打诗人""三打才女""三打论文""三打小说家""三打散文家"等②。如《三打诗人》收入36位诗人评论计52篇，同时收有18篇澳门诗评。而在此之前，他已经出版《香港作家剪影》③，其中文章先后发表于《中国建设》《台港文学选刊》《华文文学》《作品》《南风窗》《汕头文艺》《泉州文学》《文艺报》《文学报》《文学知识》《广州文艺》《长江》《华夏》《人民日报》（海外版）、《羊城晚报》《广东致公》《黔南报》等，以及香港《镜报》《当代文艺》《文汇报》《星岛日报》《星岛晚报》和美国《时代报》、菲律宾《世界日报》《菲华时报》等④。评介作家涉及曾敏之、刘以鬯、廖一原、舒巷城、夏易、施叔青、金依、海辛、张君默、白洛、陶然、东瑞、陈浩泉、张诗剑、陈娟、何达、余光中、犁青、黄河浪、西西、也斯、陶里、王心果、吴其敏、郑德坤、小思、林真、彦火、谢雨凝、华莎、阿浓、胡菊

---

① 潘亚暾：《香港作家剪影》"后记"，海峡文艺出版社1989年版，第342页。
② 潘亚暾：《三打诗人》"跋"，香港文学报社出版公司1999年版，第348页。
③ 此书于1986年完稿，1989年出版。
④ 潘亚暾：《香港作家剪影》"后记"，海峡文艺出版社1989年版，第344页。

人、黄继持、黄维樑、梁羽生、顾鸿、石人、亦舒、何紫、徐訏等，加上后来的诗人、散文家、小说家专评，几乎囊括了香港文坛的重要作家，对象之广，无人出其右。潘亚暾注重对象的情况介绍，文风平实素朴，娓娓道来，如吐家常，几句话就把作家的形象和性格勾勒出来，栩栩如生。对香港文学进行的全方位打捞，为他后来的香港文学史撰写打下了坚实的基础。

数量甚丰的作品量说明潘亚暾精力旺盛，加上其立志开创海峡两岸暨港澳文学交流的抱负，个案评论成为实践文学认知和文化交流的产物。他充分利用暨南大学面向海外的独特便利，先后邀请大批台港澳地区及海外华人作家来访，为师生开设相关讲座。如20世纪80年代末就有陈映真、颜元叔、林燿德、施叔青、陈若曦、尤今、云鹤等人前来交流。他的评介受益于友谊的积淀，早期针对曾敏之、徐訏、刘以鬯、施叔青、陈若曦、西西、也斯、陶里、杨牧、尤今、钟肇政、黄维樑、小思等作家、学者进行的评述，都是可圈可点的首开风气之作。以潘亚暾对刘以鬯的追踪关注为例，可见其知人论世之原则。他早在1983年即结识刘以鬯，并在刘氏指引下结识大批香港作家，后来采写访谈，并总结刘以鬯的基本特征"广结英才、扶植新秀、锐意创新"①。后来撰写《刘以鬯论》，从文学观、小说内容、创作手法、文学研究等几个方面入手，全面分析刘以鬯的文学世界，并认为刘氏在群龙无首的香港文坛称得上"无形之盟主"②。20世纪90年代中期，他又重读《酒徒》并进行细致分析，认为这篇小说堪称"诗的小说"，是"现实主义现代化"的杰作。同时高度肯定刘氏在东西方文化沟通交流方面发挥着"立交桥"作用，预言刘以鬯"在中国当代文学史上占有重要的一席，堪称香港文坛泰斗"。③这些判断极富前瞻性。

基于人际交往的评论有利于对象的全方位了解，因突破文本局限而颇多创见，但一定程度上又塑造了评论的基调，碍于人情关系而不便表达异质性意见，用他自己的说法是遵循着"鼓励优先"的原则，有时这种印象式的批评难免受到旁观者质疑。无论如何，与台港及海外华文作家的交往，极大地扩大并

① 潘亚暾：《创新培苗桥梁——访香港老作家刘以鬯先生》，《华文文学》1987年第3期。
② 潘亚暾、汪义生：《刘以鬯论》，《暨南学报》1988年第1期。
③ 潘亚暾：《刘以鬯与香港文学》，《语文学习》1996年第1期。

且深刻地形塑着潘亚暾的文学视野，一方面让他对港台文坛"现状"积累了丰富的感性认知，作家作品如数家珍；另一方面使他深切地感触"外面"的文学世界无限之广阔，亟需开疆辟土，不断介入新的文学空间。随着知识边界在主体面前无限延伸，潘亚暾亦随之投入无边的征程，他曾检讨回顾评论数量大，但质量不高，目的在于铺路搭桥，以弘扬中华文化为己任，略尽绵力而已。[①]同时他也对比内地学者与港台学者的学术差异，认为自己这一代"内地研究者学养高、素质好、责任心和使命感强，能吃苦耐劳乐于奉献，较倾向传统，局限性大些。台港澳地区研究者则大多留过洋，受西方文化影响多些，资讯丰富一些，善于从中西文化碰撞角度来考察、分析复杂的文学现象"[②]。说明他对自身的局限亦有清醒认知，虽然很多文字让人感觉他喜好张扬，自负远多于自审。

　　作为"征服知识"的象征，潘亚暾后来的学术道路以文学史撰写为基本指针，兼及百科全书的编撰参与。1986年，他应中国社科院文学研究所所长刘再复之邀，为中国社科院高级进修班做《港台海外华文文学现状》的专题报告，讲稿从《香港文学》（1986年第8期）开始连载，由香港文学、澳门文学讲到台湾文学。[③]此为后来他主编撰写《台港文学导论》"香港文学"部分及附录"澳门文学巡礼"的主要来源。海外华文文学部分后来整理为《海外华文文学现状》（1996年由人民文学出版社出版），系统介绍新加坡华文文学（第一章）、马来西亚华文文学（第二章）、菲律宾华文文学（第三章）、泰国华文文学（第四章）、印度尼西亚华文文学（第五章）、美国华文文学（第六章）、加拿大及其美洲国家的华文文学（第七章）、欧洲的华文文学（第八章）、大洋洲和非洲华文文学（第九章）。他之所以介绍现状，原因是"从研究现状入手，既可追寻历史脉络，又可探讨未来的走向，便于把昨天、今天和

---

　　① 潘亚暾：《最是繁华季节——三岸文学研究交流比较》，选自潘亚暾：《最是繁华季节——潘亚暾选集》，花城出版社2014年版，第107页。

　　② 同上，第116页。

　　③ 《香港文学》连续刊载到台湾文学为止，但据他在附记中介绍，本文有关海外华文文学部分，"委实不好意思多占用《香港文学》版面，容笔者以后另文介绍"。载《香港文学》总第28期，1987年4月。

明天结合起来研究，将横向扫描与纵向审视综合起来，扩大视野，增广见闻，提高认识，及时交流，互通信息，有利于推动世界华文文运，也有利于各地华文文学繁荣发展"①。本书后记完稿于1991年元旦，算得上国内全面介绍当代海外华文文学的拓荒之作。②

受视野与学术积淀限制，真正体现其水准的可能还是他与汪义生合著的《香港文学史》（获第11届国家图书奖），此项工作无疑是潘氏早前的香港文学研究的延续，直接因素则是1987年鹭江出版社的出版计划，邀请他负责《香港文学概观》（另外有黄重添《台湾新文学概观》、陈贤茂的《海外华文文学概观》）的撰写，潘亚暾与汪义生合作的《香港文学概观》于1993年顺利出版。后来又应出版社之邀"重写文学史"，并在香港回归之前完成全书。如作者所说，《香港文学史》与《概观》的最大区别，是改变以往"概述"与"作家作品论"两大块的写法，突出了史的线索，从文学发展的历史进程着手分析各种重要的文学现象。虽然立论不乏偏颇与盲视，但在体例和具体呈现方面，《香港文学史》算得上相对成熟的文学史操作。此后潘亚暾出任《台港及海外华文文学大辞典》主编，并任《海外华文文学大系》散文卷、杂文分册主编，意味着他承担正统知识的规范化生产，也标志着他在海外华文文学研究领域重要地位的确立。

全面检视潘氏学术生涯，不可忽视的贡献是他对台港及海外华文文学作家作品的大力推介，由他主编的作品有《菲律宾、泰国、新加坡华文诗选》（1989）③、《金庸、梁羽生通俗小说欣赏》（1993）、《尤今作品精选》（1993）、《菲华小说选》（1993）、《潘铭燊作品评论集》（1994）、《香港散文选》（1995）、《轮椅上的战歌：印尼华文作家黄裕荣文集》（1995）、《三月·铃语——香港女性散文选》（1996）、《台湾八大家散文

---

① 潘亚暾：《海外华文文学现状》，人民文学出版社1996年版，第9页。

② 差不多同期完成的还有赖伯疆《海外华文文学概观》（花城出版社1991年7月出版），陈贤茂主编《海外华文文学史初编》，鹭江出版社1993年出版）。潘亚暾主要侧重于"现状"，即以20世纪七八十年代海外华文文学为主要内容。

③ 本书系潘亚暾与菲律宾云鹤、新加坡贺兰宁共同主编，潘氏负责泰国华文诗选并统稿，中国文联出版公司出版。后附有潘亚暾撰写的编后记《椰风蕉雨最关情》，交待缘起，并对各国情况及入选作者情况进行介绍。

精品集》（2001）等多种。如果用传统的标准来评价，作家作品集也许谈不上学术意义，但是毫无疑问构成了学者使命承担的重要内容，甚至因为其非学术属性，反而具有更加纯粹的文化意义。费希特曾说："只有关于人的天资和需求的知识，而没有关于发展和满足这种天资和需求的科学，这不仅会成为一种极其可悲的和令人沮丧的知识，而且同时也会成为一种空洞的和毫无裨益的知识。"①可以说，追踪、探索并归纳出内在规律，满足读者对文学需求的认知，就是文学研究者被赋予的使命。但是这种满足因为读者对象专业要求不同，具体需求也分为不同的层次，对于国内一般读者而言，他们首先要接触的是海外华文文学中的优秀之作或具有代表意义的作品，它们必须经由专业人士，借助专业手段而获得，这是作品文集编选的重要意义。

此外，他结集出版《世界华文女作家素描》（1993）、《海外华文文学名家》（1994）以及关于马华文学的《后来居上》（1998）和《新加坡作家作品评论集》（2002）等论文集，繁杂的视野证明他对华文世界的积极参与，但也消解了他对具体问题深入思考的可能，尤其是他20世纪80年代即开始倡导儒商文学，引来学界非议颇多。

儒商文学当然不可一概而论，潘亚暾意在开创一个新的文学研究领域，但受知识结构局限，始终未能找到切入社会文化研究的角度。一方面他确实看到了海外华文文学的生存境况，不论是华文教育、华人社团还是华文媒体，都离不开华商的经济支撑，而且不少华文作家拥有相对雄厚的经济实力，走亦文亦商之道，另一方面他却忽视了文学与商业之间的内在差异，甚至把诸种身份混为一谈。他在"儒商系列"中涉及的诸多对象，如东南亚的林健民、姚拓、云里风、司马攻、云鹤、周颖南、梦莉、邵建寅等，港澳的金庸、马万祺等，他们内心对于企业家和文学从业者的不同身份认知是相当清晰的，而且"儒商"的称谓认定也相当复杂，并不等于文化商人的混杂。商业与文学结缘虽然造成喧嚣的场面，但也正如他曾经所说，要克服非文学化倾向，"例如，举办什么研讨会，坐在主席台上的尽是高官与财主们，专家们反而没有发言的机

---

① 费希特：《论学者的使命　人的使命》，梁志学、沈真译，商务印书馆1984年版，第38页。

会，岂不成为笑话？而过多地为高官、财主们树碑立传，也会使我们的研究工作变质，同时也会使一些研究者堕落为文霸、文痞、文丐、文奴、文妓，败坏我们的声誉。所以我主张发扬坐冷板凳和守冷摊子的精神，也就是要有献身精神，要有文人风骨，要讲求学术尊严与学术美德，不能为名为利，卑躬屈膝，斯文扫地"①。从侧面说明潘亚暾对金钱异化文学有一定的认知和警惕，而且他曾经坦陈发表数量甚巨的评论，稿费悉数用来招待朋友，举办文学讨论活动，表明他对金钱始终保持淡泊、豁达的态度。然而儒商文学的呼吁最终成为他的累赘，自20世纪90年代后期他创立儒商学会并自任会长，标志着他学者的身份转换为社会活动家，也不再有高水平的研究成果问世。

简言之，潘亚暾是一位尝试开创华文文学大局面的学者，凭其能力与情怀，也部分地实现了他的目标。然而由服务高校教学这一职业思维所养成的文学史撰写情结，很大程度上限制了他对学科问题的自觉追问。学者必须超越作家介绍和作品鉴赏的文学史意识，才能真正思考学科专业与社会文化之间的深刻互动。如果将他的贡献与缺陷皆归因于时代，显然并不客观，却又很难否认时代对个体生命的影响，毕竟知识储备与学术技能的积淀主要在人的青年时期完成。对于开创新学科、新领域的学者而言，最大的困难不是来自研究对象本身，而是缺乏与之一起探讨的同时代人。他一路前冲，孤军奋战，步入无地而独自彷徨，他的喧嚣与寂寞、自信与盲目，无比自然地融合，如此繁华，又如此凌乱。

（本节撰稿者：龙扬志，暨南大学文学院副教授）

① 潘亚暾：《最是繁华季节——三岸文学研究交流比较》，选自潘亚暾：《最是繁华季节——潘亚暾选集》，花城出版社2014年版，第117—118页。

第二节 饶芃子：跨文化视野下的海外华文文学研究

作为中国世界华文文学学会的创始人之一，饶芃子在该领域内取得的成就不容赘述，学界已有众多美论。正是她及学界前辈们的持续垦荒，几代研究者们的不懈努力，才使得该学术领域在近30多年的时间内取得迅猛发展，成绩斐然，成为中国文学学科发展中的一匹黑马，表现出强劲的生命力。而该领域独特的文化内涵也使其在中外文化交流过程中表现出非常重要的功能性作用，甚至成为中国文化对外传播和推广的重要场域，逐步引起国家政策上的重视。也正由于饶芃子的奋勇开拓和悉心引领，暨南大学的海外华文文学研究也成为一面独特的学术旗帜，在全国遥遥领先，成为该领域的学术重镇。

回顾饶芃子的学术历程，她进入海外华文文学研究领域并不是机缘巧合，而是经历多次的学术跨界之后，最终将学术生命定位于斯，并倾其所有垦拓这一片新兴的学术园地，使其成为与文艺学、比较文学、中国现当代文学等诸学科相互关联而又脱颖而出的奇葩。可以说她的后半生几乎都付诸此业，专注、坚守、开放、兼容是饶芃子在面对这一专业领域时的学术态度，这是极令学术后辈所感佩的。

1935年，饶芃子出生在广东潮州一个世代知识分子的家庭，受家学影响，她从小就热爱文学，1953年考入中山大学中文系就读，立下文学之志。大学时期专注古典文学尤其是词曲研究，毕业留校任教。1958年调任暨南大学中文系，师从文艺理论家萧殷先生从事文艺批评，开始学术道路上的第一次跨界。"在专业上，这个弯转得很大，一是从'史'到'论'，一是从实证和文本解读到思辨的逻辑演绎。更主要的是在我内心深处很难割舍自幼喜爱的古典文学，思想一度很不平静"①。然而，这次跨界却让饶芃子获益匪浅，她的问题意识和思辨能力得到大幅提升，并且开始直面当时的文艺问题，发表看法，并且在批评实践中逐步形成诗性批评风格，成为广东文学界知名的青年文艺批评家。"文革"期间她虽受到各种冲击，但文学始终激励着她。

"文革"结束后，饶芃子重回暨大文艺学教研室，20世纪80年代初在外国文学专家黄轶球先生的启蒙和指导下，开始接触比较文学，并深为这一学科开阔的视野、无限的挖掘潜力所吸引。在担任中文系副系主任之后，她进一步采纳黄先生的建议，"暨大在'文革'期间停办多年，现在刚刚复办，要在传统学科发展上创优势，难度很大，应开拓新学科，可考虑引入比较文学"②。饶芃子积极在系里推动比较文学的发展，成立文艺理论研究室，把中西文学比较作为主攻研究方向，并从系里拨出经费，出版《文学比较研究通讯》③。她在中文系开设比较文学课程，指导硕士研究生从事中西比较文学的研究，积极参与并召开全国比较文学会议。尤其是1984年11月在暨大召开的第二次全国性比较文学研讨会取得了非常好的学术效应，点燃了广东的比较文学之"火"，并使得暨南大学成为广东比较文学的研究中心之一。期间，饶芃子接受了乐黛云先生的邀请，撰写其主编的"中国比较文学丛书"之一的中西戏剧比较专著。

这是饶芃子的第二次学术跨界，进入比较文学领域使其视野更为开阔，并且具有了新的文化视角和方法论的积累。她和中文系青年学者一起撰写的《中西戏剧比较教程》（1989）及《中西小说比较》（1994）在中国比较文学界获得了较好的声誉，尤其是前者获得了1990年8月的全国首届比较文学图书评奖中的"优秀图书教材二等奖"，1992年3月的"广东省规划及省属院校自编文科优秀教材一等奖"，1992年的"国家教委第二届普通高等学校优秀教材奖"等一系列荣誉。而比较文学的学科方法也进一步推动了饶芃子在文艺学学科领域的创新性发展，"由于中西比较诗学研究，对寻找人类文学的共同规律有十分重要的意义，因而这一领域的成果同文艺学学科有密切的联系，特别是在研

---

① 饶芃子：《我的学术之"缘"与"路"》，《社会科学战线》2011年第12期。

② 饶芃子：《我与比较文学》，《湘潭大学学报》2009年第1期。

③ 《文学比较通讯》，暨南大学中文系文艺理论研究室编辑，不定期刊物，自1983年10月创刊，至1985年12月共出版10期。

究对象和研究目的上有若干交叉、重叠的地方，于是，我试图在这两者的交叉领域寻找比较文学与文艺学的结合点，借以推动文艺学学科内涵的更新和发展”①。1993年，在培养了多届"创作理论和批评方法"和六届"文艺理论与比较文学"硕士生的基础上，饶芃子带领暨南大学文艺学团队成功申报文艺学博士点，创点方向为"比较文艺学"，这是长江以南的第一个文艺学博士点，也是国内唯一的"比较文艺学"方向的博士点。1995年12月，暨南大学成立"比较诗学与比较文化研究中心"，饶芃子担任该中心主任，主编出版《思想文综》②。饶芃子发挥了她自身的学科优势，在文艺学学科的基础上结合比较文学学科拓展了暨南大学比较文艺学的发展方向，取得了骄人的学术成就，培养了45位比较文艺学的博士，出版《中西比较文艺学》《比较诗学》，主编《比较文艺学论集》《比较文艺学丛书》（六本）和《比较诗学丛书》（四本）。

　　几乎在同时期，饶芃子也介入了台港澳地区及海外华文文学研究。首先是因为暨大是侨校，有曾敏之、潘亚暾等较早从事台港文学研究的传统，其次是因职务需求，她经常出访香港、澳门及东南亚地区，当地的文学创作引起了她的关注。从撰写张爱玲的系列评论开始如《张爱玲和张爱玲的"冷"》《艺术的天梯——张爱玲的〈传奇〉及其他》（与黄仲文合作），之后更相继撰写香港作家白洛的评论、泰国华文作家作品评论及推介等系列文章，这些文章均被收入《文学批评与比较文学》《艺术的心镜》《心影》等书中。正是在与这些作家和当地文坛的互动往来中，饶芃子独具慧眼地关注到这一领域的独特生命力和文化内涵，她要做的不仅仅是品味式的推介，而是试图在文化交流与碰撞的基础上去分析这一独特的文化现象。"我逐渐认识到海外华文文学作为一种世界性的文学现象，总是这样或那样地表现出中外文化复合的跨文化特色，与比较文学有一种不寻常的天然的学术联系，从而在学界提出和倡导比较文学视野下的海外华文文学研究。"③这一倡导得到了比较文学界学者们的积极支持，在之后的比较文学研讨会上总有一个圆桌是为海外华文文学设立的，并不

---

　　①　饶芃子：《我的学术之"缘"与"路"》，《社会科学战线》2011年第12期。

　　②　《思想文综》，第1—4、9、10辑，由暨南大学出版社出版，1995—1998年，2005、2007年；第5—8辑由中国社会科学出版社出版，1999—2003年。

　　③　饶芃子：《我的学术之"缘"与"路"》，《社会科学战线》2011年第12期。

断彰显出这一领域的活跃和丰富性。

1990年后，在相关的国际学术研讨会上，饶芃子积极提交以海外华文文学为研究对象的比较文学论文，如1991年参加香港作家联谊会、《香港文学》等单位在香港召开的"世界华文文学国际研讨会"时，提交的论文是《中泰文化融合与泰华文学个性》[①]；1995年参加上海外国语大学举办的"中华文化与世界国际研讨会"时，提交的论文是《文化影响的"宫廷模式"——〈三国演义〉在泰国》[②]。此文在《中国比较文学》发表后，被翻译成英文，先后刊登在新加坡《南洋学报》（1999年12月第54卷）和曹顺庆教授主编的《比较文学：东方与西方》[③]上。为拓展比较文艺学的边界，饶芃子和她的学术群体先从少有人问津的海外华文诗学做起，发表系列专题学术论文：《90年代海外华文文学研究的思考》《海外华文文学的命名意义》《海外华文文学的中国意识》《海外华文文学与文化认同》《海外华文文学理论建设与方法论问题》等，引起了国内外学者的关注。饶芃子一直认为，对于中国学者来说，开展海外华文文学中具有特殊意义的诗学问题研究，不仅是一个极具民族特色、通向世界的文论领域，也是一个比较文学视野下应该去拓展的文化诗学研究领域。她的系列论文《海外华文文学的新视野》《海外华文文学与比较文学》《拓展海外华文文学的诗学研究》《海外华文文学的比较文学意义》《全球语境下的海外华文文学研究》等，均立足于此，希望能为文艺学和比较文学拓展一个新的学术空间。其中《海外华文文学的新视野》于1999年获"广东省优秀社会科学研究成果奖"一等奖（论文类），《海外华文文学与比较文学》于2005年获"广东省哲学社会科学优秀研究成果奖"二等奖（论文类）。

饶芃子对海外华文文学研究的积极推动在比较文学界获得了极大支持，乐黛云会长在1996年"中国比较文学第五届年会暨国际研讨会"的总结报告中就指出："海外华文文学是比较文学即将要去拓展的领域。"此后，在各届中国比较文学年会暨国际研讨会上，均设有"海外华文文学与离散文学的研究"

① 饶芃子：《中泰文化融合与泰华文学个性》，《暨南学报》1992年第1期。
② 饶芃子：《文化影响的宫廷模式——〈三国演义〉在泰国》，《中国比较文学》1996年第3期。
③ 曹顺庆主编：《比较文学：东方与西方》，巴蜀书社2001年版。

或"异质文化中的海外华文文学"圆桌，而且成为与会海内外学者关注的一个"热点"。2003年，在香港召开的国际比较文学学会"第17届年会暨国际研讨会"上，还被作为中国比较文学学会20年来的学术开拓和创获之一提出。2007年出版的《新编比较文学教程》①中，"多元文化中的海外华人文学"已作为中外文学互动的一个方面，进入这一高等学校课本。因此，2015年饶芃子获得"中国比较文学终身成就奖"，这是对她数十年来在比较文艺学、海外华文文学研究领域对比较文学学科所做贡献的最高肯定。

20世纪90年代始，饶芃子还注意到我国澳门地区文化、文学的特殊性，并把它作为自己的一个研究对象加以关注，撰写了有关澳门文化、文学的系列论文如《澳门文化两题》《澳门文化的历史坐标及其未来意义》《文学的澳门和澳门的文学》（与费勇合作）、《"根"的追寻：澳门"土生"文学一个难解的情结》《从澳门文化看澳门文学》等，出版专著《边缘的解读——澳门文学论稿》②。这些研究成果中有三篇被收进具有文献意义的《澳门人文社会科学研究文选》③，还先后获"首届澳门人文社会科学研究优秀成果评奖"一等奖（论文类）和"第二届澳门人文社会科学研究优秀成果评奖"二等奖（著作类）。她为澳门半岛培养的三位比较文艺学博士和五位硕士，现在都是澳门知名的作家、批评家和学者，他们以自己的文学实践和教学、研究成果，从不同方面推动了澳门文学的研究，其中有两位于2005年和2006年先后获澳门特别行政区政府颁发的"文化功绩勋章"④。

无论是从文艺学到中西比较文艺学，还是从比较文学到海外华文文学、诗学，以及澳门的区域文学研究，在学术理念上都有一个共同的特点，那就是：重视从理论上研究不同文化相遇、碰撞和融合的文学现象、文艺问题，关注中外文化的对话和不同文化之间的相互诠释。诚如她自己所言："五十几年

---

① 张铁夫、季水河主编：《新编比较文学教程》，湖南教育出版社2009年版。

② 饶芃子、莫嘉丽等：《边缘的解读——澳门文学论稿》，中国社会科学出版社2008年版。

③ 《澳门人文社会科学研究文选》，社会科学文献出版社2009年2月。

④ 李观鼎、汤梅笑于2005、2006年先后获澳门特别行政区政府颁发"文化功绩勋章"。

来，我执教的学科是文艺学，但我的学术研究，却跨越文艺学、比较文学和海外华文文学三个领域，表面看，这个'跨度'很大，事实上，在我的学术'世界'里，这三者是紧密联系在一起的。可以说，文艺学是我的'出身'学科，也是我学术之'根'，而我的比较文学与海外华文文学成果是后来在这一'基点'上拓展开来的。"①在文艺学基础上，饶芃子将海外华文文学与比较文学融会贯通，既拓展了文艺学的发展方向，也丰富了比较文学学科的内涵，更提升了海外华文文学研究领域的学术格局。进入新世纪后，饶芃子更将精力付诸实现海外华文文学学科建制的努力中。她多次在世界华文文学研讨会上倡议促成海外华文文学学科独立，并通过理论探讨明晰该学科范围、文化内蕴以及方法论等相关理论建制，召开世界华文文学教学研讨会进一步推动学科建设的步伐，通过培养各层次的教研人才、编撰教程、领衔国家社科基金重大项目等具体事务，将全国这一领域的研究者团结起来，为共同推动学科建设而不遗余力地奋斗着。

作为海外华文文学研究的引领者、推动者，饶芃子对海外华文文学研究领域所作出的贡献主要可以归结为以下几个方面：以跨文化视野和世界格局重新定位海外华文文学，以文化结合文学研究的方式挖掘其独特内涵；积极引进比较文学的学科方法，推动海外华文文学研究的纵深发展；努力构建学科体系，倡导诗学研究。

在20世纪八九十年代，东西方文化处于激烈碰撞的大环境中，饶芃子在不止一个场合提到东方和中国文化作为西方文化的"他者"所处的不利地位对学科发展造成的不平衡。她在多篇文章中指出种种偏向，概括起来就是"两多两少"：研究外国文学在中国的引入多，研究中国文学的外传少；研究中国和西方之间的影响多，研究中国和非西方地区之间的影响少，而开展海外华文文学的研究，正有利于揭示中国文化传播的广度、深度及其与其他地区（包括西方和其他非西方地区）人类文化融汇相生的生命力。②作为一名中国学者，她特

---

① 饶芃子：《学术自传》，选自饶芃子：《饶芃子自选集》，中山大学出版社2015年版。

② 钱超英：《为了比较文学的新超越——试谈饶芃子及其指导下的海外华文文学研究》，《中国比较文学》1999年第1期。

别关注海外华文文学中的中华文化因子，乐于寻求他们如何在非母语的文化环境中有意识或无意识被呈现出来的轨迹。在当时比较文学界热衷探讨西方文学对中国文学影响的语境中，饶芃子独辟蹊径，探究中国文学或文化在泰国、菲律宾等东南亚地区的影响和接受。这样的研究起始于她对泰国、越南、菲律宾等地的华文文学具体作家作品的品评推介，如《初识泰华文坛》《茉莉花串》《足迹和心影——〈泰国华文小说选集〉评介》《女儿国里的文化精神——菲华女作家作品管窥》等文都属于她的诗性解读，贴近作品又能脱身而出，情感细腻、理性缜密。

　　之后的系列文章则可见饶芃子从文学研究转向文化研究的轨迹，《异国的奇葩》《中泰华文文学比较》《中泰文化融合与泰华文学个性》等文则是从文化影响与接受的角度分析东南亚华文文学的特殊性。与众多现当代文学研究者不同的是，她始终以跨文化的视野面对东南亚华文文学，而不是以一种中国中心主义的态度简单视之为中国文学的海外延伸。在《中泰文化融合与泰华文学个性》《中国文学在东南亚》等文中，她一方面肯定中国文学对泰国、马来西亚、菲律宾、越南等地华文文学的影响，但更关注中国文学在当地社会文化环境中传播与接受时产生的诸种变形，并在此基础上，进一步论述东南亚地区的华文文学有别于中国文学传统的独特性之所在。她在文中指出："对中国文学在东南亚的影响研究，不仅仅是中国文学的研究……研究其外传的原因、过程、方式、终点以及在接受国的影响和'内化'，这就不仅仅是中国文学自身的问题，而是同接受国的历史文化和文学观念、思维方法密切相关……从本质看，这一课题的研究，是属于比较文学的影响研究范畴，具有世界文学研究的性质。"[①]这显然是她在比较文学研究的影响下产生的独特思维方式，正是在这样一种跨文化视野的指引下，饶芃子的海外华文文学研究已然超越了中国文学的范畴，具有比较文学、世界文学的意义，使该研究领域能够与更宏大意义上的比较文学相贯通，也使得该领域的研究者更清晰地明了他们所面对的研究对象的文化特质，"海外华文文学是一个世界性和民族性交汇的特殊汉语文

---

　　①　饶芃子：《中国文学在东南亚》，原载香港《今日东方》1996年12月创刊号，增补后载于《世界华文文学论坛》1999年第3期。

空间，也可以说，是一种用汉语写作的'混血'文学"①。因此，研究者在面对它时，就不能仅仅从传统"中华文化"的角度去认知，把他们作品中的外族文化因素看成是完全被动受影响的，而应将其放在世界多元文化视野中分析，展现其中外"混溶"独特的文化形态和艺术思考。而此时，海外华文文学已不只是单纯的艺术审美对象，更是复杂的社会、历史、文化、政治等因素融合而成的衍变体，从这一层面介入海外华文文学的研究，引发的是更为开阔、深层、复杂的系列文化论题，从而脱离简单狭隘的乡愁式阅读或民族文化认同的范畴。

"世界各国的华文文学，虽然都出自同一源体，具有炎黄文化的基因，彼此有文化上的血缘关系，但是他们已经分别与各个国家的本土文化相融合，各自成为所在国文化的组成部分。用文化眼光对世界各国华文文学进行考察，探索它们同中有异、异中有同的文化意蕴，对于了解华文文学的传播及其融入主流社会之后所产生的变化，认识和把握世界华文文学的总体状貌，以及不同民族文化的互相交融、借鉴、转化、认同的规律，都会有所促进。"②在《海外华文文学的命名意义》一文中，饶芃子再次重申海外华文文学所具有的独特文化内涵，这一立足点与其在比较文艺学方向上的拓展是一致的。在她看来，海外华文文学的研究在比较文艺学和比较文学研究的拓展中，可以提供一个实证研究的切入点，提供一般刷新和检验理论思路的活水源泉，提供一个把文化和文学研究相结合、充满"杂质"、因而可以挑战单一化理论的具体题材，而且，对于中国学者来说，它还是一条极具中国特色的通向世界文学领域的特殊路径③。这样一种高远立意和宏阔视野是之前海外华文文学研究者们所缺乏的，之后她和费勇联合撰写了系列文章，均从理论层面对海外华文文学这一特殊领域给予探讨和界定，如《海外华文文学中的中国意识》《海外华文文学与

① 饶芃子：《多元文化视野中的海外华文文学》，《社会科学战线》2011年第12期。

② 饶芃子：《海外华文文学的命名意义》，《文学评论》1996年第1期。

③ 钱超英：《为了比较文学的新超越》，《中国比较文学》1999年第1期。

文化认同》《海外华文文学理论建设与方法论问题》①等，真正引发了一场理论革命，使海外华文文学大有从边缘挺进中心的意味，逐渐扭转了当时学界对海外华文文学这一研究领域的偏见式看法。因此，有学者感佩，"先生把海外华文文学提升到了一个全新的认识高度，这不仅改变了学界原有的台、港、澳文学研究的格局，同时也极大地开拓了华文文学的研究疆域"②。

饶芃子在其研究中所具有的跨文化视野和世界格局实际上是分不开的，这是她这一代研究者共有的文化情怀：中国文学如何走出去，如何与世界文学对话。早在20世纪80年代中期，饶芃子就开始在各种"纵线继承和横向借鉴"的维度，"寻找新的理论突破口"，以便"有助于人们在改革开放过程中更深刻地理解我们的民族文化，并促进我们的文学更快地走向世界"③。20世纪90年代初，饶芃子提出要从"世界文学的格局去看华文文学"，并进而呼吁海内外共同建设"华文文学的'大同世界'"④，将世界华文文学当作有机整体向前推进，消弭海峡两岸暨港澳及海外等地区之间华文文学的割裂状态，真正将华文文学作为世界语种文学之一推向世界前沿。这并不意味着抹去差异走向同一，而是寻求跨地域、跨国别、跨文化的汉语文学之间的共同规律，"用国际的眼光来考察各国的华文文学，包括中国本土的文学，寻找世界华文文学在发展过程中的演变及其共同的规律。这样做，并不是要把每个国家华文文学的独特性消除，世界华文文学花园里应该百花齐放，多彩多姿"⑤。虽然看起来带有太多的乌托邦色彩，然而随着时间的推移，我们可见这一倡导对促进海外华文文学之间的交融汇通以及本土与本土之外汉语文学之间的互动是何等重要。随

①　饶芃子，费勇：《海外华文文学的中国意识》，原载《中国比较文学》1996年第4期；《海外华文文学与文化认同》，《国外文学》1997年第1期；《海外华文文学理论建设与方法论问题》，《文艺理论研究》1998年第1期。

②　宋剑华：《通感与质感：浅谈饶芃子先生的学术研究》，《中国比较文学》2015年第1期。

③　饶芃子：《寻找古今中国文学的交汇点》，见《传统文学与当代意识》丛书"前言"。

④　饶芃子：《共建华文文学的"大同世界"——〈台港澳暨海外华文文学大辞典〉序》，《羊城晚报》1992年4月13日。

⑤　饶芃子：《共建华文文学的"大同世界"》，《羊城晚报》1992年4月13日。

着网络及通信的发展，华文文学地球村已然形成，地域上的内外之别将成为历史，研究者面对的将是多元共存、兼容并包的汉语文学世界。由此再来重温饶芃子等前辈在20世纪90年代的倡议，可见他们的学术远见。事实上，目前海外华文文学研究与中国现当代文学研究之间的界限也逐步在消弭，从整体上去探究世界汉语文学的共同规律及其差异已是十分重要的学术命题了。

在海外华文文学研究中，饶芃子最大的贡献是将比较文学的方法引进该领域，并进而生发出一系列具有独创性的方法论，为该学科的学理定位、理论建设发挥了奠基性和开拓性的作用。应该说，方法论的改进使得海外华文文学研究呈现出别样的风貌。

饶芃子在20世纪90年代就积极主张将比较的方法引入海外华文文学研究。在跨文化视野和国际格局的影响下，饶芃子注意到了各地区、国别的华文文学因其独特的历史文化背景呈现出的多样性，她认为这恰是世界华文文学丰富性的展现，如何来面对此种差异性，恰恰是我们可以深入探讨并大有作为的，因而"对世界各国的华文文学进行跨国别的比较研究，是十分必要的，把比较的方法引进华文文学研究领域"①。她具体指出了可行的比较研究路径："将中国本土文学同其他国家的华文文学相比较"，研究其影响、传播和被各个不同国家接受的情况，探索世界华文文学发展脉络以及不同民族文化互相交融、借鉴、转化、认同的规律；"也可以将中国本土以外其他国家、地区的华文文学相比较"，研究其华文文学作品中的美学模式、风格、文学语言等的衍变史、探讨他们如何在特定的社会、文化、美学环境中产生这种蜕变；"还可以将同一国家不同语种的华人文学进行比较"后扩展为"将一个国家、地区不同时期、性别或同一个时期的不同华人作家群体进行比较"②，探索在双重文化背景下的华人群体对本民族文化所采取的态度，以及做出怎样的文学反映和选择，探究其异同。这几个层面虽不足以代表海外华文文学比较研究的所有可能性，但的确展现了其复杂而多样的"阐释空间"，"积极的比较和对多方面材料的异同参照，比之把'海外华文文学'作为一个孤立的对象作学科名目上的

---

① 饶芃子：《九十年代海外华文文学研究的思考》，《香港文学》1994年第2期。

② 饶芃子：《海外华文文学与比较文学》，原载《东南学术》1999年第6期，《暨南学报》2000年第1期，收入时有所增补。

界定，并过分急切地为之制定研究规范，肯定能提供更远大的前景"①。

饶芃子亲身实践，从比较文学的影响研究切入东南亚地区的华文文学研究，一方面关注中国文学传统在海外的传播和影响，另一方面则更注重他们如何在当地文化环境中被保存或变形的原因探究。《文化影响的"宫廷模式"——〈三国演义〉在泰国》就是十分典型的影响研究范例，文章细致梳理《三国演义》在中泰文化交流背景下的输出状态，然后从传入轨迹得出其特殊的"宫廷模式"，进而指出文学文本在传播过程中被接受的形态和功用与当地社会历史乃至政治背景密切相关。对接受方的文化接受进行细致考量和分析，才能洞见为何某一文本在传播过程中呈现出各个不一的表现形态。基于此，饶芃子指出："在文学的传播过程中，文学文本不完全是文学的文本。对于某些接受者，它可以成为非文学的文本。一个优秀的文字作品，由于它内容的丰富性，在传播中，可以向许多纬度展开它的影响，应该是一个开放型的文本；面对这样一个开放的空间，我们在重新思考和回答什么是文学和文学的作用问题时，恐怕就不能仅仅着眼于单一的'审美'，而应当承认文学在历史和现实中有更为广大的天地。"②这是她在具体研究实践中总结出的对文学文本的重新认识，已经突破了传统的文学研究范式，而强调重视其文化的特性和功能，这也是她为何十分重视对海外华文文学进行文化研究的原因。同时因为学科的特殊性，她也强调研究者在面对海外华文文学时需更注重审美意识、文化意识和历史意识的交融，"因为这个领域涉及文化、历史、美学的诸多层面，包含着许多跨学科的课题。以为华文文学研究是一条学术捷径，确是很大的误解"③。从《三国演义》在泰国的传播过程中认识到文化接受的复杂性，并且清晰地看到文学文本文化研究的必要性，进而提炼出方法论意义上的指引，这是饶芃子在该领域研究中的具体操作步骤。她的理论操演从来都不是虚无缥缈的空中楼阁，而是建立在文本考察的基础上，注重其历史演变和文化影响，十

①　钱超英：《为了比较文学的新超越》，《中国比较文学》1999年第1期。

②　饶芃子：《文化影响的"宫廷模式"——〈三国演义〉在泰国》，《中国比较文学》1996年第1期。

③　饶芃子、费勇：《文化·历史·审美——费勇、饶芃子关于世界华文文学研究的对话》，《文艺报》1995年7月4日。

分扎实厚重。在此思路影响下，学界第三代学者黄万华教授在影响研究方面做得比较突出，特别是有关“五四”新文学传统与东南亚新华文文学的影响研究。这一领域潜力无限，非常适合有现当代文学背景的研究者加入，可惜目前还没有太多人从事这一方面的工作，毕竟对研究主体的要求比较高。

在国别华文文学的比较研究方面，饶芃子也做了许多工作。如她与学生合作的论文《海外华文女作家及其文本的理论透视》①则可以看作是对海外华文女作家群体的总体考察，但其中仍然贯穿比较的方法，展现不同区域华文女作家的差异性。这种研究方式影响了该领域的诸多研究者：王列耀在区域及国别华文文学研究中既注重归纳总体特征也关注个体差异，他在东南亚各个国家的华文文学研究中成果颇丰，包括对马华文学研究、印尼华文文学及泰国华文文学等方面，之后更将视域拓展到北美、欧洲乃至日韩等国别的华文文学研究中，取得了突破性的成绩。②钱超英教授在澳洲华文文学研究中也独树一帜，打通中英文语言界限，对澳洲新华人文学的创作进行群体性考察，因其亲身经历澳华文学现场，并结合20世纪90年代中国文学的语境，将这一群体的文学特质阐释得十分深刻到位；③陈涵平、李亚萍则注重对北美及美国华文文学的国别考察④，陈涵平的研究主要侧重对新时期北美华文文学共通规律的探求，而李亚萍的研究则注重美国华文文学群体之间的比较研究，他们的专著在学界也都具有十分重要的影响力；黄万华教授的论文《从美华文学看东西方海外华文文学的差异》就是对饶芃子所提出的海外华文文学的东南亚板块和欧美板块比较研究的进一步展开，对两个区域的华文文学的历史发展、文学主题乃至文化选择等进行比较，进而展现在不同主流文化下中华传统如何与之相妥协、并存

① 饶芃子、陈丽虹：《海外华文女作家及其文本的理论透视》，《文学评论》1997年第6期。

② 具体参见其专著《隔海之望——东南亚华人文学中的“望”与“乡”》《困者之舞——印度尼西亚华文文学四十年》《趋异与共生——东南亚华文文学新镜像》等。

③ 钱超英：《“诗人”之“死”：一个时代的隐喻》，中国社会科学出版社2000年版。

④ 分别参见陈涵平专著《北美新华文学》、李亚萍专著《故国回望——20世纪美国华文文学主题研究》。

乃至变形的特点。①

　　饶芃子也是最早在海外华文文学研究领域提倡和推广形象学研究的学者。形象学研究在国内的兴起主要得益于北京大学孟华教授的译介和推广，从20世纪90年代末开始至今，目前已成为比较文学中的一个学科分支，得到了迅猛发展，在中国古典文学、现当代文学、外国文学研究领域运用较广。早在1995年，饶芃子就在《菲华女性写作的文化精神》一文中敏锐地注意到菲华女作家对异族形象的塑造，并进而分析这些异族形象背后的文化立场，文章结尾处更是给学界提出了新的学术命题："为了探索海外华文文学的文化底蕴，还应该把海外华文文学的研究同文化研究紧密结合在一起，同时对于作家在作品里塑造的他种文化形象也应有所关注。这些形象是经过另一种文化的过滤和折光，必然同他们本民族所创造的同类形象有区别，有可能赋予他们（她们）一些新的意义，在一定程度上可以看做是不同民族的艺术'对话'。对这些艺术形象进行研究，有助于在不同文化体系中进行相比照，更好地认识'自己'，也有助于我们考察各个国家各种文学领域里的形象表现。"②在该文中，饶芃子对形象学研究还没有特别明确的意识，只是从文本考察中感受到这一特殊的文化现象，进一步接触形象学理论后，她在这一论题上的提炼就更为精确了："重视对他们作品中异族形象的研究，进而展示：这个领域的文学怎样以变化多端的形式表现异国、异族，塑造不同于本民族的'他者'形象，是一个极具文化意义的命题。"③这进一步提出运用比较文学的形象学研究兼及比较研究的方法对海外华文文学中异族形象和自我形象塑造进行比较，凸显创作主体的文化态度。在《海外华文文学与比较文学》一文中，饶芃子概括了东南亚华文文学中的三种异族"他者"形象的塑造及其背后的文化态度：一是按本民族的需求塑造"他者"形象，着重表现"他者"对本民族文化的认同，是一种集体化、理想化的文化诠释，其效果是强化了本民族的文化；二是质疑现实的"他

---

　　①　黄万华：《从美华文学看东西方海外华文文学的差异》，《文艺理论研究》2000年第4期。

　　②　饶芃子：《女儿国里的文化精神》，《香港文学》1995年第5期。

　　③　饶芃子：《海外华文文学与比较文学》，原载《东南学术》1999年第6期，《暨南学报》2000年第1期，收入"粤派批评"丛书《饶芃子集》时有所增补。

者”形象，反映出现实与理想有距离，对本民族的某些保守意识和偏见有“颠覆”作用，表现出来的是文化思想的开放状态；三是表现文化相异性的“他者”形象，用本民族的话语对各种相异性作出自己的诠释，同时也进行“自我”的审视和反思。她指出这三种类型的划分只是一种尝试，在具体文本中也存在相互交杂的情形，尤其是在移民文学发展迅猛的新世纪，通过对“他者”形象和“自我”形象的分析，进而考察叙述人在对母体文化和客体文化进行选择时，表现出来的各种文化态度和深刻矛盾，具有重要的研究价值。孟华教授也十分认同这样的观点，她指出海外华文文学中有大量的“自塑形象”（即海外华人作家塑造的中国人形象），这些“自塑形象”具有超越国界、文化的意义，应该被纳入到形象学研究中。“目前海外华文文学研究方兴未艾，而在华文文学中，存在着大量此类‘自塑形象’。若将两者结合起来，定能造就一片更广阔的天地供学者们去驰骋，而它们之间的互补、互证也一定会使学者们在两个方向上都能将研究向纵深推进。”[①]

形象学的引入给海外华文文学研究带来的是另一种意识上的转变。比较的方法展现的是整体上的异同，而形象学更关注某一个地区或国别之内，华文文学文本如何呈现“他者”的历史衍变，更强调一种历史意识和文化转变的过程，它可以更深入地反映华族作为文化他者，在与当地文化相遇、碰撞或融合过程中的复杂性样态。因此，它确实为该领域的研究提供了新的研究视点，挑战了旧有理论模式。如果说比较的方法开启的是一种宽广的视阈，而形象学以及之后主题学的研究方法则推动了海外华文文学研究向纵深的发展。在饶芃子的指导下，有好几篇博士论文都是从这一角度展开的，如李若岚《海外华文文学中的中国想象》便是以海外华文文学对中国及中国人形象的自塑作为研究对象，卫景宜、蒲若茜、詹乔等人的博士论文中也都运用到形象学理论对美国华裔文学进行分析阐释，尤其是詹乔的《论华裔美国英语叙事文本中的中国形象》是典型的形象学研究。王列耀更在此基础上提炼了“异族叙事”的概念，他在《东南亚华文文学的“异族叙事”——以菲律宾、马来西亚、印度尼西亚

① 孟华：《比较文学形象学论文翻译、研究札记（代序）》，《比较文学形象学》，孟华主编，北京大学出版社2001年版，第15页。

和泰国为例》中指出："（异族叙事）是指作为少数族裔的华人作家在'族群杂居'的语境中，对复杂、微妙的'杂居经验'的感受、想象与表述方式，和他们利用文学方式与各种异己话语进行交流的一种积极努力和追求，也是指他们期望通过或者是利用文学方式，实现对作为少数族群之一的自我的一种言说策略与方式。"①这些学术成果均是在饶芃子的直接或间接指导下获得的，既是对其学术思想的继承，也有进一步的拓展，它们在不同程度上深化了海外华文文学领域的内涵。

　　饶芃子也鼓励大家运用主题学方法介入海外华文文学的研究中，在她所提出的对不同国家和地区华文文学比较及对同一国家或地区不同作家群体的比较中，实际上就包含着对主题学方法的运用。在她指导的博士论文中运用主题学研究海外华文文学的也不在少数，如钱超英《诗人之死——一个时代的隐喻》（1999）、卫景宜《西方语境中的中国故事——论美国华裔英语中的中国文化书写》（2001）、李亚萍《20世纪中后期美国华文文学主题比较研究》（2004）、陈涵平《诗学视野中的北美新华文文学的文化进程》（2004）、蒲若茜《族裔经验与文化想象——华裔美国小说典型母题研究》（2005）、侯金萍《华裔美国小说成长主题研究》（2010）、徐璐《杂糅与混血——世纪之交（1990—2010）华裔美国小说中的家庭书写范式》（2015）等。这些论文不仅运用了主题学的方法，还兼及其他多种方法，但相对比较集中于对某一历史阶段或国别的华文文学在主题演变上的历史呈现和文化影响。这些细致而深入的海外华文文学研究在新世纪不断推出，在饶芃子的理论指引下，逐步将暨南大学的海外华文文学研究推向国内前沿。

　　上述种种足以说明饶芃子在海外华文文学领域引入比较文学方法后的极大改观和突出性贡献，比较文学作为方法论，对海外华文文学研究的发展和推动意义非同一般。在饶芃子的学术生涯中，比较文学是非常重要的方舟，引领她进入别样的学术空间，获得丰硕的成果，可以说比较文学是其学术生命的一部分，不仅是一种方法论，更是本体论的存在，或许我们在面对海外华文文学

---

　　①　王列耀：《东南亚华文文学的"异族叙事"——以菲律宾、马来西亚、印度尼西亚和泰国为例》，《文学评论》2007年第6期。

时也应当这样认识比较文学的意义，它们是互为本体的关系。正如饶芃子自己所言："海外华文文学的兴起，为比较文学提供了一个极富创造性的探讨对象和新的学术空间，海外华文文学研究，也为比较文学提供了一系列新的视阈、新的对话模式、新的融合和超越的机缘，还为比较文学的国别、地域比较，特别是理论研究和学科'边界'的拓展，提供了新的内容和视点，有助于比较文学去发现、拓展新的诗学命题和学科'边界'，有可能为中国比较文学学者在国际比较文学界获得一种新的突破。"①

海外华文文学能否成为一门独立学科？需要怎样的基础才能得以实现？这样的问题一开始就困扰着学界的研究者，作为该领域的第二代学者，饶芃子也不断在追问，并努力去建构其作为一个独立学科的学科体系。建构一个独立的学科体系，必须做好学科"底部"的理论奠基工作，那就是对它作进一步的学理式探究，要回答"它为什么是这样的？""它何以能成为一个学科？"饶芃子认为在经过数十年的积累后，国内的海外华文文学研究已取得了一定的成绩："形成了一支包括老中青几代学者的跨世纪研究队伍；出版了一批学术成果，包括作家、作品的专题研究和地区、国别的华文文学史；建立了这一领域的初步学术规划；完成了学术研究基础性的资料准备。"②随着2002年中国世界华文文学学会的成立，她认为对这一领域的研究应该进入新的阶段，"要在总结过去经验的基础上，把这一领域的研究作为一个'学科'来建设"。由此她倡导拓展海外华文文学的诗学研究，这是一种直接思考海外华文文学的诗学，其研究对象既是海外华文文学自身，也应包括对这一领域的文学批评、文学研究的研究。这种诗学，是海外华文文学的反思之学，反思的目的，是探索这一领域自身的理论问题，尤其是那些有特色、带根本性的问题。③

在这之前，她已经做了很多的工作，如与费勇老师合作的《海外华文文学命名的意义》《海外华文文学的文化认同》《海外华文文学中的中国意识》《文化·历史·审美》等系列论文及对谈，分别从命名界定、研究对象的特殊

① 饶芃子：《我与比较文学》，《湘潭大学学报》2009年第1期。

② 饶芃子：《中国世界华文文学学会筹备经过及学科建设情况》，《华文文学》2002年第3期。

③ 饶芃子：《拓展海外华文文学的诗学研究》，《文学评论》2003年第1期。

文化内涵及方法等方面进行厘清阐释。在《海外华文文学的理论建设与方法论问题》《海外华文文学的新视野》①等文中又进一步指出方法论对该领域的重要性，总结归纳了适合海外华文文学研究的几种具体方法，除比较研究、形象学研究外，她还着重提出了身份批评理论与该领域的契合。这是在世界移民文学热潮中被引进该领域的重要方法之一，对海外华文作家乃至华裔作家文化身份的理解和阐释也成为之后研究的热点。

在这些前期的思考和实践基础上，《拓展海外华文文学的诗学研究》高屋建瓴地提出了理论建设和方法论对该学科建构的重要作用，还切实地提到了如何拓展的具体操作路径："要建立海外华文诗学体系，寻找这一领域可以建构体系的'网结'和'基本词汇'，由它们构成体系，因为它们是存在于海外华文文学深入的'理论真实'。"这是一项相当艰巨的工作，需要学界的共同努力，当务之急就是要着手撰写《海外华文文学概论》或《海外华文文学理论要略》一类的教材，跟进高校的教学之需。这种概论或理论要略应该有学科基本概念的表述、独特内涵的阐释、相应的理论性话语的建构、合适而有特色的方法论的提出，以及属于这一文学空间的文学形态的展示，是"学科道理与发展规律的提炼升华和科学表达"。同时她认为应以历史发展的眼光来总结和反思学科的基础性理论问题，唯有这样才能反映该领域的动态发展。在她这一思路的影响下，姚晓楠博士即以《学术史视野中的台港澳暨海外华文文学研究——以历届世界华文文学国际学术研讨会及典型与个案为对象》为题，开展此领域的学术史研究。学界也确实进入了理论反思的阶段，尤为突出的事件是2002年有刘登翰、彭志峰等诸多学者参与的对海外华文文学命名问题的讨论，以及至今仍有热议、尚在持续的世界华文文学与Sinophone literature的命名争议等。这种争论的出现说明该领域研究者逐步成熟，他们已经开始反思前辈或自己所做过的工作、已有的结论或方法等，这些论争必然会引导这一学科走上更为科学、系统之路。

编写理论性教材的提议得到学界同仁的积极响应，2003年学会在徐州师范

---

① 饶芃子：《海外华文文学的理论建设与方法论问题》，《文艺理论研究》1998年第1期；《海外华文文学的新视野》，《社会科学家》1998年第2期。

实都说明海外华文文学作为一门新兴学科，已逐步进入国家教育体制中。

2011年，饶芃子领衔申报了国家社会科学基金重大项目"百年海外华文文学研究"，这是该学科获批的第一个重大项目，意义非同一般。在项目的论证中，饶芃子表达了更宏大的学术理念：项目意在对百年海外华文文学进行综合研究，"全面整体展示其历史轮廓、发展轨迹和整体风貌"，总结海外华文文学发展的基本经验和内在规律，加深对这一特殊汉语文学领域的认识，"确立海外华文文学在世界文学格局中的坐标"①，扩大丰富作为世界性语种文学之一的汉语文学的范围和内涵。这是在《教程》基础上做进一步的学术梳理和总结，而且是在一个世纪的历史、文化背景下进行总体研究。根据文学领域的发展线索、文化和文学内涵，从海外华文文学的发生史、发展史和学术史、海外华文文学的区域特色、海外华文文学经典作品解读、海外华文文学的跨学科发展、海外华文文学的批评理论研究等五个方面，进入整体性研究、规律性探寻，力图展现海外华文文学百年发展的全貌和文化、文学上的独特性，并将其提升到学理性的层面进行阐释，做进一步的学理式探究，为海外华文文学定位，为其成为一个成熟学科奠基，并促进其未来的发展。项目下设五个子课题展开，集结了全国高校30余位中青年研究者，历时八年之久，目前已进入收尾阶段，取得了一系列重要的前期学术成果，结项后会出版六分卷的海外华文文学研究著作。年届80高龄的饶芃子不仅承担项目的管理，以首席专家的身份召集各个子项目负责人开会统筹，还具体参与相关课题的研究，如她对海外华文文学经典作品的解读及理论探索，又为海外华文文学学科的进一步完善贡献了才智。

在《百年海外华文文学经典研究之思》中，饶芃子强烈意识到一个学科的稳定发展除了对其基本理论进行梳理外，还需要对其突出的经典性作品进行阐释，以此凸显该学科的魅力之所在。作为一个新兴学科，海外华文文学的研究既需要从历史角度进行纵向梳理，更有必要对其历史发展中具有坐标性意义的经典作品进行有效解读，从而总结出符合其独特文化内涵的经典规律。"探讨百年海外华文文学形成的新的文学传统，同样要通过经典化过程和经典文本

---

① 饶芃子：《不忘初衷，开拓创新》，饶芃子重大项目主旨发言，2017年。

研究，了解这一领域文学经典化复杂的历史变动，展示其在新的文化语境中，思、诗、史不同组合形成的新文学经典特质；从文化和审美的视角，认识其从'本土'到'域外'文学传统的变化、延伸和重构，特别是其独具的审美内容，那种跨界超越的美学品格，以及由此而表现出来的某种原创性，那种能够成为新的经典或新的文学经典性特征。"①这次，饶芃子再次呼吁研究者从热闹纷繁的理论探究中回归到经典作品解读，切实建立起以作品研究为出发点的海外华文文学理论体系，这也是她一贯以来秉持和亲身实践的道路。

饶芃子不愧为海外华文文学学科的开拓者，她以文艺学的背景介入海外华文文学研究，给该领域带来了独特的方法论，从而改变了它的研究格局，走向更开阔的世界性视野，因着与世界文学接轨的开放性，该学科也呈现出蓬勃生机，极具潜力。饶芃子不仅以其聪明才智、勤勉努力为该学术空间贡献了重要的理论话语，更以其包容、亲和的力量影响了众多的研究者进入该领域，并不遗余力地为此学科培养了许多后备人才。

饶芃子教授培养了费勇、王列耀、钱超英、蒲若茜等多位海外华文文学研究方向的博士研究生，也建立了具有特色的海外华文文学研究团队。其团队主要成员有费勇、李亚萍、朱巧云等。

费勇（1965—），浙江湖州人，与王列耀同为第三代海外华文文学研究者。1987年毕业于吉林大学中文系，获文学硕士学位，同年入职暨南大学中文系任教，1994—1997年师从饶芃子攻读文艺学博士学位。现为暨南大学生活方式研究院联席院长，曾任暨南大学中文系系主任、暨南大学文学院文艺学博士生导师。主要研究方向为中国现当代文学、汉语诗学及影视大众文化传播，在《文学评论》《读书》《中外文学（台北）》等刊物上发表学术论文50多篇，主要学术著作有《本土以外：论边缘的现代汉语文学》（中国社科出版社1998年）、《言无言：空白的诗学》（广东人民出版社1999年）、《洛夫与中国现代诗》（台湾三民书局1994年）、《张爱玲传奇》（广东人民出版社1999年）、《金庸全传》（华夏出版社2008年）等。

在海外华文文学的研究中，费勇十分关注汉语文学的整体研究，探讨其

---

① 饶芃子：《百年海外华文文学经典研究之思》，《暨南学报》2014年第1期。

中十分有意思的语言表现问题。其博士论文《语言与沉默——文学写作的空白结构》便是在文本细读的基础上，从"并置""变异""隐喻""意象"几个角度，探讨文学写作中空白结构如何在语言的动作中形成及发生美感效应，从而显现语言在自身操作中超越自身的情形。其中较多讨论了海外华文诗人的创作，如洛夫、张错等诗歌中的独特语言表现方式。在读博期间，受饶芃子的影响，费勇对海外华文文学自身的理论问题进行了系列深入的思考。在《文化历史审美——费勇、饶芃子关于世界华文文学研究的对话》（《文艺报》1995年7月4日）一文中，较早地对海外华文文学这一领域存在的命名问题、如何切入并真正体现其内涵本质等问题提出了初步的意见。紧接着在与饶芃子合作的一系列探讨海外华文文学诗学建构的论文中，开始十分理性地去分析和探究这些问题。如《海外华文文学命名的意义》（《文学评论》1996年第1期）中海外华文文学研究立足于汉语这一基石的重要性，"从中国当代文学到台、港、澳文学、海外华文文学，整个'汉语文学的写作'全部进入了当代文学研究、评论的视野，而且，这样一些命名客观上促成了像'世界华文文学''中华文学''汉语文学'之类的命名，使学者、作家把立足点定在'汉语'之上，或者，回到汉语本身"。《海外华文文学与文化认同》（《国外文学》1997年第1期）则进一步将语言的问题扩展到文化认同的范畴上，极为精辟地概括了三种文化认同的不同层次，而审美的文化认同则是对海外华人诗学家们精神层面的共性归纳，这些观点给该领域的研究者们诸多启示，具有开创性的贡献。

李亚萍（1975—），江苏宜兴人，在学科团队中属于第四代研究人员。本科、硕士毕业于南京大学中文系，2001年跟随饶芃子攻读博士，开始从事海外华文文学的研究，曾在加州大学伯克利分校访学，现为暨南大学中文系副教授、硕士生导师。李亚萍主要专注于美国华人文学及其与中国现当代文学的关系研究，专著《故国回望——20世纪美国华文文学主题研究》是在其博士论文的基础上拓展出版的，以20世纪五六十年代台湾留美作家群与20世纪八九十年代的大陆新移民作家群作为研究对象，比较两个群体在创作主题上的异同，其延续及转变。该论著分别从故国回望、生存困境、同胞互看、异族交往、移民历史等主题入手，运用比较的方法探讨不同时期的作家主体在处理相关主题时所出现的变异和类同，以此凸现各异的文化身份追求。其中论文《"自杀"与

"换血"——两代移民作家对生存困境的不同想象》(《江苏社会科学》2006年第1期,《人大复印资料·中国现当代文学研究》2006年第3期全文转载)是对两代作家叙述生存困境及生存策略的比较研究,在基本文本细读的基础上,对美国华人移民作家在不同时期所面向的现实问题进行探讨,颇有新意。《美国华文文学中的大陆女性形象》(《中国比较文学》2006年第1期)则以两代华文作家笔下的大陆女性形象作为比较的对象,呈现在海外空间里不同地域文化对华人的影响,其中特别提出"同胞他者"的概念以展现海外华人群体内部的多样性、差异性。后着重关注台湾留美作家重返大陆的叙事研究,如聂华苓、白先勇、於梨华、陈若曦等远离大陆30年、重新回到祖国后的写作,这种写作背后表现的文化隔阂、道德判断等均十分具有文化分析的意义。目前则从事20世纪40年代美国华文文学第一波高潮期的历史文献整理与研究,试图在抗战的历史背景中,厘清当时美国华侨文学发展的脉络,并试图将其与中国左翼文学进行比较研究,探寻中国文学对海外华文文学影响的痕迹。除此之外,李亚萍还十分注重美国华人文学跨语言创作的比较研究,如严歌苓、哈金等作家的双语创作研究,同时也关注华人移民作家与华裔作家英文创作的差异性和共通点。迄今共主持广东省社科基金青年项目、教育部社科基金规划项目及国家社科基金规划项目各一项,在《中国比较文学》《学术研究》《暨南学报》《小说评论》等期刊上发表论文30余篇,参与翻译学术论著《从必需到奢侈——解读亚裔美国文学》(中国社会出版社2007年)。李亚萍教授坚守美国华人文学研究领域,以比较文学的方法进入国别、区域华文文学研究,具有其独特性。

朱巧云(1971—),宁夏中卫人,本科硕士毕业于宁夏大学,2001年跟随饶芃子攻读暨南大学文艺学博士学位,2004年留校任教至今。现为暨南大学中文系副教授、硕士生导师,美国加州大学洛杉矶分校访问学者。主要从事海外华人诗学家、海外华人古体诗词等领域的研究。已出版海外华人学者诗学理论著作《跨文化视野中的叶嘉莹诗学研究》(中国社会科学出版社2008年),此书是在其博士论文的基础上修订出版的,主要在跨文化的视野中考察加拿大著名华人学者叶嘉莹的诗学理论、批评实践,揭示其中所体现出的中西融合特色以及叶嘉莹对中国诗学发展的贡献。主持完成国家社科基金项目"刘若愚诗学理论研究"，该课题以刘若愚的诗学理论为研究对象，对其文学、诗歌的定义、境界观、悖论诗学、翻译理论、中西比较诗学理论等进行了详细的分析，旨在展现刘若愚作为一名理论家的多方面的理论创造，建构刘若愚诗学理论体系，让刘若愚的文学理论以完整立体、丰富鲜活的姿态出现在理论界，在批评场域中实现其价值，检验其效用。迄今已经在国内《文艺理论研究》《江苏社会科学》《暨南学报》《宁夏社会科学》等发表相关学术论文数十余篇。

（本节撰稿者：李亚萍，暨南大学文学院副教授）

第三节　王列耀：台港澳地区暨海外华文文学研究

在现任中国世界华文文学学会会长王列耀的带领下，暨大中文系现当代文学专业的海外华文文学研究主要集中在作家作品解读、评论、各区域版块的整体研究乃至各地华文报刊文学研究等各个方面。区域拓展表现在不同代际的研究者们在各自研究区域上的开疆辟壤，如自20世纪70年代末80年代初，曾敏之先生因其职业之便利，努力推动内地港台文学研究，潘亚暾先生进而将研究疆域拓展到东南亚地区，而后的研究者开始关注北美、欧洲、澳洲乃至非洲等地区的华文文学研究。在逐步的拓展中，也兼及对该国家或地区的深入研究，比如对史料的收集和梳理，对文学社团和文学传媒的研究，对不同区域华文文学的比较研究等。

王列耀，湖北武汉人。1987年毕业于吉林大学，获文学硕士学位，同年被分配至暨南大学中文系任教，1996年追随著名海外华文文学研究专家饶芃子攻读博士学位。现为暨南大学海外华文文学与华语传媒研究中心常务副主任，是暨南大学台港澳地区及海外华文文学研究的核心推动者之一。2002年中国世界华文文学学会在暨南大学成立，王列耀先后担任学会秘书长、副会长兼秘书长、会长，长期参与主持学会日常工作，是这一全国性学术团体的主要负责人，为世界华文文学的学科化及其学术建制做出了重要贡献。

受潘亚暾等前辈学者的引导，王列耀于20世纪80年代末开始台港澳地区及海外华文文学研究。1989年3月，王列耀在《华文文学》发表《求赎的困惑与理性的探寻——李昂创作概评》，以此为起点，王列耀已经在台港澳地区及海外华文文学研究领域耕耘了30年，取得了一系列丰硕的学术成果：在《文学评论》《中国比较文学》《暨南学报》等刊物发表近百篇学术论文；出版《宗教情结与华人文学》《隔海之望——东南亚华人文学中的"望"与"乡"》《困者之舞——印度尼西亚华文文学四十年》《趋异与共生——东南亚华文文学新镜像》《文学及其场域——澳门文学与中文报纸副刊（1999—2009）》《20世纪90年代马来西亚华文报纸副刊与"新生代文学"》《华文文学的文化取向》《寻找新的学术空间——汉语传媒与海外华文文学研究》等学术专著；主编"台港澳及海外华文文学与华文传媒研究"丛书；主持台港澳地区及海外华文文学领域国家社科基金重点项目等六项。回顾王列耀的台港澳地区及海外华文文学研究，可发现这样一条逐步向外拓展的学术地图：从现当代文学转向台港文学，再以台港文学为引桥过渡到东南亚华文文学，新世纪以后随着北美新移民文学的崛起，逐步转向北美华文文学并初步涉猎欧洲和澳洲华文文学，近年也开始关注日韩华文文学。

纵观王列耀30年的台港澳地区及海外华文文学研究，具有如下特征：首先，追求感性与理性融合。文学是语言的艺术，好的文学作品更是充满诗性之美，这就要求批评者必须要有一颗慧心，并具备一定的悟性，能够在心领神会间感知语言的芬芳。王列耀重视与作家的心灵沟通，在解读作品时，多以其独特的学术敏感捕捉作品的美感与质感。《名作欣赏》曾发表过王列耀的两篇鉴赏类文章：《女人的"牧"、"被牧"与"自牧"——严歌苓〈雌性的草地〉赏析》和《借"无我"之翅，放飞"唯我"去野游——读钟怡雯的散文〈垂钓睡眠〉》。《女人的"牧"、"被牧"与"自牧"——严歌苓〈雌性的草地〉赏析》是对严歌苓短篇小说《雌性的草地》的鉴赏，文章抓住"女子牧马班"的"牧"字，以其为文眼，区分出"牧"、"被牧"与"自牧"三种形态，并用以概括小说中那批女知青的悲剧性命运。如果没有对语言的高度敏感和对小说主题的深刻体悟，是难以作出这般"华丽"的推理；而文章最后对"叔叔"有"枪"与"布布"拿"枪"这两个细节的解读，更可见王列耀的艺术洞察力和敏锐性。整篇文章没有援引任何中外理论，均在对文本细节感悟的基础上生发知性之思。另一篇文章《借"无我"之翅，放飞"唯我"去野游——读钟怡雯的散文〈垂钓睡眠〉》，同样摆脱了理论的束缚，以感性之笔与作者作灵魂交流。

王列耀的世界华文文学研究并非只停留于感性的鉴赏，他在与自己的学生颜敏对谈时曾提出："如果我们研究海外华文文学时，都用一般文学鉴赏的方法去解读，就没有太大意思。"①这说明王列耀对纯粹的感性批评保持一种警惕。整体而言，王列耀30年来一直在倡导一种感性与理性相融合的批评观念，追求一种既有诗性又有智性的批评境界。例如在《北美新移民文学中的"另类亲情"》中，王列耀分析了存在于新移民文学中由于家庭重组而形成的没有血缘关系的"另类亲情"：人伦对抗、亲情冷漠、关系暧昧，使同类题材的新移民作品弥漫着悲凉、悲愤与悲悯的气氛，但王列耀却能超越这三"悲"，敏锐捕捉到小说中充满诗性的细节，并进行智性的阐释。他在论文中提出："优秀的小说，也会蕴含强烈的诗意，也有可能营造出令人难以忘怀的'意象'。"②在论文第三部分解读严歌苓小说《花儿与少年》和王瑞云小说《戈登医生》时，王列耀注意到两篇小说都有一个很重要的意象：香气，在感知这一意象给小说带来的诗意的同时，王列耀也提示读者应该留意它被赋予的丰富寓意："弥漫在'香气'背后的是猜疑与隐瞒、多变与痴心；这种怪异与凄惨的'香气'，冲击着扑面而来的肉欲的'香气'，从另一个角度暗示着'郁闷'中的亮色与'诗意'。"③其他如《越"界"书写：熟悉的陌生人——曾晓文、陈河小说之比较》《菲律宾华文文学中的"背影现象"》等论文也都能见微知著，论述沉稳而不失灵动，观点兼具感性之美与理性之思。

其次，注重把握台港澳地区及海外华文文学的独特性与复杂性。台港澳地区及海外华文文学与中国内地文学"同文同种"，在很长一段时期内，中国中心主义思维笼罩着台港澳地区及海外华文文学研究界，视其为中国文学的支流，中心与边缘的理论充斥整个学坛，加之台港澳地区及海外华文文学研究的许多学者都有中国现当代文学研究的学术背景，许多学者习惯性采用中国现当代文学研究的思维和眼光审视台港澳地区及海外华文文学，有意无意忽视它的

<hr>

① 王列耀、颜敏：《寻找新的学术空间——王列耀对海外华文文学研究的思考》，选自颜敏：《风景的重新发现——内地语境中的台港澳暨海外华文文学研究》，中国社会科学出版社2015年版，第241页。

② 王列耀：《北美新移民文学中的"另类亲情"》，《文学评论》2009年第6期。

③ 同上。

特殊性，其研究也必然受到各方面的诟病。王列耀的台港澳地区及海外华文文学研究，虽重视它与中国内地文学的文化血缘关系，但也始终清醒地意识到它的独特性、异质性和复杂性。他在与颜敏对谈海外华文文学研究时，曾反复谈及这一汉语文学现象与中国文学的差异性："从语言思维的角度来看，海外华文文学和中国文学有着明显的区别。虽然都是用汉语写作，但海外作家使用汉语的情况极其复杂。除了少量第一代新移民作家以外，绝大多数海外华文文学是以非母语写作的形式存在……"①正是基于对这种差异性的认识，王列耀一直呼吁台港澳地区及海外华文文学研究必须摆脱中国文学研究的思维定势，寻找符合本学科特点的研究方法："海外华文文学实在是太复杂了，无法从现有的中国文学诗学话语出发去进行研究。"②

　　除了对海外华文文学与中国文学差异性的强调，王列耀在研究中还特别注重海外华文文学内部的复杂性。学界一般按地理区域将海外华文文学划分为东南亚、东北亚、北美、澳洲和欧洲几大板块，板块的划分有利于进行整体性研究，但也容易忽略区域个性。王列耀认为："从区域构成来看，海外华文文学显现出极为复杂的面貌。每一个区域都有各自的特点，就是同一个国家也会有极为复杂的区分。"③在《东南亚华文文学——华族身份意识的转型》《东南亚华文文学的"异族叙事"——以菲律宾、马来西亚、印度尼西亚和泰国为例》《海外华文文学的发展与特色——兼谈有关新编中国文学史、汉语文学史的一些想法》等论文中，王列耀反复申论海外华文文学自身的复杂性，倡导有差异的研究。

　　鉴于台港澳地区及海外华文文学的特殊性，20世纪90年代以来，这一领域的几代学者都在努力探索，尝试建立一套具有原创性的海外华人诗学。王列耀认为："原创性的诗学成果依赖于原创性的研究。也就是说，我们在研究中，要尽可能把所有前提和成见放下，才能发现新的东西，但现有的情况是，一些

---

① 王列耀、颜敏：《寻找新的学术空间——王列耀对海外华文文学研究的思考》，选自颜敏：《风景的重新发现——内地语境中的台港澳暨海外华文文学研究》，中国社会科学出版社2015年版，第246页。

② 同上，第249页。

③ 同上，第246页。

研究者已经有了前提，他的研究目的就是把海外华文文学带入自己已有的系统中来，这种研究就不是原创性的研究，又怎么可能形成新的诗学理论呢？"①这就涉及研究方法的问题，长期以来，台港澳地区及海外华文文学的研究创新不足，一方面的原因就在于方法论更新滞后。在30年的研究中，王列耀始终致力于探索台港澳地区及海外华文文学研究的新方法，寻求新的角度和新的领域，他深知："相比中国现当代文学这些成熟的学科而言，海外华文文学的研究方法的确需要更新和丰富。"②至于如何更新与丰富研究方法，王列耀主张"一定要从实际出发，不能主观臆断"的务实理念，呼吁既要借鉴相关学科的研究方法，也要探索本学科的独特方法。

台港澳地区及海外华文文学具有典型的跨界特性，"我们不能完全套用中国文学的研究方法去研究海外华文文学，需要确立一种跨学科的研究视野和方法"③。王列耀的台港澳地区及海外华文文学研究始终建立在跨学科的基础上，吸纳了其他学科的许多有益成果与方法。其一，借鉴了华侨华人的研究方法。王列耀认为："华侨华人研究在方法上的优势是他们立足于发掘历史，而且重视对华人当下地位心态的深入调查。尤其是在历史人类学的视野之下，研究者用人类学的田野调查方法，对不同层次、不同年龄和不同阶层的华人进行细读厚描，所得到的事实和结论，比我们通过文本阅读得来的第二轮经验要更贴近华侨华人的真实生活。……就我个人而言，我之所以能关注到海外华文文学中的一些新现象，就与我一向重视吸纳华侨华人研究的相关成果有关。"④他在《东南亚华文文学的"望""乡"之路》《存异与靠拢——东南亚华文文学发展中的一种趋势》等论文，以及《隔海之望——东南亚华人文学中的"望"与"乡"》《困者之舞——印度尼西亚华文文学四十年》《趋异与共生——东南亚华文文学新镜像》等专著中，吸收王赓武、曹云华等学者的

①　王列耀、颜敏：《寻找新的学术空间——王列耀对海外华文文学研究的思考》，选自颜敏：《风景的重新发现——内地语境中的台港澳暨海外华文文学研究》，中国社会科学出版社2015年版，第249页。

②　同上，第245页。

③　同上，第246页。

④　同上，第245页。

东南亚华人研究成果，将东南亚华文文学身份认同、文化心态等研究推进了一大步。例如王列耀在谈到东南亚华人的在地化时，认为他们不是简单的同化，而是"融汇"："以华族的身份，融汇到多民族组成的社会之中"。但他没有停留在这一结论，而是更进一步，利用王赓武、曹云华对东南亚华人困境的研究，深刻地指出："（融汇）实际上仍然使他们陷入一种'困境'，而且是相伴始终的'困境'。"①这不仅使王列耀的东南亚华文文学研究更贴近历史的真实，也使这些研究更具人性的温度。其二，借鉴宗教学的视野和方法。1994—1995年，王列耀曾分别到香港中文大学和香港岭南大学开展合作研究，在此期间，王列耀对基督教进行了全面系统研究，这段经历使其对宗教学有了全新的认识。在考察台港澳地区及海外华文作家的信仰时，王列耀也注意到"有为数众多的海外华文作家是基督教徒，就是没有成为教徒的作家也多少受到所在国宗教文化的影响"，这就促使王列耀思考："宗教观念如何影响海外华文作家的创作呢？如何从宗教角度去探讨海外华文文学的独特性呢？"②20世纪90年代中期开始，王列耀从宗教学的视角出发，撰写了《基督教文化与香港文学》《经院儒家哲学、禅学与台湾文学》《台湾的宗教与台湾的作家》《台湾文学中"出世意念"新质》等论文，以及专著《宗教情结与华人文学》。近年王列耀在研究生教学中也多次倡导从宗教学的视野解读严歌苓、张翎、黎紫书等人的作品，在更高的哲学层面阐释她们作品中的人物命运，为我们分析台港澳地区及海外华文文学开启了另一扇窗。其三，对传播学的视野和方法的借鉴。新世纪以来，汉语传媒与台港澳地区及海外华文学的关系研究成为学界一个新的学术增长点，而王列耀也是这一领域研究的重要推动者。一方面，他开始有意识地指导自己的硕士和博士研究生开展这方面的个案研究，例如颜敏对《台港文学选刊》《四海》等大陆华文文学期刊的研究、蒙星宇对北美华文网络文学的研究、唐雅琴对《香港文学》的研究、杨文堂、魏斌对《澳门日报》的研究、彭倪对虹影传播现象的研究、温明明对《美华文学》杂

---

① 王列耀：《东南亚华文文学的"望""乡"之路》，《暨南学报》2006年第4期。

② 王列耀、颜敏：《寻找新的学术空间——王列耀对海外华文文学研究的思考》，选自颜敏：《风景的重新发现——内地语境中的台港澳暨海外华文文学研究》，中国社会科学出版社2015年版，第245页。

志的研究、易淑琼对马来西亚《星洲日报》文艺副刊的研究等。另一方面，王列耀也通过申报课题、组织研究团队的方式，系统地研究一些较有代表性的文学传播现象，先后出版了《文学及其场域：澳门文学与中文报纸副刊（1999—2009）》《20世纪90年代马来西亚华文报纸副刊与"新生代文学"》和《寻找新的学术空间——汉语传媒与海外华文文学研究》等专著。王列耀及其研究团队的成果，借助传播学的方法，提出了一些新的问题，在建构华文媒介诗学方面走出了重要的一步。

王列耀的跨学科研究理念，不只局限于对其他学科视野与方法的借鉴，他在与颜敏对谈时，甚至超前性地提出要引导其他学科的学者参与到台港澳地区及海外华文文学的研究中来："以前我们做过一些跨学科的努力，都是在文学内部进行的，这样做的问题是，很多文学学者一旦进入我们这个领域，就被这个学科现有的思维、术语和概念所同化，难以提出新的问题。若让那些跟我们学术背景完全不同的学者来审视我们这个学科，更容易发现我们的不足。因此，我们跨学科的步伐可以迈得更大一些，以后要将传播学的、经济学、社会学、宗教学等诸多领域的专家都引进来对我们进行批评和指导。"[1]这是基于本学科的复杂性所作出的一种前瞻性期待，但仅靠借鉴和引入并不能实现台港澳地区及海外华文文学研究质的飞跃，一个学科成熟的标志一方面体现为有一套原创性的诗学话语，另一方面体现为也能向其他学科输出理论资源，并使其他学科从中受益。王列耀深知其间内里：只有建立在本学科独特性基础上的诗学研究，才具原创性，在研究方法、话语体系上借鉴他者的同时，更需自我的创新。

相对于饶芃子、刘登翰、杨匡汉等前辈学者，王列耀较少专门性地阐释华人诗学理论，但综观其30年的研究成果，他也为本学科贡献了许多原创性的华人诗学话语，如"异族叙事"。海外华文文学就其字面意思而言，是一种远离中国本土、置身异域情境的文学生产，文学是人学，而作为人学的海外华文文学除了书写华人，必然也会反映异族。某种意义上讲，海外华文文学与中

---

① 王列耀、颜敏：《寻找新的学术空间——王列耀对海外华文文学研究的思考》，选自颜敏：《风景的重新发现——内地语境中的台港澳暨海外华文文学研究》，中国社会科学出版社2015年版，第247页。

国文学最大的差异表征即在书写对象上，在海外华文文学作品中，异族不可或缺。在学界，王列耀最早明确提出"异族叙事"这一概念，他在《东南亚华文文学的"异族叙事"——以菲律宾、马来西亚、印度尼西亚和泰国为例》中指出："（异族叙事）是指作为少数族裔的华人作家在'族群杂居'的语境中，对复杂、微妙的'杂居经验'的感受、想象与表述方式，和他们利用文学方式，与各种异己话语进行交流的一种积极努力和追求，也是指他们期望通过或者是利用文学方式，实现对作为少数族群之一的自我的一种言说策略与方式。"[①]王列耀所定义的"异族叙事"强调族群杂居经验、与异己对话和华人自我言说，深刻地指出了海外华文文学相对于其他学科的独特性。中国现当代文学虽然也不乏异族叙事的文本，但终归以族群内部叙事居多，而海外华文文学则不然，族群杂居和文化混杂是其生长土壤，异族叙事具有典型性，成为阐释海外华文文学作品的基本诗学话语，并逐渐为学界同仁所采用。

　　王列耀的"异族叙事"理论，产生于他对东南亚华文文学的解读，但这一理论话语却并不局限于东南亚华文文学，用它阐释其他区域的海外华文文学同样具有其适用性。王列耀在《北美新移民文学中的"另类亲情"》中，采用异族叙事理论，解读北美新移民文学中的"亲情母题"，发现处于族群杂居和文化混杂语境中的"亲情"，不再单纯依赖血缘维系，更多的"亲情"是建立在不同族群重组家庭之后的另类伦理之上。在这类"亲情"中，"作家不仅以悲凉的心态叙述华族'故事'，也以悲凉的心态叙述'异族''故事'；不仅以悲悯的胸怀容纳'故事'中的华族人物，也以悲悯的胸怀容纳'故事'中的'异族'人物"[②]。此外，王列耀也指导他的研究生采用"异族叙事"理论解读海外华文文学，如颜敏的硕士论文《七十年代末以来印华文学中的异族叙事》、池雷鸣的硕士论文《探索与追寻——异族叙事视野中的北美新移民文学研究》等。"异族叙事"的提出是王列耀对海外华文文学研究话语的一大贡献，但如何将其从批评话语上升为更具阐释空间的诗学理论，还有待拓展深化其理论边界。

---

　　①　王列耀：《东南亚华文文学的"异族叙事"——以菲律宾、马来西亚、印度尼西亚和泰国为例》，《文学评论》2007年第6期。
　　②　王列耀：《北美新移民文学中的"另类亲情"》，《文学评论》2009年第6期。

王列耀在与颜敏对谈海外华文文学的研究现状时，曾指出："我们的研究一向比较关注当代的作家作品，历史性研究严重不足"；"我们对于早期华侨文学的了解远远不够，尤其是对以文言写成的近代海外华文写作关注尚未开始"；"我们的横向研究也远远不够。近几十年来，比较热的是北美和东南亚，有很多区域我们根本没有关注到，是不是这些区域就没有华文创作呢？不是的，是我们来不及或者没有精力关注这些区域的华文创作"；"从学科的发展而言，反复咀嚼几个作家作品的研究方式已经无法促成学科的进一步发展，我们必须拓展研究的空间维度"；"总的来说，必须将纵向的拓展和横向的挖掘结合起来，才能呈现海外华文文学完整的学术版图"。①这段话既是王列耀对自己30年相关研究的一种反思，也是对学科未来发展的一种期许。或许每一位学者都不可能穷一己之力完整呈现台港澳地区及海外华文文学的学术版图，毕竟作为个体的研究者的精力是有限的，而且从理论上讲，任何一个学科的边界都会随着研究的深入发生扩张，严格意义上的固定版图是不存在的，但综观王列耀30年的研究，从早期的台湾文学研究，到晚近倡导的近代华侨文学研究和日韩华文文学研究，王列耀一直在突破拓展自己的研究领域。

王列耀的自我突破，不仅反映在学术版图的扩充，也深刻地体现在研究视点的转换上。30年的研究历程，看似零乱，却也有迹可循，大致而言，20世纪90年代初期，受国内女性主义热潮影响，王列耀以女性主义批评方法集中解读了部分台湾女作家的作品；20世纪90年代中期至21世纪初，王列耀转向文化研究，以文化批评的视角阐释东南亚华文文学的文化取向，新世纪前后又从宗教文化的角度分析基督教对台港文学的影响；近十年，王列耀及其研究团队着力于台港澳地区及海外华文文学的传播研究，从报纸副刊、影视到网络，全面勘探不同媒介对文学产生的影响。

1989年，王列耀在《华文文学》发表《求赎的困惑与理性的探寻——李昂创作概评》，此文不仅是王列耀台港澳地区及海外华文文学研究的起点，也是他首次采用女性主义理论解读台湾文学的实验。在该论文中，王列耀敏锐地

---

① 王列耀、颜敏：《寻找新的学术空间——王列耀对海外华文文学研究的思考》，选自颜敏：《风景的重新发现——内地语境中的台港澳暨海外华文文学研究》，中国社会科学出版社2015年版，第242、244页。

发现，自《人间世》开始，李昂的创作转向了女性主义立场："对自我追寻的倾心，正由对女性的社会地位与女性在人类文化中所扮演角色的关注所代替。""到了《人间世》，女性成为构思与表现的中心。更重要的是作品出发点的更新。作者开始自觉站在受欺凌的女性立场上。为摆脱显示不平等观念的男性笼罩的阴影，为妇女在经济与情感两方面的独立自主而不懈努力。"[1]而李昂从容地书写性意识、性冲动、性关系和性场面，又使其创作逐渐超越了一般层面的女性文学：既立足于两性关系的独立平等，又"不放过传统思想带给女性的病疾，挖掘新的经济关系带给女性的新劣根性，成为李昂成熟期创作的显著特点"[2]。《李昂创作概评》一文是中国大陆较早从女性主义批评角度研究李昂创作的论文，20世纪90年代以后李昂研究中的女性主义热，充分说明王列耀的学术敏感。除了《李昂创作概评》，王列耀此后发表的《实践一种新的批评精神——论台湾女诗人钟玲的诗歌评论》《台湾女性文学中的母性审视》《郭良蕙小说二题》等均可见女性主义批评的印迹。对于王列耀而言，台湾文学研究并非其主要耕耘的学术领域，但《李昂创作概评》等系列成果，却为其学术生涯奠定了重要的基础，他通过台湾文学研究，逐步进入香港文学和海外华文文学等研究领域。对于大陆台湾文学研究而言，王列耀以女性主义批评所做的相关研究，在20世纪80年代末90年代初的学术语境中，有它特殊的意义。

　　王列耀的东南亚华文文学研究开始于1993年在《中国比较文学》第5期发表的《菲律宾华文文学中的"背影现象"》，此文与1994年在《暨南学报》发表的《中国文学与菲律宾华文文学》，都从影响研究的角度分析了中国文学对菲律宾华文文学的重要影响。中国大陆早期的海外华文文学研究，重视影响研究和关系研究，强调中国文学、中国文化对海外华文文学的深刻影响，认为海外华文文学是中国文学、中国文化播散到海外之后的产物，两者间的关系也多被形容为"源—流""树—枝"关系，王列耀早期的东南亚华文文学研究肯定中国文学/文化的输出，或多或少也受到这一学术语境的影响。20世纪90年代后期，随着思考的深入，王列耀逐渐意识到中国文学、文化与东南亚华文文

---

　　[1]　王列耀：《求赎的困惑与理性的探寻——李昂创作概评》，《华文文学》1989年第3期。

　　[2]　同上。

学、文化之间的关系，并非简单的"源—流"关系，更非一般意义上的输出与接受关系，随着东南亚华人的在地化、华人文化的本土化，以及华侨向华人、华裔身份的转型，中国由地缘故乡变为文化原乡，东南亚华文文学发生了深刻的变化。这就要求我们的东南亚华文文学研究必须历史化和差异化，摒弃以往整体化的研究思维，在具体的历史情境和文学语境中细致地辨识东南亚华文文学与中国文化和东南亚华族文化之间的复杂关系。

王列耀的东南亚华文文学研究，重视对文学与文化关系的考察，透过华文文学看这一地区华人文化的复杂取向，同时也从文化批评的视野，借助华人文化看华文文学的现代转型。2000年和2001年，王列耀在《世界华文文学论坛》《暨南学报》《海南师范学院学报》等刊物先后发表《八十年代新加坡华文微型小说的一种文化策略》《论新加坡华文文学的文化取向》《全球化背景中菲律宾华文文学的文化取向》和《马来西亚华文文学的文化个性》四篇论文，从文化批评的角度集中深入阐释新华文学、菲华文学和马华文学在新的时代语境中的"文化取向"。

《八十年代新加坡华文微型小说的一种文化策略》摒弃了传统中对新加坡文化"中西合璧"的简单认知，王列耀在文中认为，独立后的新加坡是东西方之间的"接触地带"，虽然殖民统治在20世纪80年代已成为历史，"但是，历史的潜在作用，与新一轮'接触'中的'文化冲突'状况，使得这个'接触地带'中的文化关系更为复杂。一方面，是'中华文化'与西方文化的'整合'，甚至是被西方文化的'整合'；另一方面，是在'接触地带'，潜在、隐藏着的一种不平等的文化交流模式的自行运作，以及欧美话语场权在意识与无意识层面的持续性表达"[①]。针对这一状况，王列耀通过对80年代微型小说的研究发现：新加坡作家不仅表现出了深深的忧虑，而且"与'儒学复兴'有类似之处的80年代新加坡微型小说，一个重要文化指向或者称之为策略，就是在忧虑的心境中，颠覆与反拨以前的与当今的欧美文化精权话语，尤其是颠覆与反拨为欧美文化经典所确立的霸权话语"[②]。《论新加坡华文文学的文化取

---

① 王列耀：《八十年代新加坡华文微型小说的一种文化策略》，《世界华文文学论坛》2000年第2期。

② 同上。

向》一文进一步讨论了新加坡华文文学对本土文化和中国文化的书写，王列耀在文中认为："本时期新加坡华文文学突出地表现着两方面的文化要求：其一，强调华文文学的本土性，强调'本土的文学传统'；其二，强调华文文学的原根性，强调'中国文学传统'"，"'本土性'的旨意，是要求新加坡华文作家，自觉确认自己的生存身份，自觉认同自己的文化身份，担当起在缺乏'传统'时确立传统、在不西不中状况中'整合'传统的重任。'原根性'的旨意，是为了以未曾在'合璧'中被整合过的中华文化，与西方文化相对垒、相抗衡，也是为了对被整合过的'中华文化'，进行反省与修正。文学中的上述两种文化努力，将会不断重复。这种有意义的重复，将使新加坡华文文学更有个性、更加新鲜。"[1]《全球化背景中菲律宾华文文学的文化取向》和《马来西亚华文文学的文化个性》也都从文化的视点解读文学，又在具体的作品阐释中看文化，分析了东南亚华人在地化之后华人文化的转型。

在新世纪初的东南亚华文文学界，王列耀文化批评的视野丰富了学界对这一区域华文文学的认识，他在《东南亚华文文学——华族身份意识的转型》《存异与靠拢——东南亚华文文学发展中的一种趋势》《马来西亚：华人文学、华裔文学的碰撞与互动》等论文中依据东南亚华人身份意识的转型，将东南亚华文文学划分为华侨文学、华人文学和华族文学三个阶段，并积极呼吁加强对华族文学的研究，至今仍有重要的学术价值。

20世纪90年代中期开始，王列耀转向宗教与文学的跨界研究，以宗教文化为视点，考察宗教文化对台港文学的影响、台湾和香港有宗教信仰的作家的创作，以及无宗教信仰作家的宗教书写，撰写了《基督教文化与香港文学》《台湾的宗教与台湾的作家》《挥之不去的宗教情结——论香港作家梁锡华的长篇小说》《经院儒家哲学、禅学与台湾文学》《台湾文学中"出世意念"新质》等论文。

王列耀在香港中文大学和岭南大学开展合作研究期间，曾对香港宗教文化尤其是基督教文化进行过深入调研，同时也深切地感受到宗教文化对香港社会的广泛影响。《基督教文化与香港文学》和《挥之不去的宗教情结——论

---

[1]　王列耀：《论新加坡华文文学的文化取向》，《暨南学报》2000年第2期。

香港作家梁锡华的长篇小说》，积极肯定了宗教文化精神对六七十年以来香港文化与文学消解"政治文学"、淡化"阶级意识"方面的意义，认为基督教文化与香港文学存在"亲和"关系，基督教的"天职观"对西西、也斯等香港作家的"宽容意识"产生了重要影响，而香港文学中的"宗教情结"和"孤独情结"，王列耀认为也深受基督教文化精神影响，可以说一批香港作家已经将基督教文化精神内化到文学作品中，梁锡华的《独立苍茫》《头上一片云》等长篇小说自始至终与宗教有着牵连，不仅在作品中塑造了大量的宗教自伤者形象，而且也抒发了一种远离教会、回归基督的宗教情怀。

《台湾的宗教与台湾的作家》《经院儒家哲学、禅学与台湾文学》和《台湾文学中"出世意念"新质》，分析了台湾宗教的特点及其对台湾作家和台湾文学的影响，认为宗教的元素是建构台湾文学内涵的一个重要文化维度，呼吁学界重视从宗教的角度解读台湾文学。《台湾文学中"出世意念"新质》是一篇值得重视的论文，王列耀在论文中认为，以往我们对"出世"的理解总是建立在消极的层面上，他通过对陈映真、张系国等台湾作家的研究，发现"不少台湾文学家，是以积极而非消极的态度来对待宗教的出世论，是以进取而非逃避的心态来选取佛学和神学"①。王列耀进而认为，台湾文学中的"出世意念"具有许多与传统相悖的新质："以'受难'之心看死亡——出'庸俗'之世""在物质之外寻觅精神——出'繁华'之世"和"从弱小者立场看生命——出'世俗'之世"②。

由于某些特殊的原因，一段时期以来我们对宗教都有一种片面的认识，这也导致我们无法全面地认知宗教文化与文学之间的关系，尤其是正面积极的互动关系。王列耀21世纪前后从宗教文化的角度看台港文学，并积极肯定它给台港文学带来的正面影响，虽然这些研究还有待进一步的具体化和理论化，但在宗教与文学的跨界研究中仍有重要的意义。王列耀近年指导了一批研究生从事海外华文文学的宗教叙事研究，无疑是对这一研究的拓展和深化。

文学与传媒的交互研究在西方学界已成传统，在中国学界则是到了21世

---

① 王列耀：《台湾文学中"出世意念"新质》，《华文文学》2000年第4期。
② 同上。

纪之后才逐渐成为热点。台港澳地区及海外华文文学与汉语传媒的交互研究也受到这股学术风潮的影响，近十年开始引起学者关注。王列耀及其带领的学术团队无疑走在了这一研究领域的前列。2006年，暨南大学成立"汉语传媒与海外华文文学研究中心"，并随后被遴选为广东省人文社科重点研究基地，王列耀任基地常务副主任，主持日常工作。同年，王列耀主持基地重点项目"汉语传媒与海外华文文学关系研究"。此后，王列耀又先后主持"澳门中文报纸副刊文学研究（1999—2009）"（澳门文化局项目）和"马来西亚华裔新生代文学与华文传媒的互动研究"（教育部人文社会科学研究项目），带领其学术团队开始了长达十余年的台港澳地区及海外华文文学与汉语传媒交互研究，产出了系列拓荒式的研究成果。仅研究专著就包括：《文学及其场域：澳门文学与中文报纸副刊（1999—2009）》（王列耀、龙扬志等著）、《20世纪90年代马来西亚华文报纸副刊与"新生代文学"》（王列耀、温明明等著）、《寻找新的学术空间——汉语传媒与海外华文文学研究》（王列耀、颜敏等著）、《在文学的现场——台港澳暨海外华文文学在中国大陆文学期刊中的传播与建构（1979—2002）》（颜敏著）、《风景的重新发现——内地语境中的台港澳暨海外华文文学研究》（颜敏著）、《网里花落知多少——北美华文网络文学二十年研究（1988—2008）》（蒙星宇著）、《美国电影里的中国形象及其影响研究》（周文萍著）、《〈星洲日报〉文艺副刊（1988—2009）与马华文学思潮审美转向》（易淑琼著）等，此外还有《北美华文网络文学的发展与网纸两栖写作》（王列耀、蒙星宇）、《回归十年：澳门中文报纸与文学互动研究》（王列耀、温明明）、《20世纪90年代：马华报纸与新生代文学》（王列耀）、《华侨华人与百年中国文学及海外传播》（王列耀、池雷鸣）等论文几十篇，相关硕博士论文十余篇。

　　王列耀及其团队对台港澳地区及海外华文文学与汉语传媒的交互研究，始终贯穿着回到文学现场、挖掘一手史料、运用跨界方法、提出原创观点的学术理念。首先，这些成果初步梳理了汉语传媒与台港澳地区及海外华文文学的关系历史和互动方法，通过对报纸副刊、文学期刊上的原始文学史料的爬梳，还原历史真实，重建台港澳地区及海外华文文学现场，使一系列曾被遗忘或疏漏的传媒事实与文学文本得以重新被发现，最终完成建构或重写文学历史的宏大任务。古远清曾以"求真求新的澳门文学研究"评价王列耀等著的《文学及其场域：澳门文学与中文报纸副刊（1999—2009）》一书，他认为："王列耀、龙扬志通过考察和分析澳门回归前后文学创作的变化及编辑的思维方式、价值观念、文化连续等核心问题，作为展开他们建构澳门文学场域的支撑。他们通过文学副刊对澳门文学形象的塑造，去理解澳门文化及其文学价值观的哲学基础。他们指出文学副刊与文化副刊两者不是对立，而是互为补充。王、龙二人在占有丰富史料的基础上，就这样既旁征博引又高屋建瓴地从'持续的文学激情：回归十年文学分类考察'，去折射20世纪末以来澳门文学凝结历史语境转换的复杂过程，这显得很有说服力量。"①文学与传媒交互研究，难在花大量精力一页一页地翻阅那些覆盖着厚厚的历史尘埃的报纸，并从庞杂的史料中建构起有序的文学现场，但一旦完成这一基础的"田野"工作，对于后续的研究将有重要的价值。古远清"求真"之谓，精确地指出了王列耀等的研究之精髓与价值。其次，王列耀及其团队的台港澳地区及海外华文文学与汉语传媒交互研究，将传播及媒介理论引入文学研究，采用布罗代尔的"长时段"、福柯的"知识考古学"、巴赫金的"文化外位性"、布尔迪厄的文化场域理论等，从汉语传媒看海外华文文学的发生、发展与转型，探究汉语传媒介入台港澳地区及海外华文文学创作、评论和诗学建构的广度和深度。这些研究的新意，从方法论的角度而言，是提供了一种更新研究范式、倡导跨界研究的可能性，正如颜敏所指出的："在海外华文文学研究中提出媒介问题，其实是提供了一种自我批判和反思的可能性。它将引发的是一种研究思维的突破与创新，我们不再执着于它的诗学本质，而开始思考它的建构过程、方式及意义，即从是什么到怎么样和为什么。"②最后，王列耀及其团队的台港澳地区及海外华文文学与汉语传媒交互研究，挖掘尚未引起重视的文学史料是一方面，其最终诉求仍是期望能够提出一些原创性观点，以此深化当前的台港澳地区及海外华文文学研究，正如王列耀所谈到的："就海外华文文学领域而言，从文学传播

---

① 古远清：《求真求新的澳门文学研究——评〈文学及其场域：澳门文学与中文报纸副刊（1999—2009）〉》，《华文文学》2017年第6期。

② 王列耀、颜敏等：《寻找新的学术空间——汉语传媒与海外华文文学研究》，中国社会科学出版社2016年版，第272页。

角度去重新梳理文学史的工作是基础，但更有意义的是在传媒视野中提出一些新的问题。"[①]他们在传媒语境中对澳门文学、香港文学、20世纪90年代马华新生代文学、美华文学、北美华文网络文学、华文文学在大陆的传播、海外华文文学作品影视改编等的研究，摒弃了传统的纯文本分析的模式，紧扣文学与传媒的交互关系，发现了新的问题，同时也提出了原创性的观点，对于近年来正在寻求自我突破的台港澳地区及海外华文文学研究界而言，具有重要的启示意义。

　　王列耀是当前台港澳地区及海外华文文学研究界的中坚力量之一，他30年的研究历程也是这一学科逐渐走向成熟并获得认可的过程。王列耀的台港澳地区及海外华文文学研究的意义，必须放在历史的语境中才能看清，仅从其研究成果看是不够的。王列耀长期在中国世界华文文学学会主持日常工作，他在促进海内外华文文学圈交流对话、完善台港澳地区及海外华文文学学术建制等方面，发挥了重要的作用。对于台港澳地区及海外华文文学研究界而言，王列耀既是一位有诸多原创性成果的学者，也是一位推动相关学术团体发展的优秀组织者，还是一位积极参与、促进海内外华文作家与学者交流的文学使者，只有把握了王列耀的这三重身份，我们才能更为全面地确定其贡献。正如有研究者指出的："王列耀不仅是一位孜孜不倦的学者，为华文文学的研究贡献自己的学术成果；作为中国世界华文文学学会会长，他带领科研工作者，为学科建设添砖加瓦，努力扩大海外华文文学的影响力。他组织编辑出版学术书籍，组织参与国内外华文文学会议，积极与研究者交流与对话，促进华文文学在多元文化语境中的趋异共生。"[②]

　　王列耀还培养了多位从事海外华文文学研究的学生，形成了有特色的学术团队。主要有以下成员：

　　龙扬志（1975—），湖南涟源人，暨南大学中文系副教授，硕士生导师。

---

　　①　王列耀、颜敏：《寻找新的学术空间——王列耀对海外华文文学研究的思考》，选自颜敏：《风景的重新发现——内地语境中的台港澳暨海外华文文学研究》，中国社会科学出版社2015年版，第246页。

　　②　朱莹：《拾珠沧海力拓疆域——评王列耀〈华文文学的文化取向〉》，《学术评论》2016年第4期。

现任暨南大学中国文艺评论基地副主任，中国世界华文文学学会理事，暨南大学海外华文文学与华语传媒研究中心、暨南大学澳门研究院特聘研究员。2010年于首都师范大学中国诗歌研究中心获得博士学位，同年进入暨南大学中国语言文学博士后流动站，合作导师王列耀，在站期间完成澳门文学研究、马华文学研究相关课题，发表《"澳门文学"：概念及其表述意义》《本土立场与世界视野：海外华文文学研究反思》《身份的焦虑：论90年代马华文学论争》等论文，博士后出站报告为《当代马华文学研究》。2012年留任暨大中文系至今，主要从事中国新诗研究、港澳文学研究、海外华文文学研究，已在《文艺研究》《民族文学研究》《中国现代文学研究丛刊》《澳门研究》《暨南学报》《华南师范大学学报》《学术研究》《南方文坛》等刊物发表《马华文学知识谱系及其跨界建构》《文学空间与当代马华文坛秩序重构》《华文媒体与当代马华文学场域之建构》《文学场与澳门文学批评话语之建立》《正名：文学史书写与马华文学身份重建》等论文，多篇被《人大复印资料》《全国高校文科学术文摘》《文学学报》《海外华文文学年鉴》等刊物转载。已出版专著《文学及其场域：澳门文学与中文报纸副刊（1999—2009）》（第二作者），主编论著多种。主持国家社科基金项目、教育部社科项目、广东省社科项目、澳门特区文化局项目、广东省委宣传部项目各1项，参与多个国家社科基金重大项目、重点项目研究。

池雷鸣（1984—），河北人，2007—2013年跟随王列耀攻读海外华文文学方向的硕博士，主要从事加拿大华文文学的研究，后进入暨南大学中国史博士后流动站深造。2015年入职《暨南学报》担任文学编辑，现为暨南大学中文系现当代文学专业硕士生导师。博士论文《加拿大新移民华文小说的历史书写研究》关注20世纪70年代末以来，从中国大陆陆续以留学、团聚、陪读、求职、婚嫁、技术、投资等形式移居到加拿大的华人用中文创作的小说，以"记忆与承认"为研究主旨，具体探讨"文革"书写与法律承认、家族书写与情感承认和加华史书写与社会承认之间的内在关联及其蕴在其中的"加拿大性"。博士后出站报告《加拿大华人史写作研究》则分别从地理空间、族群空间及语言空间三方面对加拿大华人史写作进行比较研究。迄今已完成广州市哲学社会科学"十二五"规划2014年度共建课题"比较视野的历史书写研究：以加拿大华人文学为例"、中国博士后科学基金第53批面上资助项目"加拿大华人历史及其叙事研究"，并参与完成国家社科基金一般项目《加拿大华人新移民小说研究》等科研项目，在《福建论坛》《江汉论坛》《暨南学报》等学术期刊上发表论文数十篇。目前主持国家社科基金青年项目"留英美中国人英语文学与'东学西渐'"，进一步研究中国文学在海外的传播。

　　温明明（1986—），江西赣州人。暨南大学中文系副教授，硕士生导师。2008—2011年跟随王列耀攻读台港澳地区暨海外华文文学研究方向的硕士研究生，从事华语传媒与海外华文文学关系的研究，硕士论文题目为《〈美华文学〉研究（1995—2009）》。2011—2014年继续师从王列耀攻读博士，主要从事马华文学研究，博士论文题目为《在两个纬度之间——在台马华文学研究（1963—2013）》，2014年入职暨大中文系。目前主持一项国家社科基金青年项目"马华留台作家研究"，参与国家级省部级科研项目多项。出版专著《离境与跨界——在台马华文学研究（1963—2013）》，该书抓住"离境"与"跨界"两大特征，深入在台马华文学产生的历史、文化和文学语境，通过对其文学创作及论述的分析，厘清了在台马华文学传统及其谱系生成演变的历史轨迹，阐述了台湾作为在台马华文学依附的场域及中介对（在台）马华文学的影响，分析了在台马华文学南洋情境与台湾色彩相结合的另类美学风格，以及台湾场域内的马华文学论述对当代马华文学产生的深刻影响。与他人合著有《20世纪90年代马来西亚华文报纸与"新生代文学"》（与王列耀合著）、《文学与场域：澳门文学与中文报纸副刊（1999—2009）》（与王列耀、龙扬志等合著）及《寻找新的学术空间——汉语传媒与海外华文文学研究》（与王列耀、颜敏等合著）。已在国内《文学评论》《华侨华人历史研究》等多种学术期刊上发表学术论文数十篇。

（本节撰稿者：温明明，暨南大学文学院副教授）

第四节　蒋述卓：海外华文诗学研究

海外华文诗学研究是暨南大学中文系文艺学专业比较文艺学方向生发的一个独特分支，以海外华人学者的中国文学批评或比较文学研究为对象，是中国学者在比较文学的框架下如何应对西方的中国文学研究，并进而探讨中国文论在海外如何被传播、接受乃至变形的轨迹，也可看成是中国文学与西方文学的深层次关系研究。这种对话是深层次的文化碰撞，也是在全球化进程中，中国学者积极走向世界，寻求对话的努力。暨南大学文艺学专业在这个方向的拓展是全国领先并极具发展潜力的，蒋述卓在接替饶芃子担任文艺学学科带头人之后，大力推动了该方向的进一步深入发展。

蒋述卓（1955—），广西灌阳人，1988年毕业于华东师大中文系中国文学批评史专业，获得博士学位，并于当年入职暨大中文系。现为暨南大学中文系教授，博士生导师，广东省人文社科重点研究基地暨南大学海外华文文学与华语传媒研究中心主任，中国世界华文文学学会顾问。其学术起于宗教与文艺关系研究，过渡到中国古典文论的现代转换研究，并在进行古典文论现代转换的研究中，反思中国20世纪文学批评对本土传统与西方现代两种话语资源的鉴取经验及教训，从"文化诗学"这一富有开放性、创造力的视角，探讨创建文学批评新路径的可操作性。在关注文学批评的跨文化视野和现代性进程中，进行了20世纪中国文论学术研究史的工作，从中关注海外华人诗学家的研究，进而拓展并形成海外华文文学与华人诗学研究领域。从2001年开始，蒋述卓在进行20世纪中国古代文论学术史研究的过程中，陆续发表了一些评述海外华人学者中国古代文论研究和比较文学研究的论文。近年来，作为饶芃子主持的国家社科基金重大项目之第五子课题"海外华人学者的诗学贡献"的负责人，从"比较诗学的开拓""中国艺术精神的现代阐发""中国抒情传统的建构""现代性与中国文学史研究的新视野""边缘立场的文化研究""东南亚的中国诗学研究"等方面出发，对海外华人诗学领域的重要命题进行了集中考察和梳理，并在《文学评论》2017年第2期发表《百年海外华人学者的文学理论与批评》一文，获得较大的社会反响。

　　蒋述卓多年从事中国古代文艺理论和文化诗学的研究工作，而海外华人诗学与华文文学是其研究工作的自然延伸和重要构成。2000年以来，他发表了一系列海外华人诗学及华文文学研究的论文，《二十世纪八十年代以来中西比较文论研究评述》（《上海社会科学院学术季刊》2001年第4期）、《新时期中国古代文论研究三十年述评》（《学术研究》2008年第7期）及专著《古今对话中的中国古典文艺美学》涉及对海外华人学者的中国古典文论研究的关注和评述，从中国古典文论的创造性转化肯定海外华人学者的重要贡献。《接续历史的整体之思——浅析叶维廉对中国现代文学研究的反思》［《暨南学报（哲学社会科学版）》2009年第4期］指出叶维廉的现代文学研究思想以"历史整体性"的思维反思中国现代文学研究中出现的种种弊端，探寻现代文学传统的新质，使现代文学与古代文学、当代文学贯通起来；同时，批判"五四"后的"定型思维"及其危害，以此展开对现代性思维专制的批判，显现其文学现代性反思的独特路径。《比较文学视野下的华语电影诗学的整体建构》（《湘潭大学学报》2011年第6期）揭示近30年华语电影研究由于研究方法的局限而导致主体性和审美性不足的问题，指出华语电影诗学应坚持以审美为中心，从美学、文化和产业跨学科比较研究的角度对华语电影的独特类型、主题模式、文化传统、身份意识、审美传统、产业模式等进行整体的研究。《从古典言志诗学到伪言志诗学——论百年华语电影的审美价值倾向》［《暨南学报（哲学社会科学版）》，2011年第1期］选取中国诗论中最古老、最核心的概念"诗言志"，运用言志诗学理论观照百年华语电影的审美倾向，并将其划分为三个重要阶段，即古典言志诗学时期、现代言志诗学时期与伪言志诗学时期，从而为华语电影的美学表现形态与未来发展之路寻找到它的传统之根。2011年以来，以首席专家主持国家社科基金重大项目之第五子课题"海外华人学者的诗学贡献"，课题阶段性成果《百年海外华人学者的文学理论与批评》在《文学评论》2017年第2期发表，该论文全面总结百年来海外华人学者文学理论与批评的总体状况、文化特征与方法启示。

作为广东省人文社科重点研究基地——暨南大学海外华文文学与华语传媒研究中心主任，蒋述卓多年来一直关注海外华文文学的发展走向，发表了《草色遥看——我所知道的美国华人新移民文学》（《中国比较文学》1997年第4期）、《华文行走文学的文化功能》（《华文文学》2009年第5期）、《满城烟柳——加拿大华文文学观感》（《跨学科视域中的比较文学》，复旦大学出版社，2015年）、《论欧华文学中欧洲游记散文的文化视野与诗意抒写》（巴黎百花出版社，2016年）、《细看和风入文来——在中日文化的比较中看日华文学》（《东方丛刊》2018年第1辑）等文章；与此同时，作为主编出版"七色光"海外华文散文丛书（花城出版社，2017年），推出一批中生代、新生代的优秀海外华文作家的创作实绩，为推动海外华文文学研究做了重要的工作。

蒋述卓在《文学评论》2017年第2期发表的《百年海外华人学者的文学理论与批评》是极具代表性的重要成果。这篇论文从学术史的视野整体描述海外华人学者诗学研究的整体风貌，梳理海外华人学者文学理论和批评的历史起点、百年历程、分期特征和地域分布，考察和阐释海外华人学者诗学研究中蕴含的独特的他者视野、传统与现代对话的学术理念，及其跨语际、跨学科的学术策略，从海外汉学史、中西文化交流史和中国学术史的角度论述了海外华人学者诗学研究对中国文学和诗学研究所具有的实际影响和理论启发。这篇论文开创性地对百年海外华人诗学研究进行了整体描述，为海外华人诗学学术史的研究奠定了重要基础，其创新之处在于：

1. 揭示了百年海外华人诗学研究的文化特质。论文立足于海外华人学者面对西方现代性的冲击与回应、生存与发展的历史视野，对海外华人诗学在传统与西方之间的关系进行了富有深度的阐释，既充分注意到海外华人诗学的文化特质和身份认同，又高度描述其学术特征与研究启示，对海外华人诗学的研究提供了重要的学术理路。

2. 探讨了海外华人学者将古典文学和现代文学视为动态一体的学术理念。论文在传统与现代性的关系中，以海外华人学者与中国文化的远近两个传统的关系为中心，着力突出百年海外华人诗学强调传统连贯性的学术独特性。

论文以宏观的历史视野、阶段分析和事实说明，肯定了海外华人学者古今文学动态一体的学术理念的重要意义。这一理念的揭示为理解海外华人诗学的价值提供了重要方向，并对我们思考和理解中国传统与现代之间的复杂关系提供了重要的理论参照。

3. 勾勒出贯穿百年海外华人诗学"抒情"传统现代建构的现代性问题视域。论文从现代性的角度，论述海外华人学者的诗学研究如何以中国文学抒情传统的建构，来表达其参与西方现代性、建构中国现代性以及丰富全球现代性的理论诉求，并从中分析其坚守中国立场、代言中国形象、彰显中国价值和传播中国文化的意义。其抒情传统的建构经验为推进中国文化海外传播、呈现中国文化的世界价值、促进中华文化复兴提供重要的经验借鉴。

4. 讨论海外华人学者在跨文化背景之下所创造的"以西释中"的跨文化、跨语际和跨学科的学术策略和他者视野，突出这种策略在中西文化中"存同"与"求异"的学术追求、策略选择的原因及其所形成的学术价值。华人学者在西方语境下的传统发明，揭示了中西文化之间复杂的现实语境和话语权力关系，为中国文学海外传播的策略选择和实践路径提供了有效的经验。

2018年，蒋述卓教授以其丰厚的中国传统文论研究成果及其在海外华人诗学研究方面的突出成绩，成功获批一项国家社科基金重大项目"华人学者中国文艺理论及思想的文献整理与研究"。

蒋述卓教授从1996年开始招收和指导博士研究生，其中有多位毕业后从事海外华文文学诗学问题的研究。此外，刘绍瑾教授等也从事这一领域研究。他们在蒋述卓带领下，共同形成了一个有突出创新特色的学术团队。

刘绍瑾（1962—），湖北监利人，1979—1983年就读武汉大学中文系，毕业后考入武汉大学研究生院，研习中国文学批评史，获文学硕士学位。1986年入职暨南大学，1995年在饶芃子指导下攻读文艺学博士，1998年毕业。现为暨南大学中文系教授、博士生导师，国家重点学科暨大文艺学学科中国古代文论研究方向带头人、暨大美学学科带头人。刘绍瑾对于海外华人学者的文艺理论研究，始于20世纪的庄子美学研究和其后的中国古代文论学术史研究。1989年初版的《庄子与中国美学》一书，较早大量引介了叶维廉、刘若愚等海外华人学者的成果。他在《浙江大学学报》1990年第2期发表的《"以世界性的知识和眼光"看庄子——海内外庄子与西方美学比较研究述评》，即把庄子美学放到中国内地、台港地区、海外华人学者通观的大视野中进行论述。他的中国古代文论学术史研究，则是在承担台港地区的古代文论研究时，由于台港学者多在欧美求学且经常往返于海外，也认真关注了海外华人学者的中国文论研究。1998年在《文学遗产》第6期发表的《香港中国古代文论研究鸟瞰》便可见一斑。

刘绍瑾真正有意识地把"海外华人学者的中国文论阐释与研究"作为对象进行专门研究，计有如下成果：《叶维廉比较诗学中的庄子情结》（《文史哲》2003年第5期）、《论中国文艺美学的古今对接之途》（《思想战线》2007年第2期）、《饮之太和：叶维廉对中国诗学生态美学精神的开掘与阐发》（《陕西师范大学学报》2008年第2期）、《道家美学的现代价值与世界意义》（《深圳大学学报》2010年第5期）、《海外华人学者中国文论研究的新视野》（《学术研究》2013年第8期）、《比较视野与中国原味》（《长江学术》2009年第4期）。

这些论文大体可分为两类：一类是对具有重大影响的海外华人学者叶维廉的专题研究。《叶维廉比较诗学中的庄子情结》是同类研究中较早出现的论文，该文认为，叶维廉的比较诗学在着力揭示受道家影响的中国诗学与西方传统诗学美感视境差异的同时，又极力探寻它与西方现代美学的汇通之处。在这一"异同全识"的比较诗学框架内，庄子处于一个十分关键的位置。叶维廉有很深的庄子情结。揭示这一点，既有助于去除西方诗学对中国诗学的遮蔽，也为中国诗学通向世界、通向当代、实现其现代转换提供了重要启示。《饮之太和：叶维廉对中国诗学生态美学精神的开掘与阐发》则认为，在以生态精神来阐发中国古典美学思想的学术谱系中，叶维廉堪称华人学者中的第一人。叶氏在中西比较视野下发掘、阐释的中国古典诗学"饮之太和""以物观物"的视境，既与现象学相对接，又体现了浓厚的生态美学精神。

另一类则是对海外华人学者中国文论研究的学术价值和理论意义的论述，具有宏观指导和方法论意义揭示的意味。《论中国文艺美学的古今对接之途》从中国文艺美学古今对接的视野和角度论及此题，认为：对中国古典文艺美学进行观照，如果说大陆学界是第一只眼睛的话，那么外国学者是第二眼睛，海外华人学者则是第三只眼睛。第一只眼易于执滞，第二境界则容易产生"隔"和误读，唯第三只眼"入乎其内，出乎其外"，站在中西文化冲突、交融的前端，以比较的意识和视野，故所得中国古典文艺美学之观审，最具启发和深思。《海外华人学者中国文论研究的新视野》则是教育部课题"海外华人学者对中国文论的阐发与研究"的"导论"，论述了海外华人学者中国文论阐发与研究的价值和理论意义，勾画了该群落的学术谱系及其所关注的重要问题。该论文和课题认为，在20世纪以来现代学术发展的格局中，海外华人学者作为一种学术群落，其文化身份有着特别之处。他们是龙的传人，对中国传统文化怀持着一种"根"的体认和漂泊异乡而产生的"乡愁"之所寄，而他们生活、教育的主体环境，又往往是西方文化主宰的现代文明地带。这就使得他们的文化身份之于中国传统，具有"自我"与"他者"、"看"与"被看"兼而有之的色彩。海外华人学者"置身于"西方文化中心、最新文艺理论思潮的"现场"，吸收并参与这些理论思潮的起伏与讨论，但同时又始终不忘对中国传统的"根"的体认和再造，这些特点就使得他们具有与纯粹的大陆学者不同的文化立场、思维方式和阐释视野。海外华人学者站在中西文化冲突、交融的前端，以比较的意识和视野，以西方最新的理论为参照，对中国古典文论、中国诗学、中国美学进行开掘与阐发，不仅有力地彰显了中国古典文论的世界意义和价值，而且实现了中国传统文艺思想的现代阐释和创造性转化。因此，海外华人学者在中西文化交融、中西比较诗学语境下对中国文论、中国诗学、中国美学的阐释与研究，就成为一个极富学术价值和文化战略意义的课题。

《比较视野与中国原味》则是对晚岁获得美籍华人身份的王文生先生近期相关著作的评述。在海外华人学者的中国文论研究中，有一群体应该引起关注，他们就是成名于中国大陆、后因各种原因到国外定居执教的，代表人物有王文生、萧驰等。对他们的学术活动的研究，目前几乎尚处空白。该文认为，重视与西方的总体比较而又力图突破西方的框架，解除美学、文学研究上的"西化"倾向所导致的中国传统的遮蔽和误解，这是王文生先生一以贯之的学术追求。

李凤亮（1971—），江苏阜宁人，1994年毕业于徐州师范学院，后入暨南大学攻读博士，师从蒋述卓教授，2001年获文艺学博士学位，并留校任教。现为南方科技大学党委副书记、纪委书记，人文中心讲席教授，兼任深圳大学文化产业研究院院长，中国社会科学院大学、暨南大学文学院文艺学专业博士生导师，深圳大学和澳大利亚科廷大学文化产业专业博士生导师。美国南加州大学访问学者（2007—2008），先后任教于暨南大学（2001—2008）、深圳大学（2008—2016）。担任中国世界华文文学学会副会长、中国外国文论与比较诗学研究会副会长、中国文艺理论学会副秘书长、中国比较文学学会常务理事等学术职务。李凤亮的学术领域主要集中在中国文学批评、比较诗学和海外汉学。在海外华人诗学研究方面，已主持并完成课题四项、出版专著两种，在《文学评论》《文艺理论研究》《文艺研究》等发表系列论文多篇，获得学界的广泛认可。

这些研究课题及论著集中考察了海外中国现代文学研究的历史脉络、代表人物及论争议题，在国内较早引介"华语语系文学""华语电影"等重要理论命题，并提出跨地域的"中国现代诗学"等理论构想。专著《移动的诗学——中国古典文论现代观照的海外视野》（暨南大学出版社，2012年；台湾版为《中国古典文论现代观照的海外视野》，台湾秀威出版公司，2016年）着力阐释道家美学与现象学的互释、中国艺术精神、中国抒情传统、古典诗词的海外传播、中国文学现代性五个海外华人诗学批评的典型个案，涉及叶维廉、刘若愚、方东美、唐君毅、徐复观、陈世骧、高友工、孙康宜、龚鹏程、吕正惠、叶嘉莹、王德威、李欧梵、张错等当代海外华人批评的代表性学者。该书认为从港台或内地"流散"至"他方"的经历，使华人学者一方面能对异域批评理论作近距离移植，另一方面又能对中国文学问题采取远观姿态。这种"近取远观"的态度，为中国传统文论的研究带来了"另一种声音"，其中隐含着诸多值得探讨的学术话题，既有研究立场、方法论上的，也有理论观念、学术观点上的。而海外学人与国内学者在学术规训上的差异和言说位置上的区别，则打破了过去中国文学研究单一封闭的视角，其直接参与及影响所及，在某种意义上改变着20世纪中国文学研究的总体格局，且目前已从某种边缘状态向中心地带滑动。

《彼岸的现代性》（广西师范大学出版社，2011年）则选取当代北美具有代表性的九位华人学者进行访谈，内容涉及批评家研究历程、学术领域、海外中国现代文学研究生态、新形势下海内外学术交流状况及其对广义"20世纪中国文学研究"的影响。该书认为海外华人批评家将跨文化、跨学科、跨语际的研究观念投射到国内，形成了20世纪中国文学研究的"多重边界""多重彼岸""多重比较"，创造了中国现代文学批评的一个独特语域，其视野、观念、话语、方法上的创新拓展在一定程度上改变了20世纪中国文学研究的总体格局，推动了跨地域的"中国现代诗学"的形成。

　　论文《走向跨地域的"中国现代诗学"——海外华人批评家的启示》（《南方文坛》2010年第5期）指出新世纪以来，有关华人学者批评理论的考察日渐成为跨学科研究的一个重要命题。这一涉及20世纪中国文学、文学理论、比较文学、海外汉学、华侨华人研究诸领域的崭新论题，随着海内外学术交流的频密，其学理意义与实践价值得到不同科际学者的关注和思考。在"批评理论"研究不断受到重视的语境下，海外华人批评家的跨国批评实践，提供了一个考察当代西方批评理论、20世纪中国文学研究的崭新而特别的视角，其对中国当代批评建设的借鉴意义格外突出。华人学者批评理论研究所引发的诸多问题，如全球化时代的"学术流散"倾向、中西文化交流中的"话语权力"关系、20世纪中国文学批评"现代性"的复杂面貌等，正日益重要地凸显在文学理论及比较诗学研究的视阈中。一种跨地域的"中国现代诗学"，正向我们走来。

　　《海外华人学者批评理论研究的几个问题》（《文学评论》2006年第3期）则认为"当代海外华人学者批评理论"并非一个孤立的批评现象，它是当代跨国"流散"文化的一个重要镜像，是20世纪中国学术现代化的一个典型表征，是审美现代性追求的一个独特语域。此一命题的跨文化、跨学科、跨语际交流意味十分凸显。只有将华人学者批评理论置于当代跨国流散文化与全球化语境下中国学术现代化追求的背景中，才能深刻理解和把握其研究的理论意义、价值立场与思想倾向。

　　闫月珍（1973—），内蒙古呼和浩特人，先后在内蒙古大学、华南师范大学获得文学学士、硕士学位，2002年在蒋述卓指导下获得暨南大学文艺学博士学位并留校任教。现为暨南大学中文系文艺学专业教授、博士生导师，哈佛大学访问学者。2017年4月，入选教育部2016年度"长江学者奖励计划"青年学者。现为中国古代文学理论学会、中国文心雕龙学会、广东古代文论学会理事。闫月珍教授学术领域主要在中国文学批评、比较诗学和海外汉学。迄今参与完成国家社会科学基金重大项目"百年海外华文文学研究"第五子项目"海外华人诗学家的理论与批评",主持并完成教育部项目人文社科一般项目"清人《二十四诗品》注解本五种整理与研究"。目前正主持国家社会科学基金一般项目"《文心雕龙》器物叙述系统研究"。

闫月珍非常注意搜集本专业领域的海外文献,主编的著作如下:《庞德〈诗章〉研究》(方志彤著,中西书局,2016年),该书整理了哈佛大学方志彤的博士论文;《哈佛大学燕京图书馆藏民国时期国学教材:李兆民卷》(上下册,上海古籍出版社,2016年),该书整理了流传在哈佛燕京图书馆的教会大学教材;《华文文学新视野——〈暨南学报〉"港澳台及海外华文文学研究"栏目论文选集》第3辑(花城出版社,2016年),该书整理了《暨南学报》刊登的华文文学研究论文。

闫月珍在海外华人诗学研究中的主要成果有专著《叶维廉与中国诗学》(中国社会科学出版社,2010年)。著作主要观点:叶维廉自认为是一个"五四文学革命的承传者",他在中西方文化间徘徊游走的矛盾心态在比较诗学研究中上具有相当的代表性。对叶维廉文化认同态度的分析,有助于我们重新思考继"五四"以来中国文化如何实现与西方文化的有效沟通,以及古典诗学如何实现向现代诗学的转换这一绵延至今的历史问题。

论文《跨语际沟通:遮蔽与发明——海外汉学界对中国文学传统的建构》(《中国比较文学》2016年第2期)则探讨在跨语际沟通中,海外汉学界对"传统"的预设往往造成对古典作静态化的描述。用阐发法进行中国诗学研究,其意义必然有所遮蔽,也有所发现。其中,理论抽取成为了一个普遍现象,它是一个碎片性而又具有建设性的策略。问题的实质是哪部分碎片能够成为最恰适的资源而产生最强劲的思想动力。当传统被赋予了文化认同的意义时,我们显然是在言说当下的中国文学问题。

翻译海外汉学家方志彤的论文《〈诗品〉作者考》(《文学遗产》2011年第5期)。方志彤的这篇论文比国内学者更早地发现了《诗品》是伪作,闫月珍教授通过发现和翻译原始档案,以海外汉学的材料佐证了国内学术界的观点。论文《汉学界的五个〈二十四诗品〉英译本》(《人文杂志》,2016年第

2期）主要观点是：《二十四诗品》向以难解闻名，汉学界的五个英译本对此进行了有益探索。在英译过程中，一方面由于语言差异产生了误读，并过滤了原文的部分意义，另一方面还原诗句的原本语境，彰显了中国文化的特质。这一探索留给我们的经验是：对中国文学不可译的部分，应参照互文性文本，通过细读和辨别确定其意义，从而避免误读走向还原。

郑焕钊（1984—），广东潮州人，2012年获得暨南大学文艺学博士学位并留校任教至今，现为暨南大学文学院副教授、硕士生导师。主要研究领域为海外华人诗学、文化研究。主持国家社会科学基金青年项目"华人学者与中国现当代文学的学科建构和海外传播研究"、广东省哲学社会科学青年项目"华人学者与中国现当代文学学科海外建构的主体性"。专著有《"诗教"传统的历史中介：梁启超与中国现代诗学启蒙话语的发生》（社会科学文献出版社，2017年），并有多篇学术论文在《文艺研究》《文艺理论研究》等杂志上发表。

（本节撰稿者：李亚萍：暨南大学文学院副教授）

第五节　卫景宜、蒲若茜：海外华裔文学研究

　　暨南大学外国语学院的海外华裔文学研究近年来得到迅猛发展，起源是卫景宜攻读暨南大学文艺学博士期间以美国华裔文学作家汤亭亭作为研究对象，这是暨南大学文艺学专业的第一篇华裔文学研究论文。此后蒲若茜（相关介绍介绍见本书第七章）、詹乔、许双如等也都进入了美国亚裔文学研究领域，肖淳端则研究英国华裔文学。他们逐步拓展学术领地，形成了一支强健的学术团队，取得了较多的学术成果，并将其打造成暨南大学外国语学院英语文学研究的优势专业，也在国内及国际同行中获得好评。

　　卫景宜，1979年北京大学西语系本科毕业，1986年获得北京大学英语系硕士学位，1988年入职暨南大学外国语学院，2001年在饶芃子指导下获得文艺学博士学位。曾为暨南大学外国语学院教授、研究生导师，主要从事美国华裔文学研究，现已退休。卫景宜是外国语学院海外华裔文学研究的开创者，在其跟随饶芃子攻读博士期间即开始关注美国亚裔文学的文本研究，专著《西方语境中的中国故事——论美国华裔英语文学的中国文化书写》（中国社会科学出版社，2002年）是在其博士论文的基础上修订出版的，获得2007年"全国美国文学研究会第一届学术成果优秀奖"。专著主要探讨美国华裔作家汤亭亭笔下的中国文化书写。汤亭亭文本大量使用中国文化符码及频繁讲述中国故事的现象，构成跨文化研究的重要对象。她的写作具有边缘文化属性的鲜明特征——既不认同父母辈的传统文化，又对美国意识形态表示质疑，这与她文化接受及"他者"身份密切相关。汤亭亭的写作创立了一种独特的叙事模式：挪用和改写中国故事，演绎美国时空的华裔生存状态，构建新的华裔文化形象。她笔下的中国故事常常受到族裔意识与女权主义意识的重新观照，显示其"拿来主义"的现实取向。她运用中国故事重塑华裔英雄形象，寓言式地描述了华人移

民经验的种种状况，并以"西方梨园"的杂化意象表述她对华裔文化身份的构想。美国华裔文学的中国文化书写形成跨文化对话的空间，展示了中国文化在西方语境的书写态势及调适策略。中国文化是美国华裔作家标榜族裔特性的一块特有的文化想象空间。美国华裔英语写作在客观上起到异质文化交流和沟通的实验作用，并在某种程度上预示了中国文化在全球化境遇中的丰富可能性。除汤亭亭外，卫景宜还持续关注哈金、裘小龙等中国移民作家的英文创作，在《国外文学》《暨南学报》《英美文学研究论丛》等期刊发表了多篇相关学术论文。

詹乔（1971— ），1989—1996年就读暨南大学外国语学院，获英语语言文学学士、硕士学位。1996年入职暨大外国语学院，现为外国语学院英语语言文学系教授、硕士生导师，曾在美国加州大学洛杉矶分校访学。主要研究方向为美国华裔文学、英美戏剧。在《中国比较文学》《国外文学》《亚美杂志》（*Amerasia Journal*）、《暨南学报》《当代文坛》等国内外权威及核心学术期刊发表论文十余篇。出版专著一部《美国华裔英语叙事文本中的中国形象》（暨南大学出版社，2016年），译著一部《从必需到奢侈——解读亚裔美国文学》（中国社会科学出版社，2007年，任第一译者）。主持广东省社科基金项目及教育部社科基金项目各一项。

2003—2006年跟随饶芃子攻读文艺学博士学位，博士论文《论华裔美国英语叙事文本中的中国形象》运用比较文学形象学的研究方法，并借助于后殖民主义、女性主义及神话批评理论等，对华裔美国英语叙事文本中的中国形象之历史流变进行爬梳，跟踪、归纳由此所反映出来的华裔美国身份认同的同与异，及其历史成因。鉴于华裔美国文学在中美两种文化关照下的特殊生成语境和跨文化性，其对作家的文化母国——中国的表述，凸显出既区别于美国主流文学又不同于中国本土文学的独特视角。受语言、意识形态等诸多因素的限制，华裔美国作家笔下的中国形象往往不是真实的中国图景，而是作家在继承祖居国文化和接受现居国文化的综合作用下，对中国的文学想象。美国华裔眼中的"中国"反映了他们对中华文化和美国文化及其意识形态的接受程度，继而折射出他们对自我文化身份的反思，因此对华裔美国作家笔下的中国形象的研究对美国华裔的文化身份建构，这一华裔美国文学批评中的重大议题具有非比寻常的现实意义。

目前詹乔从美国华裔小说研究转向美国华裔戏剧的研究，代表性作品有《渐离与批判——论〈蝴蝶君〉的戏剧艺术与主题》（《中国比较文学》2014年第2期）。主要以美国华裔戏剧家黄哲伦的舞台剧《蝴蝶君》为分析对象，探讨其剧作的戏剧结构、演员表演、舞台背景中所运用的离间效果，以此来探究黄哲伦是如何通过间离法来批判东方主义和倡导多元流变的文化身份观。

许双如（1970—），1992年毕业于华南师范大学英语文学专业，2000年入职暨大外国语学院，2005年获暨大英美文学硕士学位，2010—2013年在蒲若茜指导下获暨大文艺学博士学位，现为暨南大学外国语学院教授、硕士生导师，主要从事美国文学研究和教学工作。曾在美国加州大学洛杉矶分校访学。在国内外核心期刊发表论文20余篇，出版专著《华裔美国文学"身份表演"书写研究》（2018）。主持2014年教育部人文社科基金项目"华裔美国文学身份表演书写研究"，参与完成2009年度国家社科基金青年项目"亚裔美国文学批评范式与理论关键词研究"等。

许双如的主要学术研究领域为亚裔美国文学，在历史、文化、族裔和性别等多重视角的观照下，对华裔美国文学的文学本质与文化内涵进行整体性研究，尤其是在华裔美国文学身份主题书写方面有独到的见解。其博士论文《面具政治：华裔美国文学"身份表演"书写研究》以华裔美国文学中的"身份表演"为研究对象，选取具有一定代表性的华裔美国叙事性文本，采用符号学、审美分析与文化研究相结合的研究方法，在文本细读的基础上分析了身份表演的符号化过程以及身份表演的不同模式。其主要观点可概括如下：一、"身份表演"是身份主题在华裔美国作家笔下的具体化和个性化艺术呈现。华裔美国作家笔下的"身份表演"不仅蕴含了华裔美国人特殊的族裔经验，有着丰富的政治和文化内涵，而且浸润着华裔美国作家独特的艺术体验和审美理念，是华裔美国作家表达离散经验、思考和探索普遍困扰着亚/华裔美国人的身份问题的艺术表现手法。二、"身份表演"有不同的模式，集中体现了"身份表演"复杂性、多义性的特点，表现出鲜明的符号性和很强的文化隐喻性，不但成为华裔作家独特的叙事手法，而且赋予文本以模糊性的美学品质。三、华裔美国作家笔下的"身份表演"尽管形态各异，但都成为华裔作家借以表现族裔经验和族裔政治的艺术形式，被赋予了丰富的文化政治内涵。例如作为参与族裔表征政治的策略性手段、作为应对不公的生存环境，争取生存权利的政治策略、作为少数族裔主体实践人生、探索文化身份、建构族裔自我的有效方式等。其研究旨在由身份表演这一全新视角展示华裔美国文学表现身份主题的独特风貌，彰显华裔美国文学的文学审美价值和文化价值。该博士论文经过修订后已经作为专著出版，题为《华裔美国文学"身份表演"书写研究》。

肖淳端（1980—），1998—2002年就读广东外语外贸大学，2003年获英国华威大学翻译学硕士学位，2004年入职暨大外国语学院，2011—2014年在蒲若茜指导下获得暨大文艺学博士学位。现为暨南大学外国语学院副教授、硕士生导师，曾在剑桥大学访问学习。主要研究方向是英国华人文学、海外华人诗学、当代英国少数族裔文学、翻译研究。主持国家社科基金青年项目一项，参与完成2009年度国家社科基金青年项目"亚裔美国文学批评范式与理论关键词研究"等。其博士论文《族裔书写与再现政治：当代英国华人文学的历史叙事研究（1980—2010）》主要探讨当代英国华人文学的"历史性"，英华作家在追溯"家"国历史的过程中探寻离散缘由，审视民族历史，并在异文化中追寻、建构身份认同。在这当中英国华人表现出一种既批判又褒扬、既肯定又否定、既屈从又反抗的"悖谬性"，其背后隐含着某种少数族裔边缘生存的"政治性"。这些都是英华族群身份认同的艰辛历程的体现，其直接原因来源于创作主体身处两种文化之中归属两难的焦虑。而英国特有的人文地理环境也使英国华人文学出现了有别于其他文学分支的独一无二的文学叙述，具有鲜明的地域特色。在此博士论文基础上，肖淳端获批主持国家社科基金青年项目"当代英国华人文学之历史叙事研究"（2013年），部分研究成果已经在《当代外国文学》《暨南学报》《中外论坛》等学术期刊上发表。

（本节撰稿者：李亚萍，暨南大学文学院副教授）

第三章

深入与拓展（二）：王晋民、
王剑丛与中山大学团队

第一节　王晋民

中山大学台港澳地区文学研究始于20世纪70年代末，开创者为王晋民教授，他为学生讲授台湾小说赏析及文学研究课程，是国内最早研究台湾文学的学者。20世纪80年代中期王剑丛教授加入其中，侧重香港文学研究。1988年，中山大学中文系现当代文学专业开始招收台港澳地区文学方向的硕士研究生，这一研究方向后来发展为比较文学与世界文学研究室（博士点）。中山大学世界华文文研究领域不断拓展，年青一代学者如朱崇科（相关介绍见本书第七章）、姚达兑等，他们的研究视野更加广阔，在作家作品、文学史、华文文学经典与翻译、海外华人文化史、海外华人诗学等研究方向都取得进展，为广东的世界华文文学研究做出了贡献。

王晋民（1936—2008），1955—1959年就读于中山大学中文系，毕业后留校从事中国现当代文学史、文学理论、台湾文学的教学与研究。1988年开始招收台港澳地区文学方向的研究生。1986年与1992年应芝加哥大学与加州大学邀请，赴美访学，与海外学者进行广泛的学术交流，并多次参加美国、中国台湾、中国香港等地举行的国际学术会议。出版专著、编著15种，发表论文近百篇。曾任中国新文学学会副会长，中国当代文学学会秘书长，世界华文文学研究会筹委会常务理事、顾问，《四海》杂志编委等职。

王晋民是大陆台湾文学研究的先驱。改革开放之前，大陆对台湾文学知之甚少，台湾文学研究也几乎一片空白。"直到70年代末期，才有王晋民等一批文学学术界的有识之士，在资料匮乏、信息难通的困难条件下，开始了这方面的艰苦跋涉。"① "台湾文学引进大陆，起初亦经过一段渐进迂回的过程。其间

---

① 公仲：《台湾文学研究的新开拓——评〈台湾当代文学〉》，《光明日报》1987年8月11日。

当得力于一批大陆学者孜孜不息的推介传播。中山大学的王晋民教授便是最早研究台湾文学的专家之一，远在1979年，王晋民便开始搜集资料，讲授台湾文学课程了。"①仅在1980年，王晋民就连续发表了《评白先勇的〈游园惊梦〉》《评王拓的〈炸〉》《细腻入微——试评白先勇的短篇小说》《台湾现代文学和乡土文学述评》四篇学术论文，在当年的中国当代文学学会年会上提交了论文《近三十年的台湾文学述评》，选编出版了《白先勇小说选》一书。白先勇本人对这本选集表示满意，认为作品选出了他的代表作，特别是序言写得客观公正，能从艺术上去分析他的作品，"打破以前评论作品的框框，这是很可喜的"②。

　　王晋民的台港澳地区及海外文学研究涉及作家作品、文学思潮、文学史等，特别是对白先勇的创作专研及台湾文学史料建设方面贡献巨大，对台港澳地区及海外华文文学研究的发展影响深远。其中，在文学思潮、文学史的研究方面，论文主要有《台湾文学发展的趋势及其他》《现代主义文学思潮》《乡土文学思潮》《多元化的文学思潮》《台湾文艺界的几场重要论争》《论世界华文文学的主要特征》《香港"绿背文化"思潮评介》等，专著有《台湾当代文学》（1986年）、《台湾文学》（教材，1988年）、《台湾当代文学史》（1994年）等；在作家作品专研和选集方面，论文主要有《王文兴的小说》《陈映真的小说》《论余光中的诗》《台湾现代诗的发展历程——访台湾诗人杜国清》，选集有《海葬——台湾作家王拓小说选》（1983年）、《张系国短篇小说选》（1983年）、《台港澳文学作品精选》（1998年）、《世界华文文学大系（16卷本）》（负责其中四卷的编选和序言）；在史料建设方面，主要有《台湾文学研究资料》（上、下）（1981年）、《台湾与海外华人作家小传》（1983年）、《台湾新文学辞典》（1989年）、《台湾文学家辞典》（1991年）；在白先勇创作专研方面，论文主要有：《论白先勇的创作特色》《一部多层面的小说——白先勇的〈孽子〉》《论白先勇的小说》《〈白先勇文集〉序二》，著作有《白先勇评传》（1992年香港出版，1994年台湾出

---

①　白先勇：《中国大陆的台湾文学研究》，《羊城晚报》1992年4月5日。

②　郑妙昌：《隔山隔水故乡情——王晋民访谈白先勇印象》，《新书报》1987年7月8日。

版），编选文集《白先勇小说选》（1980年）、《白先勇文集》（五卷本）（2000年）。

王晋民作为台湾文学研究的最早开拓者，对史料的搜罗、发掘和整理非常重视并做了大量工作，他在史料建设方面的实绩，其一是辞典的编纂，其二是文学史的论著。

辞典属于工具书，很少有人能够了解它编写的不容易，一般人也不太重视它存在的意义。萧乾先生曾在《台湾新文学辞典》序言中指出：工具书是文化事业的基本建设。"辞典像位学识渊博的顾问，可供读者随时咨询，随手翻阅，而不必从头到尾去读，有心人士也可以从偶然翻阅进而导致有系统的研究。"王晋民编纂的辞典，具有丰富、客观、科学等特点，入选作家714人，力求从第一手资料出发，确保每个辞条都能找到出处，其中不少资料由作家本人亲自提供，保证内容的真实及信息的可靠。为此，王晋民亲自拜访了聂华苓、白先勇、杜国清、许达然、郑树森、叶维廉、张错、李欧梵、张系国、陈若曦、李黎、马森、陈映真、王拓、罗门、林耀德、李瑞腾、应凤凰、施叔青、黄维樑、犁青、曾敏之、王渝等海外和台港的知名作家。

《台湾当代文学》（1986年）出版于世界华文文学研究"起步的十年"，问世早，起点较高，佳评不断。夏志清对王晋民说："你研究台湾文学，把台湾文学介绍到大陆去，你的工作很有意义。""功劳很大，很了不起。"①白先勇称赞该著作"是当时研究台湾文学的先驱"②。萧乾先生在本书序言中指出，这是"不同寻常的评论集"，《文艺报》刊登评论文章，称这是"国内不多见的一本材料比较丰富、论述比较持平的台湾文学发展史专著""是作者经过多年潜心研究的一个重要成果"③。古继堂认为"这部论著在对台湾文学进行全面系统和综合研究方面，超过了目前大陆任何一部研究台湾文学的专著和论文集。"④

---

① 王晋民：《对编写台湾文学史的三点意见——在美国纽约访哥伦比亚大学夏志清教授》，《台湾文学》教材，中山大学中文系1988年5月印，第55、56页。
② 白先勇：《中国大陆的台湾文学研究》，《羊城晚报》1992年4月5日。
③ 《中国当代文学中的台湾文学》，《文艺报》1987年3月28日。
④ 古继堂：《台湾文学研究综述》，《中国文学研究年鉴》1987年版。

随着台湾文学的加速流传和研究的不断深入，王晋民着手充实拓展《台湾当代文学》，1994年，64万字的《台湾当代文学史》出版，该书采取了文学史传统体例的编撰方法，着意在结构安排、史料叙事、作家作品的遴选、文本的细读等方面下功夫，增加了小说之外的新诗、散文、戏剧、文学批评等内容。王晋民在《台湾当代文学史·后记》中说："过去国内较早出版的几部台湾文学史有很多优点，但可能是由于客观条件和资料方面的创作发展的限制，对台湾小说、诗歌、散文、戏剧等方面的创作发展的概述，台湾当代文艺思潮、文艺论战及其背景等，不是留下空白，就是残缺不全，我们这次编写文学史，花了很大力气，终于基本上把这些空白填补和完善起来了。""整部文学史既有宏观的描述，又有微观的透视，既有史的发展轮廓，又有重点作家的深入探讨。"这部著作较为翔实地介绍了台湾当代文学的发展，更以客观公平的态度，以"作品的艺术成就重于思想意识形态"为评判标准，评论作家作品。因其史料的全面、评价的客观，深受读者赞赏，亦被白先勇先生激赏，称之象征"台湾文学研究在中国大陆逐渐欣欣向荣的可喜现象"。[①]《文艺报》刊登文章称，该著作"是对台湾当代文学的一次冷静而客观的全方位审视，也是近年来台湾文学研究园地的一枚硕果"。[②]汪景寿则认为该书是十多年来多部相关文学史中"最新的一部，也是成就最高的一部"。陈辽、许翼心、黄伟宗、金钦俊等学者也从多个角度对《台湾当代文学史》给予了赞赏。[③]

在台港澳地区及海外华文文学研究领域中，王晋民也曾涉笔香港文学，关注过香港现代主义文学思潮、香港"绿背文化"思潮，研究过香港作家刘以鬯，但主要精力始终集中于台湾文学。而在台湾文学的重点作家作品中，他又深究一门，以白先勇研究为重。在他发表的近百篇论文中，相当一部分是研究白先勇的。有学者评价，早在20世纪80年代初，他发表的《白先勇小说选·序》和《论白先勇创作特色》已属"深具学术性的白先勇研究论文"，发表于1987年的《一部多层次的小说》则"是对白先勇研究在某些具体的'点'

---

① 白先勇：《中国大陆的台湾文学研究》，《羊城晚报》1992年4月5日。
② 黎岑伟：《评〈台湾当代文学史〉》，《文艺报》1996年1月26日。
③ 汪静鸣整理：《〈台湾当代文学史〉合评》，《香港文学》1995年12月。

上的突进"①。30多年间，王晋民对白先勇的研究是不断向前推进的，从点到面，由单篇赏析到整体研究，到学术性传记，再到全方位的文选，不断地延伸、深化。《南方日报》这样评述："中山大学中文系最早在国内开展对白先勇的研究，白先勇被引入大陆的第一部小说、大陆研究白先勇的第一篇学术论文、港台争相出版的第一本《白先勇传》、白先勇自称为海内外最完整的五卷本《白先勇文集》（花城出版社），都是由中大中文系王晋民教授等编选、撰写、促成和编辑的。"②

王晋民积极推动台湾文学研究的海外交流，留下了珍贵的史料。他对开启海峡两岸暨香港文学交流的新时代新局面、对世界华文文学研究的不断深入拓展充满乐观和信心，他曾说："心灵沟通了，情感交融了，共识形成了，信心增强了。两岸暨港澳的学者作家们将携手共创华文文学之未来。"③作为台湾文学研究领域开拓者、领先者，他始终站在学术前沿，对台湾文学进行多角度、多方位、多层次，系统全面的研究和探讨，为台湾文学研究奠定坚实基础并不断发展做出了很大贡献。

---

① 刘俊：《白先勇研究在大陆：1979—2000》，《华文文学》2001年01期。

② 《白先勇与中山大学》，《南方日报》2005年10月28日。

③ 钟旺基：《夹岸花红锦浪生——王晋民教授谈"两岸暨港澳文学交流研讨会"》，《广东侨报》1993年8月10日。

第二节　王剑丛及其他学者

　　王剑丛（1939—），1966年毕业于中山大学中文系后留校任教，一直从事中国现当代文学的教学与研究，以港澳台地区及海外华文文学为研究重心，培养过几届台港文学研究方向的硕士研究生，多次出席在香港、台湾、澳门召开的文化、文学国际学术研讨会。曾任现代文学教研室主任、世界华文文学学会理事、香港华通出版社编审，是广东作家协会会员、文艺批评家协会会员。出版世界华文文学研究领域的专著五部：《香港作家传略》（广西人民出版社，1989年）、《台湾香港文学研究述论》（天津教育出版社，1991年）、《香港文学史》（百花洲文艺出版社，1995年）、《20世纪香港文学》（山东教育出版社，1996年）、《香港精粹散文赏析》（中山大学出版社，2000年）；论文30多篇，主要包括：《香港文学拓荒期浅论》（《中山大学学报（社会科学版）》1990年第1期）、《香港新一代南迁作家创作论》[《中山大学学报（社会科学版）》，1992年第4期]、《"市场"经济中的香港文学》（《开放时代》1993年第2期）、《香港文坛概观（续）》（《理论与创作》1993年第4期）、《学院派诗人的艺术风貌——读黄国彬九三年出版的四部诗集》（《台港与海外华文文学评论和研究》1995年第3期）、《香港学院派作家梁锡华论》[《中山大学学报（社会科学版）》，1996年第2期]、《香港学院派作家创作的整体特色》（《学术研究》1996年第8期）、《澳门文学发展的独特足迹——兼与香港文学比较》（《世界华文文学论坛》1998年第2期）、《香港学者的香港文学研究》（《学术研究》1998年第11期）、《香港当代散文的整体观照——〈香港精萃散文赏析·前言〉》（《世界华文文学论坛》2001年第1期）、《论刘以鬯的生命体验》（《世界华文文学论坛》2005年第3期）、《姻缘道上的现代想象——论华严的小说》（《世界华文文学论坛》

2006年第4期）、《论〈穷巷〉的艺术成就》（《世界华文文学论坛》2012年第4期）等。这些论文有几个特点：一是在观照作家作品与社会文化氛围，非常注意在求"同"中明"异"。求"同"，是为了探索香港文学的发展规律，明"异"，则有助于丰富和整合香港文学的整体形象；二是把文学研究与文化研究相结合，不就作品论作品，而是将香港文学放入文化的传播与影响中去研究、考察，使其研究更具开放性和丰富性。

将文学研究放入文化传播与影响中考察，可说是中山大学台港文学研究的传统。例如早在被称为"金庸年"的1995年，中山大学中文系台港文学专业的师生们就"该把金庸往哪儿摆"专门进行了多次探讨，分别从意识形态、大众文学、公众传播、社会价值、欣赏心理等相关层面，提出了自己的看法，认为金庸成为中国世纪文学大师，名副其实。①

王剑丛的《香港文学史》是明确冠名的、以个人之力写成的第一部香港文学通史。从内容的丰富和翔实上来说，此书与五年前暨南大学潘亚暾、汪义生著的《香港文学概观》大抵相当，但在体例和论述上具有一定的开拓意义。曾敏之先生指出："王剑丛论述香港文学基本特点，是基于香港是中国领土的一部分，香港文学也是中国整体文学的一部分。全书30万言。他认为从20世纪20年代末期以后，经过一批新文学家的努力，香港文学才萌芽、成长起来，并初具香港文学特点。再经战时战后两次内地作家涌入香港，使本土性相应冲淡。到1949年，由于新中国与港英当局的政策，香港与内地形成暂时隔离状态，使香港文学走上了相对独立发展的道路，其特点也充分显示出来。王剑丛教授把香港文学置于中国文学整体格局中，以中国内地文学、台湾文学、海外华文文学作为参照系进行比较，他概况香港文学在数十年发展过程中已具有五方面的特点：思想主题开放、艺术上的通俗性、题材的平凡性、审美取向的多元性、浓郁的地方色彩。该书分12章详尽地论述了香港作家的创作，他把香港作家又分为本土作家、南迁作家、现代主义作家、现实主义作家、学院派作家、通俗文学作家，以评论式的笔触畅论了各个作家的创作风格，有扬

---

① 黄伟宗、王剑丛、于万东、吴爱萍、陈持等：《该把金庸往哪儿摆》，《当代文坛报》1995年第6期。

有抑。在香港文学几方面特点中，他特别强调地方色彩。"①肖向明则认为该著作的"更大意义还在于它对香港文学历史文脉的探寻与其鲜明个性的把握，作者揭示和发掘了源流于中华文化的香港文学的独特风格，确立了香港文学在中国现当代文学中的特殊地位。……第一部香港文学史的出现，把植根于祖国传统文化而滋生出来的独具风采的香港文学，放置于当今中华大文化圈及世界潮流中加以观照，既是对香港文学主题的尊重，更是对香港文学继续继承和发扬光大中国文化的激励。随着香港顺利地回归祖国，香港文学也将正式纳入中国现当代文学的整体研究领域之内，源远流长的中华文化又能注入一股新鲜的活力"②。

姚达兑（1982—），文学博士、历史学博士后，现任职于中山大学中文系比较文学与世界文学教研室，兼任中山大学"西学东渐"文献馆、广州与中外文化交流研究中心研究员。近年来致力于"世界文学经典在近代中国""作为世界文学经典的中国文学""近代中外文学经典与翻译"等方向的研究。已出版著作（包括译著、编著）六本，主持国家社科基金青年项目、教育部人文社科基金青年项目及其他科研项目共七项，在《读书》《中国比较文学》《文艺研究》《北京社会科学》《中山大学学报》等期刊发表论文20多篇。

姚达兑的代表作《近代文化交涉与比较文学》是他在2007年至2017年间所发表的论文合集，其中不乏新的研究范式的运用和新的研究材料的发现，如关于晚清时期的中西文化交流活动和翻译活动，不再停留于单向文化交流的研究角度，而是运用新近日本学界提出的东亚文化交涉的研究范式展开研究；又如作者使用2011年新发现的一批史料，集中讨论晚清傅兰雅"时新小说"征文竞赛在当时的影响等问题。姚达兑选择的以文化交流、传播及接受史的角度切入进行的世界华文文学研究，无疑对中国文学与世界文学的交流、对中国文化的自身建设具有重要的理论价值和实践意义。

作为20世纪八九十年代广东台港澳地区及海外华文文学研究三大重镇之一的中山大学研究团队，既没有像暨南大学研究团队那样繁荣发展，形成三大各

---

① 曾敏之：《读王剑丛新著〈香港文学史〉》，《文学评论》1997年第3期。

② 肖向明：《探寻文脉与把握个性的结晶——评王剑丛〈香港文学史〉》，《学术研究》1998年第3期。

具特色的发展方向，建立了海外华文文学研究基地，也不像广东省社会科学院研究团队已经断代失语，他们依托中山大学中文系这一大平台，人才辈出。团队研究者们尝试将海外华文文学置于多元的声音背景中，把握华文文学新的创作视野和理念以及鲜明的地域文化特色，在一种流动的状态中把握其整体性的内涵，扩张研究版图，使之成为中国文学研究领域的新学术生长点。

（本章撰稿者：吴爱萍，广东省社会科学院文化产业研究所助理研究员）

第四章

深入与拓展（三）：赖伯疆、许翼心与广东省社会科学院团队

第一节　早期研究

　　世界华文文学研究经历了从"台港文学""海外华文文学"到"世界华文文学"近40年的发展历史。广东省社会科学院文学研究所（组建于1984年，负责人为杨越、张绰，内设港台及海外华文文学研究室）作为全国最早开展世界华文文学研究的学术机构之一，取得了为同行口碑载道的成绩。特别是2000年之前世界华文文学学科的初创期和发展期，在国内国际都有一定程度的学术影响。其时，世界华文文学研究是广东省社会科学院规划为文学所的重点科研项目，拥有老（梁若梅、贺朗、赖伯疆、许翼心）、中（陈实、何慧）、青（钟晓毅）、新（吴爱萍）结构完整的科研梯队，四代研究者相辅相成，各展所长。但2002年，广东省社会科学院文学所与哲学所撤并为"哲学与文化研究所"，主体研究功能从文学、哲学等基础理论研究转向应用决策研究；专注于世界华文文学研究的老一辈学者陆续退休，中青及新晋一代研究者则遵从社科院的科研规划转向其他的应用研究领域，也不再有更年轻的相关研究人才补充，广东省社科院涉及世界华文文学的研究团队在第四代尚未成长起来时就面临"断代"了。

　　20世纪80年代，是研究台港文学的旺盛时期。广东省社会科学院文学所利用毗邻港澳的地域优势，克服资料匮乏、通讯联络不便等困难，组织海峡两岸暨香港作家学者的互访交流和学术报告，举办各种形式的学术研讨会议，编选各类台湾、香港文学作品选，在学术刊物、报章杂志发表论文及学术信息，为国内社会读者、大学院校学生带来耳目一新的文学样式，为世界华文文学研究领域的开创、普及夯实了基础。其中具标志意义的有：（一）1984年，与中国当代文学学会港台文学研究会合作编辑《四海：港台海外华文文学》丛刊，中国文联出版公司出版，由秦牧担任主编，许翼心、贺朗为执行编委。1989年后，改为《世界华文文学论坛》双月刊，后成为20世纪90年代世界华文文学研究四大专刊之一。（二）1986年底，文学所与中国当代文学学会港台文学研究会和中山大学、暨南大学在深圳联合举办第三届港台与海外华文文学学术研讨会。港台文学研究会改组为港台与海外华文文学研究会，秦牧、曾敏之任会长，许翼心任副会长兼秘书长。会址设立在广东省社科院文学所。（三）1987年，与广东归侨作家联谊会和新加坡文艺研究会联合举办新马华文文学学术座谈会，联合编辑一套《新马华文文学作品选》（广西漓江出版社出版）。当时，文学所的陈实、赖伯疆已经开始了东南亚华文小说、戏剧的个案研究。这标志着文学所的研究视野从一开始就不局限于台港澳地区，而是面向海外。

20世纪90年代，海峡两岸暨港澳之间的文学交流渐成常态，与海外华文文学团体和作家的联系也日渐紧密。广东省社科院文学所已将研究领域从台港澳地区延伸拓展到海外（主要是东南亚华侨华人文学），高质量的研究成果迭出，十年间出版的主要著作及调研报告有：许翼心的《当代香港文学艺术的综合考察报告》《香港文学考察》《文传碧海——曾敏之的文学生涯与成就》（主编），陈实的《新加坡华文作家作品论》，苏卫红的《战后二十年新马小说论稿》，梁若梅的《陈若曦创作论》，赖伯疆的《海外华文文学概观》《东南亚华文戏剧》，何慧的《香港当代小说概述》，柯可的《粤港电影简史》，钟晓毅的《金庸传奇》《亦舒传奇》《古龙传奇》《香港文学史》（负责大众文艺部分），等等。1992年，由秦牧任总主编的《海外华文文学大系》开始编纂，许翼心、梁若梅、陈实、赖伯疆分别主编其中的理论卷、美欧小说卷、东南亚小说卷和戏剧卷。1997年，文学所与历史所合作编著的《香港历史文化名人传略》、与广东作家协会合作编选的《粤港澳百年散文大观》出版。

1991年7月，由广东省社科院主办、文学所承办，在广东中山举行的第五届台港澳地区暨海外华文文学国际学术研讨会颇为值得注意。这是一次有着承前启后意义的学术会议。在这次会议上，不但由于澳门文学的加入，使得"大陆以外的华文文学'空间'都被清晰地呈现出来，并进入了研究的操作层面"，而且由于"世界华文文学"概念的出现，还为第六届的"世界华文文学国际研讨会"的冠名完成了理论上的准备。在此后的十年中，国内的世界华文文学研究可以说在此基础上不断地加以扩大和深化。本次会议，虽然仍然沿用了"台港澳暨海外华文文学"的叫法，但却出现了学者以"世界华文文学"为题的论文，它们是许翼心的《世界华文文学的历史发展与多元格局》和赖伯疆的《世界华文文学的同质性和异质性（摘要）》。许翼心的文章虽然没有直接给"世界华文文学"下定义，但他通过文字和图表的方式清楚地说明了"世界华文文学"的构成，即"世界华文文学"由两大部分组成，一是作为华文文学祖国的中国（包括港澳台地区）的汉语文学，二是中国以外世界各地的"海外华文文学"。赖伯疆的文章则将"世界华文文学"划分为一个中心，即中国（包括港澳台地区）；两个基地，即东南亚（包括东亚的日本、朝鲜）和北美；三个发展中地区，即大洋洲、欧洲和非洲。两篇文章的表述虽然各有不同，但将"世界华文文学"与"海外华文文学"视为大小概念的区分却是明确一致的。陈实在为本次年会所写的"综述"中，将许翼心、赖伯疆等人为代表的这一系列总论性文章的出现视为"总体把握世界华文文学的观念已经形成"的标志。

梁若梅（1934—），早在1980年起便致力于台港文学、海外华文文学研究，是台湾文学研究的开拓者之一。她1960年毕业于北京师范学院中文系，留校任现代文学助教。后调兰州大学中文系任教，开选修课"台湾小说研究"，专题课"陈若曦小说研究"。1987年到广东省社会科学院文学研究所任职。在海内外发表论文20多篇，其中《试论台湾乡土小说的源流》获甘肃省优秀论文奖。曾参与《当代台湾文学史》的部分撰稿，主编《海外华文文学大系·散文卷》。1987年被聘为香港中文大学香港研究中心客座研究员。她的论文《论叶石涛的评论观》（《兰州大学学报》1985年第4期）、《一位"一步一步踏进现实世界"的文学评论家——尉天骢》（《兰州大学学报》1986年第3期）、《评陈若曦的长篇小说〈二胡〉》（《兰州大学学报》1987年第2期）、《在彷徨中探索——评陈若曦早期创作的两篇小说》（《广东社会科学》1988年第3期）、《论陈若曦早期世界观的形成及其特点》（《兰州大学学报》1989年第1期）的研究视野主要集中在台湾的作家和评论家。到20世纪90年代，对香港杂文和澳门文学也有所考察，发表了《"框框杂文"：香港经济繁荣的产物》（《兰州大学学报》1990年第1期）和《关于澳门文学的思考》（摘录）（《台港与海外华文文学评论和研究》1991年第2期）。

梁若梅的专著《陈若曦创作论》曾入选中国华侨出版社"海外炎黄精英丛书"，并获国家教委优秀教材奖，是较早系统地研究台湾作家陈若曦的论著。该书从"人本"（作者）到"文本"，认为在早期的创作中，陈若曦已表现了受传统女性意识束缚和处于传统女性意识与现代女性意识冲突下的女性的生存状况，后期的创作不仅反思了人类的性爱困惑，更重要的是从社会性别文化的角度出发，站在女性的立场上，揭示出左右男女两性婚姻期待、婚姻感受与婚姻行为的性别差异的社会文化背景，显示了陈若曦创作的一个重要方向与主题——从女性的特定存在出发，从女性的角度对女性再认识。

第二节　赖伯疆、许翼心

　　赖伯疆（1936—2005），笔名李苑诗等，1957年入中山大学中文系读书，1961年毕业留校读古典文学研究生课程。1965年分配到广东省戏曲研究室工作（后改名研究所），1986年4月调广东省社会科学院文学研究所，历任副所长、所长。

　　赖伯疆早在1991年就已提出要"总体把握世界华文文学的观念"，将世界华文文学发展划分为"一个中心、两个基地、三个发展中地区"，专著《海外华文文学概况》（1991年版）则具有"'中国文学—华文文学—世界文学'的坐标体系和研究视野"，能够超越地域、时间、意识形态的界限，具有纵深广阔的学术维度。在1996年4月举行的第八届世界华文文学国际研讨会上，赖伯疆的《世界华文文学研究中的几个问题的管见》中"关于正名与界定"一节，通过对"华文文学"与"华人文学"的区分，指出："目前，我们研究的对象，特定指的是海外各国作家用华文创作的文学作品，因而使用'华文文学'这个称谓，比用'华人文学'的称谓更为名实相符、确切而科学。"在肯定了"华文文学"这一称谓的基础上，赖文还通过对中国大陆十多年来对这一学科不同阶段的发展轨迹的回顾，进一步肯定了"世界华文文学"这一新概念的出现，他指出："在海内外学者、作家的共识和愿望的基础上，逐渐形成了'世界华文文学'的新概念。从文学的客观现象而言，中国文学（包括港澳台地区文学）和世界各国华文文学，确实构成了'世界华文文学'的现实，因而，'世界华文文学'新概念的提出，是切合客观实际的。"①

---

　　① 广州市社会科学界联合会编纂：《1991—2000：广州社会科学研究纵览》，汕头大学出版社2004年版，第520页。

赖伯疆致力于岭南戏曲和港澳及海外华文文学研究，纵览他发表的涉及世界华文文学研究领域的20多篇主要论文：《香港剧坛掠影》（《中国戏剧》1985年第1期）、《群体意识和个人智慧的巧妙结合——浅谈泰华文学中的"接龙小说"》（《广东社会科学》1986年第4期）、《海外华文文学的异彩和前景》（《广东社会科学》1990年第1期）、《世界华文文学的同质性和异质性》（摘录）（《世界华文文学论坛》1991年第2期）、《海外华文文学的多向发展和融汇倾向》（《学术研究》1994年第3期）、《东南亚华文戏剧的历史和现状》（《戏剧艺术》1995年第3期）、《东南亚地区的本土戏剧》（《戏剧艺术》1997年第1期）、《泰国戏剧的嬗变轨迹和艺术特征》（《中国戏剧》1998年第2期）、《海外华文作家创作心态管窥》（《广东社会科学》1998年第2期）、《泰国戏剧古今谈》（《戏剧艺术》1998年第5期）、《中国戏曲在泰国及其与泰戏的关系》（《中华戏曲》1999年第1期）、《抗日战争时期的香港话剧》（《戏剧艺术》1999年第2期）、《当代澳门话剧：主体化和多元化》（《学术研究》1999年第8期）、《澳门话剧百年演进的轨迹》（《广东社会科学》1999年第5期）、《美国华人英文文学的世纪历程》（《广东社会科学》2001年第6期）、《美国华人英文文学的独特品格和客观效应》（《学术研究》2003年第2期）、《菲华文学中"身份认同"的矛盾和困惑》（《广东社会科学》2004年第3期）、《悠久而多彩的印尼华人外文文学》（《学术研究》2007年第1期），研究视野囊括了戏曲、话剧、小说，文学定位、文化观照、文化比较，创作心态、身份认同等方面，研究视野开阔，也为后来的研究者展现出世界华文文学未来研究的可能方向。

许翼心（1937—2019），1959年毕业于中山大学中文系，在广东省戏曲工作室从事戏曲研究与文艺评论。1979年起在暨南大学中文系任教，主持现当代文学教研室工作并组建港台文学研究室。1985年春调广东省社科院筹建文学研究所。曾任中国世界华文文学学会副监事长、广东作协评论委员会顾问、广州国际中华文化学术交流协会代理事长。

许翼心既是著名的世界华文文学研究家，也是早期世界华文文学许多重要活动的倡导者和组织者。他述多于作，作品产量低，但少而精。已出版的主要著作有《香港文学观察》（专著）、《香港文化历史名人传略》（主编）、

《文传碧海——曾敏之的文学生涯与成就》（主编），以及《香港概论》"文学艺术"章、《广东省志·社会科学志》"文学研究"章等；论文主要有《香港文学在中国现代文学史上的特殊地位》（《广东社会科学》1986年第1期）、《关于岭南文化艺术的历史观察与美学思考（研究提纲）》（《学术研究》1986年第5期）、《秦牧与香港文学》（《学术研究》1991年第1期）、《作为一门新学科的世界华文文学》（与陈实合作，《台港与海外华文文学评论和研究》1996年第2期）、《近代报业怪杰、文界革命先锋——爱国报人、作家郑贯公百年祭》（《学术研究》2007年第7期）、《我与香港文学的学术因缘》（《世界华文文学论坛》2014年第4期）、《春秋易岁月，知己如青山——怀念良师益友曾敏之先生》（《世界华文文学论坛》2015年第1期），等等。

知名世界华文文学研究学者刘登翰对许翼心的评价可谓切中肯綮，他在《许翼心：香港文学研究的最早开拓者》一文中指出，许翼心对香港文学的研究可溯源至20世纪80年代。早在1981年，他就在暨南大学开设"香港文学研究"课程，课程的架构已经类似于文学史大纲。两年后，他将这份提纲改写成论文《香港文学的历史观察》，显示了他对香港文学历史进程的整体认识，以及对一些复杂问题的深入思考，对香港各个时期的重要作家、作品，都有简约而精到的分析。进入90年代以后，他的研究集中在两个方面。其一是从理论上关注香港文学整体发展的历史独特性。这是由于香港特殊的政治位置、文化位置、都市发展和介于内地和台湾之间的地理空间，形成了香港文学的特殊地位和性质，增强对香港文学过程性发展的认识和结构性分析的深入。1990年，他应新华社香港分社的邀请，参与杨奇主编的《香港概论》的编撰，负责文化艺术部分。在香港三个月的考察中，完成了五万字的《当代香港文学艺术的考察》，分文学和艺术上下两编，其中的文学编对香港文学的历史发展、多元格局、作家构成、文学社团、文学刊物、文学活动和文学奖项等，以理论的视野深入到现状的评述之中。其对于文学形态的分析，以社会写实文学、现代主义文学、大众文学三大类型，概括香港文坛繁复多态的文学存在，既有类型的归纳，也有代表作家作品的点评，阐述香港社会都市化发展带来的都市文学形态、性质和特色。对于曾经被忽略或贬低的现代主义文学和武侠、言情、科幻乃至"框框"杂文的所谓"通俗文学"，都从社会发展的都市化需要和现代性表征，由大众审美接受的角度，予以积极评价。这份考察报告以其丰富翔实的资料和条理清晰的论析，实际上已具一部香港文学简史的雏形。

其二是重视早期香港文学发生的资料发掘。在当时的香港文学研究界，关注的多在当下，对于半世纪之前乃至百年前香港文学的状况，由于资料难以获得，大多含糊其辞、数语带过。许翼心却逆流而行，他后期的香港文学研究，几乎都集中在近现代部分。他关注早期中文报刊与近代香港文学的开拓，关注辛亥革命与香港的文学革命，揭秘被誉为"近代报业怪杰"的郑贯公以开启民智为目的的文化行踪，评述被称为"近代革命派小说大家"的黄世仲毕生的文化活动和文学著述，论析被视为"香港新文学运动历史见证人"的百岁老人李育中的创作和评论，追踪从"海陆丰起义"出发的革命作家丘东平、陈灵谷——他爬梳史料，走访知情者，做了大量口述历史的实录。多次赴京和去港，拜访曾经参与香港文学建设的前辈，如在京的胡绳、夏衍、林默涵、黄药眠、钟敬文、林林、聂绀弩等，在广州的杜埃、秦牧、陈残云、陈芦荻、李育中、楼栖、李门、杨越等，和在香港的王匡、杨奇、罗孚、曾敏之等。《香港文学的历史观察》中整整一辑"近现代香港作家论衡"，就建立在这样的资料发掘和实证访谈基础上，这也成为许翼心学术研究的特色之一。[①]

许翼心的研究重心落在香港文学，同时对世界华文文学的学科建设也给予了关注，具有前瞻史观。早在1996年，他就撰文指出："随着当代人文科学各学科的相互渗透，世界华文文学的研究范围正在不断拓宽，从早期比较单一的作家作品研究，向着文学史、文化史、民族史、国际关系史等方向纵深发展，使这一学科结束了'兴趣研究'和'秩序分散'的状态，初步建立起比较规范的研究体系。"世界华文文学正由一种课题性的研究发展为一门独立的文学新学科，"重视这一学科的建设，对于中国文学的发展，对于中国文学与世界文学的交流以及中国海外文化战略的制定，都有着积极的现实意义"[②]。

---

① 刘登翰：《许翼心：香港文学研究的最早开拓者》，《文艺报》2019年5月31日。
② 许翼心、陈实：《作为一门新学科的世界海外华文文学》，《世界华文文学论坛》1996年第2期。

第三节　其他学者

陈实（1946—），1986年3月由广西民族学院（现广西民族大学）调入广东省社会科学院文学所，研究领域从外国文学、比较文学转向海外华文文学，是国内最早研究海外华文文学的学者之一。曾任世界华文文学学会理事、花城出版社《海外华文文学大系·东南亚小说卷》主编，参加了"港台与海外华文文学"的厦门、中山、云南等会议，主要著作有《新加坡作家作品论》《根的寓言》《工业化时代的香港诗歌》《台湾爱情诗赏析》等。

陈实关于世界华文文学研究的论著并不多，但都非常具有代表性。论文集《新加坡华人作家作品论》（1991年）是国内第一部研究海外华文文学的专著。《光明日报》《文艺报》《羊城晚报》等七家有影响的媒体报道了该书出版信息，肯定了论著在海外华文文学研究领域的开创意义。该书择取新加坡最具代表性的十多位作家及其作品进行评论，从微观的透视中折射出新加坡华文文坛的宏观场景，有学者称："该书虽然是论文合集，但有文学史的框架构想。"陈实主笔的论文《作为一门新学科的世界海外华文文学》被学术界称之为世界华文文学学科"昭告世人的一篇宣言"。论文在对世界华文文学学科产生的背景的勾勒、学科发展过程的梳理和学科形成的条件、性质的分析之后，指出"按照国际学术惯例，作为一门独立的文学学科，世界华文文学已完全具备学科成立的必要条件"，并且指出，将世界华文文学学科从其他学科中独立出来，"不仅扩大了文学学科的研究领域，而且对中国文学与世界文学的交流，对中国文化的建设有着直接的促进作用"。此外，《工业化时代的香港诗歌》（1998年，"九五"国家社科基金规划课题"香港文学研究"之子课题）对香港现代诗歌发展进行了简要的勾勒和梳理；论文《华人华侨文化与广东海外文化战略》（2003年，获"广东社会科学优秀成果奖"二等奖）提出了"重视海外华人华侨文化研究，积极制定广东海外文化战略"构想，都是富有开创和建设性的研究和建议。

钟晓毅（1963—），20世纪80年代中期，暨南大学中文系毕业后留校任教，1992年调入广东省社会科学院文学研究所，先后任文学研究所所长、哲学与文化研究所所长、文化产业研究所所长。2002—2010年，担任中国世界华文文学学会副秘书长。研究领域涉及世界华文文学、中国现当代文学、文化产业及地域文化。出版《走进这一方风景》《在南方的阅读》《穿过林子便是海》《金庸传奇》《亦舒传奇》《蔼蔼停云——华严文学创作学术研讨会论文集》等世界华文文学研究相关专著、编著八部；参与《香港文学史》的写作，负责大众文艺部分；组织和主持了多个世界华文文学的相关研讨会，如"1997：华文文学的新格局"学术研讨会（1997年）、省港澳文艺家"岭南四大名园文学之旅"（1999年）、"台湾女作家华严小说创作学术研讨会"（2005年）、"中山杯华侨华人创作学术研讨会"（2009年）等。在海内外报刊发表学术论文、文学文化评论、专栏文章500多万字；曾担任多项省级、国家级课题主持人以及参与者，获国家优秀图书奖、广东省社会科学优秀成果奖、广东省第五及第六届鲁迅文学奖、广东省首届文学评论奖等30多项，是享受国务院政府特殊津贴专家。

钟晓毅的整个学术生涯跟世界华文文学研究密切相关，可以说是这一学科建设的见证者、亲历者和践行者。从1982年到2015年，她几乎每年都要参加一次以上的世界华文文学相关的各种学术会议，她访问海外十几个国家，拜访了上百位台港澳地区及海外华文文学作家，发表的论文具代表性的有：《开花结果在海外——从"落叶归根"到"落地生根"的华文文学》《世界华文文学格局中的澳华文学》《香港文学：身份之中与身份之外》《整体性·关联性·个体性——对香港小说的遥感》《在潮流之中与潮流之外——香港散文多面观》《万丈红尘中开出的文学之花——香港散文创作再论》《从结束的地方开始——回归后的香港文学》《乘物以游心——关于香港的阅读》《语已多，情难诉——香港言情小说论》《理解力比想象力更重要——香港历史小说与科幻小说阅读札记》《从何处来到何处去——澳门文学散点透视》《微型小说创作应有的勇气与魅力》《拔剑四顾心茫然——略论金庸小说中的孤独退隐观》

《多年大道走成河——曾敏之创作散思》《以悲悯之心言说众生——陶然小说的叙述基调》《在灵魂上航行——对秦岭雪新作的估衡》等，均收录在即将出版的"粤派批评"丛书之《钟晓毅集》之中。

　　文化研究、个案探究、文本细读与地域视野是钟晓毅研究世界华文文学（主要集中在港澳文学）的重要特色。她说："以自己轻捷、灵动和敏锐的批评实践，捕捉着这个时代的心灵状况和文学发展、变化的真实动向，带着生命的体悟和注重个体作家的精神世界的探寻，让手底笔下的文学批评更具学术品格，更加沉实有力，同时不乏生动性和机趣，这是我对文学评论的最大期待。""真正的批评是一种生命的批评，从中说出对人生、对命运、对人类精神向往的庄严、朴素和温厚的理解。"她利用访学、会议、调研等便利，30年来收集了相对全面的资料，另辟蹊径，以文学地域研究、作家个案与田野调查相结合的方式推动学科向前发展。

附录

广东省社科院研究团队参与港台与海外华文文学学术活动及成果30年大事年表（1983—2013）

1983年

广东省归侨作家联谊会在省社科联成立。秦牧、杨越率归侨作家访问团出访新马泰及香港。

秦牧、杜埃、陈残云、杨越等和欧阳山、萧殷联名向省委建议在省社科院设立文学研究所。

1984年

广东省社会科学院文学研究所开始组建，负责人为杨越、张绰，内设港台文学研究室、海外华文文学研究室，主要研究人员包括梁若梅、贺朗、许翼心、赖伯疆、陈实、苏世红等。

与中国当代文学学会港台文学研究会合作编辑《四海：港台海外华文文学》丛刊，中国文联出版公司出版，由秦牧主编，许翼心、贺朗为执行编委。

20世纪90年代改为《世界华文文学丛刊》（双月刊）。

1985年

5月，应香港大学亚洲研究中心邀请，许翼心赴港参加首次香港文学国际研讨会，并作为期半月的学术交流。

8月，在白云山庄举行为期一周的"粤港新文学史座谈会"，应邀参加的有秦牧、杜埃、陈残云、陈芦荻、楼栖和李育中等兼职研究员。

1986年

12月，与中国当代文学学会港台文学研究会和中山大学、暨南大学在深圳联合举办"第三届港台与海外华文文学学术研讨会"。港台文学研究会改组为港台与海外华文文学研究会，秦牧、曾敏之任会长，许翼心任副会长兼秘书长。会址为广东省社会科学院文学研究所。

1987年

8月，与广东归侨作家联谊会和新加坡文艺研究会联合举办新马华文文学学术座谈会，联合编辑一套《新马华文文学作品选》（广西漓江出版社出版）。

1988年

6月，与广州市文联联合主办"白先勇《游园惊梦》演出座谈会"。

8月，与广州市青联联合举办"穗、港、澳、新青年文学营"。

9月，应香港中文大学和香港作家联会等机构邀请，许翼心、梁若梅赴港参加"香港文学40年"学术研讨会。

1989年

5月，赖伯疆、许翼心、梁若梅、陈实等人赴上海复旦大学参加第四届华文文学国际研讨会。

应新华社香港分社邀请，广东省社科院派出三位研究员参加《香港概论》的编撰工作，文学所许翼心负责文化艺术部分。

上半年，应香港京港学术交流中心邀请，许翼心赴港进行为期三个月的文化学术考察交流，撰写完成《当代香港文学艺术的考察》。

6月，文学所应邀参加由香港作家联会等主办的"世界华文文学国际研讨会"，并参与发起世界华文文学联会。

7月，广东省社科院主办、文学所承办的"第五届港澳台与海外华文文学国际学术研讨会"在中山翠亨村举行，会后编成论文集（中国文联出版公司出版）。

本年度，陈实的《新加坡华文作家作品论》、苏卫红的《战后二十年新马小说论稿》、梁若梅的《陈若曦创作论》、赖伯疆的《海外华文文学概观》以及《东南亚华文戏剧》先后出版。

1992年

许翼心主持的"香港当代文学艺术观察"被列为"八五"国家社科基金项目，子项目包括有"香港当代小说概述"（何慧）、"工业化时代的香港诗歌"（陈实）、"粤港电影简史"（柯可）等。

由秦牧任总主编的《海外华文文学大系》开始编纂，许翼心、梁若梅、陈实、赖伯疆分别主编其中的理论卷、美欧小说卷、东南亚小说卷和戏剧卷。

1993年

4月，与政协广州市科教文委等机构发起组建广州国际中华文化学术交流协会，张磊、杨越等任名誉理事长，许翼心任副理事长兼秘书长。成立大会期间，邀请饶宗颐、刘以鬯、曾敏之等前来交流讲学。

1994年

许翼心应邀担任云南大学客座教授，为该校青年教师和研究生开设港台海外文学研究讲座课程，并协助筹备第七届世界华文文学研讨会以及筹建中国世界华文文学学会。

本年度，钟晓毅与费勇合作编撰的"三剑客"（金庸、梁羽生、古龙）和"四才女"（张爱玲、三毛、亦舒等）传奇系列先后由广东人民出版社出版。

1995年

3月，香港当代文学艺术考察课题组一行五人赴港进行为期半月的学术考察与交流。

1996年

许翼心主持的香港文学艺术考察课题完成结项，被评为国家社科基金优秀成果。《香港文学考察》由花城出版社正式出版。

钟晓毅参与《香港文学史》写作，主要负责大众文艺部分，并由香港文艺出版社和人民文学出版社出版。

1997年

5月，文学所组织全院相关研究人员就香港回归后的世界华文文学新格局作了深入的探讨（许翼心、陈实、钟晓毅、吴爱萍、何慧等：《笔谈：香港回归后的世界华文文学新格局》，《广州文艺》1997年第6期）。

6月，与广东文艺批评家协会联合举办"香港作家梁凤仪小说及电影《归航》座谈会"。

9月，为庆祝香港回归祖国，与香港作家联会联合主办以"1997：华文文学的新格局"为主题的香港文学学术研讨会。国内外100多位专家学者到会，提交论文83篇，分别从中国文学的历史和现状、"华文文学"与"华人文学"的界定范畴与创作经验、比较诗学等方面，畅谈国际华文文学的发展衍变。

与历史所合作编撰《香港历史文化名人传略》（香港名流出版社出版），与广东作家协会合作编选的《粤港澳百年散文大观》由广东教育出版社出版。

1998年

8月，应香港岭南大学邀请，许翼心、钟晓毅、张振金赴港参加"文学与电影学术研讨会"。

12月，应马来西亚华人文化协会、新加坡作家协会邀请，许翼心、钟晓毅、陈实等赴新马进行文学考察与交流。

1999年

1月，庆祝曾敏之文学生涯60周年，由许翼心主编的《文传碧海》由中国文联出版公司出版。同时，文学所与香港作联、广州国际中华文化学术交流协会联合主办"岭南四大名园文学之旅"。

8月，许翼心、张振金、钟晓毅应澳门大学邀请，赴澳参加"澳门文学国际学术研讨会"。

12月，应香港中文大学新亚书院邀请，许翼心、钟晓毅赴港参加香港文学国际研讨会。

2000年

11月，参与发起由香港作联与北京大学主办的"金庸小说国际研讨会"。

12月，参与主办由汕头大学举办的第十一届华文文学研讨会、白先勇创作国际研讨会及第二届国际潮人作家作品研讨会，许翼心、吴爱萍参会。

2001年

6月，应马来西亚董教总的邀请，许翼心、陈实、钟晓毅等赴吉隆坡参加"方修国际学术研讨会"。会后，应新加坡文艺协会邀请，赴新加坡进行学术交流。

10月，与历史所联合主持"黄世仲历史评价座谈会"，之后，许翼心与方志钦等赴香港参加"黄世仲与辛亥革命文学学术研讨会"。

10月，钟晓毅、吴爱萍参加福建省社科院举办的"第二届世界华文文学中青年学者论坛"。

2002年

5月，中国世界华文文学学会正式成立，许翼心、赖伯疆任副监事长，钟晓毅任副秘书长，陈实、梁若梅任理事、监事。

钟晓毅、吴爱萍开始《香港散文大系》的搜集、整理、编辑工作。

文学所与哲学所撤并为哲文所。

2003年

11月，许翼心、钟晓毅、吴爱萍参加在暨南大学举办的世界华文文学研究机构联席会议以及秦岭雪诗歌创作研讨会。

2004年

5月，应越南社会科学院邀请，钟晓毅、雷铎、许翼心等组团赴越南进行文学学术考察，并与越南南方华人文学社团进行文学交流。

2005年

哲文所成立世界华文文学研究中心，钟晓毅任主要负责人，主要成员为许翼心、吴爱萍。

9月，与香港作联、中国世界华文文学会、复旦大学等联合在杭州举办"曾敏之文学生涯笔会"，许翼心主编的《文传碧海》增订本由香港明报出版社出版。

10月，哲文所主办"台湾女作家华严小说创作学术研讨会"，会后出版《蔼蔼停云——华严文学创作学术研讨会论文集》（钟晓毅主编，吴爱萍整理）。

2006年

6月，钟晓毅、许翼心赴香港参加"世界华文文学联会"成立大会，两人当选为理事。

2007年

与广州国际中华文化学术交流协会联合主办"美籍华人作家苏炜文学创作研讨会"。

2008年

11月，与广东归侨作家联谊会、新加坡文艺协会等联合主办"秦牧、杜埃、陈残云等归侨作家研讨会"。

2009年

应中山市文联邀请，哲文所协办"中山杯华侨华人文学奖"颁奖大会及学术研讨会。许翼心、钟晓毅、吴爱萍参加会议并提交了论文。

2010年

参加在武汉举办的第十六届世界华文文学联会，学会换届，许翼心改聘为学会顾问，钟晓毅辞去副秘书长职务。

2011年

6月，钟晓毅、许翼心赴港参加世界华文文学联会理事会暨联会成立五周年大会及新加坡作家原甸小说创作研讨会。

本年度，应香港特区政府艺术发展局邀请，许翼心两次赴港参加有关香港文学史的学术研讨会。

2012年

3月，应新加坡醉花林俱乐部邀请，许翼心作"中国潮剧改革与发展"的学术讲座，并与新加坡戏剧界作广泛交流。

2013年

挂靠哲文所的世界华文文学研究中心被取消。

（许翼心口述、提供，吴爱萍搜集、整理）

（本章撰稿者：吴爱萍，广东省社会科学院文化产业研究所助理研究员）

第五章

深入与拓展（四）：陈贤茂、
吴奕锜与汕头大学团队

1984年2月，汕头大学台港及海外华文文学研究中心正式挂牌成立，这是内地第一家专门开展台港及海外华文文学研究的研究机构。[①]自此，以陈贤茂为代表的汕头大学团队以筚路蓝缕的精神，在这块"处女地"上拓荒耕耘，为台港及海外华文文学在中国大陆的传播与研究作出了开拓性的贡献。

第一节　陈贤茂

在中国内地，最早开展台港文学研究的是暨南大学、中山大学和厦门大学，但最早研究海外华文文学的，是以陈贤茂、吴奕锜为代表的汕头大学团队。这首先要归功于台港及海外华文文学研究中心首任负责人陈贤茂可贵的学术敏感以及拓荒者的勇气和魄力。

陈贤茂（1937—），原籍广东省普宁县，1937年9月6日出生于泰国曼谷。1941年随母亲回到故乡，不久即移居汕头市，在汕头市接受中小学教育。1956年考入中山大学中文系，1960年毕业，1964年中山大学中文系现代文学专业研究生毕业。毕业后被分配到海南师专中文系任教。1983年9月，汕头大学刚刚创建不久，陈贤茂调到汕头大学任教。曾任汕头大学文学院教授、硕士研究生导师，台港及海外华文文学研究中心主任，《华文文学》杂志主编。

陈贤茂在学术上的成就主要集中在海外华文文学研究领域。他是"海外

---

① 1980年暨南大学中文系台港文学研究室成立，但不能称之为独立的研究机构。1981年，隶属中国当代文学学会的台港文学研究会（后改名为台港与海外华文文学研究会）在暨南大学成立，应该是内地第一家以"台港文学研究"命名的学术机构，但是将"台港文学"及"海外华文文学"研究并置作为学术机构的名称，汕头大学应为国内第一家。详见古远清的《内地研究香港文学20年大事记》（载于《武汉文史资料》，1995年第5期）。

华文文学"这一概念最初的命名者，也是这一研究领域的开拓者之一。

陈贤茂对海外华文文学研究产生兴趣，是受到萧乾的启发。据他介绍说："大约是1983年3月间，我从报刊上读到萧乾的两篇文章，一篇是《救救新马文学》（载《羊城晚报》），一篇是《为新马文学呼吁》（载《时代的报告》）。正是这两篇文章，仿佛在我的面前打开了一扇窗户，使我能约略窥见外面的世界，知道新加坡和马来西亚，还有许多人在用方块字进行创作。随后我又阅读了一些有关资料，进一步了解到，在海外用汉语进行创作，并不局限于新马两地。……而在中国内地，却还从来没有人对这些国家的汉语文学进行研究，可以说这是一块还没有耕耘的处女地。因此，我产生了一个念头，如果将来条件具备，我将转而从事海外汉语文学的研究。"①

陈贤茂刚到汕头大学之初，这所学校的研究条件还十分简陋，图书资料极为匮乏。"由于资料缺乏，已不可能再进行现代文学研究，但该校也有其他学校所没有的比较充裕的外汇。因此，我打算利用这种优势，开展对中国（包括台港澳）以外的汉语文学的研究。"②在确立了从事这一领域研究的想法之后，他首先面临的问题就是如何给这一崭新的研究领域命名。学术命名的意义在于确定研究对象的指涉功能，尤其在一种新的研究领域向人们初步敞开的时候，对其内涵和外延的廓清是推进研究的基础。

"最初我曾考虑叫'域外文学'，但后来还是决定叫'海外华文文学'。'华文文学'一词并不是我的发明，早在20世纪五六十年代的新马报纸上就已出现了这个词，后来又传到东南亚的其他国家。……考虑到'华文文学'一词在东南亚一带已经通行，我还是觉得沿用这一名称更有地域特色。而为了与中国的华文文学相区分，我又在华文文学的前面加上'海外'二字，特指这一领域是以中国以外的国家的华文文学作为研究对象。"③经过反复的斟酌，"海外华文文学"这一命名得以诞生。

1985年，由陈贤茂主编的《华文文学》杂志出版了试刊号，在"编者的话"

---

① 陈贤茂：《我与海外华文文学研究》，选自陈贤茂：《陈贤茂自选集》（下册），汕头大学出版社2005年版，第78页。

② 同上。

③ 同上，第78—79页。

中，他进一步阐述了华文文学的定义："华文文学，顾名思义，凡海外是用华文作为表达工具而创作的作品，都可称为华文文学。华文文学和中国文学是两个不同的概念。中国文学包括中国大陆的社会主义文学，以及作为中国领土一部分的台湾和香港、澳门的文学。而华文文学，范围则要广泛得多，除了中国文学之外，还包括海外用华文创作的文学。华文文学和华人文学也是两个不同的概念。海外华人用华文以外的其他文学创作的作品，不能称为华文文学，但是，非华裔外国人用华文写的作品却可以称为华文文学。根据上述定义，华文文学大致可以包括这么四个方面：（一）中国大陆的社会主义文学；（二）同属于中国文学，但由于社会形态不同，因而具有不同特色的台湾文学和香港文学；（三）海外华文文学；（四）非华裔外国人用华文创作的作品。"[1]

陈贤茂的论述显示了以"语种"为基础的界定标准。尽管在具体分类中，将海外华文文学与非华裔外国人用华文创作的作品并置起来的表述并不严谨。从其定义上看，这种表述主要是想强调非华裔外国人用华文书写的作品可以称为海外华文文学。这是大陆出版物中第一次旗帜鲜明地对中国大陆以外汉语文学整体存在的正式命名，代表了部分学者对这一文学存在的整体性和它与包括台港文学在内的中国文学差异性的认识，其中蕴含着巨大的学术启发意义。《华文文学》出刊后，在海内外都产生了一定的影响[2]，标志着"海外华文文学"这个新词正式走进了中国的传播媒介。

1986年，深圳大学主办的第三届台港文学研讨会更名为"台港及海外华文文学学术讨论会"，正式把"海外华文文学"列入研究范围，标志着"海外华文文学"这一新词已为学术界所接受，也标志着海外华文文学研究这门新学科的初步成型。

此后，陈贤茂又在《海外华文文学的定义、特点及发展前景》[3]等文章中，对海外华文文学的定义做出了更具学理性的阐释："在中国以外的国家和

---

① 见《华文文学》试刊号"编者的话"，1985年4月。

② 据陈贤茂《我与海外华文文学研究》中所提及，《华文文学》出刊后，中新社发了消息，香港和海外20多家报刊作了报道。

③ 陈贤茂：《海外华文文学的定义、特点及发展前景》，《香港文学》1988年第42期和43期。

地区，凡是用华文作为表达工具而创作的文学作品，都可以称为海外华文文学。"进一步明晰了以"语种"而非"人种"为基础的界定标准。

21世纪初，有不少学者提出以"华人文学"这一概念取代"华文文学"，建立起以血统和族群为表征的文学研究体系，这样能够在更加开放的社会科学视域中审视与诠释华人文学书写的族裔属性建构意义及美学呈现方式[①]，能够"比较完整的对'族群''文化身份'等重要问题进行系统的研究"[②]，但是同样也有学者认为，"虽然华文文学转向华人文学无疑为华文文学研究开启了全新的视角，但是我们同样应该看到，由于两者在内涵和外延上存在着较大的差异，华人文学显然无力从整体上去替代华文文学"[③]"文学是语言的艺术，以语种来界定文学的性质，应该是最科学、最严密、最准确的"[④]。2009年，暨南大学出版了以高等学校文科大学生、研究生以及广大文学爱好者为对象的国内首部《海外华文文学教程》[⑤]，对海外华文文学的界定依旧沿用了陈贤茂以语种为命名基础的定义。至此，我们有理由认为，陈贤茂在20世纪80年代末就已经给出的这一定义，使得海外华文文学的研究边界清晰，容易进入操作的层面，为海外华文文学研究的开展奠定了重要的学理基础，对这一学科的发展和建设产生了深远的影响。

除了对海外华文文学的命名，在汕头大学台港及海外华文文学研究中心的成立和《华文文学》杂志的创办上，陈贤茂亦贡献良多。1983年10月，陈贤茂向校方申请筹建台港及海外华文文学研究中心。1984年2月，在学校领导的支持下，台港及海外华文文学研究中心正式挂牌成立。1985年4月，由陈贤茂担任主编的《华文文学》杂志创刊。台港及海外华文文学研究中心的成立和《华文文学》杂志的创刊，共同搭建了台港及海外华文文学传播和研究的重要

---

① 刘登翰、刘小新：《文化诗学与华文文学批评——关于"华人文化诗学"的构想》，《江苏大学学报》（社会科学版）2005年第3期。

② 黎湘萍：《族群、文化身份与华人文学——以台湾香港澳门文学史的撰述为例》，《华文文学》2004年第1期。

③ 胡贤林、朱文斌：《华文文学与华人文学之辨》，《安徽大学学报哲学社会科学》2007年第3期。

④ 公仲：《离散与文学》，《华文文学》2007年第5期。

⑤ 饶芃子、杨匡汉主编：《海外华文文学教程》，暨南大学出版社2009年版。

平台，成为最早"示范"和传播台港及海外华文文学的重要窗口之一，并架起了内地研究者与海外华文作家、学者沟通和交流的桥梁。

从1985年创刊至今的《华文文学》，风雨兼程，几经蜕变，迄今已经走过了30余年的历程。它见证了国内台港及海外华文文学研究从发端到逐步走向成熟的历程，可以说，它本身就是一部活的、流动的"台港及海外华文文学学术史"。与此同时，这份杂志也见证了以陈贤茂、吴奕锜为代表的历任主编和编委的艰难探索、锐意进取、持续坚守和默默耕耘。他们用心血哺育了这份杂志的成长，间接滋养和促进了这一学科的发展和繁荣。

作为《华文文学》的第一任主编，陈贤茂在13年（1985—1998）的任期里，与汕头大学团队不断探索，逐步明确了办刊目标，为20世纪八九十年代中国大陆的台港及海外华文文学的传播和研究作出了重要贡献。

1985年4月，《华文文学》试刊号出版。在试刊号上隆重刊登了著名作家秦牧和萧乾的《祝贺〈华文文学〉杂志创刊》以及《中国与新加坡文学交流的前景——在新加坡第二届国际华文文艺营上的讲话》。在"编者的话"里，陈贤茂也指出："本刊的创办，得到上级领导和海内外作家们的热情支持。吴南生同志为本刊题写刊名，本刊顾问萧乾、杨越、秦牧、夏衍、黄秋耘、曾敏之等同志或应邀撰稿，或为本刊审稿，我们谨表示衷心的感谢！"①秦牧、萧乾、吴南生等名家、领导的赐文和题名，既表明了他们对《华文文学》的支持和期望，同时也对扩大杂志在海内外的影响力产生了良好的效应。

《华文文学》的创办，从一开始就彰显出它鲜明的个性色彩和与众不同的定位。一是刊载的作品从港台延伸到海外，并显现出对东南亚华文文学的重视。在试刊号上刊载的15篇作品中，有九篇是东南亚地区的作家作品。有别于同一时期同类期刊以刊载港台地区作品为主的现象，成为真正意义上演绎"港台及海外华文文学"的平台，由此也推动了大陆对东南亚华文文学的传播和研究。二是带有强烈的研究色彩和理论探讨性质。在试刊号上设有"作品评论"专栏，刊载了四篇赏析文章，对该期刊载的作品做出较细腻深入的鉴赏，有助于加深读者对相对陌生化的"华文文学作品"的理解。三是注重文坛的对话和

① 载《华文文学》试刊号"编者的话"，1985年4月。

争鸣，在创刊号上设置了"论坛"这个栏目，以期活跃学术争鸣，推动研究的深入。四是注重文学史料的积累。在试刊号上设有"作家剪影""海外来鸿"的栏目。五是凸现"窗口"和"桥梁"的意义，如"港台文讯"这个栏目的设置。这些都显示出以陈贤茂为代表的编辑团队一开始对《华文文学》的定位，要把它办成一本具有严肃品格的作品与评论相兼顾的文学刊物，既成为"传播台港及海外华文文学"作品的重要阵地，同时又成为大陆"台港及海外华文文学"研究者的学术话语场域。而上述归纳的五个特点，在陈贤茂任期内出版的《华文文学》中基本上都有所体现。正是这种定位，使得《华文文学》在大陆有关"台港及海外华文文学"的期刊史上有了独特的历史地位，如雨萌等人所言："《华文文学》的诞生，突破了此前大陆刊物仅刊登台港文学作品的局限，扩大了大陆读者接触了解海外华文文学的视野，同时也加深了理论研究的分量。这在台港与海外华文文学期刊史上是有其特殊意义的。"[1]

　　尽管试刊号呈现了较为严肃的学术品格，但在接下来实际的办刊过程中，《华文文学》却经历了艰难的探索。根据刊物的变化，这一时期的《华文文学》大致可以分为三个阶段。第一阶段是1985—1987年，这一时期的《华文文学》显示出在大众化、通俗化和严肃化、学术化之间游移徘徊的特点。具体表现为"通俗小说"栏目的设置，以及亦舒、三毛、廖辉英、三苏、徐速等台港畅销小说家作品的刊载。此外，在期刊的封面、插画以及作品导读上，均体现出大众化的审美趣味。[2]出现这种变化的原因，一方面是时代氛围的影响，20世纪80年代中期，台港通俗文学风靡大陆，凡刊载台港通俗文学的杂志都获得了良好的经济效益，另一方面是研究中心的办刊经费紧张。走大众化路线也是《华文文学》试图摆脱经济困窘、壮大自身力量的一种无奈之举。不过，东南亚地区的华文作品依然占据着较重的分量，"作品评析""作家剪影""序与跋""信息反馈"等栏目依然存在，但所占比例有所缩小。这种改变应该说是有违办刊初衷的。所幸的是，在1988年之后，《华文文学》对办刊思路作出了

125

调整，重新回归到严肃化、学术化的办刊定位。"通俗小说"栏目被取消，港台通俗文学被剔除，并增加了"台港文学述评""海外华文文学研究""文学史料"等理论色彩很强的栏目。因此，从1988年到1994年可以称之为《华文文学》发展的第二阶段。自此，《华文文学》的办刊宗旨稳定下来，刊载的文学作品和批评文章并重，坚定了创刊初衷，并在学术化的道路上迈出了一大步。

在这一阶段里，港台及海外华文文学作品传播呈现出一个重要变化，就是以专题化、专辑化的形式进行传播。从1988年到1994年，《华文文学》上刊载的专辑有：新加坡金狮奖获奖作品选登（1988年第1期）、探亲文学专辑（1988年第2期）、菲马专辑（1988年第2期）、泰国华文文学专辑（1989年第1期）、许达然专辑（1989年第2期）、印度尼西亚华文作品专辑（1989年第2期）、柯振中专辑（1989年第3期）、彼岸专辑（1990年第1期）、司马攻诗集（1992年第2期）、许世旭专辑（1992年第2期）、莫渝诗歌专辑（1994年第1期）、梁锡华专辑（1994年第2期）、小黑专辑（1994年第2期）、蓉子的《中国情》专辑（1994年第2期）。这些专辑的出现，首先表明稿件的来源渠道较之前畅通了，稿件的获得更加充裕，摆脱了之前"有鸡抓鸡，有鸭抓鸭"的窘境。其次，凸现了编辑的策划意识。每个专辑通常由"作品+评论"构成，体现出理论意识的渗透。再次，传播的范围有所扩大，扩展到了北美华文文学。1986年和1987年曾零星刊载过美国华文文学作品[①]，但呈偶发状态，从1988年开始，美国华文文学的比重有了实质性的增加。

在评论部分，"港台文学述评"和"海外华文文学研究"两个栏目的区分，显示出编辑对区域华文文学差异性的关注。而从实际上刊载的理论文章来看，在"作品评析"和"海外华文文学研究""港台文学述评"上刊载的理论文章也有所区别，前者多是赏析类文章，后两个栏目则侧重刊登一些宏观的、较具理论深度的文章，譬如《〈京华烟云〉与林语堂的道家思想》（1988年第1期）、《东南亚华文文学研究在中国》（1989年第2期）、《白先勇创作道路初探》（1990年第1期）、《新加坡诗坛上的'周粲体'》（1992年第1期），

[①]　1986年第2期刊载了美国华文作家郝龙的小说《老利楼》，总第7期刊载了美国华文作家伊犁的小说《方医生就诊》。

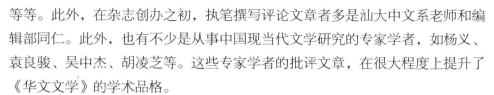

等等。此外，在杂志创办之初，执笔撰写评论文章者多是汕大中文系老师和编辑部同仁。此外，也有不少是从事中国现当代文学研究的专家学者，如杨义、袁良骏、吴中杰、胡凌芝等。这些专家学者的批评文章，在很大程度上提升了《华文文学》的学术品格。

在1995年到1998年，可以视为《华文文学》发展的第三阶段。这一阶段渐渐呈现出以评论为主，作品为辅的转变。具体表现为1995年的第1期、第2期，1997年的第1期，1998年的第1期均为评论专号，其他各期也多以评论为主。在这一阶段，港台及海外华文文学作品继续以专辑的形式进行深度传播，如：澳大利亚华文文学专辑（1996年第2期）、欧洲华文文学专辑（1997年第1期）、吴岸诗歌专辑（1998年第3期）、越南华文诗歌专辑（1998年第3期）。传播的范围不断在扩大，基本覆盖了华文文学研究的几大区域，其中欧洲华文文学的比重增加，尽可能呈现出了海外华文文学的全貌。另外，在这一阶段，首次刊登了长篇小说节选，在选载印尼华文作家黄东平创作的《烈日底下》中的《珂埠血案》一章时，"编者按"中有这样一段话："黄东平是印度尼西亚著名华文作家。他在极端困难的条件下，以坚强的毅力创作了大量的小说、诗歌、散文、剧本，反映海外华侨、华人的生活和奋斗，在海外华文文坛上产生了广泛的影响。……在最近，作者又完成了第三部《烈日底下》，约40万字。本刊先期得到作者的原稿，先选载其中一个精彩片断，以飨读者。由于各种客观原因的制约，第三部尚未出版。我们希望海内外出版社和工商企业能够支持这部著作的出版。如有愿意出版或赞助出版经费的单位，请与本刊联系。"[1]这段话表明《华文文学》编辑对华文文学的传播不仅仅有着引荐之功，甚至深度介入到海外华文文学的生产、传播过程当中，成为海外华文文学的"催生婆"。这背后体现了以陈贤茂、吴奕锜为代表的编辑团队对海外华文文学工作者深刻的理解和同情，大力的关怀扶植，以及对推动和繁荣海外华文文学事业的良苦用心。

在评论部分，新增加了栏目"研究生园地"，表明编辑着力培养港台及海外华文文学研究后备人才的用心，而从这个园地走出来的学子，如朱文斌

---

① 黄东平《珂埠血案》"编者按"，载《华文文学》1996年第6期。

等，今天已经成长为这个研究领域的新一代领军人物。而"台港文学述评"栏目则被进一步拆分为"香港文学研究"和"台湾文学研究"，这表明编辑思路更加细化和深化，同时也表明这两个领域的研究日趋成熟，研究成果日益增多，有独立区别的必要。此外，澳门文学研究开始进入《华文文学》的传播和研究视域，1995年第2期专门设置了"澳门文学研究专辑"。自此，除内地之外的华文文学研究区域获得了更为完整的呈现。

从试刊号开始，《华文文学》就设置了"论坛"专栏，刊登了黄维樑的《研究香港文学的态度和步骤》。到了1986年，正式设置了"争鸣篇"栏目，并加了编者按语。"编者按"中这样说道："本刊从这一期起，将不定期地增辟一个新的栏目：争鸣篇。这个栏目主要刊登在台港及海外华文文坛上，对于某一文学流派、某一文学现象、某一理论问题，或某一作家、某一作品的争鸣和探讨的文章（或者文章摘要），目的在通过不同意见的争论，促进华文文学的繁荣和发展。本刊将提供园地，容纳各家各派不同观点的文章。欢迎来稿，或提供有关资料。"①并刊登了巴桐的《处在转变时期的香港文学》《大家都来谈香港文学——致罗隼先生的信》，以及罗隼的《香港文学杂缀》三篇文章。此外，1986年刊登了韩萌所写的《马华独特性的论争及其他》，1988年第1期刊登了林文锦的《马华为何没有伟大作品产生——回忆战前新马文坛的一次文艺论争》、1992年柯振中的《香港文学之思》。从1985—1994年之前刊登的文章来看，这些文章探讨的都是学科领域内必须厘清的基础问题。香港文学研究方面的文章涉及香港作家的认定、香港文学史的分期、香港文学研究的范围等，而马华文学研究方面的文章，则涉及马华文学"本土性"与"中国性"问题、马华文学的"经典性"问题。这两个问题均在20世纪90年代的马华文坛有过大规模的激烈讨论，是深刻影响马华文学走向的命题。因此对这些文章的选登，显示出以陈贤茂、吴奕锜为代表的编辑团队敏锐的眼光和深刻的洞察力，同时对这些学科的建设也起到了积极的促进作用。

到了1995年之后，《华文文学》转载关于学术争鸣类型的文章，从规模和数量来看都大大超过之前。包括1995年转载的关于"大陆的台湾诗学"的论

---

① 《处在转变时期的香港文学》"编者按"，载《华文文学》1986年第1期。

争（共转载六篇），1996年转载的"关于《华夏诗报》一则报道引起的论争"
（共转载六篇），1997年"关于大陆的台湾诗学"的论争二（共转载六篇）。
以"大陆的台湾诗学"的论争为例，这场被称为"台湾20世纪90年代前期的十
大诗事之一"的论争，首先由《台湾诗学季刊》制作发起，在1992年创刊之
时，由该刊的主编李瑞腾组织了一些人对大陆学者出版的关于台湾诗学方面的
著作进行了集中的批评。而广州《华夏诗报》马上转载了台湾向明先生的文章
《不朦胧，也朦胧——评古远清的〈台港朦胧诗赏析〉》，从而引发了古远清
的回应和辩驳，继而又有南乡子卷入其中，于是两地的学者纷纷就此事件发表
评论。到了1994年，这场论争才基本平息了下来。

　　1995年，《华文文学》转载了这场"大陆的台湾诗学"的论争，并在"编
者按"中说道："近年来，两岸诗评家关于大陆的台湾诗选的论争，是两岸文
化交流中最引人注目的现象，被公认为90年代前期台湾十大诗事之一。由于长
期的隔阂，在交流中引起误解甚至争议，是十分自然的。本刊无意参加这场论
争，更不希望为任何一方辩解和助力。在此，较为集中地转载论争各方的文
章，只是希望能够为同样关心和思索这一问题的读者提供一些信息，为推动两
岸诗学的交流尽一点力量。"①从编者的话语来看，《华文文学》秉持的态度
依然是建构一个容纳多种声音、展现事实本身的平台，并保持客观和中立的态
度。但是，从这种大规模的、有选择的转载背后，我们还是看到编者"隐而未
发"的态度，即对大陆学者研究华文文学态度和方法的重视。不管是"大陆的
台湾诗学论争"还是"关于《华夏诗报》一则报道引起的论争"，其根本分歧
点就在这里。而这个问题则关系到大陆学者研究华文文学的走向、学科的长远
发展，因此对这个问题的重视反映了以陈贤茂、吴奕锜为代表的编辑团队对这
一学科建设的高度责任心。

　　1991年11月26—29日，由汕头市和汕头大学联合主办的"海内外潮人作家研
讨会"在汕头大学隆重举行。来自泰国、新加坡、马来西亚、美国、中国内地及
香港的100多名潮人作家和专家、学者共聚一堂，探讨海内外潮人作家在创作上
所取得的成就和经验，同时也进行了海内外作家、评论家之间的文学交流。"潮

---

① 《关于大陆的台湾诗学的论争》"编者按"，载《华文文学》1995年第1期。

汕地区历史悠久，文化发达，素有'海滨邹鲁'之称。自'五四'以来，较有影响的海内外潮人作家就有两三百人；而据最新的概略统计，目前活跃在中国大陆和东南亚各国以及世界其他各地的海内外潮人作家则至少在500人以上，出版著作1000多种。潮人作家，尤其是海外潮人作家，已经成为世界华文文学领域中一支颇有分量的创作队伍。他们在弘扬潮汕文化，促进海内外文化交流等方面发挥着十分重要的作用。但是，多年来，对海内外潮人作家的生平及作品，对这一极具特色的潮人文化现象却一直缺乏较有系统的研究。这不仅是中国现当代文学及至世界华文文学研究的缺失，而且也在很大程度上影响了潮汕文化的知名度以及潮汕文学的繁荣发展。"①正是基于这种认识，《华文文学》利用其所在的地缘优势，从1996年开始，不定期地开设了富有地域特色的"海外潮人作家研究"栏目。而这种"地域特色"的引入，有助于学界对华文文学与"中国性"关系作出更深入更细致的探讨。主编陈贤茂更是身体力行，在1994年发表了《论泰国潮人作家作品之潮汕文化特征》②，着重阐述泰华文学作品中表现的潮汕文化特征，如重人伦，重亲情，努力拼搏，勇于进取，以及淳厚的潮汕民情风俗、古朴的潮汕方言等，不啻为一篇富有新意和深度的佳构。

此外，值得一提的是，在陈贤茂主编期间，非常重视文学史料的收集和整理，这种重视文学史料的办刊特点，在他任期里是一以贯之的。在长达13年的时间里，《华文文学》出现过的与文学史料相关的专辑就有"海外文坛忆旧""文学史料""海外文坛展望""通讯""学人剪影""作家剪影""文坛忆旧""作家专访""创作回忆录""报道""访问记""特写""访谈录""文学交流""序与跋""写作生活回顾""海外来鸿""作家小传""书信往来"，多达20个。马良春在《关于建立中国现代文学'史料学'的建议》一文中，曾将史料分为研究型专题史料、工具性史料、叙事性史料、作品史料、传记性史料、文献史料、考辨性史料七类。③而这七种类型的史

① 吴奕锜：《文学和乡情的聚会——海内外潮人作家研讨会记盛》，《华文文学》1992年第1期。
② 陈贤茂：《论泰国潮人作家作品之潮汕文化特征》，《华文文学》1994年第1期。
③ 马良春：《关于建立中国现代文学'史料学'的建议》，《中国现代文学研究丛刊》1985年4月号。

料，大部分在《华文文学》中有相当程度的刊载。

譬如专题性研究史料，就有《泰国华文文学史料》（上下）（陈春陆、陈小民，1988年第2期、1989年第1期）、《新马华文文学发展概况》（陈贤茂，1989年第2期）、《九十年代马华文学发展方向》（1990年第2期）、《菲华文艺六十年》（王礼浦，1991年第2期）、《马来西亚华文作家协会开展文运十八年始末记》（孟沙，1997年第1期）。这部分史料多由海外华人作家、学者执笔，较为客观真实，基本上呈现了各地华文文学的概貌，也为之后汕大学者撰写《海外华文文学史》中的"史论部分"提供了重要的史料参考。工具性的史料，有《白先勇研究资料索引》（晓刚辑，1989年第1期）、《台湾新诗研究资料索引》（晓刚辑，1989年第2期）。这类史料在网络资料检索系统尚未全面推行的20世纪80年代和90年代中期，对研究者来说具有十分重要的工具意义。叙事性史料，包括各种调查报告、访问记、回忆录等。这方面《华文文学》刊载的史料比较多，如《中国与新加坡文学交流的前景——在新加坡第二届国际华文文艺营的讲话》（萧乾，1985年试刊号）、《狮城盛会——记新加坡第二届金狮奖评奖及第二届国际华文文艺营》（文洁若，1985年创刊号）、《马华文艺独特性的争论及其他》（韩萌，总第5期）、《金秋恰逢西游时——记日本马华文学专家山本哲也教授》（刘虹，总第6期）、《"让我们走在一起"——陪同加华著名作家陈若曦旅游讲学散记》（潘亚暾，总第8期）、《创新培苗桥梁——访香港老作家刘以鬯先生》（潘亚暾，总第8期）等。这些叙事性史料往往以其生动的细节，在还原、厘清重要的文学事实等诸多方面都有着重要的作用。作品史料在《华文文学》中体现得最多的就是"序"与"跋"，以及围绕作品创作的回忆性文章。譬如《〈马来西亚探奇〉序》（忠扬，1989年第1期）、《采撷狮岛的散文果实——〈狮岛情怀〉编后记》（林锦，1992年第2期）、《〈微型小说季刊〉发刊词》（黄孟文，1993年第1期）、《似属"编造"的〈杀妻〉——忆短篇小说〈杀妻〉的创作》（韩萌，1986年第2期）、《谈谈〈一个坤銮的故事〉与〈座山成之家〉的撰写经过》（谭真，1989年第2期）《在禁绝华文的地域编印华文文集》（黄东平，1994年第1期）等。这一类文学史料不仅仅涉及文学，也往往折射出其所在国家/地区的政治、经济、历史、教育、传媒在内的整体的文化生态。面对跨文化跨疆界的华文文学研究，有学者曾提出人类学家克利福德·吉尔兹所提出的"地方性知识"的研究范式，这是一种从特殊性、具体性和"情境论"出发的研究范式，可以弥补大陆学者因"整合性"研究可能产生的遮蔽与忽视异质性因素的缺陷。①因此这类史料往往是研究者得以展开"地方性知识研究"的基础。传记性史料，包括作家传记、日记、书信等。作家小传是《华文文学》史料刊登数量最多的类型。譬如《扬帆泰华文学海洋三十年的沈逸文》（泰国巴尔，1986年第2期）、《才气傲气集于一身——蓉子》（新加坡刘笔农，1988年第1期）、《我在梦中跳"珑玲"——致小木裕文》（韩萌，1990年第2期）、《坎坷·跋涉·追求——我所知道的林艾》（吴颖，1991年第3期）等，这类文字往往带着一定感情色彩，给人留下生动的文坛史实和文人形象。所谓知人论世，这些作家小传对于全面深入地解读作品往往有着重要意义。此外，还有文献史料。在《华文文学》的封二有时会刊登一些作家的照片，如《萧乾、冰心与新加坡华文作家》《蓉子、周粲、尤今》（1986年第1期）、《杨越和新加坡作家新加坡诗人贺兰宁》《日本马华文学专家山本哲也教授》（总第6期），这些珍贵的历史存照，能够为读者重建历史现场，更深刻地理解那个时代作家学者的精神风貌。

台港及海外华文文学研究如果从1979年算起②，迄今已有40余年的历史。虽然取得了丰硕的成果，但在整个学科的建设中，文学史料的搜集整理一直是一个十分薄弱的环节。从1982年召开的首届台湾香港文学学术讨论会起，史料问题就开始成为大家关注的焦点。香港作家梅子曾说："首届研讨会突出表明，目前的资料搜集空白太多"，应该"千方百计设立资料中心"③。此后，尽管不少有识之士不停地呼吁，但应者寥寥。史料建设是学科深入的基础，已出版的一些大陆学者撰写的台港及海外华文文学研究著作受人诟病，往往就是由于史料残缺、错漏而造成的论断失衡。由此，通过对《华文文学》杂志

---

① 刘小新：《华文文学批评：总体性思维和知识路径》，《华文文学》2006年第5期。

② 1979年，广州《花城》杂志创刊号发表了暨南大学中文系曾敏之的《港澳与东南亚汉语文学一瞥》，被大陆学界认为是港台暨海外华文文学研究的开端。

③ 梅子：《参加首届台港文学学术讨论会的印象与建议》，选自《台湾香港文学论文选》，福建人民出版社1983年版，第265页。

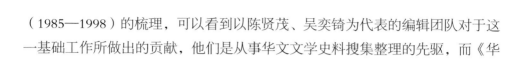

（1985—1998）的梳理，可以看到以陈贤茂、吴奕锜为代表的编辑团队对于这一基础工作所做出的贡献，他们是从事华文文学史料搜集整理的先驱，而《华文文学》在某种程度上来说，也是一个"流动"的资料库。

　　总之，在陈贤茂担任《华文文学》主编的13年里，《华文文学》在经历了最初的"徘徊"之后，一直在稳健中前行，推动了台港及海外华文文学作品传播和研究的系统化和深入化。在对作品的传播方面，从最初以台港文学和东南亚华文文学为主，逐步扩展到美国华文文学、欧洲华文文学，之后几乎覆盖了内地之外华文文学的所有地域，从题材上看，有长、中、短篇小说和微型小说，诗歌、散文、杂文、游记。在评论方面，也从最初刊登以鉴赏类型的文章为主，逐步向刊登具有一定深度和学理化的研究论文转变。值得一提的是，据不完全统计，在这一期间，《华文文学》共发表了以陈贤茂为代表的编辑部团队以及其他汕头大学师生的共计133篇论文。可以这么说，以陈贤茂、吴奕锜为代表的编辑部团队以及其他汕头大学师生对台港及海外华文文学这一学科的创立、成长和发展作出了踏踏实实的贡献。

　　此外，由陈贤茂主编的《海外华文文学史初编》《海外华文文学史》（1—4卷）分别于1993年和1999年出版。这两部著作的出版是海外华文文学研究里程碑式的成果，成为海外华文文学学科史上的标志性事件。迄今为止，《海外华文文学史》依然是从事这一领域研究必备的基础性权威工具书。

　　1991年，由陈贤茂申报的课题"海外华文文学概观"列入了国家社会科学基金资助项目。1993年，由陈贤茂、吴奕锜、陈剑晖、赵顺宏四人合著的《海外华文文学史初编》①由鹭江出版社出版。《海外华文文学史初编》约60万字，叙述了海外华文文学从1919年五四时期发端约至20世纪80年代的整个历程（部分资料和作品是20世纪90年代出版）。全书分十章，第一章为陈贤茂所撰的总论，叙述了海外华文文学的定义，对海外华文文学的特点作了初步的探讨，并对海外华文文学70余年来的基本状况和发展趋势勾勒了一个比较清晰的

---

　　①　陈贤茂的《我与海外华文文学研究》中曾提及，由于在撰写过程中看到赖伯疆的《海外华文文学概观》，因此把书名改为《海外华文文学史初编》，反而给这本书带来更大的影响。

轮廓。后依次论述了新马①、泰国、菲律宾、印尼、日本、美洲、欧洲等国家及地区的华文文学以及非华裔华文作家群。其中每一章基本上有一节概述，对文学思潮、社团、论争、创作进行综合性论述，着力勾勒出各地华文文学发展的轨迹。综论之后，分节对重要的作家作品进行论述。

该书出版后，在海内外文坛产生了较大的影响，据不完全统计，在海内外报刊上发表的评价文章约有十多篇。②其中，陈辽指出："《海外华文文学史初编》的出版，标志着海外华文文学这门新学科已经建立。"③古继堂认为"《初编》基本上完成了自己的命题，大致上体现了一部文学史的面貌，呈现了海外华文文学发展的整体成就"④。

尽管《海外华文文学史初编》的出版收获了较高的评价，但以陈贤茂、吴奕锜为代表的写作团队对这本书的缺失一开始就有着清醒的认知。陈贤茂在《海外华文文学史初编》的"后记"中写道："由于海外华文作品多数发表在当地报刊上，搜集困难，即使出版单行本，也因印数不多，有钱不一定能够买到。在这种资料奇缺的情况下，不免有许多重要作家被遗漏了，没有在书中进行评述。同时，一些早已有华文文学存在的国家如越南、柬埔寨、缅甸等，也因手头没有资料，只好暂付阙如。因此这部文学史还是很不全面，很粗糙的，各种错漏和失当之处，更是在所难免……如果条件允许，我们希望今后能有机会到海外一些华文文学较为繁荣的国家实地考察，搜集资料，与作家们座谈，听取意见和建议，以便在本书出版修订本时，能把篇幅扩充一倍，甚至两倍，使本书内容更加全面和充实。"⑤

---

① 在《海外华文文学史初编》中，由于在1965年之前，新马是不分家的，所以将新马放置在一个章节进行论述，但是忽略了1965年之后新马分家的现实，章节的划分不够周延。

② 这一说法是依据陈贤茂的《我与海外华文文学研究》，选自陈贤茂：《陈贤茂自选集》（下册），汕头大学出版社2005年版。

③ 陈辽：《"海外华文文学"新学科建立的标志——读〈海外华文文学史初编〉》，《华文文学》1995年第1期。

④ 《五专家谈〈海外华文文学史初编〉》（摘录），《华文文学》1995年第1期。

⑤ 陈贤茂：《海外华文文学史初编》后记，选自陈贤茂等：《海外华文文学史初编》，鹭江出版社1993年版。

可以看到，在海外华文文学研究的草创阶段，以陈贤茂、吴奕锜为代表的汕头大学团队是在十分艰苦的条件下从事着海外华文文学的整理和初步的理论探讨。由于海外华文文学研究对象的"不在地"性质，获取资料极为困难，而且涉及的国家众多，作家作品体量巨大，文学现象因各自所处国家历史文化背景的不同，更是纷繁复杂。此外，学科积累薄弱，研究历史短浅。这些都导致了这一学科在操作上难度很大，对研究者的资料占有和爬梳归纳的功夫有着更高的要求。因此，从事海外华文文学史的书写，与其他积累较为成熟的学科不同，只能根据掌握的有限资料逐步梳理出研究对象大致的轮廓，因此"遗珠弃璧"在所难免。但是，这一基础工作又是必需的，因为"史"的梳理是深化学科研究的基础。因此，对于大多数研究者来说，《海外华文文学史初编》的出版改变了这一研究领域长期以来所处的"瞎子摸象"状态，使人们对海外华文文学的整体轮廓和基本面貌有了大致清晰、相对完整的认识。

之后，以陈贤茂、吴奕锜为代表的汕头大学团队不满足已有成绩，继续在这一领域里深耕不辍，为撰写比较完整的海外华文文学史紧锣密鼓地做着准备。为了把这部海外华文文学史的写作尽量建基在更扎实的史料基础上，他们向许多海外华文作家发出了征集作品的信函，又通过海外文友的帮助，不断扩大征集的范围。1996年，陈贤茂和吴奕锜奔赴新加坡、马来西亚、泰国三国进行实地访问考察，与作家座谈，并通过当地华文报纸广为告之，广泛征集作品和资料。这些都为此后海外华文文学史的撰写奠定了坚实的基础。[1]

从1993年搜集材料开始，到最终完成写作，毕六年之功，终于在1999年出版了由陈贤茂主编，吴奕锜、陈剑晖任副主编，共计17名以汕大师生为主的写作班子共同完成的四卷本200万字的皇皇巨著《海外华文文学史》。

在《海外华文文学史》出版之前，除《海外华文文学史初编》之外，已经出版的海外华文文学综论性质方面的著作有赖伯疆的《海外华文文学史概观》[2]、赵遐秋、马相武主编的《海外华文文学综论》[3]、潘亚暾的《海外华

① 陈贤茂：《我与海外华文文学研究》，选自陈贤茂：《陈贤茂自选集》（下册），汕头大学出版社2005年版，第78页。
② 赖伯疆：《海外华文文学史概观》，花城出版社1991年版。
③ 赵遐秋、马相武主编：《海外华文文学综论》，山西教育出版社1995年版。

文文学现状》①，但尚未有以"史"命名的相关著述。因此，四卷本《海外华文文学史》的出版首先具有填补空白的意味，是一部"集海外华文文学研究之大成的开创性著作"。而从"'初编'到'正编'，显示了这门学科在艰难中跋涉前进的足迹"②，更体现出以陈贤茂、吴奕锜为代表的汕头大学团队巨大的学术勇气和担当。

《海外华文文学史》总体上延续了《海外华文文学史初编》的编写精神和体例，采用综述与分述相结合的编写体例，但更具学术视野和问题意识，内容也更加充实。首先，第一章为陈贤茂亲自撰写的"导论"，不仅对海外华文文学的发展历程有了更为全面系统的梳理，而且深刻阐明了海外华文文学与中国文学和中国传统文化的内在关系，具有较高的学术水平和参考价值。而最后一章的"新移民文学"，则显示出对学科前沿问题的敏感和总结，深化了著作的理论广度和深度。其次，在架构上更加完整合理，将1965年以后的新加坡和马来西亚的华文文学分章进行论述，加上了此前缺失的文莱、越南、柬埔寨、缅甸、毛里求斯、巴西、厄瓜多尔、加拿大和澳大利亚地区的华文文学，并对日本、韩国的华文文学进行了整体上的论述（《海外华文文学史初编》中对日本和韩国的华文文学只介绍了蒋濮和许世旭）。再次，由《海外华文文学史初编》具体评述的66位作家增加到260位，简要评述的也有近百位。"被遗漏的重要海外华文作家当然还会有，但是不多了"。③另外，在综述部分，史料也更加详实，"史"的意念更加清晰。

这套四卷本的《海外华文文学史》获得了"第三届中国高校人文社会科学研究优秀成果三等奖"，这是汕头大学建校以来人文社会科学研究领域所获得的最高奖项，成为汕头大学20世纪90年代以来整个中文学科最为突出的标志性成果，奠定了汕头大学在海外华文文学研究领域的地位与影响力。

在这部《海外华文文学史》的"后记"中，陈贤茂提出了一些重要的观点，这些观点对于海外华文文学的研究有着深刻的指导意义。他指出："海外华文文学作为一门新学科的出现，其主要的功绩就是'发现'了在海外还存

① 潘亚暾：《海外华文文学现状》，人民文学出版社1996年版。
② 古远清：《评〈海外华文文学史〉》，《汕头大学学报》1999年第6期。
③ 陈贤茂：《海外华文文学史》后记，鹭江出版社1999年版，第668页。

在着一个人数颇多的汉语写作群，还有这样一个汉语文学的被遗忘的角落。目前，海外华文文学研究作为一个新学科虽然已经初具规模，但从事这方面研究的学者仍然不多，研究也还有待深入。"①

在一般的意义上，"发现"并不是文学研究的主要任务，但由于这门学科主要的研究对象是海外华人和华裔的汉语写作，是一个过去被人遗忘、今天总体上人们也还不很熟悉的写作群落，因此鉴于这门学科研究对象的特殊性和所处的草创阶段，最大程度地向世人展现这一群落的面貌，构成了20世纪90年代以前海外华文文学研究的重要任务。

陈贤茂还指出："人们往往习惯于以中国现当代文学史的编写体例来衡量海外华文文学史，这就不一定符合客观实际了。在中国的现当代文学史上，文学运动和文学论争频繁，而海外华文文学则是在另一种社会环境中发展的文学，就不一定会出现中国现当代文学史的这种景观。另外，海外各国华文文学的繁荣程度也很不一样，像东南亚的新加坡、马来西亚、泰国、菲律宾等国，都有自己的华文报纸、杂志和出版社，华文文坛就显得热闹些；而欧美诸国，虽然也有华文报纸，但作品多送往中国（包括大陆、台湾、香港）出版，华文文坛就冷落得多。尤其是欧洲诸国，一个国家往往只有少则一二位，多则数位的华文作家……即使要写一篇概述也无从写起，更遑论文学运动、文学论争了。"②

这段话提示我们在对待海外华文文学研究时，不应该以中国现当代文学学科的标准来衡量海外华文文学的研究。长期以来，学界对从事海外华文文学研究的学者往往存在着程度不同的"苛评"，认为他们的研究缺乏扎实的史料基础、论断失衡等，这固然是一些从事海外华文文学研究的学者著作中存在的问题，但这些批评往往忽视了这门学科研究历史短浅、积累薄弱、资料收集难度大等诸种问题，也体现了他们对这门学科的独特历史语境和生成背景的"隔膜"。因此，尊重海外华文文学研究对象的特殊性，以及具体研究阶段所处的历史语境，是我们客观看待和评价海外华文文学研究的重要前提。

---

① 陈贤茂：《海外华文文学史》后记，鹭江出版社1999年版，第669页。

② 同上。

最后，要提及的是，陈贤茂本人也在多年的研究生涯中，发表了一系列重要的论文，除前文所提及的《海外华文文学的定义、特点及发展前景》之外，还有《海外华文文学与中国文学的关系》《海外华文文学与中国文化的关系》[①]等。由于海外华文文学的发生本身就是中华文化在海外播撒的结晶，因此在海外华文文学研究中，"中国性"的文学研究范式是普遍存在的一种研究范式。这种研究范式的特点是强调海外华文文学所具有的"中国性"特征，即关注作品中所蕴含的中国意象、作者的中国情结、海外华文文学与中国现当代文学之间的关系等。而在众多的研究当中，陈贤茂的研究独树一帜，紧紧围绕着中国传统文化的根本"儒释道"思想，深刻地阐释了这些思想在海外华文文学作品中的呈现，是这一研究范式重要的代表之作。

---

① 　《海外华文文学与中国文学的关系》《海外华文文学与中国文化的关系》分别载于《华文文学》1996年第2期、1997年第2期。

第二节　吴奕锜

　　吴奕锜（1955—），广东潮安人。1987年毕业于华中师范大学中文系，获文学硕士学位。1987年7月到2004年6月，在汕头大学台港及海外华文文学中心工作，曾任汕头大学台港及海外华文文学中心主任、研究员，《华文文学》主编。在汕头大学任职期间，除参与或主持《华文文学》编务之外，参与撰写《海外华文文学史初编》《海外华文文学史》。1993年，其主持的"菲律宾华文文学史"获国家社会科学基金青年项目立项；2000年，《菲律宾华文文学史稿》（与赵顺宏合作）作为该项目的结项成果出版。2004年7月调动工作到暨南大学，任《暨南学报》编辑、研究员。2005年出版专著《回望与寻找》《新移民文学漫论》（合作）。2006年，其主持的"全球视野中的新移民文学研究"获国家社会科学基金项目立项。2009年，参与撰写的《海外华文文学教程》和选编的配套作品选《海外华文文学读本·短篇小说选卷》出版。2011年，其主持的"20世纪80年代以来东南亚华文报纸文学副刊研究"再次获国家社会科学基金立项。2012年，《寻找身份——全球视野中的新移民文学研究》（与陈涵平合著）作为国家社会科学基金项目"全球视野中的新移民文学研究"结项成果出版。2016年，作为中国世界华文文学学会"世界华文文学研究文库"第三辑之一种的个人学术选集《从"乡愁"出发——吴奕锜选集》出版。

　　吴奕锜在《从"乡愁"出发——吴奕锜选集》的"序言"中曾这样梳理自己从事台港及海外华文文学研究的来时路："从最初的论说'乡愁'切入，引进、介绍、分析作家作品，到后来的对不同国家和地区华文文学历史发展脉络的梳理综论，再到近期的'新移民文学研究'。"这是其厕身台港澳地区及海外华文文学研究蹒跚步履的自然合理的逻辑展开。①而从其最初写下的本研究领域的第一篇文章②《别样深情写"乡愁"——许达然的创作道路》开始，到随后的《一个丰富而独特的世界——非马诗歌简评》《从"侨风"到"侨歌"——黄东平创作论断》等一系列作家论，我们可以看到吴奕锜在20世纪80年代末90年代初写下的作家论相当扎实、精细，体现了实事求是、严谨沉稳的治学态度，是相当可贵的治学起点。在海外华文文学研究的草创阶段，曾一度存在两种类型的评论文章，一种是内容简单浮泛、面面俱到的赏析类文章，由于缺乏对海外华文学生存语境的切实触摸和对研究对象的深入挖掘，显得大而无当，缺乏说服力；另一种则是洋溢着赞美修辞学的"友情式"批评。在众多的海外华文文学作品中，并不是所有的作品都具有可供分析的审美高度，但研究者往往出于同情海外华文作家在逆境中坚持写作的精神或其他因素，评论中有过度溢美之嫌，结果在一定程度上损害了海外华文文学学科品质的严肃性。而吴奕锜的作家论往往运用社会历史批评和建基在文本细读基础上的审美批评相结合的方法，将海外华文文学放置在所在国历史文化发展的语境中进行考察，并将具体的作品放置在其所在国华文文学整体发展的格局中以及作家自身创作的脉络中进行审视和分析，同时以真实的文本阅读体验为基础进行审美层面的提炼和归纳。批评视野开阔，并能对作家作品作出准确而客观的定位与评价，不"虚美"，不"隐恶"。

以《从"侨风"到"侨歌"——黄东平创作论断》为例，在分析印尼华文作家黄东平的创作时，吴奕锜始终将他的作品放置在"祖籍国"中国和"居住国"印尼两国的历史文化的变动中进行考察，甚至在中国现代文学的视野中进行审视。他概括出"对以血脉传承于他的故国的热切歌颂和对供他休养生息的侨居国的由衷祝福，是黄东平诗歌所反复咏唱的双重主题"，这些诗作是"紧紧合着一个伟大时代前进的鼓点情不自禁地击钵高吟的'时代曲'，更是

---

① 参见吴奕锜：《从"乡愁"出发——吴奕锜选集》自序，花城出版社2016年版。

② 这里之所以强调"本研究领域的第一篇文章"，是因为吴奕锜在攻读硕士研究生学位期间，已经在《当代作家评论》《艺谭》《长江文艺》（合作，第一作者）上公开发表了三篇论文，另外，还在《华中师范大学研究生学报》1985年第3期，1986年第1期、第3期、第4期发表四篇论文。

作者发自肺腑的真诚而又高亢的'心中的赞歌'"①，但同时又不讳言这些诗歌"在歌唱领袖时所包含的个人崇拜意识，和其间随处可见的公式化概念化的流弊，以及从语言到体裁形式上对大陆诗坛那种了无遮拦的、感情喷射器式的政治抒情诗和近于大白话的民歌风歌谣体的照搬滥用等。"②但他随即指出："身居异域的黄东平只能借助传播媒介去了解和认识新中国，并以此作为从事诗歌创作的思想文化养料，而不论是出于现实或是政治的需要，对于一个新生国家的宣传一切都往'好里说'则是可以理解且又合乎逻辑的。明乎此，我们就不但不会责难黄东平当时创作的初衷和《侨风》中所出现的思想和艺术的缺失，反而会以实事求是的理解的态度去评价它们：他的这些诗歌所集中抒写的'海外华侨渴望祖国强盛安乐，也期望侨居国繁荣进步'的种种内容，正是'当时海外华侨善良、正直、积极和趋向进步的感情'的真实反映。"③这种建基在对历史语境充分把握之上的"同情之理解"使得吴奕锜的评论文字具有历史的温度和厚度。而他指出《侨歌》"凭借这种'清明上河图'式的'散点透视'的叙事结构模式所赋予的宽阔活动空间，才得以多角度多层次、恣意自如地表现了诸如荷兰东印度公司对印尼人民、对华侨的野蛮蹂躏和掠夺，印尼人民和广大侨众团结一致同仇敌忾反抗荷印殖民当局的英勇斗争，以及华侨社会内部互相扶持共度时艰等如此丰富的多重主题"④。这种结论的获得则又是建基在细腻灵动的审美体验的基础上。

"社会历史批评"，特别是其中的马克思主义文学批评，作为一种具体的文学批评方法，一度成为中国现当代文学批评理论的利器，但是自20世纪40年代以来由于受到庸俗社会学的影响，逐渐沦为政治斗争、阶级斗争的工具，以致在80年代之后遭到众多文艺批评人士的诟病。然而，马克思主义文学批评只是社会历史批评中的一种，除此之外，"社会历史"的涵义非常复杂，还包含着其他的批评样式。时值批评理论纷繁迭出的当下，它似乎时过境迁，但实

---

① 吴奕锜：《从"乡愁"出发——吴奕锜选集》自序，花城出版社2016年版，第23页。
② 同上。
③ 同上，第24页。
④ 同上，第26页。

际上它所包蕴的对"社会"、对"历史"以及与文学之间彼此错综纠葛复杂关系的内在思考和关注,是我们得以深入文学内部肌理的基石。特别是面对海外华文文学这一特殊的文学/文化研究对象,倘若对所在国家的历史文化语境不了解,不能真正从社会和历史的真实层面理解华人的文化、现实和历史处境,只单纯专注于文本的"内部研究",所得出的研究结果往往隔靴搔痒,甚至贻笑大方。由此,我们可以看到,吴奕锜早期的作家论采用的社会历史批评和建基在文本细读基础上的审美批评相结合的研究方式,对研究对象进行的历史的、流变的、动态立体的观照,显示出较为成熟和开放的研究心态。而正是建基在十多万字沉实精细的作家论基础上,他开始对不同国别/地区的华文文学现象进行综合性的梳理,写下了一系列整体性的"历史概述与综论"类型的论文,如《七十年来的泰国华文文学》《二战以后的菲华散文》《菲律宾华文文学历史发展概述》等,逐渐对东南亚华文文学形成了一种整体观照的眼光。而之后他与赵顺宏合著的《菲律宾华文文学史稿》以及随后参与的《海外华文文学教程》中撰写的东南亚华文文学部分章节,都显示出吴奕锜在东南亚华文文学研究领域深厚的学术积累和独到的学术眼光。

　　《菲律宾华文文学史稿》是吴奕锜主持、赵顺宏合作参与的国家社会科学基金青年项目《菲律宾华文文学史》的结项成果专著。全书共十章,第一章为菲律宾华文文学概述,第二章为主要的文艺社团简介,第三章为主要的文艺杂志和报纸副刊,第四章是展示菲华文学概貌的《菲华文艺》,第五、六、七章分别是菲律宾重量级的作家:施颖洲、林健民、王礼溥的作家论,第八章是菲华诗歌,第九章是菲华小说,第十章是菲华散文。其中,第八、九、十三章的结构均为概述加作家论的分节论述。第十二章是菲华戏剧(存目)。从该书的体例来看,总体上采用了以时代为经,文体发展为纬,先总论后分论的结构方式,较好地照顾到了不同体裁文学发展的特殊性,同时又结合菲华文学的特点,加上了文艺社团、文艺杂志和报纸副刊,重要文集以及重要的作家论。应该说,该书在尽可能广泛地搜集资料的基础上,以"文学史"的框架为基本架构,对20世纪二三十年代以迄70年来菲华文学的历史发展作了较为全面的梳理,既有宏观性的历史发展的整体扫描,又力图呈现出各类文体发展的历史轨迹,也有众多的重要作家作品的分析评述,体现了"点"和"面"、"史"和

"论"的充分结合。

在"史"的描述上，该书主要从社会变动的原因来考察菲华文学的变化，把菲华文学的发展大致分为20世纪30年代菲华新文学的发端、1941年太平洋战争到1945年光复之前的菲华文学、1945年光复初期的菲华文学、50年代到70年代的菲华文学、1972年到1981年的菲华文学、1981年后的菲华文学。并侧重描述在政治和文学之间的"中间因素"，报纸副刊、文艺杂志和文艺社团三大文艺阵地的变动对文学发生的影响。如描述菲华文艺的严冬期："1972年9月21日，菲律宾总统马科斯宣布在全国实行军事戒严令，停止一切政党社团的活动，逮捕反对派人士，所有报刊均被封闭。"在这样的特殊的政治环境下，"1973年2月，《公理报》和《大中华日报》获准合并为《联合日报》；1975年，《东方日报》创办。但出于现实的禁忌，这仅有的两家华文报纸均只偏重新闻报道，'副刊上已不见文艺作品'。作品没有发表园地，活动没法公开推展，菲华文艺从此进入冬眠状态"①。这样描述和分期虽较为简略，但显得真实而有说服力。在庄钟庆所编的《东南亚华文新文学史》中，曾将菲华文学分为形成时期（1933—1945年）、变化期（1946—1959）、发展时期（1946—1959）、繁茂时期（1980年至今）。②这种分期虽给人以明晰的印象，但隐含的"进化文学史观"对文学演进线条的描述难免过于简单，对分期的依据缺乏充分说明，有"以论带史"之嫌。作家论方面，吴奕锜和赵顺宏两位作者都力图"贴近"研究对象，挖掘出作者独特的创作个性。其中，赵顺宏对菲华诗歌的论述颇为精彩。

赵顺宏，男，1965年生，安徽人，文学博士。1991—2004年在汕头大学台港及海外华文文学研究中心工作，自2002年下半年至2004年底任《华文文学》副主编，从事台港及海外华文文学研究多年。参与撰写《海外华文文学史初编》《海外华文文学史》，曾在《文学评论》《中国现代文学研究丛刊》《社会科学辑刊》《浙江学刊》《华文文学》等刊物发表过十数篇文章。在《菲律宾华文文学史稿》中，赵顺宏深入到根本的诗学问题，指出自由诗在最初的发

① 吴奕锜、赵顺宏：《菲律宾华文文学史稿》，中国文联出版社2000年版，第10页。
② 庄钟庆主编：《东南亚华文新文学史》，人民文学出版社2007年版，第503页。

展中往往过于直白，意象的质感较差，而造成这种意象缺乏质感的原因在于意象本身的审美集聚比较单薄，意象之间的转接过于直白，甚至以日常思维代替诗意的思维。而菲华当代诗人从诗歌发展的历史中，也从自身的创作实践中逐渐加深了对现代诗歌本质的认识，更加强调对于诗质的提纯与锻造，在意象的表达与运用上注重其内在的深度。以作家月曲了的《图中买鸟》为例："诗人采取烘托、隐喻、暗示乃至神秘的手法，从而使诗作产生令人惊惧的气氛并形成一种浑然的带压迫性的意境。"①这些分析显示出一定的深度，不仅有助于了解菲华诗歌的特点，乃至对于现代诗歌美学本体的理解都有所启发。

当然由于资料的匮乏，正如吴奕锜所言，本书"一是对光复以前这一历史时段的文学现象论述上的模糊；二是戏剧部分的暂告阙如；三是有个别比较重要的作家作品还未能予以评述"，但"高屋建瓴地'宏观'把握，绝对离不开扎实的'思想资料'的积累"②。这本著作不仅为之后的菲律宾华文文学的研究、菲律宾华文文学史的写作奠定了扎实的基础，迄今为止，它也依然是目前为止最具分量的菲律宾华文文学史专著。

2009年，由饶芃子、杨匡汉主编的《海外华文文学教程》出版。这部教材邀请了多位国内海外华文文学研究领域的资深专家进行撰写，历时两年完成，被誉为是"海外华文文学学科成熟的标志"③。在这部教程中，吴奕锜负责撰写"东南亚华文文学概观""东南亚华文文学的历史线索"及"东南亚华文文学的多元局面"三个章节。2007年，由庄钟庆主编的《东南亚华文文学史》出版，这部历时十年、近70万字的著作，以资料翔实见长，论及东南亚新、马、菲、泰、印尼、文莱等六国华文文学的发展历史，是东南亚华文文学研究的重要收获。但颇为遗憾的是，这部著作缺乏对东南亚华文文学整体发展的历史描述，只是在绪论部分略有提及，并不作为论述的重心。因此，整个东南亚华文文学发展的总体面貌显得不够清晰，缺乏一种宏阔的视野。而吴奕锜撰写的这

———————————

① 吴奕锜、赵顺宏：《菲律宾华文文学史稿》，中国文联出版社2000年版，第85页。

② 吴奕锜、赵顺宏：《菲律宾华文文学史稿》"写在前面的话"，中国文联出版社2000年版。

③ 黎跃进：《"海外华文文学"学科成熟的标志——对〈海外华文文学教程〉的学科述评》，《中国比较文学》2013年第1期。

三个章节，从根本上解决了这个问题。东南亚地区不但国家众多，各个国家的历史、制度、文化迥异，各所在国华人社会情况参差不齐，导致各个国家的华文文学发展态势不平衡，因此，既要尊重各国华文文学发展的不同状况，又要"异中求同"，梳理出东南亚华文文学总体发展的脉络，并提炼出"共性"，对于史家驾驭"史实"和提炼"史识"的能力是相当大的考验。而吴奕锜凭借着20多年来在东南亚华文文学这一领域的深度"浸润"，清晰地梳理出了东南亚华文文学发展的整体面貌，同时也呈现出东南亚华文文学的多元格局，且脉络分明、重点突出，使这部分论述成为进入东南亚华文文学研究领域的"指掌图"。

尤为值得称道的是吴奕锜非常擅长从纷繁复杂的文学历史中提炼出具有典型意义的现象，以典型"现象"为切入点，去把握文学发展的线索。譬如在"东南亚华文文学的历史线索"这一节中，他指出在起源和萌芽时期东南亚地区各国的华文文学，无论从题材形式到思想内容，都秉承了中国"五四"新文学的精神风貌和表现方式。这一时期的东南亚华文文学与中国文学的关系，不仅是单纯的借鉴，而且是大量的移植，这成为东南亚华文文学发展初期的一大特点。而这种移植性的最直接体现，他援引了一个非常具有代表性的概念"剪稿"："无论是新马还是泰、菲、印（尼），或是缅甸、越南的华文报纸文学副刊，几乎是用大量的版面直接转载来自中国的新文学作品……对于这种直接剪辑中国作家作品以介绍、传播'五四'新文学的做法，史学家们称之为'剪稿'。"[①]"剪稿"这个概念鲜活而具有高度的概括性，把东南亚各国华文文学萌芽初创阶段的重要特色生动地呈现出来了，予人以深刻印象。

此外，在"东南亚华文文学概观"这一节中，他指出"华文学校、华文文艺社团、华文报纸文艺副刊这三者对于华文文学的支撑作用，在世界其他国家中也有体现，但远没有在东南亚各国显得如此之重要。可以说，华文学校、华文文艺社团和华文报纸文艺副刊，是支撑东南亚华文文学生存与发展的三大支柱。然而，这三大支柱能否'竖立'并发挥承载支撑作用，又时时受制于各所在国对华侨华人政策的变化……所以，我们在谈论华文学校、华文文艺社

---

① 饶芃子、杨匡汉主编：《海外华文文学教程》，暨南大学出版社2009年版，第48页。

团、华文报纸文艺副刊对东南亚华文文学生存与发展的重要支撑作用时，各所在国对华侨华人政策的变化是我们必须考察的重要前提。战前战后是这样，冷战前后是这样，即使是当今的和平发展阶段也同样如此"①。这个观点对于解读东南亚华文文学独特的发生学基础，对于在历史语境中把握华文文学与当地政治复杂纠葛的关系，对于"差异化"地理解不同区域的华文文学等诸多层面都具有重要的指导意义，而且从中可以生发出诸多关于华文文学研究的议题，如华文学校与华文文学的关系研究、华文报纸文艺副刊对华文文学的关系研究等，是极富洞见的论断。

除了在东南亚华文文学研究方面建树良多外，吴奕锜还是国内最早从事新移民文学研究的学者之一，也在这一领域作出了较为突出的贡献。

移民文学研究是自20世纪90年代初期才在国际上兴起的一股学术热潮，受其影响，国内也开始有少数学者从事这一领域的研究。但这些学者的研究大都集中于国外知名移民文学家（主要是若干诺贝尔文学奖获得者）、港台移民作家和华人移民后裔英文创作群体这些方面，尚未对"新移民文学"予以足够关注。而"新移民文学"，从严格意义上来说，主要是指随着中国内地改革开放，也即中国真正开始融入全球化潮流的趋势下才出现的一种崭新的文学现象。但从90年代开始到2000年之前，学界除了有个别零散的单篇文章对此有所涉及之外，对其进行系统梳理和深度分析的研究很少，与当时正在蓬勃发展的"新移民文学"创作热潮相比，显示出相当程度的滞后。在陈贤茂主编的四卷本《海外华文文学史》中，吴奕锜率先在书中对新移民文学的涵义作出了清晰的界定，并从主题意义、文化意蕴和艺术特色三个方面给予了整体性的探讨，给人耳目一新的感觉。古远清就曾这样评价说："《新移民文学》一章的增写，使《海外华文文学史》的研究材料显得新鲜、灵动，并扩展了读者对海外华文文学新走向的认识。"②

之后，吴奕锜持续在这一领域用力，陆续在《文学评论》等多家权威

---

① 饶芃子、杨匡汉主编：《海外华文文学教程》，暨南大学出版社2009年版，第45页。
② 古远清：《评〈海外华文文学史〉》，《汕头大学学报》1999年第6期。

刊物发表了一系列关于新移民文学研究的论文①，出版了合著《新移民文学漫论》②，最终在2012年出版了作为2006年度国家社会科学基金项目结项成果的专著《寻找身份——全球视野中的新移民文学研究》（与陈涵平合著）。③该成果在全国哲学社会科学规划办公室组织的专家结项评审中获得"优秀"等级，同时也受到行内学者的赞誉，被认为"一方面有助于更为全面地了解世界华文文坛中新移民文学的文化内涵和诗学建构，同时也的确为正处于两难状态的世界华文文学研究提供了新的切入角度和突破方向，有较好的示范意义"④。

《寻找身份——全球视野中的新移民文学研究》分为四编：第一编是综论，侧重从理论的高度，分析新移民文学出现的时代背景，并探讨了新移民文学中的文化身份、生存书写、文化冲突等基本问题；第二编是新移民文学的区域特征，分析了北美、欧洲、澳洲、东北亚地区新移民文学的发展概况和总体特征；第三编是新移民文学的诗学分析，分析了新移民文学的叙事形态、文学意象、女性叙事、主题书写等；第四编是新移民作家创作论，对各个地区具有代表性的作家进行解读，如严歌苓、张翎、少君、虹影、林湄、毕熙燕、蒋濮。该书论述策略精当，既有立足于大量文本细读之上的诗学总结和理论升华，同时又有对区域特色的总体概括以及较多典型个案的深度剖析，成为目前为止第一部对新移民文学全面的整体性研究和理论阐释的学术著作。

20世纪80年代中期以后，西方60年代之后的各种文化理论陆续进入中国，如结构主义、解构主义、叙事学理论、精神分析、第三世界理论、后殖民理论等。这些理论对于突破此前僵化的社会—政治—历史的批评模式起到了较大的

①　发表于2000年第6期《文学评论》上的《寻找身份——论新移民文学》一文，后来被收入党圣元主编的"新世纪文论读本"之一《全球化与复数的"世界文学"》（中国社会科学出版社2011年版）一书，该书主要选编新世纪开初十年来我国文艺理论界相关研究的主要成果。

②　吴奕锜等：《新移民文学漫论》，作家出版社2005年版。

③　吴奕锜、陈涵平：《寻找身份——全球视野中的新移民文学研究》，中国社会科学出版社2010年版。

④　朱崇科：《从问题意识中提升的诗学建构——评〈寻找身份——全球视野中的新移民文学研究〉》，《暨南学报（哲学社会科学版）》2013年第2期。

作用。但毋庸讳言，有些理论在实际的文本操作中显得"水土不服"，其适用的"限度"值得反思。在海外华文文学研究领域，对西方各种文化理论的运用要迟至90年代末。这些理论的运用在一定程度上给海外华文文学研究带来了活力，但同样也存在着"生搬硬套"的情况。值得一提的是，在《寻找身份——全球视野中的新移民文学研究》中，作者也运用了身份理论、后殖民理论、女性主义批评等多种文化理论，但这些理论的运用却显现出相当的有效性，特别是身份理论的运用，与研究对象有着高度的契合。在综论部分，作者运用身份理论结合具体的文本，分析了新移民由经济发展相对滞后的国家（地区）移入到新的目的地之后，文化身份的转变刺激着他们去思考和寻找、重建自我的文化身份以及在这种寻找、重建过程中产生的各种文化焦虑，对文化认同的尴尬和困境以及自外于"中心"的边缘化心态，分析深入且具有说服力，使得"身份"成为我们理解新移民文学的关键词，把新移民文学研究推向了更细致深入的学术层面。

20世纪90年代至新世纪之交，汕头大学正处于办学体制改革不断探索的阶段。台港及海外华文文学研究中心由原来的学校直属单位先后划归科学研究院、文学院管辖。幸运的是，分管文学院工作的林伦伦副校长和文学院院长於贤德对研究中心和《华文文学》杂志一直都给予了莫大的支持。这样，分管副校长林伦伦、文学院院长於贤德和研究中心主任吴奕锜上、中、下"三驾马车"合力，共同把台港及海外华文文学研究中心和《华文文学》杂志推上了改革的"快车道"，从而使吴奕锜能尽其所能地实施对《华文文学》杂志的改革设想。

作为《华文文学》实际意义上的第二任主编[①]，吴奕锜显示出相当的胆识和锐气。在他的任期（1999—2004年）内，为了提高刊物的学术层次和学术品位，他对《华文文学》进行了大力改革。在他任期内，《华文文学》完成了关键意义上的蜕变，进入了一个发展的黄金时期，极大地提升了学术品格，成为

---

① 从1998年第4期开始到2001年第4期，主编虽为文学院院长於贤德，吴奕锜为常务副主编，但实际上具体的编务基本上是由吴奕锜执掌完成的。於贤德院长竭力为保持《华文文学》杂志与学校领导层及省新闻出版管理部门的有效沟通，争取和保证有利的办刊条件作出了艰辛而卓有成效的努力。

引领学科发展方向的前沿阵地。

概括来讲，在吴奕锜任期内，《华文文学》大的转变表现在三个方面：

一是从2000年第一期开始，《华文文学》由过去兼发作品与研究文章的文学性刊物转型为纯理论性的学术刊物，不再刊登文学作品。这一举措，在《华文文学》的发展史上是一个重要的转折点。它使得《华文文学》的专业性更强，学术层次得到提升，有效地适应了台港及海外华文文学研究这一学科蓬勃发展的局面，奠定了刊物的发展方向。同样在这一年，《华文文学》获得由中国科学院文献情报中心、中国社会科学文献信息中心等单位共同颁发的三大证书："中国人文社会科学引文数据库来源期刊证书""中国学术期刊综合评价数据库来源期刊证书""中国期刊网、《中国学术期刊（光盘版）》全文收录证书"，其学术影响力得到进一步认可。

二是在2002年，由于办刊经费得到了有力的保障[①]，《华文文学》的刊期由季刊改为双月刊，大大拓展了专业论文的发表园地。此外，在同一年荣膺为国家一级学会"中国世界华文文学学会"的会刊。这意味着《华文文学》已经成为台港及海外华文文学研究的学术重镇，在台港及海外华文文学研究领域发挥着更为核心的作用。

三是在2003年，《华文文学》由原来的正16开版式改为大16开版式，并发行网络版，更加国际化，并与时代接轨。

而这些转变的背后，是以吴奕锜为代表的编辑团队精心的策划和付出。首先，体现在栏目设置方面。从2000年开始，除保留"台港澳研究""海外华文文学研究""东南亚华文文学研究""研究生园地"等原有的栏目之外，《华文文学》不断推出富有创意的新栏目，并从2000年开始，在每一期都增设"刊首语"，用"刊首语"的形式，传导出编辑部对每一期（或每一年）的编辑思路。[②]以2000年第2期的"刊首语"为例："女性主义思潮既是一种流行的批评模式，也是对人类文化传统整体进行全面反思的一次重要尝试：它直接

---

① 　此前的《华文文学》，由于办刊经费得不到保障，虽然名为季刊，却时时陷于脱期的尴尬。

② 　从2000年到2001年，基本上每一期都有"刊首语"，到2002年开始，只是在第一期设置"刊首语"。

探讨的是性别角色的文化歧视，然而可能收获的却不仅仅是'女人'地位的提高，而将是全新的、具有终极意义的价值观。本期编排的这方面的两篇文章都体现了较为宽广的文化视野。……鼓励"前沿"探索与研究是我们的既定方针。本期的'女性话语'和'新移民文学研究'是继上期'新视角'之后另外推出的两个新栏目，目的在于希望通过我们的努力，呼唤更多的同仁加盟到我们的'前沿性'探索行列之中。"①"刊首语"不仅从理论的高度，对女性主义批评之于文学研究的意义进行了概括，进而对刊登的文章进行了有效的导读，更重要的是彰显了编辑部同仁的理念，即通过栏目的设置来推进华文文学研究方法的建设，体现了编辑对于学术生产的"深度介入"。

从总体上看，从改版后的2000年到2004年期间，《华文文学》新开设的栏目大致可分为三类：一类是综合性研究，带有学术反思或总结类型的栏目，如"回顾与瞻望"（2000年第1期）、"研究反刍"（2002年第1期）、"学科建设"（2002年第2期）、"回眸二十年"（2002年第5期）、"研究综论"（2003年第2期）、"学人与学术"（2003年第4期）、"宏观扫视"（2003年第6期）、"学术展望"（2004年第4期）等，在这一类栏目里刊载的一批论文，如曹惠民的《整体视野与比较研究》②，提出从"自足"的台港文学研究拓出新境，强化文学史写作的空间意识，以整合、融合的书写展示现代中华文学整体大视野的研究思路；袁勇麟的《一个宏大的系统工程——世界华文文学史料学管窥》③，提出的加强史料学建设的倡议；刘登翰的《走向学术语境——祖国大陆台湾文学研究二十年》④，对台湾文学研究的回顾和省思等论文，都对学科的发展具有重要的指导意义。第二类是具有启发意义的新视角、新方法、新思路、新领域研究的栏目，如"新视角"（2000年第1期）、"女性话语"（2000年第2期）、"新移民文学研究"（2000年第2期）、"前沿报

---

① 参见《华文文学》2000年第2期"刊首语"。

② 曹惠民：《整体视野与比较研究》，《华文文学》2000年第1期。

③ 袁勇麟：《一个宏大的系统工程——世界华文文学史料学管窥》，《华文文学》2002年第2期。

④ 刘登翰：《走向学术语境——祖国大陆台湾文学研究二十年》，《华文文学》2002年第5期。

告"（2002年第2期）、"女性主义批评"（2002年第3期）、"学人报告"
（2002年第5期）、"新视野"（2002年第6期）、"另类研究"（2003年第1
期）、"留学生文学专论"（2003年第2期）、"华裔文学研究"（2003年第3
期）、"影响研究"（2003年第5期）、"新观察"（2003年第6期）、"女性
视角"（2003年第6期）、"比较研究"（2004年第2期）等。这一类的栏目刊
载的论文，如樊洛平《缪斯的飞翔与歌唱——两岸女性主义诗歌创作比较》[1]
运用西方女性主义批评理论对台湾和大陆的女性诗歌进行比较研究，视野开
阔。而"华裔文学研究"栏目的开设表明，《华文文学》所关注的研究领域
不仅仅是"语种"的华文文学，更是延伸到了"文化"的华文文学、华人文学，
显示了编辑前瞻性的文化视野。其中，李贵苍著、彭志恒译的《多元文化语境
中华裔美国人文化身份的探讨与争鸣》[2]，介绍了华裔美国人文化身份问题产
生的社会政治背景以及学术探讨的整个过程，对于国内的华裔美国文学的研究
富有借鉴意义。第三类是提倡文本细读和精细研究的栏目，如"灯下品书"
（2001年第3期）、"小说细读"（2001年第4期）等。

此外，从2000年起，《华文文学》还推出了"批评家小辑"的栏目，希望
"这样一些富于朝气而又成绩斐然的中青年学者"[3]的评论小辑能够给学界注
入一股新鲜血液，解决学科知识体系面临老化、研究视野相对狭窄等难题。在
2003年，开设了"特邀主持人"栏目，"想借'旁观者清'的'越位'优势，
为我们提供多一种关注或思考的借镜"[4]。而"学位论文摘要"（2001年第4
期）、"学人报告"（2002年第5期）等栏目的设置，不仅起到了培育新人的
目的，而且把学界最新的研究成果、研究热点和动态及时反馈给了业内同仁。

此外，这一时期的《华文文学》设置了各种学术会议专辑，如"第十届
世界华文文学国际研讨会"专辑（2000年第1期）、"第十一届世界华文文学

---

[1]　樊洛平：《缪斯的飞翔与歌唱——两岸女性主义诗歌创作比较》，《华文文学》
2000年第2期。

[2]　李贵苍著，彭志恒译：《多元文化语境中华裔美国人文化身份的探讨与争鸣》，
《华文文学》2003年第3期。

[3]　载《华文文学》2000年第1期"刊首语"。

[4]　载《华文文学》2003年第1期"新年心语"。

国际研讨会暨第十二届海内外潮人作家作品国际研讨会"论文选辑（2001年第1期）、"菲律宾华文文学研究会"论文专辑（2001年第3期）、"第二届世界华文文学中青年论坛"论文专辑、"中国世界华文文学学会成立大会"专辑、"第十二届世界华文文学国际学术研讨会专辑"、"第一届印度尼西亚华文教育与华文文学研讨会专辑"（2002年第6期）、"开花结果在海外——海外华人文学国际研讨会"专辑、"第二届海内外华文文学机构负责人联席（扩大）会议"专辑（2003年第6期）、"世界华文文学教学研讨会"专辑（2004年第2期）、"第十三届世界华文文学国际学术研讨会"专辑（2004年第6期）。这些会议专辑不仅使得华文文学成为一个展现学界动向、学界生态的场域，更重要的是会议专辑选录的一批高质量的学术论文，特别是一些综合研究论文，成为引领华文文学发展的学术"风向标"。

综上所述，在吴奕锜任期内，其编辑方针鲜明地体现出一种"创新"的意识。通过设置各种崭新的栏目，在台港澳地区及海外华文文学方法论的建设、研究思路的更新以及研究领域的拓展、学术信息的交流等诸多方面都起到了较大的推动作用。而所有这些，跟他与编辑部同仁多年以来一直从事海外华文文学研究，对海外华文文学研究的优势和"短板"有着深切的认识是息息相关的。

《华文文学》从创刊伊始，就十分注重文学论争对于文学研究的推动作用，在陈贤茂担任主编期间，《华文文学》主要是作为呈现多种学术话语的公共场域，编辑相对保持着客观和中立的态度。但在吴奕锜任期内，编辑们"主动亮相"，亲自策划和参与了对学术论争的建构。先是在2002年2月26日的《文艺报》发表了由吴奕锜、彭志恒、赵顺宏、刘俊峰共同署名的论文《华文文学是一种独立自足的存在》[①]，继而2002年第1期《华文文学》给予转载，在学界引发了一场关于"语种的华文文学"与"文化的华文文学"的论争。

正如在编者按及文中所言，"台港及海外华文文学研究已经走过了20年的路程。20年时间，对于一门新兴的学科来说，确实取得了有目共睹而且值得骄傲的成绩，但毋庸讳言，与此同时也留下了不少不足和遗憾。至少，就目前

---

① 该文由彭志恒构思、执笔，集体讨论修改，最后由吴奕锜统、定稿。

而言，它就面临着后劲不济、难以突破发展瓶颈的尴尬境地。”“作为忝列于这一研究队伍中的一员，我们是在借用当下流行的诸种‘批评武器’仍深感困顿迷惑之余而进行十分痛苦的思索的。文本所指陈的本学科迄今为止的局限性和不足，也同样清楚明白地存在于我们自己过往的批评实践中（甚至也可能包括以后，因为这实在是一种难以挣脱的习惯力量）！笔者无力、实际也不可能在这篇小文中提出或建构什么方法论体系，充其量也只是提出一个希望引起注意的论题，权作引玉之砖，如能引起诸位同行方家的注意与批评，则幸莫大焉！”①由此可以看出，以吴奕锜为代表的编辑部同仁是以高度的责任感和清醒的“自审意识”对学科的基础性概念进行思考，以期从理论层面推动华文文学研究走向一个更深入阔大的境界。

文章刊发以后，《文艺报》《世界华文文学论坛》《福建论坛》《华文文学》都陆续刊登了回应文章，到了2003年，《华文文学》仍然以“一得集”为栏目，分三期刊登了对该文的回应文章，其反响之热烈是华文文学研究界极少有的。刘登翰、刘小新曾在《都是语种惹的祸？》一文的“附记”中指出：“学术自审是推动学科发展的一个重要步骤。尽管我们对汕大几位学者的文章持有不同意见，但我们仍然认为该文提出了一个有意义的命题，值得我们在自审中思考和回应。相信讨论的展开，对于长期以来缺少理论热点的华文文学研究，会有所促进；并且希望将这场可能是20年来华文学界反应最强烈的学术争鸣，由意见相左的争论，引向对于华文文学研究的理论建构。”②论争到2003年，基本上已消歇，但今天看来，这场由以吴奕锜为代表的编辑同仁挑起的文学论争，在华文文学研究界产生的影响是深远的。在这场论争之后，学界陆续

---

① 吴奕锜、彭志恒、赵顺宏、刘俊峰：《我们对华文文学研究的一点思考》，《华文文学》2002年第1期。

② 刘登翰、刘小新：《都是语种惹的祸？》，《华文文学》2002年第3期。

出现了众多以"华人文学代替华文文学"①"建构华人文化诗学"②的声音，这些学术观点的提出，从内在思路上与"文化的华文文学"有着遥相呼应的深刻联系，可以说是从不同的角度对这一议题的补充、丰富、深入和完善。

如果说，在陈贤茂主持《华文文学》期间，《华文文学》对台港澳地区及海外华文文学学科的贡献更侧重在"知识生产"层面的建构，那么在吴奕锜主持《华文文学》期间，《华文文学》则对这一学科的"理论提升"层面作出了重要的贡献。

---

① 代表论文见梁丽芳的《扩大视野：从海外华文文学到海外华人文学》，《华文文学》2003年第5期；黎湘萍的《族群，文化身份与华人文学》，《华文文学》2004年第1期；黄万华的《华人文学：拓展了的文化视角和空间》，《福建论坛》（人文社会科学版）2004年第11期。
② 刘登翰、刘小新：《华人文化诗学：华文文学研究范式的转移》，《东南学术》2004年第6期；刘小新：《从华文文学批评到华人文化诗学》，《福建论坛》（人文社会科学版）2004年第11期。

第三节　刘俊峰等青年学者

刘俊峰，1962年2月生。1994年毕业于南京大学中文系，获文学博士学位。曾为汕头大学台港及海外华文文学研究中心副研究员，《华文文学》主编。毕业后一直从事海外华文文学研究，已合作出版有《海外华文文学史》（1—4卷），发表过多篇海外华文文学研究方面的论文，2000年出版专著《赵淑侠的文学世界》。

作为《华文文学》的第三任主编，刘俊峰在其任期（2005—2006年）之间，不仅延续了上任主编吴奕锜的编辑思路与方针，还通过新栏目的设置拓展了台港及海外华文文学研究的领域并丰富了海外华文文学研究的理论资源。正如他在《风雨兼程20年——在〈华文文学〉创刊20周年座谈会上的致辞》所言："我们愿在前人打下的良好基础上，坚实地走在进一步求新、求真、求深、求精的大路上。"①譬如"汉语诗学"（2005年第3期、第5期）和"域外汉学"栏目（2006年第3期）的设置，这两个栏目主要介绍或刊登国外学者对中国文学的研究成果，不只是拘泥于海外华文文学的诗学研究。譬如张卫东的《宇文所安：从中国文论到汉语诗学》（2005年第3期），该文通过宇文所安一系列著作的细致解读，突显海外学者与国内学者在文学研究之基本信念、方法和视野上的巨大差异。这些文章的刊登，实际上对建立海外华文诗学有着方法论上的启示意义，显示了编辑开阔的文化视野。

此外，在《华文文学》2005年第5期和第6期连续刊登了"青春版〈牡丹亭〉专题研究"。2000年，汕头大学曾主办了"白先勇创作国际研讨会"，这是"白先勇这样一个重量级的海外华人作家在中国大陆的第一次个人专题

---

① 刘俊峰：《风雨兼程20年——在〈华文文学〉创刊20周年座谈会上的致辞》，《华文文学》2005年第6期。

研讨会，也是大陆白先勇研究界在本世纪就白先勇研究所做的最后一次密集'发言'"①。会议结束后，《华文文学》分三期连续刊登了白先勇研究论文共计11篇，"这种规模、这种深度的对个体作家的研究，过去是极少见的，这是研究走向深化的自然结果"②。而这次专辑不仅仅在刊登文章的数量规模上再次显示出对白先勇这位作家的重视③，更重要的是，该专辑围绕的焦点是白先勇所从事的文化活动，凸现的是海外华文文学研究领域极少人关注的戏剧研究，因此这个专辑的"亮相"给人耳目一新的感觉。此外，在内容的编排上，从上辑主持人的话《牡丹还魂——从青春版〈牡丹亭〉开始的'文艺复兴'》到白先勇亲撰的《姹紫嫣红开遍——青春版〈牡丹亭〉八大名校巡演盛况纪实》、导演汪世瑜的《情真意浓护"牡丹"》、学者刘俊的《昆剧青春版〈牡丹亭〉苏州制作过程场记》，到下辑何西来、宁宗一、吴新雷、黎湘萍、陶慕宁等学者从不同角度阐述青春版《牡丹亭》的文学意义和文化意义，体现了多元立体地呈现这一文化活动及意义的编辑思路④，这种编辑风格的活泼大胆是《华文文学》从未有过的。更重要的是，这个专辑丰富了对白先勇研究的文化纬度，具有从文化研究层面拓展、深化文学研究的示范意义。

在2006年，《华文文学》还推出了新栏目"离散诗人研究"（2006年第1期、第5期）。正如"开栏语"所言："从'朦胧诗'以来，不少成名的大陆诗人，在80年代末，或90年代以后出国，在非母语环境继续从事现代汉语诗歌写作，并依然对国内诗坛构成相当的影响。这些诗人，出国前后的写作呈现出不同的格局，在不同环境中对汉语的感觉也更加敏锐。本刊与几位青年研究者合作，试图对这一特殊的群体做一些初步的研究，以期引起大家更多的关注。"⑤在这个系列内，推出了多多、北岛两位诗人的专辑。每个专辑均由人

---

① 见《华文文学》"刊首语"，2001年第1期。

② 见《华文文学》"刊首语"，2001年第3期。

③ 上辑和下辑共计刊登了九篇论文。

④ 专辑原拟收入与青春版《牡丹亭》主要演员的访谈，以多元呈现青春版打造与昆曲从业人员的心声，但未能遂愿。但从已有的规模来看，已经是多元立体呈现了。

⑤ 见《华文文学》"开栏语"，2006年第1期。

物介绍、研究论文以及学者对话三部分组成。其中最为别致的是"对话"这个部分的设置，在一种敞开的喧哗而生动的文化氛围里凸显了一些如流散诗人的语言焦虑、心理调适等严肃深刻的命题。

此外，"自然写作专题研究"（2006年第3期）、"华语电影文本解读"（2006年第2期）这些专辑的设置，都呈现出海外华文文学研究领域的新方向。刘俊峰虽然担任《华文文学》主编仅有两年多的时间，但在这两年里，《华文文学》呈现出一种格外活泼开放的气象。

《赵淑侠的文学世界》是刘俊峰于2000年完成的学术著作。这本著作以20世纪70至80年代海外华文文坛上卓有成就的代表性作家赵淑侠为论述轴心，"在世界华文文学的语境下，通过对赵淑侠的心灵世界与文学世界的清晰、细微的梳理和解读，企图通过一个人看一个时代，或一个作品看一个时代的学术规划，探讨与考量20世纪海外华文文学发展中的诸多问题，力图通过对赵淑侠这一个案的释读，从而对一般意义上作家作品论的研究范式有所探讨与启示，以期建立具有普适性的作家作品研究机制"[1]。在这种宏阔的学术规划的指引下，这本作家论较之一般的作家论显示出更厚重的文化品格，特别是第四章"文化视域里的赵淑侠——赵淑侠与中西文化"，对赵淑侠文学世界的文化意蕴的诠释，对海外华文文学作家的研究具有范式的指导意义。但客观来讲，这部作家论并不以理性思辨和逻辑演绎见长，而是一部饱含着感性的血肉、凝聚着个人情感的"有情批评"，让人时时感受到批评主体的生命律动。譬如，"应该感谢这位作者。她有一个幸福的家庭，能够如此勇敢地袒露自己，在中国作家难得如此一跃。当某种有充足理由封闭起来的'隐私'，被美的光束所照射，就见出了作家的胆识。作家效法了卢梭和乔治·桑，她抒写的'情困''纯情之恋'，既是她的珍藏，也给读者增添了另一个文学女人的真实写照。人类社会和人类文明本来就需要不断补充和丰富这种真诚而又悲怆的生命形象啊"[2]。这些话语都涌动着研究者的情感色彩。在当下的学术语境下，对学术研究的学理性和规范化的追求成为一种普遍共识，但对学术规范的过于强

---

① 刘俊峰：《赵淑侠的文学世界》，中国文联出版社2000年版，第2页。

② 同上，第217页。

调往往使得文学论文变成了受众面狭窄的专门之学，对个人情感体验的有意摒弃，则往往削弱了文学论文的感染力。当学术日益成为一种纯粹的知识生产，这部著作流露出对人性所持有的一种温润的体贴与悲悯，以及细节上所体现出的人间情怀，却使得该著作洋溢着一种真诚动人的学术品格。

燕世超，安徽涡阳人，1991年毕业于山东大学中文系，获文学硕士学位。1998年调入汕头大学，主要研究方向为文艺美学和中国现当代文学，曾任《华文文学》主编（2008—2009）①。在燕世超担任主编期间，一方面通过开设新栏目如"方法论视野下的华文文学""两岸文学比较研究"，继续在方法论层面推进华文文学的理论建设，另一方面利用"争鸣"这一栏目，大力推动文学论争。在其任职期间，发表的争鸣类型的文章共计22篇，涉及的议题丰富而多元：有对香港文学的重新定位，关于对张爱玲作品《秧歌》《赤地之恋》的讨论，对于古远清《台湾当代新诗史》的历史叙述及陌生化问题的讨论，《评夏志清先生的'岭南讲演'》，对海外华文文学关键词"语种""文化"与"文学"以及研究基本模式的思考，对朱立立著作《身份认同与华文文学研究》的探讨，对台湾电影《海角七号》的探讨，对张爱玲作品《小团圆》及系列作品的重读与讨论，对澳门新移民文学中文化气根现象的探讨等，为一向沉滞的华文文学研究界注入一股活力，在碰撞和对话中推进了一些基本问题的思考。

易崇辉，1961年生，华东师范大学文学博士，汕头大学文学院教授，曾在2010年担任《华文文学》主编。易崇辉担任《华文文学》主编虽然只有一年，但是在这一年里，《华文文学》却出现了一些令人瞩目的亮点。首先是推出了"刘再复专辑"（2010年第4期）和"李泽厚专辑"（2010年第5期）。刘再复和李泽厚作为20世纪80年代在文学界、美学界、思想界产生过巨大影响力的学者，在80年代末期相继离开祖国，在海外继续从事学术研究工作。这两个专辑的制作首先显示了刘再复、李泽厚在学术研究中凸现的思想魅力至今仍然深刻影响着国内知识分子的现实认知和精神追寻。而这两个专辑的制作也十分用心，辑录了包括刘再复、李泽厚去国后在不同时段发表的研究成果，国内著名

---

① 刘俊峰离任后，曾由陈贤茂担任主编一年，燕世超任常务副主编，2008年燕世超开始任主编。

学者林岗、赵士林对两位学者学术思想产生的文化背景以及价值意义的论断，同时亦有采访录、对话以及对学人描述性质的散文，层次丰富地呈现了两位学者磅礴渊深的学术思想一隅，以及对国家民族深沉的关怀和忧思。这两个专辑的意义不仅仅是在文学抑或文化层面延展出的对近代以来中国思想界基本命题的清理，更成为我们思考20世纪中国历史浮沉和未来走向的重要资源。也正是在这个意义上，显示出主编易崇辉以及两位副主编张卫东、庄园思想上的高度。

此外，在易崇辉任主编期间，编辑部还推出过两个重要的专辑，一个是"东干文学研究"（2010年第3期），一个是"台湾六十年代"（2010年第4期、第5期）。东干文学是由东干族创作的文学。东干族指的是哈萨克斯坦、吉尔吉斯斯坦、乌兹别克斯坦三国的中国回族后裔。晚清西北回民起义失败后，其中一部分于1877年迁往中亚定居，现已发展到十万余人。130年来，虽然汉字失传，却保留了中国的传统文化与回族习俗。20世纪20年代末，在俄罗斯学者的帮助下，创制了拼音文字，80余年来，经过几代东干作家的努力，东干文学已经形成了一定的规模。这个专辑的出现，拓展了华文文学的研究领域，有助于对中国文化在东亚地区的传承与变异进行思考，其本身具有的民俗、伦理及美学方面的价值亦值得探讨。而专辑"台湾六十年代"则体现了对台湾文学研究的"细化"和"语境化"，对大陆学者"隔岸观火"式的研究模式是有益的补充和借鉴。

张卫东，1970年生，湖北江陵人。2007年毕业于南京大学，获文学博士学位，1998年调入汕头大学，2011年至2017年担任《华文文学》主编。张卫东主要从事文学理论和汉语诗学研究，发表学术论文十余篇，其中多篇被《人大复印资料》转载。出版有专著《词语与言说》（2005年）、《论汉语的诗性》（2013年），译著丹尼·卡瓦拉罗的《文化理论关键词》（2006年，合作）、赫伯特·里德的《让文化见鬼去吧》（2012年）。

庄园，1972年生，广东汕头人，澳门大学文学博士，2010年任《华文文学》副主编至今，研究方向为港台暨海外华文文学，发表学术论文20余篇，出版有专著《重构女性话语》（2005年）、《女性主义专题研究》（2012年）、《个人的存在和拯救》（2017年）。

2011—2017年，在以张卫东为代表的编辑部团队的努力下，《华文文学》发生了崭新的变化，其中最显著的一个变化就是日益呈现出鲜明的"国际化"视野。这首先体现在他们用心制作的一系列国际知名学者或作家的专辑，如夏志清［美国］专辑（2011年第1期）、叶维廉［美国］（2011年第3期）、张英进［美国］专辑（2011年第4期）、刘再复［美国］专辑（2012年第5期、2014年第5期）、陈小眉［美国］专辑（2012年第1期）、张诵圣［美国］专辑（2012年第6期）、梁丽芳［加拿大］专辑（2013年第3期）、杨晓文［日本］专辑（2013年第6期）、哈金专辑（2011年第2期、2012年第4期）、欧阳昱专辑（2011年第5期、2012年第2期、2013年第2期）、莫言专辑（2012年第6期）。除此之外，还陆续刊发了国际知名学者或作家的论文或文论，如王德威［美国］的《中国现代小说的史与学——向夏志清先生致敬》（2011年第6期）、史书美［美国］的《反离散：华语语系作为文化生产的场域》（2011年第6期）、滨下武志［日本］的《关于"知域"的思考：对话"知域"和"地域"》（2012年第1期）、罗哲海［德国］的《轴心时期的儒学启蒙——与罗哲海教授谈汉学》（2012年第1期）、马利安·高利克的［斯洛伐克］的《评张晓风初登文坛的小说〈哭墙〉》（2013年第2期）、藤井省三［日本］的《台湾文学史概说》（2014年第2期）、马悦然［瑞典］的《中国现当代文学与诺贝尔文学奖——马悦然4月25日在澳门科学馆的演讲词》（2015年第3期）、李欧梵［美国］《失败的高雅——在香港中文大学的演讲》（2015年第4期）等。

其次，《华文文学》上刊登的论文一改以往绝大部分作者为内地学者的现象，内地以外的港澳台地区以及海外学者所占的比例不断增多，分布的地区日益广阔。以下为2011—2016年论文作者地域的统计：

《华文文学》期数	发表论文总数	内地以外学者发表论文的数量	内地以外学者分布的区域
2011	98	45	美国、澳大利亚、德国、越南、马来西亚、加拿大、德国、新加坡、澳大利亚、斯洛伐克、中国港澳台地区

（续上表）

《华文文学》期数	发表论文总数	内地以外学者发表论文的数量	内地以外学者分布的区域
2012	104	44	美国、日本、法国、澳大利亚、加拿大、新加坡、马来西亚、德国、中国港澳台地区
2013	106	42	澳大利亚、加拿大、日本、马来西亚、美国、泰国、新加坡、德国、斯洛伐克、中国港澳台地区
2014	100	43	美国、澳大利亚、德国、日本、泰国、马来西亚、新加坡、加拿大、韩国、中国港澳台地区
2015	111	38	美国、澳大利亚、加拿大、英国、新加坡、瑞典、泰国、马来西亚、中国港澳台地区
2016	97	31	澳大利亚、美国、加拿大、韩国、法国、马来西亚、新加坡、中国港澳台地区

　　从上表可以看到，2011—2014年，内地以外的学者发表的论文所占的比例将近半数，2015—2016年，内地以外的学者发表论文所占的比例也占三分之一左右，学者所分布的国家和地区多达18个，这种变化是《华文文学》在过去的26年所未曾有过的，也即真正建构了华文文学研究的多重对话空间。不同地区研究者基于不同的学术身份、背景、视野，其研究成果往往呈现出多样化的研究思路和方法，对内地学者研究视野的扩宽和活跃起到了重要的借鉴作用，而这种国际化视野的编辑方针，也成就了《华文文学》在华文文学界的影响力，成为汕头大学和国际学术界交流合作的重要平台。

　　此外，《华文文学》在这一阶段呈现的第二个比较突出的变化就是对华文文学研究边界的进一步开放，有助于推动世界华文文学整体研究的理念在实践层面上的形成。在陈贤茂担任主编时期，对华文文学的定义主要是以"语种"以及"国籍"为基础的阐释范畴，《华文文学》主要刊登的是海外华文文学、台港澳地区的华文文学以及非华裔外国人用华文创作的作品以及相关的研究成果。尽管大陆地区的华文文学也属于华文文学的范畴，但为了凸显前几种大陆学界在20世纪80年代以前一直忽视的研究领域，大陆地区的华文文学作品及研究在杂志上是"缺席"的。吴奕锜、刘俊峰、燕世超担任主编期间，对"华文文学"的理解不再局限于"语种"的阐释范畴，更倾向于从"文化"的阐释范畴来理解华文文学，因此华裔文学研究被纳入了研究领域。而从易崇辉、张卫东任主编开始，作为世界华文文学的发源地和汉语文学重镇的中国大陆文学也进入了《华文文学》的视野，包括一些传统上属于中国文学，特别是现当代文学研究范畴的作家作品研究。如：

　　龚刚：《郁达夫的诲淫冤罪与自我净化》（2016年第4期）

　　刘再复：《胡风性情与悲剧》（2016年第10期）、《莫言成功的三个密码——2014年12月2日在香港公开大学与莫言的对谈引言》（2015年第1期）、《莫言的鲸鱼状态》（2013年第1期）

　　杜庆龙：《诺奖前莫言作品在日韩的译介及影响》（2015年第3期）

　　肖进：《莫言在中东欧的译介、传播与接受》（2015年第1期）

　　查诗怡：《离婚——伊文·金与老舍译本比较分析》（2015年第6期）

　　申秀明：《莫言创作思想刍议》（2015年第5期）

　　莫言专辑（2012年第6期）

　　黄锦树：《"文革"作为启蒙，或启蒙的反讽——论王安忆的〈启蒙时代〉》（2014年第4期）

　　袁婵：《文学场中的画家凌叔华》（2014年第6期）

　　张坚：《五六十年代革命战争小说的"同性社会性"——兼再读〈洼地上的"战役"〉》（2014年第1期）

　　舒允中：《政治观念和个人经历之间的困境——浅谈阿英的革命文学创作》（2013年第6期）

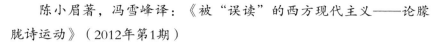

陈小眉著，冯雪峰译：《被"误读"的西方现代主义——论朦胧诗运动》（2012年第1期）

闫文：《"巨型玻璃混在冰中汹涌"：论多多诗歌中的"力"》（2012年第2期）

罗伯特·白英著，侯静译：《〈中国当代诗选〉前言》（2012年第5期）

北塔：《中国现当代诗歌的英文翻译概况》（2012年第5期）

张敬珏著，蒲若茜、许双如译：《冰心是亚裔美国作家吗？——论冰心《相片》之东方主义及种族主义批判》（2012年第3期）

舒允中：《破除定见　发掘真相——李锐对革命的历史主义描绘》（2012年第5期）

马立安·高利克著，赵娟译：《与诗人顾城的柏林相遇》（2011年第6期）

舒允中：《英雄人物世俗化的历程——论当代中国中短篇军事小说获奖作品中反映出的一种现象》（2011年第3期）

张钊贻：《鲁迅小说〈非攻〉和张之亮的电影《墨攻》比较论》（2010年第1期）

中井政喜著，许丹诚译：《鲁迅的复仇观》（2010年第2期）

由以上刊载的文章可以看到，这些传统意义上属于中国现当代文学范畴的作家作品研究多由大陆以外的学者完成，其治学理念和研究思路均可为中国大陆学者提供有益的借鉴。即便是中国大陆学者的论文，其对中国现当代文学的研究也往往侧重于这些作家作品在域外的传播和演变，这也是以往中国现当代文学研究比较薄弱的一个部分，这些研究成果都丰富和提升了中国现当代文学的研究格局。而更重要的是作为世界华文文学的发源地和汉语文学重镇的中国大陆文学的研究成果的纳入，意味着真正意义上的世界华文文学整体观的视野在实践层面上的落实。1993年在江西庐山召开的第六届"世界华文文学国际研讨会"，标志着一种新的学术观念在汉语界出现，人们认识到汉语文学不只是中国的文学，而且是世界性的语种文学之一，应建立世界华文文学的整体观。也就是说，无论是研究海外华文文学还是中国文学，都要从人类文化、世界文学的基点和世界汉语文学总体背景来考察。[①]但是，尽管学者们已经意识到在华文文学研究中，应该有一种更为博大的世界华文文学整体观，但在具体的操作层面上，世界华文文学研究往往剔除掉了中国文学。中国文学研究本身主要由中国文学（包括中国古代文学、中国近代文学、中国现当代文学）学科来承担。尽管在20世纪90年代不断有学者提出，中国大陆文学理应成为世界华文文学学科不可或缺的研究对象，但是如何确立和整合中国大陆文学在这一学科中的地位、关系、影响，依然是难以操作和落实的问题。《华文文学》将一部分中国大陆文学的研究成果纳入到这个体系中来，有助于在实践层面上推动世界华文文学研究整体视野的形成，有助于改变原来华文文学研究中条块分割的现象，既可以在各个区域中发现和建立联系，寻找共相，理清脉络，又有助于更好地凸现"自我"特质，推动研究进入一个更深广的境界。

《华文文学》从2000年转型为纯理论性的学术刊物后，历任主编都非常重视华文文学的理论建设，鼓励运用各种前沿理论或是新方法对华文文学本身展开更具深度的研究，对理论资源的借鉴和运用基本上都是在文学范畴内展开。但是在这一时期，《华文文学》呈现的比较显著的变化，就是对理论资源的运用拓展到历史、哲学、美学等诸多层面。仅以2011年的《华文文学》为例，就刊有刘再复的《创造中国的现代化自式》（2011年第2期）、《百年来三大意识的觉醒及今天的课题》（2011年第4期）、石了英的《中学西渐与叶维廉论"道家美学海外影响"》（2011年第3期）、徐碧辉的《"曾点气象"与儒家的"乐活"精神——中国传统文化精神的一个纬度》（2011年第5期）、韩振华和叶格正（德国）的《占以明〈易〉理，象以喻〈孟〉〈庄〉——与叶格正博士谈汉学》（2011年第1期）、贾晋华的《晚唐五代禅宗重要家系风辨析》（2011年第4期）。这种"越界"，为华文文学的理论建设提供了广阔的资源。此外，由于主编张卫东在文学理论和汉语诗学研究方面有较为深厚的底

---

① 参看饶芃子、杨匡汉主编：《海外华文文学教程》，暨南大学出版社2009年版，第4页。

蕴，"域外汉学"和"汉语诗学"两个栏目的开设呈稳定的状态，刊登的关于诗学方面的论文明显增多，这也是一个比较突出的变化。

综上所述，从2011年至2017年，在以张卫东、庄园为代表的编辑部团队的努力下，《华文文学》的办刊水平进一步得到业界认可。根据北京大学出版社2015年8月出版的《中文核心期刊要目总览》（2014版），《华文文学》继2014年2月入选CSSCI来源期刊扩展版后，又获得入编文学类核心期刊资格。

从1985年创刊至今的《华文文学》凝聚着数代汕大学人的心血和汗水，我们有理由相信它将会以更恢宏的气象、更博大的情怀，为世界华文文学学科的繁荣作出更积极的贡献。

除以上汕大学人，曾为《华文文学》编委的彭志恒以富于思想原创力的系列著作在海外华文文学研究领域取得不俗的成绩，在本书中的中青年学者部分将以专章介绍，在此不另赘言。

（本章撰稿者：王文艳，广东工业大学通识教育中心讲师）

第六章

多方位的个性化开拓：
古远清、熊国华

第一节　当代文学史书写的"古远清现象"

——古远清的华文文学研究特色

古远清（1941—），台港文学史家、文学评论家。广东梅县人，1964年毕业于武汉大学中文系，历任香港中文大学"中国当代文学系列讲座"教授、中南财经政法大学世界华文文学研究所所长，现为陕西师范大学人文社会科学高等研究院驻院研究员、佛山科学技术学院岭南讲座教授。承担教育部课题和国家社会科学基金项目多项。出版有《中国大陆当代文学理论批评史》《台湾当代文学理论批评史》《香港当代文学批评史》等60多部著作。

古远清以私人写文学史闻名，尤其是他的台港文学史。他著有多达八种11本（不包括合作）跨越海峡两岸暨香港的当代文学史著述系列——

《台湾当代文学理论批评史》（武汉出版社1994年版）

《香港当代文学批评史》（湖北教育出版社1997年版）

《中国大陆当代文学理论批评史》（上下册，台湾文史哲出版社1999年版，后更名为《中国当代文学理论批评史（1949—1989大陆部分）》，2005年由山东文艺出版社修订再版）

《台湾当代新诗史》（台湾文津出版有限公司2008年版）

《香港当代新诗史》（香港人民出版社2008年版）

《海峡两岸文学关系史》（福建人民出版社2010年版；上下册，台湾海峡学术出版社2012年版）

《台湾新世纪文学史》（上下册，台湾花木兰文化出版社2016年版）

《中外粤籍文学批评史》（广东人民出版社2018年版）

另还有两种与吴思敬等合著的专题史：

《中国诗歌通史·当代卷》，人民文学出版社2012年版
《20世纪中国新诗理论史》，人民文学出版社2015年版①

此外，还有《台湾当代文学理论批评史》的增订本《战后台湾文学理论史》和《澳门文学编年史》将出版。至于两岸学术界期盼的《台湾戒严时期查禁文艺书刊史》，只在台北《传记文学》连载过部分内容，离杀青还甚远。

古远清是当代学界少见的"劳动模范"，无论是数量、广度、跨度都可谓惊人。王维笔下纷纷开且落的木芙蓉，是如此绚烂迷人，却少为山涧外人知道，他在海峡两岸暨香港出版的这些台港澳地区及海外华文文学史述和研究，命运也相似，但其特色也很明显，那就是私家史述，在场发声。一言以蔽之，它们既是视野开阔的华文文学学者新鲜泼辣的文艺私见，也是精彩纷呈的当代中国文学史复杂生态的原初呈览，是文学史的一种"热"写作——趁热打铁的写作。

古远清这种写作姿态和方式，对于多属回望性质的古代和现代文学史而言，哪怕是中国20世纪90年代以前的大陆文学史而言，显然都不是那么合适。但他将此目光和笔法投射到台港澳地区文学、海外华文文学以及20世纪90年代以后的大陆文学，则是有心插柳柳成荫了。原因是这种在场的文学观察和私家史述，前提是信息流动大、交叉性强、自由度高，台港澳地区及海外华文文学研究的特点与活力恰恰在于此。

于是，古远清以大陆非中心的身份，从事台港澳地区及海外华文文学研究，便成就了一件得天独厚、妙手天成的好事和美事。热闹、生动、纠缠、驳杂，是这一领域的文学生态特征，也是古远清相关著述文字的生动写照。当然，这也只有古远清的一支凌云健笔方才笼罩得住，放散得开。这不仅因为它需要研究者有良好开放的心态，也需要一定阅历和年纪、资格的人才能拿捏得住火候——毕竟海峡两岸暨香港如此纠缠的人事场态和文坛风云，真可谓不经

---

① 其中第一本四人合著，后一本六人合著。

历风雨难以见彩虹。在这一点尤其在台湾文学研究方面，古远清与古继堂先生，可谓双星并峙，也就是海内外人称的"南北双古"。

一、古远清的文学史视野

古远清的文学史著述，是有着自己的文学史地图规划的，那就是海峡两岸暨香港的"大中华文学史地图"。正因为如此，古远清的当代文学史著述系列，也就很明显埋伏着一条贯串"海峡两岸暨香港的大中华文学观"的主线。

按照古远清文学史著述出版时间的先后，从1994年的《台湾当代文学理论批评史》到1997年的《香港当代文学批评史》再到1999年的《中国大陆当代文学理论批评史》（此书后更名为《中国当代文学理论批评史》于2005在大陆再版），是他关于文学理论批评的"海峡两岸暨香港的大中华文学观"；从2008年的《台湾当代新诗史》到2008年的《香港当代新诗史》，如果再加上他发表过系列文章却来不及成书的"中国大陆当代新诗史"，则又成了他关于新诗的"海峡两岸暨香港的大中华文学观"。再看2012年出版的《海峡两岸文学关系史》《从陆台港到世界华文文学》（台北出版），又何尝不是他关于华文文学关系研究构想的"海峡两岸暨香港的大中华文学观"呢？

"海峡两岸暨香港的大中华文学史"地图的规划，当然不仅仅是文学地理学的考量，也是政治地理学、文化地理学的坚持。古远清是一个有着明确而坚定的民族文化认同感的文学史家，选择并坚持"海峡两岸暨香港的大中华文学史"地图，在他看来，就是坚持"一个中国"的基本的民族文化道义与感情立场。这种"一个中国"的文化视野与地理情结，不仅使得古远清的文学史著述不会落入就边缘写边缘、就香港写香港、就台湾写台湾的局促，也使得他的文学史写作没有过多陷入以文学促统战、以文学为统战的僭越与枝蔓。基于这两种常见的"海峡两岸暨香港文学史写作"的高风险规避，古远清文学史著述获得了一种超越地域、超越现实功利的品格。这一点，在古远清颇有自律自省意识，当胡德才问及"两岸当代文学理论批评的不同特色主要表现在哪些方面"时，他说：

……从评论方法看，大陆评论家长期使用的是社会学批评方法，或强调历史的方法和美学的方法相结合。而台湾的评论家或者以中国传统文论为武器，或者运用西方新批评方法，当下是后现代、后殖民满天飞。在香港，其文学实际上是华文文学。……在他们那里，当代文学理论批评属于精英文化的一部分，他们多采用比较方法评论作品，也有一些学位高、水平低的人，写的文章以艰深文饰浅陋，不要说一般读者，就是专业工作者对它也不感兴趣。①

古远清认为："文学史有两种：一是教材型的，偏重知识的传授，求全、求稳是其特点；二是学术型的，自成一家之言，观点未必与流行见解一致，在庙堂中人看来不是片面就是不稳妥，但却能引起读者的深入思考。我追求的是后一种风格。"②众所周知，关于香港、台湾的文学专门史和文类专门史的写作并不乏人，单在开头说的大陆古继堂以及刘登翰、黄万华、朱双一、赵遐秋等都有相关著述面世。倘若排除个人著述风格和研究格局的差异因素，古远清文学史著述的文学史视野也是比较开阔和包容的，即坚持显微镜、后视镜和望远镜相结合的文学生态观察视野，既有显微镜似的刨根究底，也有后视镜般的瞬时观察，更有望远镜一样的纵横捭阖。这种文学史视野，很大程度上归功于他有融入港台、进行亲身体察文学现场的诸多便利，也源于他敢于闯荡文坛是非场的勇气和智慧，更得益于他本人历经社会人生风雨而练就的文事剖析能力。

这些其他研究者未必都具备的因素，使得古远清的文学史著述在视野与方法、资讯与资料、现场感和人事感上别具一格，具备较强的可读性和可感性，也具备较强的当代性和即时性。这对于以关注当代中国文学进程为己任的当代文学史家而言，无论其识见深浅正确与否，能够写出独具特色、聊备一格的文学史著述，能够给同行和外行提供足资借鉴的文学场生态风云的资讯，本身就是一种莫大的贡献。一如真正的新闻特写和现场报道，在普遍性的新闻价

---

① 胡德才、古远清：《当代文论史：高难度的写作》，《当代文坛》2008年第4期。
② 同上。

值上，较之新闻的深度观察，二者其实并无高下之别。从这个意义上说，古远清的文学史著述，为中国文学史保留多样态的写作与观察视角作出了应有的贡献。正如戴天先生在论及其《香港当代新诗史》的贡献时所说的："古远清虽在他力所能及的认识角度，作出他以为公正平和的诠释，却仍对某些史实的推考与作品的分析，不免主观臆断之。但考虑到各种主客观的条件与限制，古远清锲而不舍、孜孜不倦，竟能汇集到相当丰盛的资料，且将其间的关系加以梳理与评估，撰成亦可称为体例兼备的第一本有关香港新诗发展的著作，则也不妨以乐观其成的态度，嘉许其草创之功，又或先且存为一说，以备后之来者，在其基础上作出更完美的论断。"①

二、古远清文学史著述的特征

古远清是一个特别强调私家治史的文学史家。他近20年来出版的当代中国文学专题史著述系列，从一开始多多少少有点剑走偏锋的《台湾当代文学理论批评史》写作，到如今颇成一家气象的"海峡两岸暨香港大中华文学史视野"的文学史著述，已经粗略在文学史立场、文学史观、文学史写作风格品格上别具一格了。概而言之，可称为"坚执的民族立场、泼辣的私家文学史观、新鲜细致的文学史料观、两不偏废的写作伦理"四个方面。

（一）坚执的民族立场

任何历史的写作都是有立场的，是"制度规约下的文学史写作"②，正所谓"一切历史都是当代史"。古远清的文学史著述同样不能自外于此，他自己也明白写文学史得受现行制度的规范。例如他的《香港当代新诗史》，戴天先生就明确而中肯地指出其"仍未能完全去除所谓'政治正确'的历史唯物主义

---

① 戴天：《嘉许其草创之功》，收入《古远清文艺争鸣集》，台湾秀威信息科技股份有限公司2009年版，第216页。
② 李杨：《文学史写作中的现代性问题》，山西教育出版社2005年版，第130页。

观点之类，却也没有肆意就将古今人等，戴上先进或落后的帽子"①。其实，诸如"历史唯物主义"在古远清的文学史著述里，并不是实质上的"政治正确"，那充其量是有大陆历史特色的主流学术思想方法而已。

实际上，更重要的政治，在古远清看来，是他坚执明确的民族立场。正如他在谈论其《台湾当代新诗史》时所说的："这与我个人写过陆、港、台三种当代文论史有关。我这本书只是大陆观点、大陆立场。'一个中国'就更不用讲了。"②乃至杨宗翰在评价《台湾当代新诗史》时也说："这部《台湾当代新诗史》的特殊之处，除了满到溢出来的政治色彩，还包括你不厌其烦地为每个诗人做'立场定位'。到目前为止，我还没看到哪个台湾诗评家敢这样做。"③

《台湾当代新诗史》之所以会有如此漫溢的政治"立场定位"，其实并不是因为政党政治，而是因为事关民族国家的政治。而任何一个有良知和民族感情的中国人，相信都会在海峡两岸关系问题上，带着明确的统一倾向。与其说这是一种政治色彩，不如说是一种坚执的民族立场。这恰恰是古远清文学史著述一以贯之的写作原则和基本特征之一。

（二）泼辣的私家文学史观

长期的当代文学专题史的写作，在古远清而言，写作的动力不是工作岗位的科研压力，更多的是一种有话要说的文学史家的"立言"冲动，都是属于无任何编写组、由个人单独撰写的当代文学分类史。古远清把自己的追求定位为"私家治史"，并对此有集中阐释，他说：

关于文学史的写作，我是主张私家治史的，这样观点和文笔容易得到统一，不必为贯彻领导或主编意图，将个人见解消融掉。对

① 戴天：《嘉许其草创之功》，收入《古远清文艺争鸣集》，台湾秀威信息科技股份有限公司2009年版，第217页。
② 杨宗翰：《与古远清谈中国台湾新诗史的书写问题》，《新诗评论》2008年第1辑，北京大学出版社2008年版。
③ 同上。

当代文论史的撰写，我还有一个偏见：最好不由圈中人执笔。以我来说，远在北京文坛中心之外，与所评对象大都缘悭一面，而且不在有中文系的名牌大学任教，因而写起来人情因素较少。当然，利弊总是并存的。不在漩涡中心便容易对某些情况不知内情；个人写史也难以集思广益；对有些自己不熟悉的领域可能难以写得深入。而且，工程太大，个人时间精力有限，难以在短时间内完成。

私家治史，虽然可以较充分地表达个人观点，但也不是没有任何拘束，个人见解都可以尽情发挥。毕竟在体制下的书写，不能无所顾忌。在文化态度上，我不算激进，但也决不保守。但可能在激进些的人们看来，我的有些观点显得有些陈旧；而在保守的人们看来，我已很出格了。

我这种个人化的写作，由于种种限制，不一定达到了很理想的境界，但我尽可能尊重历史，对认识的或不认识的、对身居高位或手中无权的评论家，我均一视同仁，按他们的文本说话。①

当然，古远清这种个人化写作尽管是一个矛盾，而且有时还被这矛盾折磨得很痛苦，但这痛苦的结晶，倒是让他在纷纭烦扰的文学史写作大潮中独树一帜，推出了一系列饱含新鲜泼辣的文艺私见的专题文学史著述。

正如1933年5月章克标在上海出版的《文坛登龙术》，1933年6月由"阮无名"（钱杏邨、阿英）编、由上海南强书局初版的《中国新文坛秘录》，1933年6月杨之华主编、由上海中华日报社出版的《文坛史料》，尽管遭到鲁迅等人的批评，仍不失为了解当时文学史时态与世态的重要参考资料，古远清专题文学史著述当然不能同一而论，但有一点是共同的，那就是新鲜泼辣的个人性文艺识见不时闪现其中——类似郁达夫所说的"文艺私见"吧。古远清专题文学史著述无疑也有不少与其他同题著述和其他学者的共识之处，但可贵的却是

---

① 胡德才、古远清：《当代文论史：高难度的写作》，《当代文坛》2008年第4期。

那些错彩镂金般的个人判断和充满着文坛人事动态和争辩风云的现场感受。如果说文学史的认知不仅仅局限于那些纲纲条条的结论和大判断，那么古远清这些著述里充满人情世故的文坛观察、那些不乏偏颇的个人性的小结论，对他人了解这个时代驳杂纠缠的文学场态，或许是很有意义的参考。对人们十分敬重的冯牧，古远清用将近一半的篇幅指出他的历史局限性。在"难以为继的文学批判运动"一节中，他则对20世纪80年代批《苦恋》事件作了重新评价。

　　在《海峡两岸文学关系史》的第一章第三节中，古远清新鲜泼辣的文艺私见也比比皆是。例如他曾别出心裁地对"师承鲁迅的一面光辉旗帜"的陈映真在1968年的牢狱之灾的原因进行了细致入微、实事求是的辨正和还原。古远清指出，陈映真此次被关入绿岛，根本的原因不是阅读鲁迅、《马列选集》，而是因为他和一些同仁成立"民主台湾同盟"①。显然，这样的澄清并不会损害陈映真"台湾斗士"的形象，但对于去除不少政治附会而来的文学意义增值，还原陈映真确切的文学左翼的转折进程、增进其文学左翼的历史意味的认知，无疑是有一定帮助的。

　　古远清文艺私见的新鲜泼辣，并不是一味追新，还包括他敢于做翻案文章，敢于掘"文墓"。这一点不仅在著名的"古远清咬嚼余秋雨案"中已是众人皆知，在其文学专题史的写作中也不乏例子。例如在《中国当代文学理论批评史》中，他对一些几乎被人们遗忘了的重要理论家，就大胆地给予了较多的关注，如张骏祥。这是一个在20世纪40年代就曾以袁俊为笔名发表了《边城故事》《山城故事》《小城故事》等一组多幕话剧、在当时剧坛最有影响的剧作家，后来转而从事电影编剧与导演工作，并成为新中国电影事业的主要组织者和理论家之一。但遍寻现在的现代文学史和当代文学史，几乎很难见其踪影，研究其戏剧电影成就的论文也极为罕见。而在古远清的《中国当代文学理论批评史》中，就有两节专论张骏祥电影理论的论述，一是"十七年"时期的《强调电影特性的张骏祥》，一是20世纪80年代的《提倡电影文学价值的张骏祥》。在他的《台湾当代新诗史》中，古远清甚至公开宣称自己"标新立

---

　　①　古远清：《海峡两岸文学关系史》（上），台湾海峡学术出版社2012年版，第139—140页。

异",他说:"拙著是海峡两岸首次出现写至2007年的《台湾当代新诗史》。这是以'隔岸观火''旁观者清'自居的大陆学人写的《台湾当代新诗史》。这是力求客观公正,让西化/中化、外省/本省、强势/弱势诗人均不缺席的《台湾当代新诗史》。这是既写诗人,又写诗评家的《台湾当代新诗史》。这既是一部诗歌创作史,又是一部诗坛论争史。这是富有挑战精神的文学史——挑战主义频繁的文坛,挑战割据称雄的诗坛,挑战总是把文学史诠释权拱手让给大陆学人的学界。"①

记得在一篇主客问答的文字中,曾有一句类似古远清夫子自道的话:"写文学史必须有智者的慧眼、仁者的胸怀和勇者的胆魄。"②这句话大致能够概括他为何新鲜泼辣的原因吧。

(三)新鲜细致的文学史料观

写当代文学的专题史,较之写当代文学史还要有资讯意识。分类越细,资料就越是千头万绪,特别是涉及文学圈里最有个性的诗人和批评家,则更是"不入虎穴,焉得虎子"。古远清的专题文学史著述偏偏多是"新诗史"和"批评史",这就决定了他必须掌握比他人新鲜细致的文学史料,当然也包括相关的文学人事动态与纷争信息。

因此,古远清的文学史专题著述在文学史料观上的第一个特点,就是新鲜。新鲜不一定就是最新发生,还包括少为人知的史料。这一点,在读到其《香港当代文学批评史》时颇有惊喜连连的感慨。在该书的第十九章曾对20世纪80—90年代的香港现代文学研究状况进行概括,如张曼仪的卞之琳研究、黎活仁的鲁迅和茅盾研究。也许是笔者识见寡陋,但发现古远清提及的这些研究成果其实识见非凡,但不知为何在大陆的相关学术研究论作中似乎关涉几希。例如该书也曾论及的黄继持,就曾写过一篇论鲁迅文艺思想的有名论文,还曾作为内部资料转载于中国社科院文研所办的《文学研究动态》中。此文所论相当深刻,甚至引起了当时大陆相关部门的高度注意。有意思的是,与黄继持这

---

① 杨宗翰:《与古远清谈中国台湾新诗史的书写问题》,《新诗评论》2008年第1辑,北京大学出版社2008年版,第215页。

② 古远清:《为台湾当代新诗发展提供"证词"》,《南方文坛》2009年第1期。

篇宏文类似的大陆相关论述汗牛充栋，就是不见有人引用过这文字。①就此而言，古远清的文学史料观之新鲜意味，确有充当引见"他山之玉"的帮手和扶手之功了。

　　古远清的文学史著述，最耀目的还有一点便是资料的细致淹博。这当然是以其较他人便利得多的港澳台地区往来和他极为丰富的资料收藏为基础的，尤其是他那间人见人叹的"古书屋"。由于这些资料信息很多是他作为有心人上探下求得到的，自然有着他人无法比拟的新鲜和细致。例如，为了写《台湾当代新诗史》，他说："我花了不少精力与金钱在买台湾书上。史料很少是别人送的，很多是我自己购买的。"②而为了写《香港当代新诗史》，他更是利用每次到香港的机会，"和各个山头的香港作家、诗人见面，在漫无边际的交谈中得到启发，了解到书本上看不到的一些诗坛秘辛"③。此书"描述了20世纪50年代至2007年香港新诗所走过的复杂而曲折的道路，对从舒巷城到林幸谦近50位诗人的作品一一加以评述。这当中既有按十年为一期的新诗发展描述，也包括诗歌思潮史、诗论史、论争史、诗刊出版史等项"④。此书以其丰赡备至的香港诗坛史料，不但总结了香港新诗发展的经验与教训，而且在史的基础上确立一套建构香港新诗史的话语，开辟了中国当代新诗史的特殊研究领域，为拓展、丰富中国当代文学史研究起了重要作用。

　　而为了将《台湾当代文学理论批评史》修订为《战后台湾文学理论史》再版，古远清甚至对许多章节进行大幅变动或增删，如增加了《南部诠释集团》专章、新写了六万字的《新世纪文论》，总共增加了近十万字的篇幅。而"每当写成一节，又发现新材料只好改写或重写"。最有意思的是修订本有一节的标题叫"台湾文学：充满内在紧张力的学科"，这是他从修订稿杀青时，因为看到台湾著名乡土作家黄春明因不赞成用闽南语写作，与"独派"学者发

　　①　黄继持：《鲁迅与马克思主义文艺思想》，（香港）《抖擞》，1981年第46期。《文学研究动态》1982年第5期转载。

　　②　杨宗翰：《与古远清谈中国台湾新诗史的书写问题》，《新诗评论》2008年第1辑，北京大学出版社2008年版，第219页。

　　③　古远清：《香港当代新诗史》前言，香港人民出版社2008年版，第4页。

　　④　古远清：《为台湾当代新诗发展提供"证词"》，《南方文坛》2009年第1期。

生争执而获刑两年的消息，临时补充增写的。正因为有着新鲜细致的资料在手的自信，古远清才敢说："但有一点我很自信，书中某些材料连台湾当地评论家也未必知道。这本书是有'我'的文论史，是有大陆学者鲜明主体性的专著。"①

（四）两不偏废的写作伦理

记得谢冕在给古远清的《中国当代文学理论批评史》一书所写的序言《书写作为一种责任》中说："中国当代历史难写，中国当代文学史更难写，中国当代文学理论批评史则是难中之难，最难写。"为什么当代文学理论批评史的写作有如此难度呢？根本原因之一是它并非学术史探究，而主要是政治与人事纠结的离析。倘若没有练达的眼光、学术的勇气和亲历者观察，容易导致偏颇，尤其是人与文（言）、人与事往往不对位的情况下，究竟该如何考量其在相关专题史上的论说？古远清贯彻的是"两不偏废的文学史写作伦理"，正是本着这种辩证的写作伦理，古远清坚持"当代文学可以写史，只不过这'史'不具有经典性，因此，我的当代文学理论批评史在写法上每节字数不要求统一，依据有话则长、无话则短的原则处理。认为凡文学现象必须经过时间筛选才能写史，这是片面的。时间的筛选固然是最公正的，可文学史家的整理与确认，也是一个重要方面，且应看作是当代文学研究者义不容辞的职责"②。

抱着人与文分而不离、两不偏废辩证的文学史写作态度，古远清写出了属于自己的批评史、新诗史。对他来说，书写是一种责任，也是一种乐趣。这也正是他从事那些文学专题史写作的意义，因此谢冕评价他是以"专门要和历史硬碰硬"的精神，"挑选了一件最难做的事来做"③。他自己也"继续像老农一样在台湾文学这块园地里火种刀耕"④。

---

① 古远清：《在"险学"道路上攀行——〈战后台湾文学理论史〉后记》，《社会科学动态》2017年第7期。

② 胡德才、古远清：《当代文论史：高难度的写作》，《当代文坛》2008年第4期。

③ 谢冕：《中国当代文学理论批评史》"序言"，山东文艺出版社2005年版。

④ 古远清：《在"险学"道路上攀行——〈战后台湾文学理论史〉后记》，《社会科学动态》2017年第7期。

人与文两不偏废的例子，在古远清六部专题文学史的写作中数不胜数。最令人印象深刻的，当数《台湾当代新诗史》第三章第五节中对"纪弦是'文化汉奸'"一案的剖析和挖掘。这个公案既涉及中国现代文学史史料的发掘整理，又牵及台湾当代文坛诗坛诸多的文化政治、人事纠葛的是是非非。该书能本着实事求是、一分为二的态度得出纪弦"无疑参加过一些汉奸文化活动，与那些恪守民族气节、敌我界限分明、洁身自好的爱国作家有本质不同。他属于民族立场歪斜、民族气节亏败、正义观念沦丧的大节有亏的作家"的判断，并且认为"纪弦的历史问题，不影响他后来为台湾诗坛开一代诗风的贡献，更不能因为他在抗战期间一度亲近'大东亚文学'，而否定他在这一时期创作的别的题材的作品和对现代诗的探索乃至对整个中国诗坛的贡献"①。

　　不可否认的是，无论如何评判，文学史的叙述总是有其洞察与盲视之处，更不要说古远清这些以私家治史的态度写作的专题文学史著述了。难得的是古远清对此有着清醒的认识，他曾联系自己的写作体会说："写文学史不一定要得到被评对象的认可，应允许史家有不同看法。对有'南姚（文元）北李'之称的李希凡先生，也许还可以写得更严酷一些，但文学史不应等同文学批评，只能点到为止。至于张炯先生，我对他很尊敬，彼此也有交往，但我总觉得他主编的国家级项目文学史，史料错误太多，有时一页多达五处，这有损他的形象。我虽然没有给他设专节，但还是给足了篇幅论述他的文学评论道路，并认为他的起点比谢冕先生高。""我注重论从史出，力图写出的是一部充满'事实'的文学史。书中有较多对评论家个案的研究。一般先介绍评论家的生平及其著述，力求体现史的真实性和完整性，然后再对其理论主张的得失和在当代文论史上的地位作出评价，使著作兼具学术价值和史料价值。"②

　　而面对来自台湾的批判和余秋雨的诸多评论，古远清也同样坦然视之。他说："由于意识形态不同，他们（台湾）无法接受我们'双古'的著作，特别是拙著《台湾当代文学理论批评史》，这完全可以理解。俗话说得好：'不批不知道，一批做广告'，他们的批判只当是对我的书做义务宣传。使我感激

　　①　古远清：《台湾当代新诗史》，台湾文津出版有限公司2008年版，第89页。
　　②　胡德才、古远清：《当代文论史：高难度的写作》，《当代文坛》2008年第4期。

的是，他们多次批判我均对事不对人，当然更谈不上彼此对簿公堂，其中有的论敌后来还成了'相逢一笑泯恩仇'的朋友。至于对余秋雨先生的评价，我会像对所有其他在当代文艺理论批评史上作出过贡献、产生过影响的理论家一样，力求秉持公心，不带偏见，给予客观的评价。好处说好，坏处说坏。"①

三、古远清华文文学研究的问题、方法与意义

（一）"险学"之路："在场"的海外华文"文学现场"

和许多从事华文文学研究者不同的是，古远清喜欢"明知山有虎，偏向虎山行"。尤其是他从事的台湾地区文学理论批评史的写作与修订，每每被他自嘲为从事一门"险学"②。事实上，海外华文文学研究之所以"险"，很大程度不是因为研究对象的"险"，而是研究者本身要"冒天下之大不韪"的"险"。华文文学研究不存在大一统的标准，也没有非得甘拜下风的"屋檐"，也不存在锅碗瓢盆是谁家的问题，更不存在能靠这个对象吃干饭的问题。研究者与研究对象之间没有必然的关系，如果有，那就是研究者的"问题"与"方法"的关联。

显然，这样一种天然、自然的关系，在大陆文学研究里几乎是不存在的。即便是在澳门地区，据朱寿桐先生介绍，写一本文学史也会涉及人情纠缠。让谁入史谁不入史，这也是很耐人寻味的澳门问题。古远清显然明了华文文学这一独特的文学现场生态，也明白自己的研究处境。对于"险学"，妄想"一夫当关万夫莫开"，无疑是不识时务，于是，古远清选择了旁观与洞察的姿态，机智地选择成为一名在场的文学生态写真者，而且是"老者"——所谓"老古"，其一是也。

事实上，有识之士者早就看到了古远清在文学"现场"方面的贡献。③的

———————————

① 胡德才、古远清：《当代文论史：高难度的写作》，《当代文坛》2008年第4期。

② 古远清：《在"险学"道路上攀行——〈战后台湾文学理论史〉后记》，《社会科学动态》2017年第7期。

③ 古远清：《台湾新世纪文学史》自序，花木兰文化出版社2016年版。

确，既然是文学生态写真，要的就是"鲜活"的"存真"，首要是记录现场，描摹场态，纵览全局，一览大小。差之毫厘谬以千里的风险在这里被规避了，争取更周全、更细致、更客观地呈现研究区域里的文学风云，是古远清几乎所有文字的内在追求。有人戏谑古远清的华文文学研究是"萝卜快了不洗泥"，这是事实，但也真是古远清相关著述的优点。文学现场的在场写真，重要的是拔出萝卜。拔出萝卜带出泥，真是勇者勘探文学生态、发掘文学现场的首要任务。至于进一步的研究，进而洗掉泥巴、细究萝卜种属、分析营养，从而得出更多的真知灼见，自是很重要，但无论如何，前沿扫描的侦查员的功夫和责任无疑是不应该被埋没和奚落的。

古远清的文学现场的贡献，除了兢兢业业守望的努力和不懈扫描的决心之外，还有他敢于"在场"的勇气、能力。最典型的是他2013—2016年一人编纂的四大本《世界华文文学研究年鉴》。这是一本不屑进入学术评价机制的年鉴，一本表达华文文学研究民意的年鉴，一本瞭望华文文学研究窗口的年鉴，一本特立独行、个人色彩浓烈的年鉴，一本不断创新、保持争鸣锐气的年鉴。离经叛道的编辑思路，个人色彩浓烈的"编著"，一定会引起有些人的不满和批评。这不满和批评，也正是这本年鉴的魅力所在。

笔者虽并非专业的华文文学研究者，但也偶尔涉猎若干。几年前曾因访学两度到台湾，也在机缘巧合中拜会了若干台湾文学方面的人士，亲身体会到了台湾文学生态的驳杂、泥沙俱下，其情态比大陆要严峻得多。也许是没有大陆的大一统固定格局，尤其鱼龙混杂。能深入的人士，要么有屁股正确的执着，要么得有拔腿就走的能力。古远清应该是后者，毕竟以古远清的贡献、年纪和能力，也不会有人过度为难他吧。

是故，以真性情作华文文学"写真"，毫无疑问，古远清应该是"第一"。圈内有不少人调笑说从事华文文学研究属于哪一流，那固然是玩笑，然而，古远清这种独特的华文文学研究的高度与气度，不拘泥于哪个作家流派或团体的研究与深入，转而选择对文学现场的写真、观察的态度与书写实践，以

"政治天线"接收"文学频道"①，在错位中发现真知，在矛盾悖谬中洞见真理，就不再是"入流"与"出流"的问题，而是"截断众流"的守望与责任。这无疑是另一种角度、高度与气度。

（二）"问道"：立足华文文学问题的前沿

古远清的华文文学研究，很重要的比例是相关史著的大胆描摹与著述。但支撑其私家著史的内在底气，却是他对待相关严肃学术思考时的坚韧学术勇气，如鲁迅所说的"纠缠如毒蛇，执着如怨鬼"。这一点，在其两本自选集《耕耘在华文文学田野》②和《华文文学研究的前沿问题》可见一斑。

古远清为人谦和，在对文学现场进行观察与写真时，似乎颇有些"兼容并包"，但他也是个较真的人。他对待研究与出版的关系的自况言语，可以移评于他对华文文学前沿问题的探索。古远清曾说："我先后在海内外出版了50多本书，我不觉得自己从不自费出这些书有什么'公关术'。我最大的本事就是等待。没有行政资源的我，其心一直处于静态，一直在等待之中。当然，等待的结果是什么，有哪个出版社肯花巨资出这么厚的著作，谁也难以意料。有道是，等待是人生的驿站。等待可使著作精心敲打，修订得更理想。在滚滚红尘中，我等待着好运的降临。"③

为此，古远清关注了21世纪华文文学研究的前沿理论问题，如"华文文学"与"华人文学"的概念之辨，"海外华文文学"与"世界华文文学"的正名，是"语种"还是"文化"的华文文学的观念为正宗？……诸如此类，概念之争，在古远清那里也是"必也正名乎"的严肃认真的大事情。

不仅如此，见多识广、跋山涉水过来的古远清，也能从夏志清夫人王洞"爆料"的"文学花边"中，洞幽烛微，论及夏志清的评价问题；能发人未发，敢于挑大名鼎鼎的藤井省三的《华语圈文学史》的大刺。至于古远清别具

---

① 古远清：《在"险学"道路上攀行——〈战后台湾文学理论史〉后记》，《社会科学动态》2017年第7期。古远清：《台湾新世纪文学史》自序，花木兰文化出版社2016年版。

② 古远清：《耕耘在华文文学田野》，台北猎海人出版社2015年版。

③ 古远清：《在"险学"道路上攀行——〈战后台湾文学理论史〉后记》，《社会科学动态》2017年第7期。

只眼开说的"逃亡港澳到定居珠海"的那批"外流（偷渡）作家"，其意义更是事关当代中国史的"幽暗"传统和"抽屉文学史"的问题。①

古远清对"问道"的认真、细致与执着，最让笔者记忆深刻的一件事，却是关于陈映真的一则重要史料。众所周知，关于陈映真的"台湾左翼"代表人物的一个重要细节，便是1968年他因组织"民主台湾联盟"被捕并入了政治犯监狱②，后因特赦提前三年出狱。此事相关材料和原委，不仅陈映真本人对此毫无介意与掩饰，在古远清的《海峡两岸文学关系史》（上）③中也叙述得非常详尽，但许多论者仍然喜欢选择模糊了事，为尊者讳，而且多有出位之思。④相形而论，古远清刨根究底的精神显得那么率性、坦诚、朴素、可贵。

四、一个人的长征：关于"古远清现象"

学界所谓"古远清现象"，最初是20世纪90年代初期湖北评论家对古远清从事文学专题史写作硕果累累的一种概括，大概是指他的学术专著写得快，出得快（不交钱的），影响大。当然也不无戏谑其"萝卜快了不洗泥"的写作速度的意思。⑤倘若不虑及过多的牵绊，单就文学史写作"为何"与"如何"的意义上来考量，古远清的专题文学史写作现象与价值，是值得人们反思再三的。

为何写史？俗话说"以史为鉴""史鉴知真"，广义的文学史当然不仅仅是文学自身的历史。尽管文学专题史远远比一般的文学史要狭窄，甚至有

---

① 参见古远清：《华文文学研究的前沿问题：古远清选集》，花城出版社2016年版。

② 关于此事的政治定性，陈映真自己很明确。见《专访陈映真》：杨渡采访，王妙如记录整理，《文艺理论与批评》2000年第2期。

③ 古远清：《海峡两岸文学关系史》（上），台湾海峡学术出版社2012年版，第139—140页。

④ 笔者曾撰写一篇关于陈映真左翼思想发展进程的小文，用到这一史料。但先前投某台湾研究的刊物时，该刊物主编竟然来邮件质问本人的写作动机，结果自然是不通过。后来拙文《反抗虚无、身份认同与历史言说的葛藤——陈映真"文学左翼"意味及省思》，承蒙乔学杰先生抬爱，刊发于《郑州大学学报》（哲社版）2013年第3期，后被《人大报刊复印资料·中国现代、当代文学研究》2013年第9期全文转载。

⑤ 徐成淼：《古教授》，《福建文学》1994年第9期。

文体专门史的局限,但就当代文学里的诗歌史、批评史而言,显然也不到就文体谈文体的沉淀时期。因此,就当代文学的专题史而言,古远清的写作显然存在一个"存真"与"知真"的权衡、取舍的问题。"存真"意义上的当下文学史,作者能做的,自然是尽可能穷搜博览各种渠道、形式、立场和类别的史料,以资讯史料的丰赡详尽为首要目的。"求真"意义上的当下文学史,对作者的考验不仅仅是史料的掌握,还包括史学识见的高度、问题真义洞见的深度和学术品格的硬度。这对于香港、台湾这些地区的当下诗歌史和批评史的考察而言,就一个内地学者而言,在目前的语境下无疑几乎是不太可能的。既然如此,当代尤其是当下文学专题史的写作就是难能可贵的一项事业。用谢冕先生"序言"中的话说,那就是"书写作为一种责任"。古远清正是以"私家治史"的态度敢于担当这类吃力不讨好的"书写责任"的学者。

要为当下正在发生或刚刚发生不久的文学专题写史,既要"存真"也要"求真",这样的文学史著述该如何写呢?我认为古远清的系列专题史写作,给我们提供了丰富的启示和教益,那就是:一方面,以文学史料的丰赡来"存真",从而获得一种文学史在场的现场感;另一方面,以尽可能辩证客观的学术态度来"求真",从而争取一种理性探究的可信度;再者,还应该保有一种当下人写当下史的历史敬畏感,进而让自己的书写有一点伦理分寸感。

就古远清的写作而论,由于是为当下的文学进程写史,自然会有诸多人事的因素。而在当前资讯爆炸的时代,尤其是香港、台湾这些资讯高度发达、社会活跃度较高、人员构成与流动都较内地庞杂得多的地方,要想写出让置身香港和台湾的诗人和批评家、学者们都有一定认可度的专题文学史,的确是有着相当难度的挑战。有鉴于此,古远清的写作还是选择了"存真"第一的策略,即尽可能全面地保存相关史料,通过一些兼容度大的专题或个案,将所涉史料尽可能地容纳进去。在此基础上,古远清又凭着自己的人生识见、学术操守和历史理解,用其点点滴滴汇聚起来的相关文学史知识判断,以"求真"的学术态度将这史料进行勾连比对,尽可能得出自己的文学史概括和认识。正因为如此,其"完全是从个人兴趣出发编撰的、并无接受官方的任何资助"的《台湾当代新诗史》,被认为是"写出了外省与本省诗人之间的恩怨与纠缠、强势与弱势诗人之间的压迫与共谋，这是可贵的"[①]。而其《海峡两岸文学关系史》，也被赞誉为"从文学交流的角度切入，把两岸文学融合起来写的""一部能激发两岸文坛活力的一部文学关系史"[②]。

瑕不掩瑜，古远清的文学专题史著述，的确还存在一些可以讨论和需要精进的问题，如一些判断和论说的准确度和分寸感，一些专题论说在不同著作中的"自我复制"，也包括一些过犹不及的"非左即右"的"方法论上的盲点"[③]等。但这些仍旧是学术范畴内的问题，可以切磋。

（本节撰稿者：刘红娟，华南农业大学副教授）

① 古远清：《为台湾当代新诗发展提供"证词"》，《南方文坛》2009年第1期。

② 胡德才、古远清：《当代文论史：高难度的写作》，《当代文坛》2008年第4期。

③ 高準：《纠正与再申论——敬覆古远清先生》，台北《传记文学》2009年9月号。

第二节　全方位投入的学者：熊国华

　　与一般海外华文文学研究者不同的是，熊国华教授不是研究中国现当代文学而是研究中国古代文学的学者，曾被认为是20世纪研究《世说新语》有成就的学者之一①，而后转入台港澳地区和海外华文文学的研究。熊国华祖籍湖北黄陂，1955年出生于湖南湘潭。1970年进湖南常德灯泡厂当工人，1978年考入湘潭大学中文系，1982年毕业留校任教。1988年获得硕士学位后，调到广东教育学院中文系（现为广东第二师范学院）任教，直至退休。因为一个偶然的机会，他在20世纪90年代初介入台湾新诗研究，近30年来孜孜不倦，锲而不舍，逐渐成为台港澳地区及海外华文文学研究的知名学者。

一、从台港诗歌研究到《美国梦》

　　熊国华读研究生时主攻魏晋南北朝文学，来到广东教育学院中文系后担任唐宋文学教学工作。因为他在《湖南文学》1990年第3期发表了一首新诗《象鼻山》，被同事伍夫楹教授发现，推荐他参加编写《台湾新诗鉴赏辞典》（北岳文艺出版社1991年版），于是，熊国华跟台湾《创世纪》诗杂志创办人之一的著名诗人张默建立了通信联系，并受到张默、洛夫、痖弦、向明、张香华、简政珍、绿蒂等诗人的赏识，在台湾的《创世纪》《文讯》《幼狮文艺》《明道文艺》《尔雅人》《中华日报》《台湾新闻报》，以及大陆的《台港文学选刊》《广东社会科学》《理论与创作》《诗探索》《写作》，以及《华夏诗报》《广州日报》《太原日报》等报刊发表了几十篇台湾现代诗人的评论，

---

　　① 　刘强：《二十世纪〈世说新语〉研究综述》，《文史知识》2004年第4期。

并撰写《从奔放到澄明——张默诗作研究鉴赏》（内蒙古人民出版社1994年版），受到好评。熊国华像一匹"黑马"，以实力闯入台湾诗歌研究的领域。

由于众所周知的历史原因，大陆与台湾在1949年之后隔绝了将近40年。大约20世纪80年代末90年代初，两岸关系逐渐缓和改善，允许探亲互访。当年洛夫一到广州，就跟《华夏诗报》主编野曼，花城出版社总编辑、诗评家杨光治说，要见一见广州的熊国华。那时野曼和杨光治都不知道熊国华是何许人也，洛夫说是广东教育学院的教师。野曼马上打电话到广东教育学院，几经周折才找到熊国华。后来，野曼邀请熊国华进《华夏诗报》做兼职编辑，加入由他和香港著名诗人犁青创办的国际诗人笔会，推荐熊国华的评论《讴歌改革开放的新时代》在《诗刊》发表。杨光治也主动约稿，热情地介绍熊国华加入广东省作家协会。于是，从湖南到广东不久的30多岁的熊国华，开始在广东文坛乃至中国诗坛崭露头角。

熊国华以台湾新诗研究为基点，由点到面，逐步扩展到香港、澳门和海外华文诗歌研究。他对香港著名诗人犁青做了深入研究，论文《审美视角的世界性拓展——犁青诗作散论》，发表在《香港文学》1995年第6期。评论香港实力诗人的《绿色的耕耘——论盼耕诗歌的唯美主义倾向》，发表在香港《当代诗坛》1999年1月总第26期。他曾经担任过两届"澳门文学奖"新诗组评判，对澳门新诗比较熟悉，并多次在《澳门日报》发表诗作和文章。他的综述性评论《世纪之交的澳门诗歌》，发表在《诗刊》1999年第11期。在一次国际性学术会议上，有人向熊国华推荐了美国华文诗人刘荒田的诗集《北美洲的天空》。他读后觉得是一部原生态的反映海外华人草根移民心态的优秀诗集，不仅马上撰文评论，还全面深入地研究了刘荒田的所有诗歌，写了《刘荒田抒情诗赏析》（长江文艺出版社1993年版）。这是第一部研究刘荒田文学成就的专著，也是当时评介美国华文诗人为数不多的专著之一。他还先后给美国华文诗人王性初、老南、周正光、纪弦、非马、郑愁予、叶维廉、张错、北岛、严力、程宝林，澳洲华文诗人芦荻、雪阳、璇子、庄伟杰，比利时诗人章平，新加坡诗人陈剑，马来西亚诗人吴岸、秋山，越南诗人林小东，菲律宾诗人吴新钿等几十位海外诗人写过评论。

熊国华是一位兴趣比较广泛的学者，他的研究以诗歌为主，但又不仅仅止于诗歌。刘荒田移民美国的文学创作早期以诗歌为主，出版了《北美洲的天空》《异国的粽子》《旧金山抒情》《唐人街的地理》等诗集，在海峡两岸获得四次诗歌奖。大约20世纪90年代以后，他转向以散文创作为主。刘荒田的第一部散文集《唐人街的桃花》（珠海出版社1996年10月版），是由熊国华推荐给出版社的，并且出版社还给了作者稿费。从此，刘荒田一发而不可收，迄今已出版散文随笔38部，在许多报刊开设专栏，传说在美国有中文刊物的地方就有刘荒田。熊国华作为刘荒田诗歌研究的专家和先睹为快的读者，自然不会忽视他的散文，第一时间撰写了《"才情"并茂的刘荒田》（见《台港与海外华文文学评论与研究》1997年第3期）。意犹未尽，次年熊国华又写了《刘荒田散文的审美特征》，从美学的层面探讨其艺术成就（见《珠海》杂志1998年第6期，美国《美华文学》1998年8月号转载）。接下来，他又写了《异国浮生的心灵诉说——读刘荒田的〈旧金山浮生〉》（见《美华文学》1999年7月号）。可以说，熊国华把刘荒田作为追踪研究的重点对象，仅2002年就写了《生动的人生教科书——读刘荒田随笔集〈美国世故〉》（见《新快报》2002年1月12日）、《"假洋鬼子"的真实》（见《中华读书报》2002年1月30日）、《遥读荒田二题》（见《美华文学》2002年11月号）。天道酬勤，水到渠成，《刘荒田美国笔记》（河北教育出版社2008年版），2009年获得首届"中山杯"华侨文学奖的"最佳散文奖"。其颁奖词写道："刘荒田的名字与旧金山无法分开，在他的笔下，旧金山是写不尽的，二十多年来，他用生命聆听一座城市的心跳，他用精妙的细节刻绘形形色色灵魂的悲欢。作为一个胸怀中国心的游子，他在中与美的空间置换、东方与西方的视角融汇中，不断拓展和丰富他的散文天地。他正在把汉语叙事的魅力发扬到一个新的境界。"这是世界华文文学最权威的大奖，并列获奖的人都是大名鼎鼎的作家：洛夫获得"最佳诗歌奖"，张翎、严歌苓分别获得"评委会特别奖"和"最佳小说奖"。这次获奖无疑增强了刘荒田的文学自信，实至名归，奠定了他在世界华文文学史上的地位。刘荒田的散文真实地以"草根"移民日常生活琐事书写为主，展现了一代新移民的生存状态和心路历程，刻画了美国社会中下阶层各色人种的众生相。在表现形式上大胆合理地采用现代诗、小说、戏剧、电影的表现手法和技巧，呈现出一种"跨文体”倾向，在文体写作上接近一种随心所欲的自由状态，能够更好地表现一系列复杂的全球性主题。程国君教授认为，刘荒田“把20世纪80年代以来贾平凹、余秋雨等推动的文化大散文和简媜唯美式散文的探索推向了更为质朴与大众化的道路，有效地推动了现代散文艺术的发展”①。

在诗歌、散文评论之外，熊国华也写小说评论。重点研究对象是美国旧金山的黄运基先生。黄运基是前美国华文文艺界协会会长，著名作家、翻译家、报人、华侨领袖，“美中人民友好协会”的五位创始人之一。他祖籍广东斗门，爷爷和父亲都是美国华侨。20世纪40年代末，他15岁移民美国，没上岸就被关进天使岛移民拘留所。50年代他在军队服役期间，因撰文主张美中建交，被当作“非美”行为而勒令“不荣誉退伍”。60年代在“坦白运动”中，他被投进监狱，取消国籍，为此他跟美国政府打了十年官司，最终获胜，维护了华人权益。70年代他用200美元起家创办了《时代报》，创刊号报道尼克松访华的“破冰之旅”。1979年1月1日在美国华文报纸中首先独家报道：美中两国正式建立外交关系。他曾经三次采访过邓小平，受到周恩来、廖承志等国家领导人的接见。80年代以来，他致力于美中文化交流，承印《人民日报》（海外版），邀请和接待过数以百计的中国作家和留学生，以至于他在旧金山日落区的住宅被称为“中国作家之家”。90年代他创办了一份纯文学双月刊《美华文化人报》（后改版为《美华文学》），不仅在理论上大力倡导“华侨文化”“华侨文学”，而且与中国大陆的沈阳出版社合作主编了一套“美国华侨文艺丛书”，为华文作家提供发表园地和出版机会，架设了中美作家沟通的桥梁。在他周围形成了一个以中国内地新老移民为主体、以描写下层华人移民生活和华侨创业历史题材的“草根文群”，以区别于早期的“台湾文群”。黄运基从小受巴金小说《激流三部曲》的影响，把自己创作的三部长篇小说定名为《异乡三部曲》，主要著作还有中短篇小说《旧金山激情岁月》、散文集《唐人街》，以及时评政论集《黄运基选集》四卷等。熊国华认真拜读了黄运基的所有作品，撰文《美国华侨生活的历史画卷——评黄运基的长篇小说〈奔流〉》（见《美华文化人报》1997年10月号），充分肯定了其小说在反映早期

---

①　程国君：《刘荒田与现代华语散文的文体创新》，《当代文坛》2015年第4期。

华侨移民生活方面具有"真实独特的历史价值",还从"真切感人的华侨心态""栩栩如生的人物画廊"等层面分析了小说艺术特点。2012年黄运基的最后一部长篇小说《巨浪》出版,熊国华在序言中写道:

> 华人移民美国已有200多年历史,即使从1848年加州爆发"淘金热"引起大规模移民算起也有160多年了。如何描述这一世界性的移民现象,挖掘其中所蕴含的深厚的社会历史意义,是文学艺术所面临的一个不可回避的难题。美国著名华人作家黄运基先生,以自身移民美国大半个世纪的人生经历和广博见闻为背景,创作了长篇小说《异乡三部曲》,其第一部《奔流》、第二部《狂潮》,已经先后于1996年和2003年由沈阳出版社推出,受到海内外文学界的好评,第三部《巨浪》也于2012年由广州花城出版社出版。三部曲在故事情节、人物形象等层面互相衔接、层递发展,构成了一幅华人百年移民艰苦奋斗自强不息的波澜壮阔的历史画卷,生动描述了华侨从被"卖猪仔"挣点钱回国"落叶归根"到华人不断争取民主人权、参政议政,在美国"落地生根"的过程。《巨浪》的问世对于黄运基跨越两个世纪和中美历史风云的《异乡三部曲》,可以说是画上了一个圆满的句号。①

鉴于黄运基在新闻、出版、翻译创作和美中文化交流等方面作出的宝贵贡献,美国旧金山市议会通过决议,由市长威利·布朗宣布:1998年2月1日为"黄运基和美华文化人报日"!这在美国华侨移民史上,是一个具有纪念意义的事件。

熊国华不仅写诗歌、散文、小说评论,也比较擅长写人物传记。他熟悉魏晋南北朝和唐代的历史,曾经在《中国历代谋士》(中国人事出版社1991年版)中写过诸葛亮、鲁肃、魏征的传记。2000年他随大陆诗人代表团访问台湾,去柏杨、张香华伉俪家做客访谈,回来后写了一万多字的《柏杨:穿越

---

① 黄运基:《巨浪》,花城出版社2012年版,第10页。

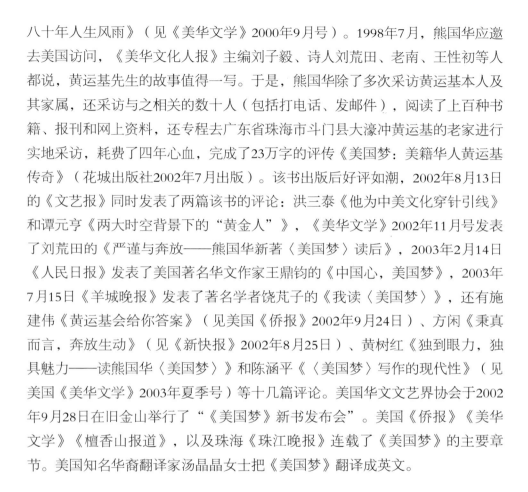

八十年人生风雨》（见《美华文学》2000年9月号）。1998年7月，熊国华应邀去美国访问，《美华文化人报》主编刘子毅、诗人刘荒田、老南、王性初等人都说，黄运基先生的故事值得一写。于是，熊国华除了多次采访黄运基本人及其家属，还采访与之相关的数十人（包括打电话、发邮件），阅读了上百种书籍、报刊和网上资料，还专程去广东省珠海市斗门县大濠冲黄运基的老家进行实地采访，耗费了四年心血，完成了23万字的评传《美国梦：美籍华人黄运基传奇》（花城出版社2002年7月出版）。该书出版后好评如潮，2002年8月13日的《文艺报》同时发表了两篇该书的评论：洪三泰《他为中美文化穿针引线》和谭元亨《两大时空背景下的"黄金人"》，《美华文学》2002年11月号发表了刘荒田的《严谨与奔放——熊国华新著〈美国梦〉读后》，2003年2月14日《人民日报》发表了美国著名华文作家王鼎钧的《中国心，美国梦》，2003年7月15日《羊城晚报》发表了著名学者饶芃子的《我读〈美国梦〉》，还有施建伟《黄运基会给你答案》（见美国《侨报》2002年9月24日）、方闲《秉真而言，奔放生动》（见《新快报》2002年8月25日）、黄树红《独到眼力，独具魅力——读熊国华〈美国梦〉》和陈涵平《〈美国梦〉写作的现代性》（见美国《美华文学》2003年夏季号）等十几篇评论。美国华文文艺界协会于2002年9月28日在旧金山举行了"《美国梦》新书发布会"。美国《侨报》《美华文学》《檀香山报道》，以及珠海《珠江晚报》连载了《美国梦》的主要章节。美国知名华裔翻译家汤晶晶女士把《美国梦》翻译成英文。

二、集创作、评论、编辑于一身的学者

像20世纪50年代出生的文学青年一样，熊国华从小就有一个"作家梦"。大学期间在报刊上发表过几篇小说和散文，后来因身体不太好转写诗歌。现为中国作家协会会员、中国诗歌学会理事，已经出版《世纪风景》、《熊国华短诗选》（中英对照）、《与石榴对话》、《旋转的世界》四部新诗集。诗作入选《世界当代诗人大辞典》《国际华文诗人百家手稿集》《21世纪中国文学大系》《21世纪诗歌排行榜》《中国新诗年鉴》等。人人文学网2014年度网络文学奖"诗歌特别奖"的《颁奖词》指出："诗人熊国华，古典诗学功底深厚，

几十年如一日，孜孜以求，建立了他的诗歌王国。他赋予诗歌以揭示、阐述、澄清、转化的力量。大处着眼，小处落笔，让日常生活诗意化、生命化、个人化。诗句常常采取幽默的方式，讽刺与批判社会现象。诗人以悲悯情怀，呼唤世人善待地球，敬畏生命与自然，免世界于沦亡，把忧国忧民的传统精神提升至忧地球与人类的高度。"他于2015年退休后，仍然保持着旺盛的创造力，经常有诗作和评论在海内外报刊和新媒体上发表，并入选年度中国诗歌排行榜。《光明日报》、《文艺报》、香港《中外要闻》和美国《中外论坛》等报刊，曾发表过对熊国华诗歌艺术成就的评论。

基于对文学创作的过程、技法和语言策略的切身体验，使得熊国华的文学评论不至于陷入理论与作品两张皮的空泛之谈，而是进入作者的思维和艺术空间，常常能发掘其精妙之处，深得其"文心"和"诗心"。他精通中国古代文论的文献、考证、感悟、评点、知人论世等方法，也熟悉各种西方现代批评方法，能够做到理论与实际、理性与感性的融会贯通。他做张默诗歌研究，搜集阅读了能够找到的所有张默的作品和相关资料，以及两岸关系的背景资料、同期诗人对比的资料。《从奔放到澄明——张默诗作研究鉴赏》一书中的文章大部分都在报刊发表过，尤其以宏观视野与细读功夫见长。为了写《刘荒田抒情诗赏析》一书，他专程坐长途汽车去诗人的老家——广东省江门市台山大江镇荒田村实地考察调研。经杨光治先生大力推荐和精心策划，1990年2月花城出版社隆重推出洛夫诗作分类精选《诗魔之歌》，这是洛夫在大陆出版的第一本自选集。熊国华读后爱不释手，花了两个月时间写了一篇万字论文《"诗魔"的艺术魅力——论洛夫的〈诗魔之歌〉》（见《创世纪》诗杂志1993年4月春季号），甚得洛夫诗心。1994年《创世纪》成立40周年社庆，由痖弦、简政珍主编的《创世纪四十周年评论选》[①]，每位创世纪诗社的同仁只能收入一篇专家的评论，洛夫竟然选中了熊国华的这一篇。洛夫晚年的长诗《漂木》（台北联合文学出版社有限公司2001年版），是诗人70多年生命体验和思想探索的艺术结晶，也是集洛夫一生诗歌创作经验和心血的巅峰之作。2014年10月10日，深圳第三届"扶正诗歌奖"颁予洛夫"终身成就奖"，并隆重推出《漂

---

① 痖弦、简政珍：《创世纪四十周年评论选》，创世纪诗杂志社1994年版。

木》中英双语版，附录了两篇评论，其中一篇是熊国华的《论洛夫〈漂木〉的意象创造及经典意义》①。至于散文评论，他写得不多但也出手不凡。现居纽约的著名华文作家王鼎钧，是学界公认的散文大家。熊国华的《故乡在梦中——王鼎钧〈中国在我墙上〉解读》（见美国《侨报》2017年12月31日），得到王鼎钧本人的称赞。另一篇散文评论《故国风雨总是情——读刘荒田〈故国看雨〉》，也被《文学沙龙》2018年1月19日头条刊发。熊国华偶有散文见于报刊，《穿天岩遐思》一文被选入中小学语文自修教材《清远文学读本》（新世纪出版社2013年版）。

由于《美国梦》出版后在海内外产生了一定影响，2003年3月22日，在广州市隆重举行了一次高端的"《美国梦》学术研讨会"。由广东教育学院海外华文文学研究所、美国华文文艺界协会、中国世界华文文学学会、花城出版社、广东珠江文化研究会联合举办。与会的著名学者、作家有：饶芃子、蒋述卓、黄伟宗、许翼心、杨光治、郑心伶、洪三泰、于力、雷铎、钟晓毅、王列耀、詹秀敏、陶原珂、戴胜德、黎山嵶、邹建军、萧映、刘劲予、谭海生、姚晓南、陈涵平、熊国华，来自香港特区的曾敏之，来自美国的黄运基、刘子毅等40余人出席了研讨会。蒋述卓认为："《美国梦》的写作具有一种里程碑式的意义，这种意义体现在两个方面：一是把移民史的写作由过去侧重于揭示辛酸苦难转向成功与贡献的描绘；二是把过去侧重经济领域的人物塑造改变为对移民在文化和文学领域的典型描写。这两种转变大大拓展了华人研究和华文文学研究的视野，也必将在这些领域带来更丰硕的研究成果。"②作家洪三泰认为："《美国梦》写作的一个重要特色就是将个人命运和历史风云结合起来，在宏阔的历史背景中和特殊的时空条件下来展现一颗独特的灵魂。"③陈涵平博士从写作技巧的角度概括了《美国梦》的另一艺术特征："即传记作者摄取了文学创作在新世纪所展现的多种新理论、新方法，如时空交错的跳跃式结

---

① 洛夫：《漂木》，中国国际图书出版社2015年版，第151页。

② 陈涵平：《传移民历史，记热血华人——〈美国梦〉学术研讨会综述》，《学术研究》2003年第7期。

③ 陈涵平：《传移民历史，记热血华人——〈美国梦〉学术研讨会综述》，《学术研究》2003年第7期。

构、杂色多样的拼贴叙述、带有新历史主义色彩的历史叙事等，从而使创作显露出一种强烈的现代性。"①会议围绕移民史写作的文化意义、传主选择的典型特征和传记创作的艺术收获等方面进行了热烈而又深入的探讨，获得了许多富有价值的学术共识，对《美国梦》一书作出了高度而中肯的评价。《人民日报》《文艺报》《羊城晚报》《华夏诗报》《学术研究》《新世纪文坛》《香港文学报》，美国《侨报》《美华文学》，澳大利亚《澳洲新报》等予以报道。

熊国华不仅写诗、评诗，而且是一个优秀的诗歌编辑。他利用业余时间担任《华夏诗报》的义务编辑，推荐一些校园诗歌、青年诗人，以及台港澳地区和海外华文诗人的作品发表。他主持"诗坛新秀""海外诗星"栏目100多期，精选诗作，前有推荐评语，很受读者欢迎。他还兼任香港《诗世界》和美国《休斯敦诗苑》等刊物的编委。熊国华很重视诗歌理论建设和优秀诗作的筛选流传。1994年他和邹建军主编《世纪末的沉思——华文新生代诗论集粹》（内蒙古人民出版社1994年版），收入了海峡两岸暨香港、美国年轻一代的诗论37篇，分为四卷：诗的本质，现代诗说，诗的语言，诗的走向。前有熊国华的"导言：诗的沉思"，后有邹建军的"后记"。顾问有：谢冕、洛夫、陆耀东、杨光治、吕进、犁青、痖弦、张默。从撰稿者来看，几乎包括了当时海内外比较活跃的青年一代诗歌理论家，如陈仲义、沈奇、徐敬亚、章亚昕、陈超、杨克、于坚、王家新、李怡、蒋登科、周伦佑、潘洗尘、南野、刘翔、毛翰、赵国泰、邹建军、熊国华，台湾的简政珍、白灵、孟樊，美国的刘荒田等，都是知名度很高的学者、诗人和评论家。这本书在20世纪90年代中期展示了海内外新一代诗歌理论家对诗歌命运与本质的思考，回答了一系列诗学命题，堪称一部前卫性、探索性、求是性和建设性并重的诗学论集。

熊国华不仅主编广东省的地方文学史《清远当代文学史》（花城出版社2010年版），在地市级文学史中堪称出类拔萃之作，而且还执行编审《国际华文诗人精品集》（广东旅游出版社1996年版），参编《台港澳暨海外华文新诗

---

① 陈涵平：《传移民历史，记热血华人——〈美国梦〉学术研讨会综述》，《学术研究》2003年第7期。

大辞典》（沈阳出版社1994年版），主编《国际华文微诗选粹》（银河出版社2015年版）和《2017年国际华文微诗选粹》（大世界出版公司2018年版）。比较有影响的是，熊国华选编的《海外华文文学读本·诗歌卷》（暨南大学出版社2009年版），精选了20个国家122家华文诗人的新诗作品，与刘俊选编的《海外华文文学读本·中篇小说卷》、吴弈锜选编的《海外华文文学读本·短篇小说卷》、袁勇麟选编的《海外华文文学读本·散文卷》，合为一套《海外华文文学读本》，作为大学文科通识教育的辅助性教材，与饶芃子、杨匡汉主编的《海外华文文学教程》（暨南大学出版社2009年版）相配套被国内大学使用。曾敏之和张炯撰文在《文学评论》2009年第5期封二隆重推荐。

三、海外华文文学的积极推动者

熊国华对海外华文文学的全方位投入，还体现在他同时是一位出色的活动家。文学的繁荣发展需要靠各种"活动"去推动，例如成立文学社团、发起文艺思潮，创办文学刊物、出版和翻译，举行各种笔会、文学竞赛、文学颁奖，理论研讨、文学批评，文学沙龙、文学讲座、朗诵、采风，建立创作基地、基金会，以及文学传播、媒体炒作，等等。海外华文文学遍布世界各国，比较疏离分散，更需要各种活动与组织去推动。

1985年野曼等人在广州创办《华夏诗报》，正值改革开放热潮文学复兴时期，风生水起，十分红火，发行量曾达数十万份。该报颇具"华夏"视野，注重海峡两岸暨香港、海外华文诗歌的交流。熊国华1990年8月加入《华夏诗报》，先后担任过编辑、编委和副总编（至2012年）。除了编辑稿件，还校对清样、拉赞助、组织诗歌活动等，给《华夏诗报》打了20多年"义工"。

1993年4月6日，在广东惠州市西湖宾馆小岛湖畔，由野曼和香港诗人犁青精心策划，与内地诗人徐迟、张志民、邹荻帆、绿原、曾卓、邵燕祥、白桦、舒婷、李小雨、傅天琳、向明、韦丘，以及来自台港地区的洛夫、张默、管管、张诗剑，来自海外的杜国清（美国）、陈剑（新加坡）、原甸（新加坡）、吴岸（马来西亚）、孟沙（马来西亚）、岭南人（泰国）等24位著名诗人共同签名，发起成立"国际诗人笔会"。同年6月25日，"国际诗人笔会

（International Poets' Pen Club）在香港正式注册。并于港英当局社团事务署以六十几位国际华文诗人登记为不牟利团体，法人代表为犁青（香港）、野曼（广州）及陈剑（新加坡）。惠州市之会即为'第一届国际诗人笔会'"①。1994年12月23日"第二届国际诗人笔会"在深圳举行，熊国华当选为理事、副秘书长，2007年当选为秘书长，2017年12月16日在深圳宝安华文诗人笔会当选为主席团成员。该笔会为大型高端、影响深远的国际性华文诗人社团，曾给艾青、臧克家、贺敬之、郭小川、李瑛、绿原、曾卓，以及台湾的余光中、向明等十几位诗人颁发"中国当代诗魂金奖"。笔会期间除了采风、写诗、颁奖之外，还举行专题诗歌论坛、诗歌朗诵会、种植诗人树、诗歌碑林、放生、按手印，以及出版《四海诗心：国际华文诗人笔会纪念册》《国际华文诗人百家手稿集》《国际华文诗人精品集》和诗歌评论专集，在《华夏诗报》《诗世界》（会刊）和海内外数十家报刊电视台报道。熊国华参与了十几届笔会的筹备工作，不仅写诗、写评论、写颁奖词，还主持诗歌论坛、诗歌朗诵等，至于迎来送往、帮订机票车票等会务工作更是少不了的。他也因此与海内外很多诗人结下了深厚的诗缘和人缘。

熊国华是一位与时俱进、站在新时代前列的诗歌活动家。微信是一款被普遍使用的高科技社交软件，在一定程度上改变了现代人的生活方式，也影响到文学写作与传播。腾讯公司推出"微信群"功能后，各种各样的微信群以雨后春笋般涌现，群聊成为一种新时代的大众狂欢。2014年12月3日，熊国华与田忠辉教授在广州成立"国际华文微诗群"，并担任正副群主。九天之内在微诗群发表原创微诗（四行以内）888首，海内外群员达到100多人。群员来自十几个国家。平均每天发表原创微诗100多首，最多的一天（2015年2月6日）得诗246首，三个多月发表的微诗达到一万多首，其中不乏精品。被美国文心网、《美中时报》、人人文学网等国内外媒体誉为"当下最火爆的国际性微诗群"②。2015年该群荣获"中国首届诗歌春晚特别奖"（组织奖），有四位诗人的作品被中国首届诗歌春晚和广东首届诗歌春晚朗诵。诗刊社主办的全国诗

---

① 《诗世界》（国际诗人笔会会刊）第7—8期，2004年5月，第262—263页。
② 熊国华选编：《国际华文微诗选粹》，香港银河出版社2015年版，第2页。

歌微信群大展，在春节期间隆重推出国际华文微诗群的十大诗人作品。

　　国际华文微诗群已经成立将近四年，对中国诗歌建设有三点值得关注：第一，界定了"微诗"的概念。熊国华依据微诗配图发在朋友圈，文字超过六行就被隐蔽，以及四行诗便于传播、背诵、唱和的特点，将"微诗"界定为"四行以内、配图发表在微信上的诗歌"①。不仅在群内达成共识，而且被海内外很多专家和读者认同。第二，同题诗写作，承接了中国古代诗歌互相唱和的优良传统。微诗群轮值坛主定期出一个主题，十几个国家的诗人在同一时间或同一天内写同题诗。新诗和新诗、旧体诗和新诗、旧体诗和旧体诗互相酬唱，具有很强的娱乐性，相当于现代的"兰亭雅集"，在一定程度上恢复了中国诗歌的游戏精神和互相唱和的传统，拉近了诗歌与现代生活的距离。第三，现代语境下"诗可以群"的国际性实践。借助现代高科技平台的微信群，打破了空间的阻隔和时间的相对差异，使地球上不同区域的人可以在同一个群里交流。微诗一发出来，马上会有人点赞、评论、和诗，即时互动，多向交流，切磋诗艺，激发灵感。微诗群像一条河流一样推着大家往前走，提高了诗歌创作的整体水平，可以说是古代"诗可以群"在现代语境下的国际性实践。另外，国际华文微诗群有严格的群规，始终坚守诗歌的纯粹性。发在群里接龙投稿的微诗，有专家点评，择优在公众号和相关报刊、新媒体上发表。还评选"每月诗星"，颁发奖品；组织群员采风、创作交流和理论研讨，以及"微诗进校园"、微诗公益讲座等活动，是一个气氛和谐、有活力有影响的微诗群，对国际华文微诗创作与交流起到了一定推动作用。

　　熊国华是较早加入中国世界华文文学学会的会员，当选为理事、教学工作委员会副主任，参加了20多次该会举办的国际学术研讨会、高峰论坛等活动。2014年11月19日，在有400多位学者、诗人和作家出席的"首届世界华文文学大会"上，他是当时"十大论坛"的坛主之一，所主持的"华文诗歌经典化问题对话论坛"因其内容精彩、形式新颖受到欢迎和好评。他还参加了由饶芃子主持的国家社科基金重大项目"百年海外华文文学研究"，是其子项目"海外华文经典诗歌解读"的主要撰稿人之一。

---

　　①　同上，第3页。

综上所述，熊国华教授由台湾诗歌评论入手，逐渐扩展到香港、澳门和海外华文诗歌研究，又由诗歌研究扩展到散文、小说评论和评传的写作。他既有中国古典文学的深厚基础，又广泛汲取西方现代文学批评理论，集创作、评论、编辑于一身。同时，他长期在华夏诗报社、国际诗人笔会、中国世界华文文学学会和国际华文微诗群"为诗歌服役"，积极推动华文文学的繁荣发展，堪称是一位全方位投入的学者。

　　　　　　　　（本节撰稿者：熊国华，广东第二师范学院中文系教授）

第七章

新生代学者的发展

第一节　采薇中西，情满暨南：蒲若茜

作为新生代学者的代表，蒲若茜和她的学术团队在海外华文文学和亚裔美国文学界开疆辟土，不懈耕耘，灌溉滋养一方多姿多彩的学术园地。纵观其在学术研究领域近百余种成果，本文从学术奠基、诗学寻踪与学术领地拓展、团队建设等方面梳理其20年来的学术探索和成就。

一、西学为源，观照东西：学术寻根与华裔美国小说母题研究

蒲若茜出身西学，相继于西南师范大学（今西南大学）获英语语言文学专业学士学位和硕士学位，研究生导师为著名的外国文学研究专家江家骏教授。蒲若茜是国内最早关注英美文学中的哥特传统的学者之一，最早研究哥特小说特有的"审恶"与"审丑"的文学实践所蕴含的道德教育功能，使哥特小说这一边缘化的文学体裁受到国内学者的关注。所发表的哥特小说系列研究论文在国内学界引起很大反响，其中《〈呼啸山庄〉与哥特传统》①在《外国文学评论》发表后被网上下载7336次，单篇他引次数达到114次。因此，蒲若茜在青年时代已打下了扎实的文学理论基础，在研究理路和方法上也形成了自己的风格。

蒲若茜对族裔文学的研究兴趣亦可追溯至她的研究生时代。1994年，她以硕士研究生身份参加在四川大学举行的全国美国文学研究会第七届年会，发表会议论文《论〈紫颜色〉中西丽与莎格的女性同性爱》，首次接触非洲裔美国文学，

---

① 发表于《外国文学评论》2002年第1期。

从此对族裔文学产生了浓厚兴趣。1995年入职暨南大学后，主动融入百年侨校极具特色的华人文学研究团队，于2002年考入暨南大学文艺学专业攻读博士学位，师从国内著名文艺理论家、"中国比较文学终身成就奖"获得者饶芃子教授，从事海外华人诗学和华裔美国文学研究。在2012年接受《中国社会科学报》采访时，蒲若茜谈及自己走上亚裔美国文学研究之路的机缘：

"1995年硕士毕业来到暨南大学之后，发现学校的华人华侨研究平台很高，而以饶芃子教授领衔的海外华文文学研究团队更是国内学界公认的'领跑者'。这些深深地吸引了我，使我主动寻找自己与该学术团队的研究契合点。从1999年起，我开始关注和研究华裔美国文学，并自2001年开始在国内主流外国文学类学术期刊上发表相关论文。"

2002年冬天，应美国加州大学伯克利分校族裔系主任王灵智教授的邀请，蒲若茜赴加州大学伯克利分校参加"开花结果在海外——海外华文文学研讨会"，并与美东、美西、夏威夷等地华文作家协会进行了广泛交流。与作家们的交流让她更加切身地了解到了海外华文文学创作的驳杂和多元及其背后的意义，从而坚定了从事这看似"边缘"的学术研究的信念。

蒲若茜首先着眼于华裔美国文学研究界的关键问题——种族、文化、性别，以汤亭亭的《女勇士》为切入点，运用解构主义的观点，发掘汤亭亭在这部作品中对自己的性别、种族和文化的思考和质疑，于2001年在《国外文学》上发表《对性别、种族和文化对立的消解——从解构的视角看汤亭亭的〈女勇士〉》。该文通过分析《女勇士》中花木兰传说的移植和变形，透视汤亭亭对性别二元对立和父权中心的消解；通过解读"汤亭亭版"蔡琰的故事，阐释其对种族、文化对立的消解。更重要的是，该文有力指出：汤亭亭"在消解性别、种族、文化对立之后并不是无所作为，而是重建了对立概念间的互动和融合，并评价这些互动和融合对于人类的伟大意义。从这一点上看，汤亭亭可以说是文化相对主义和文化多元主义的实践者"。这是她在华裔美国文学研究界发表的第一篇重要论文，她此后的研究一直体现着对多元文化互动、交流、融合的关注，并为此不懈努力。

攻读博士学位期间，作为文艺学专业学生，蒲若茜遨游学海，乐而不疲，一方面广泛涉猎中西方文艺理论著作；另一方面，凭借英语专业出身的优势，大量阅读华裔美国文学作品原著及论著，为博士论文的写作打下坚实的基础。同时她积极把握国内外学术交流机会，充分掌握第一手研究资料，极大地开拓了学术视野。这期间，她还组织并主持翻译了著名华裔美国文学学者黄秀玲（Sau-ling Cythia Wong）的专著《解读亚裔美国文学：从必要到奢侈》（*From Necessity to Extravagance: Reading Asian American Literature*，该译著于2007年由中国社会科学出版社出版）。此外，她在博士期间参与和主持的多项科研项目也为其博士论文的写作奠定了基础。

蒲若茜的博士论文《族裔经验与文化想象：华裔美国小说典型母题研究》在华裔美国历史、文化和族裔心理的观照下，利用精神分析、女性主义、后殖民与文化批评理论、中国传统伦理道德等理论工具，通过对"唐人街""母与女""父与子"等典型母题的剖析，对华裔美国文学特有的族裔经验的书写、混合的文学传统和文化想象方式进行了系统的挖掘和展示，突破了研究者内部的歧见，从而使华裔美国文学的界定和认同更加明晰化。该论文表明：与美国主流文学和其他少数族裔文学相比，华裔美国文学确实具有其特殊性，确实存在自己独特的诗学范畴和诗学话语。这些范畴、话语的形成与华裔美国人的族裔经验紧密相连，与华裔美国作家的文化立场和文学想象紧密相连。通过对这些华裔美国小说中具有普遍意义的文学母题的研究，可以看出华裔美国文学的产生、发展是中西文化传统合力作用的结果，由于历史语境的不同，由于中、西权力话语的此消彼长，母题的呈现也产生了相当的变异，而这些变异，对于我们认识当下的文化语境及文化策略，有着重要的启示意义。

该论文的理论创新和学术价值体现在以下诸方面：第一，迄今为止，国内华裔美国文学研究大抵有两种模式：一种是追随西方批评话语和批评视角；一种是从传统中国文化的角度讨论华裔文学中的中国文化书写，较少考虑美国多元文化语境中，华裔美国文学在双重文化传统"合力"的作用下形成的"混血"的文学、文化传统。该论文通过对华裔美国小说中具有典型性、贯通性的三个母题——"唐人街""父与子""母与女"的剖析，对华裔美国文学特有的族裔经验的书写、混合的文学传统和文化想象方式进行了系统的挖掘和展示。第二，把华裔美国中、英文小说创作打通研究，这是国内中文系和外文系两支分离的海外华文文学研究队伍曾经忽视、现在正在开拓的领域。二者的互证、互补、互动不仅会挑战、更新我们许多既有的研究范式，更会丰富海外华人文学的研究层面，提供许多有利的参考视角。第三，在观照老一辈华裔美国作家写作的基础上，更专注于研究近十多年来新出现的作家、作品的研究，这是国内华裔美国文学研究中特别薄弱的一个环节，该论文的研究成果有助于填补这方面的不足。第四，国内学界热衷于对华裔美国女作家的文本研究，对于男作家的关注较少，没有对华裔作家群体作综合、全面的考察。该论文是有关华裔美国男、女作家的对比研究，从某种程度上纠正了以往"一边倒"的研究态势。第五，由于国内对华裔美国文学的研究历时只有短短的20年，而且被认为是边缘性的研究，所以还停留在比较浅表的研究层面，没有形成深层的诗学话语。该论文从历史、文化、种族、性别的视角对美国华裔文学作出综合性的考察和研究，发掘出华裔美国文学在世界文学中独具的艺术魅力，展示其特殊的文化诗学、文化心理学层面的意义，是对国内本领域研究深度的推进。

该博士论文在通讯评审中获得北京外国语大学吴冰教授，上海外国语大学谢天振教授，中国科学院外国文学研究所赵一凡教授，中山大学高晓康教授、林岗教授的充分肯定，认为"论文不仅抓住了华裔美国小说研究的重大问题，而且对目前美国和中国（包括台湾和大陆）的华裔美国文学研究作了全面的梳理、归纳""论文结构严谨、逻辑性强，引证资料丰富、翔实，理论和作品分析与评论结合得很好，是一篇难得的优秀博士论文"。该论文获评广东省优秀博士论文。

蒲若茜在博士论文的基础上扩充、完善之后出版的著作《族裔经验与文化想象：华裔美国小说典型母题研究》出版后得到国内学界较大的回应和反响。该著作在出版之后被中国学术期刊、博士、硕士论文广为引用。《外国文学研究》和美国《中外论坛》发表了对该书的书评《华裔美国文学的文化诗学探索——评蒲若茜〈族裔经验与文化想象——华裔美国小说典型母题研究〉》和《异域文心通，见微常知著——评蒲若茜专著〈族裔经验与文化想象〉》。书评认为该著作"视野开阔、资料翔实，亲知亲证"，同时"立足文本，整体观照、多重视角、超越成见"，而开创性的意义在于对于华裔美国文学研究的"诗学阐发、文化思辨"。随着时间的推移，该著作正在被越来越多的学界同仁关注、研究和参考。

此外，出版前该著作的部分内容在《外国文学评论》《当代外国文学》《中国比较文学》、美国《中外论坛》等学术期刊上发表过，系列论文和专著出版后引起学界关注。其中代表性论文《华裔美国女性的母性谱系追寻与身份建构悖论》在西方女性主义、后殖民批评理论观照下分析华裔美国女性在种族、性别夹缝中所面临的两难处境和艰难抉择，论文分析小说文本中"母亲"与"女儿"所包含的文化隐喻意义，并揭示"母女"之间误解、疏离及扭曲的关系背后的政治、文化斗争。

2006年起，蒲若茜被《外国文学研究》杂志聘请为特约评审专家，审阅华裔美国文学研究的论文，2006年底，去加州大学伯克利分校亚裔系访问研究时，应邀讲授"华裔美国短篇小说"，2007年，被遴选为暨南大学文艺学专业"跨文化视野下的海外华人诗学"方向博士生导师，被暨南大学华人文学与传媒基地聘为兼职教授，2008年被北京外国语大学华裔美国文学研究中心聘为客座研究员。

这一时期，蒲若茜的华裔美国文学研究一方面拓展了暨南大学海外华人文学"跨界研究"新领域，另一方面，得益于暨南大学海外华文文学研究的优势学科平台，加上其英语语言优势，蒲若茜及其团队所从事的华裔英语文学研究使该学科点的外国文学研究更具特色和优势。她既专注华裔美国文学的英语文学研究，也观照华裔美国作家的汉语和双语创作，是对华裔美国文学的"跨界"（跨语言、跨文化、跨国别）研究，打破了"ABC"（土生华裔）与"FOB"（华裔新移民）的分隔，是在文化总体关注华裔美国文学，研究成果得到国内同行高度认可。

二、"大处着眼，小处着手"：亚裔美国文本聚焦与诗学寻踪

蒲若茜的研究方法继承了其博士生导师饶芃子的一贯教导："开口要小，挖掘要深""大处着眼，小处着手"——既注重理论的深度和高度，又重视文本细读的功夫。此后，她的学术重点转向亚裔美国文学研究理论和海外华人诗学的探索，但对文学文本的重视从未放松，其中显示出蒲若茜作为

文学研究者对文学本身的敬畏，以及她将理论与文本巧妙结合的匠心独运。

自学术专著《族裔经验与文化想象——华裔美国小说典型母题研究》（2006）出版于中国社会科学出版社以后，蒲若茜开始专注于亚裔美国文学批评原典的梳理、诠释和研究，并于2009年获批国家社科基金青年项目"亚裔美国文学批评范式与理论关键词研究"。该研究在精读亚裔美国文学批评原典和文学文本的基础上，以时间为经，在对亚裔美国文学批评进程进行历时性考察，抓出有特色的、根本性的批评范式和理论关键词进行深入的剖析和研究，同时参照亚裔美国文学文本以及与这些理论命题紧密相关的当代西方文学、文化思潮与理论进行横向展开，对比研究以揭示其复杂性。课题成果在精读亚裔美国文学批评文本的基础上，凝练出评论界未能触及或未见深入研究的理论关键词，如"亚裔美国感""文化民族主义""杂糅性""身份扮演""种族影像""种族阉割""种族忧郁症""母性谱系""跨国""离散"等。

在研究方法上，该课题将这些理论关键词进行历史还原和理论溯源，基于对亚裔美国族裔经验的社会历史学考据，同时借用西方的后现代主义理论、后殖民主义理论、女性主义理论、心理批评和文化研究的成果，并与具体的亚裔美国文学文本结合进行深入阐释，全方面、多角度思考这些理论关键词对于亚裔美国文学批评的历史贡献和局限性，以及对于亚裔族群主体性建构以及族群发展的积极和消极作用。

在我国，对亚裔美国文学批评的研究是一个崭新的研究领域。在美国，亚裔美国文学及批评研究隶属于"亚美研究"，而随着"全球化"呼声的高涨，这一新兴学科与"亚洲研究""美国研究"或"离散族群研究"不可避免地产生了学科边界的重叠和融合，研究对象处于学科交叉和动态变化之中。在亚裔美国文学批评范式转变、厘清其理论关键词的过程中，必然面临着对于社会学、历史、文化、哲学等学科知识的广泛征用和理性思辨，从另一方面来说，它又帮助提升了亚裔美国文学批评的深度和广度，夯实了国内本学科研究的理论基础。

较之当时国内的华裔美国文学研究，"亚裔美国文学批评范式与理论关键词研究"在广度和深度上都有了巨大变化，实现了从华裔到亚裔、从文学文本到批评理论的重大突破，开始探索亚裔美国文学批评的理论体系——这是对我国学界长期以来专注于华裔美国文学文本研究的自然延伸和重要补足。

从内容上看，该研究首先从族裔身份批评范式出发，重返历史现场，研究20世纪70年代"亚裔美国"族裔身份论争的焦点、内涵与实质，聚焦当时出现的心理批评和历史文化批评中有关"亚裔美国人"人格特质的探讨，关注对亚裔美国文学及批评有着开拓之功的"哎咦—集团"所提出的"亚裔美国感"等理论关键词。通过追溯"亚裔美国感"产生与发展的历程，从出生地、语言、文化、族裔经验、人格气质、亚裔美国历史再现、亚裔美国书写传统等要素探讨"亚裔美国感"的本质特点，揭示以"哎咦—集团"为首的亚裔美国批评家提出"亚裔美国感"这一理论关键词的历史意义及其局限。在此基础上，聚焦于20世纪90年代以来涉及亚裔美国族裔论述的代表性批评文本，对亚裔美国族裔身份的"间际性"、建构性、异质杂糅性等特质展开分析，揭示亚裔美国族裔身份批评的分化对亚裔美国族群发展的积极与消极意义。

第二，从文化身份批评范式的角度出发凝练出相关理论关键词。从早期的"哎咦—集团"的文化民族主义（cultural nationalism）之高呼，到亚裔作家的多元文化身份之追寻，再到后期对亚裔美国文化的多重性、异质性与杂糅性的强调，文化身份批评一直是亚裔美国文学的批评浪潮中最活跃、最丰富、最具活力与张力的一个场域。对从文化身份出发凝练出的理论关键词如"文化民族主义""多元文化主义"和"杂糅性"文化身份观进行了细致的剖析，揭示了亚裔美国批评在对文化身份选择上的线性发展过程，是作为少数族裔的亚裔人群对自己文化身份的深刻思考。

第三，从心理批评范式出发梳理出"亚裔美国主体性""种族面具""身份扮演""双重能动性""种族阉割""种族阴影""种族抑郁症"等理论关键词，并以此为切入点，展开对亚裔美国族群精神、心理维度的探究。亚裔人群无论是性别身份扮演、族裔身份扮演，还是"面具"理论中的"性别操演"，都是被"他者化"的弱势群体以一种间接的、隐蔽的方式争取权利和自由、定义自我的政治策略，本质上都反映了某一形式的"他者"身份政治。而在"他者"身份政治的重压下，亚裔不可避免地经历了自我憎恨与扭曲，展示了亚裔美国人在美国社会的独特经验和情感感受。

第四，从女性主义批评范式出发梳理出"沉默""母性谱系""性资本"的理论关键词。亚裔女性作家书写"沉默"，亚裔文学评论家论述"沉默"，缘于"沉默"既有亚洲的文化特征，又在美国的文化语境下被强化。鉴于"沉默"对亚裔族群的有害性，亚裔作家、批评家们致力于打破沉默，让被湮没的族裔历史以更清晰完整的面貌呈现在世人面前。亚裔美国女作家和评论家致力于"母性谱系"建构，一方面受到西方女性主义大潮的裹挟，另一方面更是出于族裔女性的自觉，旨在帮助亚裔美国女性形成自己独特的文化和历史传统，找到自己的文化之根，以利于亚裔女性的主体性建构。而柯西"性资本"的提出，一方面意味着亚裔美国女性向美国主流社会归化的努力，另一方面也揭示亚裔美国女性彰显自己主体性的途径在于自己对情欲的主动权，通过主动展示被社会历史文化重重遮蔽的亚裔女性身体，反抗父权制度及族裔不平等。

最后，该研究探讨了亚裔美国文学批评与"流散"诗学的关系，以"流散"为核心理论关键词，厘清其源起、发展及其当代的批评内涵，在此基础上，结合亚裔美国文学文本，分析从作为流散者的亚裔美国人、亚裔美国文学的迁徙与回望主题及亚裔美国文学的异质杂糅性特质分别展开讨论，透视在当代全球化的语境下的文化流散，流散族裔如何在流散中求得生存和发展，文化如何在世界范围内、在强势与弱势之间进行互动和补给。可见，流散批评已从原先的被动的他者化批评演变成当今的主动迈向差异性文化批评及比较研究，使亚裔美国文学研究逐渐从一种族裔政治批评走向流散的比较诗学，也使得亚裔美国文学研究更加走向开放、动态、多元。

值得一提的是，该研究最为突出的特征与主要建树在于，采用西方文学理论、亚裔美国文学批评文本与亚裔美国文学作品相结合的视角，首次全面与系统地梳理了亚裔美国文学批评范式和核心理论关键词，不仅对各种理论进行了历史还原和理论回溯，更是以点及面、深入浅出地对各个理论关键词进行追本溯源，指出其对于亚裔美国文学批评的历史贡献和局限性，以及对于亚裔族群主体性建构以及族群发展的积极和消极作用。同时，本成果在与西方后现代主义、后殖民主义、女性主义、文化研究等理论的互动中，拓展了亚裔美国文学批评的深度和广度，夯实了国内本学科研究的理论基础。从某种意义上讲，这是对我国学界长期以来专注于华裔美国文学文本研究的自然延伸和重要补足，并初步形成了亚裔美国文学批评的理论体系。

蒲若茜及其学术团队将亚裔美国文学批评文本与亚裔美国文学作品、西方文学理论相结合，以宏观把握与微观观照相结合，对亚裔美国文学批评中的批评范式和理论关键词进行了系统且全面的梳理，拓展了亚裔美国文学批评的深度和广度，填补了国内外在亚裔美国文学批评史研究中的空白，并夯实了国内本学科研究的理论基础。以亚裔美国文学批评范式和理论关键词研究为核心的研究成果获得国家社科基金结项优秀等级，成果出版后，必将为亚裔美国文学批评的持续发展起到重要的推动作用。此外，该研究项目的阶段性成果已有多篇在《外国文学研究》《当代外国文学》《中国比较文学》《暨南学报》上发表，其中《"亚裔美国感"溯源》一文被A&HCI全文收录。

《"亚裔美国感"溯源》[①]通过追溯"亚裔美国感"这一在亚裔美国批评话语中具有里程碑意义的关键词产生与发展的历程，旨在剖析"亚裔美国感"的本质特点，揭示以"哎咿—集团"为首的亚裔美国批评家建构"亚裔美国感"这一理论话语的历史意义和时代局限。此文通过对亚裔美国出生地、语言、文化、族裔经验、人格气质、亚裔美国历史再现、亚裔美国书写传统等要素的梳理和探讨，揭示出"亚裔美国感"的本质特点，最终指向"亚裔美国感"的解构，并预示一个"非族裔身份"或"泛族裔身份"时代的到来。另一代表性论文《多元·异质·杂糅——论亚裔美国文学之族裔身份批评话语的分化》[②]一文则聚焦于20世纪90年代以来涉及亚裔美国身份论述的代表性批评文本，对亚裔美国族裔身份的"间际性"、建构性、异质杂糅性等特质展开分析，从而揭示亚裔美国族裔身份批评的分化对亚裔美国族群发展的积极与消极意义。

对亚裔美国文学批评的研究在我国是一个崭新的研究领域，故挖掘其发生发展的历史背景，把握其批评范式的转变，厘清其理论关键词，是蒲若茜及其学术团队为建构具有学科意义的亚裔美国文学批评体系的第一步。然而，由

---

① 发表于《外国文学研究》2013年第4期。
② 发表于《当代外国文学》2014年第2期。

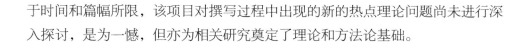

于时间和篇幅所限，该项目对撰写过程中出现的新的热点理论问题尚未进行深入探讨，是为一憾，但亦为相关研究奠定了理论和方法论基础。

三、开疆辟土，众志成城：亚裔美国文学学术领地拓展与团队建设

2005年博士毕业至今，蒲若茜在亚裔美国文学和海外华文文学研究领域稳步推进，成果卓著，成功将亚裔文学研究打造为暨南大学外国语学院英语语言文学研究的优势专业，形成了一个活跃的教学与科研团队。如果说蒲若茜主持的国家社科基金课题"亚裔美国文学批评范式与理论关键词研究"（2009—2013）实现了从华裔到亚裔、从文本研究到理论研究的突破，2011年，她再次拓宽学术领地，实现研究对象文类的拓展，将原来的亚裔美国小说研究拓展到亚裔美国诗歌的研究，与外国语学院文学研究团队成员一起发展、完善亚裔美国文学的研究版图；同时把国内亚裔美国文学研究向纵深推进，并于2017年获批主持国家社科基金项目"比较诗学视野下'X一代'亚裔美国诗歌研究"。

近四十多年来，亚裔美国文学已经发展为当代美国文学不可或缺的重要部分，而亚裔美国诗人在亚裔美国文学发生发展的每一个阶段都有大量的产出，为美国文学，尤其是对美国诗歌的繁荣和发展做出了重要贡献。但直到20世纪90年代，国内外学界对于亚裔美国诗歌依然缺乏关注，对其研究严重滞后，正如朱莉安娜·张（Juliana Chang）在1996年春发表于*MELUS*的《解读亚裔美国诗歌》（*Reading Asian American Poetry*）一文中所言，美国学界对于亚裔美国诗歌及其诗学的研究"不符比例地严重失衡"，以至于"研究汤亭亭《女勇士》一本小说的论文远远超过对1890年以来亚裔美国诗歌研究的论文的总和"。

相较于美国，我国学界亚裔美国诗歌的研究非常滞后而零散，且大大偏重于华裔美国诗歌的译介和个案研究。1990年，赵毅衡在《两条河的意图——当代美国华裔诗人作品选》的"序言"中综述了华裔美国诗歌的历史背景及发展趋势，提供了所选诗人之生平及著作介绍等重要资料。2005年，张子清发表《华裔美国诗歌的先声：美国最早的华文诗歌》《多元文化视野下的美国少数民族诗歌及其研究》和《华裔美国诗歌鸟瞰》三篇论文，向大陆学界介绍华裔

美国诗歌。2011年以来，国内学界开始对华裔美国诗歌展开更具美学内涵和诗学建构的研究，但仅限于数篇单篇论文的发表，在"优秀硕博士论文库"仅有一篇博士论文和四篇硕士论文论及华裔美国诗歌，且局限于对李立扬、陈美玲等"第一代"华裔美国诗人作品的文本分析，对于华裔之外的亚裔诗人并无研究，更缺乏对其背后的双文化甚至多文化诗学对话的深度挖掘。

"X一代"①亚裔美国诗人一方面继承第一代亚裔美国诗人传统，对"双语/多语""双文化/多文化"的写作传统进一步继承和发扬；另一方面，由于其所处的"后民权时代"背景下族裔环境、心态的改变，他们的创作表现为对多族裔、多文化更加的包容，其双语/多语创作为多种语言、多元文化在文学中的汇通提供了绝佳范本。此外，从"X一代"亚裔美国诗歌中多元文化的呈现，也可探知经济、政治博弈与时代大变迁中文学所体现的人心与人性的选择。

该研究选题抓住国内学界对当代美国文学，尤其是亚裔美国文学研究中的"双盲区"——"X一代"作家和"亚裔美国诗歌"，既是对美国"X一代"作家研究的重要补足，也是由亚裔美国叙事文本研究向诗歌研究的拓展。其次，通过该选题的研究，一方面可以更深刻地了解美国当代文学、文化、社会和政治生态，另一方面能够更清楚地把握"后民权时代"成长起来的当代亚裔族群的现实生存语境和文学想象空间。美国"X一代"处于更具平等意识的社会环境之中，接受以种族、阶级、宗教、族裔、文化、语言、性别身份和性取向为特点的一切社会多样性，因而是一个更具包容性和多样性的世代。通过对比研究该世代和"婴儿潮"世代的亚裔美国诗歌创作，能窥知美国社会的族裔、文学及政治语境的动态变化历程。更为重要的是，通过研究亚裔美国诗歌，我们能更全面地了解美国的亚裔族群，更有利于同为亚裔的我们反观自身，反思"全球化"语境中中国人应当采取的文化立场与策略。

该课题一方面对亚裔美国诗歌进行跨语言、跨文化、跨国界的比较诗学

---

① 美国"X一代"是出生于20世纪60年代初至80年代初，成长于《民权法案》颁布之后的一个世代。我国学界对于"X一代"美国文学，尤其是对"X一代"亚裔美国文学的研究非常匮乏，迄今只有数篇论文和访谈。其中较有影响的是甘文平的《美国文坛新崛起的"X一代"作家——杨仁敬教授访谈录》（2007年2月）和赵文书的《X一代华美小说简论》（2007年7月）。

研究，契合亚裔美国诗歌跨越英语和亚洲国家多种语言和文化的美学特色和亚裔美国诗人的跨国政治诉求，将大大拓展亚裔美国文学及批评的研究空间；另一方面，既发掘亚裔美国诗歌之美学价值，也观照亚裔美国诗歌作为族裔文学的社会、政治和文化价值，将文学审美与族裔政治话语分析相结合，避免了前人研究中只重视族裔性或只重审美性的单一研究视角。该课题是对当下国内学界只专注于亚/华裔美国文学叙事文本研究的重要补足。

多年来，蒲若茜致力于海外华人英语文学研究团队的建设，已形成了跨语言（英/汉）的华裔美国文学对比研究、华裔美国文学研究范式及理论关键词研究、华裔美国文学中的中国形象及中国文化意象研究等具有个性、处于国内领先地位的研究领地，取得了卓有成效的研究成果，团队集群效应明显。在学术梯队建设方面，非常注重学术团队的年龄结构和知识结构的完善。自2010年以来，在她的推荐下，其研究团队的成员先后赴亚/华裔美国文学研究的重镇——美国加州大学伯克利分校和加州大学洛杉矶分校作访问研究，取得了很多前沿资料和创新性研究成果，与国际学术前沿进行了有效的交流和对话，学术交流与合作成效显著。

此外，蒲若茜指导的硕博士生从不同方面开拓海外华文文学和亚裔美国文学研究领地。其中，2011级博士生肖淳端（暨南大学教师、英语语言文学学科团队成员）开拓暨南大学英国华人文学研究领地，并以博士论文开题报告《英国华人小说的历史叙事研究》为基础申报2013年度国家社科基金青年项目并获得立项。2009级博士生宋阳的博士论文《文学审美与族裔言说：华裔美国英语诗歌的语言与意象研究》（2012）是国内首篇以华裔美国诗歌为研究对象的博士学位论文，并在此基础上申报教育部社科基金项目获得成功。2010级博士生许双如（暨南大学教师、英语语言文学学科团队成员）博士毕业当年被评选为"暨南大学优秀毕业生"，其博士论文《面具的政治——华裔美国文学的身份表演书写研究》将华裔美国文学中身份多重性与文学史上的人格面具理论结合起来考察，在华裔美国文学身份政治和心理学批评领域独树一帜。以此为基础，许双如申报2014年度教育部社科基金项目获得立项。2013级博士生潘敏芳则以博士论文《再现·重构·反抗——华裔美国小说身体书写研究》开拓华裔美国文学之身体美学研究领地，从历史和主题两条线索对美国华裔小说作出了较为系统的梳理和论述。她以博士论文开题报告为基础申报2014年度教育部社科基金项目也获得成功。2011级和2012级硕士研究生陈康妮和李卉芳（现为蒲若茜2016级在读博士）相继在华裔美国诗歌研究领域有所拓展，分别撰写硕士论文《岛的三条"海岸线"：夏威夷华裔诗歌之文化杂糅性研究》（2014）和《失去的家园、女性主体与文化互渗——陈美玲诗歌与中、英美文学之互文性研究》（2015）；李卉芳在蒲若茜指导下撰写论文《华裔美国诗歌与中国古诗之互文关系探微》，并合作发表于《中国比较文学》2014年第2期，该论文获"2015年度全国美国文学研究会优秀科研成果奖"。而她的博士研究课题《华裔美国诗人的"菩提美学"——以梁志英、陈美玲的诗歌创作为中心》是比较文学视野下对华裔美国诗歌美学的深度研究，通过挖掘华裔美国族群之历史、现实、文学、精神与本体生命的构建，探寻其生命困惑与精神历程，将身体书写与精神求索相结合，将文学美学与生命哲学相结合，旨在建构一种具有跨文化特色和比较诗学意义的生命美学范式——"菩提美学"，在不忽视文学审美性的同时，凸显文学之为人学的意义。

生命是一条河，溯学术之源而上，蒲若茜是一位热情而包容、坚韧而视野开阔的学者。如今，她正驾一叶博学睿智、积极进取的扁舟，高歌而行，采撷一路芬芳。她在学术之河中前行不怠，在教学和研究岗位上精进不止，那一路的美景不须复说，百川归于大海的博大和壮阔则是对奋斗不止的学术人生最好的回馈。蒲若茜所指导的硕博士生在不同的领域发挥着光和热，不时有捷报传来，总是在"玫瑰园"（Rose Garden）①引来一片喝彩，无论职业为何，无论身在何方，玫瑰园的花朵们永远不会忘记老师精神的滋养和指引。

（本节撰稿者：李卉芳，文学博士，现任教于广州贤谦学院）

---

① 蒲若茜师生微信群，因老师英文名为Rose而得名。

第二节　美学观照与经典沉思：陈涵平

陈涵平，湖南汨罗人。1979年毕业于湖南岳阳师范学校，在当地教育系统工作十余年，然后于1994年考入中山大学攻读文艺学硕士学位，1997年进入广东教育学院（今广东第二师范学院）工作。1998年第一次接触海外华文文学作品——黄运基的长篇小说《奔流》，并撰写评论《文学的言说——对黄运基〈奔流〉的解读》。该文于第二年发表于美国华文作家协会主办的《美华文学》杂志，并于当年被收录进山东大学黄万华教授主编的学术论文集《美国华文文学论》。2001年考入暨南大学饶芃子教授门下攻读博士学位，自此走上系统研究海外华文文学的学术道路。20年来，陈涵平在海外华文文学领域持续耕耘，在《文学评论》《中国比较文学》《学术研究》《暨南学报》等刊物发表相关论文60余篇，出版《北美新华文文学》（宁夏人民出版社2006年）、《寻找身份——全球视野中的新移民文学研究》（与吴奕锜合著，中国社会科学出版社2012年）等学术专著两部，在海外华文文学的诗学梳理、区域研究、经典研习等方面有所建树。2002年加入中国世界华文文学学会，2010年当选为中国世界华文文学学会副秘书长。

一、从美学出发

与大多数从现当代文学研究走向海外华文文学研究的学者不同，陈涵平是带着文艺学的学术储备开启新的研究领域的。在中山大学读研期间，他师从陆一帆、潘智彪两位先生，着重研习文艺美学。所以陈涵平甫一接触海外华文文学，自然更容易用文学或美学的眼光来观照该领域的作家作品，并由此逐步形成了以诗学来审视新的文学现象的研究特点。这一点，从他的第一篇海外华文文学评论

《文学的言说——对黄运基〈奔流〉的解读》就可见出端倪。在这篇学术"投名状"中，他从"文学性"的视角对《奔流》的情感意蕴、人物命运和情节发展进行了深入解读，较有说服力地指出海外作家走上文学之路的独特历史背景和文化因由。此后多年，他遵从这种学术惯性，对海外华文文学的诗学内涵进行了多维度的发掘，为海外华文文学的诗学梳理做出了自己的独到贡献。

这种贡献首先体现在他对海外华文文学的意象营造进行探析上。在《美华文学中的文化意象初探》（《暨南学报》2006年第1期）一文中，陈涵平指出，意象营造是中国文学富有深厚历史传统的艺术特征之一。海外华文文学，尤其是作为其典型代表的北美新移民文学，作为中国当代文学的特殊一脉，自然秉承了意象营造这一传统文学基因，而显示出鲜明的中国特色。不过，作为在异域生长的华语文学，因为具有独特的时空性和文化交往性，故其在秉承中国传统文学共性的同时也会发展出自己的独特个性。这种特性首先表现在海外华文文学中的意象不是单纯的文学意象，而是文学性的文化意象。这种既富有艺术特质又具有文化内涵的意象，在海外华文文学中占有重要位置。因为海外华文文学的产生，是在全球化时代的文化场域中，由处于前工业社会的中国公民大规模走向海外的结果，是中外多种异质文化碰撞、交流、融汇的产物。这种流徙与融合而显现出的发展流程，不仅生动地展现出华族移民文化迁徙和精神流散的曲折历程，而且也在某种程度上折射出中国的现代化进程和文化发展的轨迹，从而在宏阔的世界视域中成为中国阶段性历史的鲜明影像。其次，海外华文文学的意象建构还具有中国本土文学不可替代的世界性因素。如上所述，海外华文文学中的意象设定是在异质文化的碰撞、交流过程中完成的，他种文化作为外来影响与本土文化的积淀以及作为主体的内在表达需要相契合，从而形成既与世界文化现象相联系，又与自身文化环境相关联的文学意象。"这些意象不是对西方文学的简单借鉴和模仿，而是以民族自身的血肉经验加入世界格局下的文学诉求，以此形成丰富而多元的世界性文学对话的结果。"[①]因此，像在海外华文文学中高频率出现的"远行""背影""冰河""彼岸""纽约""唐人街"等意象，就不是中国境内其他种类的文学创

---

① 陈思和：《当代中国文学史》，复旦大学出版社1999年版，第248页。

作可以创设或挪用的，而基本上是海外华文文学的"专利"。而且，这类意象的营造不仅种类繁多、自然贴切，还大都相互关联、自成体系并互动演进，从而清晰地呈现出文化意义和精神意蕴的互文性、递进性和系统性。这种不存在普适性的意象选择为海外华文文学带来了特定的诗学内涵和文化意义。

正是基于上述认识，陈涵平从意象分析着手，对海外华文文学代表性文本中隐含的文化密码进行初步解读，从而揭示出这一文学整体的诗学内涵和文化意义。其中他对三组意象着墨较多：一是"行走"与"飞鸟"意象，二是"背影"与"冰河"意象，三是"美国"与"唐人街"意象。在对这些意象的分析中，陈涵平指出，海外华文作家无疑是一群远行者、漂流者和飞翔者。尤其是改革开放后一批又一批大陆中国人流徙北美，成为20世纪末一种奇特的世界景观。作为主要表现这一景观的新移民文学，"远行"与"飞翔"的生命体验通过"行走""飞鸟""漂流""天涯"等一系列相关意象得到了集中而深刻的显示。"行走"是离开家乡走向异邦，"飞鸟"是摆脱土地飞向天空，"漂流"是跨越海洋驶向异域，"天涯"是离开故土浪迹远方。它们共同的特点是展示人类生存的流徙性状态。而这种流散恰恰是移民生活的本质特征，进而成为流散文学的生活底蕴。然而，每一个远行人都会背负行囊踏上征程，背上的负担是远行者不可避免的宿命。这种"负担"在其象征意义上，其实就是塑造着每一个个体的母体文化。而文化是融入血液、化成生命基因的东西，是一个人无法从生命中抽离的特质。这种在移徙中无法割舍的文化传统成为流散者远行路上的层层背影和重重阻隔。它们在相应文本中便表现为难以跨越的"冰河"和隔着大洋的遥远"彼岸"，共同喻示着走入异质文化的远行者所遭遇的文化障碍、文化阻隔和文化震撼。尽管传统文化的牵绊与异质文化的阻隔使远行者不可避免地陷入困境，但是，这是行走在路上的人必然要面对的风景，也是远行者生命厚度和文化深度的体现。陈涵平特别指出，在他所看到的海外华人创作的长篇小说中，有超过半数的篇名包含有"美国"以及"纽约""曼哈顿""华尔街""洛杉矶""旧金山""多伦多"等地名。如此众多的地域标示，使人们不能不想到，对于迁徙者而言，"美国"既是地理意义上的目标，也是文化意义上的归宿；"美国"已成为一种成功的标志、一种心理的慰藉、一种情感的炫耀；甚至，"美国"也是一种精神、一种气度、一种依托。在上述种种对于"美国"的凸显中，一种到达目的地后的轻松与愉快、一种精神的归化和心灵的依恋明显地洋溢其中。是的，对于更好生活的选择是个体生存的神圣权力，也应是一个国家、一个民族不断进步的强大动力。它喻示着远行的中国人身处异邦的一种文化立场，即在到达他乡之后，仍会顽强地保存和积蓄本民族的文化资源，并以此为立足点再向异域敞开与拓展。

通过上述意象群落的分析，陈涵平力图向人们展示，海外华文文学所建构的一系列意象，不仅揭示了全球化时代个体迁徙者的文化命运，而且也蕴含着中国现代化进程中的许多文化特质。同时，上述一系列意象的组合，还清晰地显示出移民们流散的心灵轨迹，即"向着远方行走与飞翔——远行中遭遇困惑与障碍——困境中奋起与融合"这样一种逐层递进、曲折向上的心路历程。这一历程作为移民们生命体验和文化变迁的生动显露，构成了华族移民的精神现象史和文化变迁史；另一方面，这一相互关联、互动演进的象征世界又通过个体的文化命运的揭示隐喻着中国文化现代化的历史进程，折射出海外华文文学的发展脉络，从而以想象的方式又构建了当代中国的文化发展史和文学流变史。陈涵平由此总结出，这类富于生命性和历史性的意象运用，既大大增加了海外华文文学的文化浓度，又大大强化了这一文学的诗化程度，从而为海外华文文学在诗学上的提升提供了丰富的可能性。

在对海外华文文学的意象营造特色予以提炼之后，陈涵平又对这一文学的叙事艺术展开研究，并相继发表了《论〈扶桑〉的历史叙事》（《华文文学》2003年第3期）、《浅论美华文学中新移民作家的纽约书写》（《汕头大学学报》2007年第5期）、《论美华文学中不同代际的纽约书写》（《文学评论》2008年第6期）、《从自我殖民到后殖民结构——论新移民文学的女性叙事》（《华南师范大学学报》2009年第1期）、《交错的时空与诗性的意象——试析施雨长篇小说的叙事艺术》（《广东技术师范学院学报》2014年第10期）等一系列文章，对海外华文文学作品中的"元叙事"手法、城市叙事特色、女性叙事优势、复合叙事技巧等等进行深入探析，从多个维度概括出海外华文文学的叙事特征，从而大大丰富了海外华文文学的诗学内涵。

作为跨文化的文学现象，在众多学者眼中，海外华文文学就是一个宏大的文化文本。而20世纪末以来，文化研究作为一种新的研究方法被广泛运用于对海外华文文学的研究。文化研究的引入，突破了传统海外华文文学研究局限于文本阐释和文学关系考察的相对封闭的研究模式，将文学置于与非文学话语或文化符号相关联的整合研究中，置于深广的文化背景中加以审视，从而突出了文学与文化广泛的意义联系，使得海外华文文学研究获得了更广阔的阐释和运行空间。然而，在现在的时代，当文化研究成为文学研究的一种新锐武器的时候，有的人却借此偏离了文学研究的宗旨，淡化甚至忽略了对文学性的追踪，从而使文学研究呈现出泛文化化的趋势。陈涵平的上述研究却始终秉持"文学视界"，始终没有放弃文学价值的挖掘，坚持采用文学研究与美学探寻相结合的方法，在诗学视野中审视北美新华文文学所显示的文化意义。这些颇为精当的提炼紧紧扣住海外华文文学的内在特质和诗学旨趣，深刻展现艺术家渗透于作品中的自觉的艺术追求，从而使海外华文文学的研究在揭示文化意义的同时也展示出浓烈的文学底蕴。这种从个别的或局部的文学现象中探索整体文学共有的诗学特征的努力，毫无疑问为海外华文文学的学科建设提供了有效途径。

二、向区域聚焦

陈涵平是在本世纪之初进入暨南大学攻读博士学位的。从那一年向前回溯，海外华文文学已走过了十余年的个案研究阶段。这种个案研究经历了由台港至东南亚再至美欧澳等地区这样一个渐次铺开的过程，至20世纪90年代末已经涉及海外华文文学产生的各区域。这时候，区域整合便成为研究进程中产生的合乎逻辑的内在要求。在选择博士阶段的主攻研究方向时，陈涵平积极呼应海外华文文学研究的这一要求，选择北美地区的新华文文学进行综合研究。这一学术方向定位，充分展现出他对海外华文文学学术发展的敏锐触角和创作重心的准确把握。因为在当时海外华文文学发展的整体格局中，北美新华文文学是海外华文文学领域中队伍最庞大、影响最深远、最富有活力的区域文学。对它展开研究，既能挖掘该区域文学自身内在的各种特质，又能借此探索海外华文文学的若干普遍规律，可以说这是一个具有丰富学术价值的研究视角。在研究展开的过程中,陈涵平首先对该区域新时段的文学进行命名,根据其历史背景和现实发展确定为"北美新华文文学"。这一新概念的提出,为推进该区域文学的研究做出了有益的尝试。当时,北美新华文文学20余年来的蓬勃发展已经引起了众多研究者的注意,在研究这一区域文学时自然出现了许多命名,如"洋插队文学""洋打工文学""新伤痕文学""留美文学""旅美文学""新华人文学""新移民文学"等,这些概念虽然都从某个方面揭示了北美新华文文学的若干特征,但又都显示出某些方面的局限性。而概念的模糊与失准往往使研究者难以获得对研究对象的准确认识,正因为如此,陈涵平提出"北美新华文文学"这一概念,试图在兼顾区域性、身份性、阶段性、语言性等特征的同时,为这一区域文学寻找一个更为恰当的命名。尽管这一概念还需要经过时间的进一步检验,但这一努力却实实在在为人们认识北美新华文文学提供了丰富的信息和很大的便利。

在大胆命名的基础上,陈涵平通过海量作品的阅读和各种史料的耙梳,对北美新华文文学发展的历史进程进行了系统的梳理和概括,把这一区域文学20余年的发展经历划分为四个阶段:第一阶段(1983—1990年),是北美新华文文学具有"传统反视性"的积累期和草创期;第二阶段(1991—1994年),是北美新华文文学充满"文化悖论性"的爆发期和发热期;第三阶段(1995—1999年),是北美新华文文学体现"中西融合性"的成熟期和丰收期;第四阶段(2000—2003年),是北美新华文文学展示"世界新变量"的深化期和新变期。应该说,这种梳理较为恰当地展示出北美新华文文学阶段性的发展特色,为读者提供了一个了解该区域文学的清晰路径和明确轨迹,同时在尊重历史情状的前提下又关注到了这一文学发展的未来趋势与可能变化。在将北美新华文文学发展历程加以划分之后,陈涵平进而抓住每一阶段的代表性作家和作品进行重点分析和阐释,如第一阶段以苏炜的《远行人》和查建英的《丛林下的冰河》为代表,第二阶段以周励的《曼哈顿的中国女人》、曹桂林的《北京人在纽约》作为剖析标本,第三阶段以严歌苓、张翎的创作为主要分析对象,第四阶段则以郁秀为代表的新留学生群体作为研究重点。通过对这些重点作家的深入研究和代表性文本的精研细读,全方位发掘出这一文学所蕴含的文化内涵和诗学特质,进而揭示出该文学在整体的文化意义上所包蕴的"民族寓言性"。

　　陈涵平指出，这种"民族寓言性"，主要表现为北美新华文文学文化进程中所隐寓的中国现代化背景下的文化命运。他认为，海外华文文学是在中国文化母体的哺乳下成长起来的，尤其是新移民文学，可以说是中国现当代文学的某种延伸，其发展更与中国现代化进程息息相关。因此在某种程度上，海外华文文学的发展便隐喻着中华民族的现实命运。众所周知，20世纪70年代末，中华民族进入了一个重要的转折时期，中国由一个闭关自守的文明古国渐渐转变成一个对外开放的前现代国家，一个相对落后的中国从此慢慢向先进的西方靠近、敞开、融合。"文明的古国"与"先进的西方"，两个不同的社会体制、文化结构相会了。弱势的中国文化在面对强势的西方文化时，一方面民族的发展诉求会促使它自觉地走向西方强国，借鉴西方文化中的合理因素来发展自己，然而保持民族独立性的欲望又使它不愿意承认西方文化的统治地位；另一方面，强势的西方文化为了配合资本输出，为了有利于追求更大的资本利润和生产资源，总是或明或暗地推行文化殖民政策和文化霸权主义。在这样的文化语境下，中国和西方接触所产生的文化命运，也在很大程度上通过中国大陆新移民个体的文化命运折射出来。因此，作为第三世界的华人移民大批涌入北美地区，他们在流散过程中切身体会到的文化震撼其实也就隐喻着母族文化的一种宿命。这一点，从北美新华文文学的许多作家作品中可以体察出来。如周励的《曼哈顿的中国女人》、曹桂林的《北京人在纽约》这两部在20世纪90年代产生轰动效应的作品，就是讲述中国人进入西方社会后的曲折经历。它们所叙述的主题正好契合了那个时代的中国人在重塑自己文化身份时所产生的期待视野，因而具有鲜明的寓言性质。为了进一步夯实这种"寓言性"的学理基础，陈涵平还借助新历史主义的观点来观照该区域文学的隐寓意义，使北美新华文文学在新历史主义研究视野当中获得一个更为广阔的阐述空间。新历史主义认为，历史和文本共同构成了现实生活的隐喻，文本的意义是随着历史的发展而不断生成的。运用新历史主义理论，人们对北美新华文文学和中国现代化20年的进程这二者之间的关系便有了一个全新的了解。正如陈涵平在具体作品分析中指出的那样，表现在个人命运上的文化冲撞，其实也是那个年代刚开始推行对外开放政策的中国，在面对强势的西方文明时的文化命运。也就是说，作家个体创作中所表现出来的从"背影"的反视到"冰河"的阻隔再到"唐人街"的持守,一连串心路历程所表现出来的文化轨迹,其实也透射出中国在启动现代化进程的初期面对传统文化的重重桎梏而行路踟蹰的阶段性命运。这样的分析是比较令人信服的。确实,通过研究所设置的文学文本与家国历史的互动描述,人们对北美新华文文学与当代中国文化进程的隐喻关系有了全新的认识,对北美新华文文学所具有的与中国改革开放历史同步发展的时代性、国际性和文学对话性有了较为深刻的印象。陈涵平的这些努力,为学术界提供了对北美新华文文学产生的历史条件、创作概貌、作品内涵等一种完整而清晰的认知。而他关于文化脉络的梳理,也确实让人们观察到了北美新华文文学的发展与当代中国文化进程的互动关系,从而引发对北美新华文文学更强烈的兴趣。

在对北美这一区域的华文文学进行整体研究之后,陈涵平的空间视野接下来继续向深广处拓展,他又先后对东南亚、东北亚、澳洲等地区的华文文学予以整体观照,先后发表了《东南亚华文诗歌复杂的文化认同》(《暨南学报》2014年第1期)、《论日本华人新移民文学的历史发展和总体特征》(《江西社会科学》2011年第5期)、《论澳洲新移民文学的主题特征》(《华南师范大学学报》2012年第4期)等文章。这一系列具有综合性、整体性的区域研究成果,为海外华文文学研究实现从分析到综合、从个案到区域、从文本阅读到诗学提升的转变提供了不小的助力。

三、为经典代言

2011年,陈涵平受饶芃子教授之邀参与国家社科基金重大项目"百年海外华文文学研究"的申报与研究工作,并成为该项目的子课题"百年海外华文文学经典研究"的负责人。自当年始,陈涵平在海外华文文学领域的研究重心便放在经典梳理与解读之上,总计为课题贡献了十余万字海外华文文学诗歌经典解读的研究成果,并先后发表了《五月诗花次第开——新加坡"五月诗社"代表作解读》(《名作欣赏》2013年第10期)、《东南亚华文诗歌复杂的文化认同——以若干代表性诗歌为例》(《暨南学报》2014年第1期)、《文学经典建构的文化关系和历史语境——兼谈〈埃伦诗集〉经典化的可能性》(《学术研究》2014年第11期)等一系列相关学术论文。

　　文学经典是文学宝塔的皇冠，海外华文文学也不例外。作为"离散"文学之一种的海外华文文学，是中国之外世界各地华人文心的艺术呈现。100多年来，这一领域通过不同历史时期各个地区华文作家个人的不断表达、传递、塑造，艺术地展现出本民族人们在海外的生存状态和生命体验，已涌现出许多优秀的作品，并且以其独特的文化、文学形态在世界各地产生了广泛的影响。巨量的作品和深广的影响进而形成一种召唤的合力，呼唤人们对这一领域的经典文本加以发掘、确立和阐释，以期准确认识和评价这一新兴文学领域，并对其赖以形成的新的文学传统和诗学价值予以全方位展现。因此，在海外华文文学经历100年后，对其经典的发掘、确认和研究已成为一个亟待开展的重要学术领域。通过这种努力，对该领域内具有代表性和影响力的各种优秀作品进行确认和阐释，不仅能标示出百年海外华文文学在艺术发展上的高峰线，展现海外作家的艺术实践对世界汉语文学的独特贡献，同时也能借助这些标志性文本，探讨海外华文作家的观念、情感、想象力和原创性，揭示他们的创作在审美价值上的内在特质，展示这些作品作为一种跨文化的汉语文学所蕴含的文化视野、诗学内涵和生存体验，其意义无疑十分重大。

　　然而，陈涵平在研究中发现，经典生成是一个众说纷纭、十分复杂的问题。各种各样关于经典构成的要素、经典形成的条件、经典确立的标准等观点层出不穷，且相互对峙。有学者将这些林林总总的观点化约为两大类："一类为本质主义经典化理论，一类为建构主义经典化理论。"[1]前者侧重于从文学的内部要素出发来看待经典的形成，认为一部文学作品之所以能够成为经典，就在于它具有超越时空、常读常新的美学特质；后者则侧重于从文学的外部角度来考察经典产生的各种可能性，认为经典的存在不是确认的结果而是生产的过程。不同时代的生产者立足于不同的空间，站在不同的角度，面对各种各样的文学文本，操弄不同的语言和意识形态，都有可能生产出不同的文学经典。因此，经典的划分没有固定的疆界，经典的形成也没有僵化的模式，经典总是处于建构、解构、再重构的动态进程之中。陈涵平从流散文学的独特性出发，

---

　　[1]　童庆炳、陶东风主编：《文学经典的建构、解构和重构》，北京大学出版社2007年版，第98页。

认为海外华文文学作为一种跨文化的、世界性的流散文学，其相互混溶的多元文化特质非常突出，因而从文化关系的角度来建构海外华文文学的经典应该是一条值得尝试的有效路径。由此可见，陈涵平主要运用建构主义的观点来看待海外华文文学经典的生成。

既然认可"经典是被建构出来的"，那么陈涵平接下来思考的问题是，建构的主体以及影响主体的各种因素不同，建构的结果就应该迥然有异。陈涵平在梳理建构主义经典观后指出，经典生产的多样化是由生产主体的多样化和生产环境（或背景）的多样化决定的。文学经典的产生、认定和流传，是多种文学外部因素既相互冲突又相互作用的结果。说到底，文学经典化表面上看来是一种文学现象，实际上更是一种社会现象、文化现象和消费现象。它不仅决定于自身的文学性，更决定于它在各种关系中的位置和表现。因此，"文学经典不仅是一种实在本体，更是一种关系本体，我们应将其视为一个被确认的过程，一种在阐释中获得生命的存在"。①经典不能只是被描绘成一系列孤立的文本，它们的社会的、历史的和文化的维度也一定要被关注和被说明。经典在何种地域、语言和文化空间里有效？它在什么时间内有效以及它的效用是否随着时间而改变？这一切都应该置放在关系域中去进行阐述。

陈涵平进而指出，既然经典的形成是在关系框架下多种力量博弈的结果，那么，运用其中一种主要的力量——文化——来建构经典，就应该是建构主义经典观的题中应有之义。而若回归到海外华文文学的研究立场，则借助文化关系视域来解决经典化问题显得尤为恰切。这一点当然是由海外华文文学自身的特点决定的。众所周知，海外华文文学首先是一个巨型的文学文本，它始终以汉语创造的艺术形象来展现流散者的域外生活及独特感受。然而这一文学因为是在跨文化的移徙中发生发展的，异质文化的交融、多元文化的互动是这一文学非常显著的内在特征，因此在很大程度上，海外华文文学又是一个极其宏大的文化文本。其中，文化质素的相互影响、文化力量的此消彼长、文化关系的风云激荡，总在或隐或现地左右着这一文学的运行轨迹和创作实绩。因

---

① 黄书泉：《重构百年经典——20世纪中国长篇小说阐释》，安徽大学出版社2010年版，第6页。

此，站在文化关系的角度来建构海外华文文学经典就显得十分必要。而从现时代文化关系的变动和发展来看，海外华文文学因其独特的生成背景、文化环境和传播机制，在走向经典化的过程中存在着诸多特殊性，其中首要的一点就是这一文学曾经有过被人为遮蔽的历史，因而需要对早期的创作成果进行挖掘、确认和诠释。

因此，陈涵平认为，海外华文文学领域的研究者们就有必要在世易时移的新时代下，根据文化关系的变化趋势，重新审视曾经被文化强权遮盖或扭曲过的海外华文文学的早期创作。具体就《埃伦诗集》来说，研究者首先要充分运用自己的话语权力，将这部从东方主义的"语言铁幕"下解救出来的作品确立为"我们"的经典。这是汉语文学评论家应该拥有的一种对经典进行"命名"的权力，通过这样的权力运作，让"我们"所立足的文化场域内的共同体成员都接受这一命名，让曾经的"非经典文学"逐渐浮出历史的地表，并按照"我们"的文化认同和文化价值观而逐渐将其合法化、普遍化，最终变成"我们"独特的文化资本。

除了对海外华文文学经典的生成予以阐析之外，陈涵平还对该领域的经典分类提出了自己的独特看法。陈涵平认为，对海外华文文学经典的确立可以主要依据外部关系的因素，而对经典类型的确认则要倚重其内在的生活"世界"。因为文学经典由于其自身艺术结构的规约，往往具有历史的、哲学的、文化的、审美的等内涵要素。恰恰是这些要素在作品中不同程度的显现，才塑造了经典作品的不同面貌。基于这一认识，陈涵平将海外华文文学经典分为三类：文化经典、文学经典、文献经典，并对其不同特点进行了分析。

在陈涵平看来，人们一般都比较认同海外华文文学是一个宏大的跨文化的文学文本，因而对文化经典、文学经典的划分没有异议。所以他特别对文献经典这一类别进行重点阐述。他明确指出，文学经典作为流传下来的艺术精华，大都具有丰富而可靠的文献内涵和历史价值。因为经典所反映的社会生活是广阔的，所揭示的人情物象是丰富的，所表达的生存哲理是深刻的，概而言之，其所包蕴的历史信息极为繁富。关于经典作品的这一特性，恩格斯曾以巴尔扎克的小说集《人间喜剧》为例做过这样的评价："巴尔扎克的作品汇集了法国社会的全部历史，我从这里，甚至在经济细节方面所学到的东西，也要比从当时所有职业的历史学家、经济学家和统计学家那里学到的东西还要多。"①由此可见，文学经典在历史面貌和社会生活的呈现方面具有不可替代的认识价值。另一方面，对经典文献价值的重视也有利于海外华文文学研究的推进。在国内的文学研究中，有学者常常标举"文献学与文艺学之结合"的重要性②，陈涵平认为这一观点对海外华文文学研究同样非常适用。因为海外华文文学研究起步的时间还不长，资料挖掘、文献整理的工作还刚刚开始，更重要的是，海外华文文学是存在于本土之外的文学，受外交关系、文化权力、受众传播、作者境况等因素的影响，很多作品的保存与传播都遭遇了各种各样的困难、受到了各种各样的制约。所以当下的研究迫切需要从历史的遗存中去发现和抢救相关文本，更需要从现存的作品中发掘出各种有价值的资料。更进一步从文学史角度看，某一文学领域的发展，从来都不是一马平川、一帆风顺的，而是充满着历史的波谲云诡和文学自身的曲折坎坷，从而呈现出明显的阶段性和转异性。在不同阶段的连接和不同层面的转圜之处，存在着若干承上启下、意义非凡的"节点"，在这一节点上冒现的文学作品往往具有非同一般的历史价值。尽管这些作品用文学性的标准来衡量，或许还不能完全称得上是艺术经典，但是它在文学史进程中具有某种开创性，而这种开创性使得它可以超越所处的具体时代而获得更持久的影响力，从而成为文学领域的文献经典。譬如在中国新诗里程上，胡适因为创作了《尝试集》而被人经常提及，如果要研究中国新诗，就不能绕开胡适及其《尝试集》，这样一来，本身艺术价值一般化的《尝试集》就具有了重要的地位。海外华文文学领域自然也有此种类型的作品，譬如黄遵宪的《日本杂事诗》。这部诗集作为黄遵宪"诗界革命"的初步尝试，在艺术探索方面还显得较为粗浅，然而它作为海外华文文学发轫阶段具有开创性意义的作品，却具有重要的历史意义和文献价值，因为从这部作品中我们能够发掘出丰富的文献资料和文学资源，诸如黄遵宪关于新诗创作的理论主张、关于东渡移民的生存境遇、关于异质文化的相遇状况，关于中日关系

---

① 恩格斯：《致玛·哈克奈斯》，选自《马克思恩格斯全集》第四卷，人民出版社1972年版，第462页。

② 程千帆：《两点论———古代文学研究方法漫谈》，选自程千帆：《桑榆忆往》，上海古籍出版社2000年版，第209页。

的独特认识、关于异域生活的多维呈现等。由此，这部作品就完全有可能成为早期海外华文文学的经典之作。应该说，陈涵平的上述剖析，为人们认识经典的内涵与价值提供了一种新的、有创意的视角。

在文学发展史中，经典建构总是各个时代人们热议的话题，并因此成为文学研究体系的重要构成。海外华文文学作为一种新型的文学样式，它的进一步的健康发展更需要同一领域内的经典予以引导。只有文学创作成为被经典所引导的行为，这种文学的价值才具备一个基本保障。也就是说，在诸多的写作物中，所谓的文学写作有着以经典为标杆的文学评价体系的支撑，这种写作物才具备成为新一批经典的可能性。由此可见，陈涵平多年来对海外华文文学经典的梳理、划定和阐释，实际上是在尝试建构一套关于海外华文文学经典生成的规范话语和言说体系，这就为海外华文文学的进一步发展提供了更多的学理支撑。

（本节撰稿者：陈涵平，广东第二师范学院中文系教授）

第三节 拓展跨媒介研究：凌逾

诗经楚辞与汉赋，唐诗宋词又元曲，一代有一代的文学。进入21世纪，文学发展又该转向何处？凌逾教授敏锐地察觉新技术催生下的媒介更新与融合动态，较早于国内提出跨媒介叙事理论，并坚持不懈地研究，打破文学自成一隅的传统封闭模式，开启文学研究新阶段，推动跨界创意文化研究思维建构。

凌逾的跨媒介研究从香港文学的土壤中生发开来。在她看来，香港作家文艺创意迭出，文学实验纷呈，无论在自觉或非自觉层面，都明显呈现出跨媒介特性。故此，凭借精准的学术眼光，凌逾在跨媒介叙事和创界创意文化这块新领地，进行了20多年的深入研究，辛勤付出换来了可喜的成果。

2009年她出版论著《跨媒介叙事——论西西小说新生态》①，以锐意创新的精神，对香港作家西西纷繁而多元的文学创作进行了全面、深入的挖掘与分析，开辟出跨媒介视角下的研究新领域。随后，2012年出版《跨媒介：港台叙事作品选读》②，进一步打通跨媒介脉络，以开放式、层进式的编选理念为读者梳理港台文学的特色之处，并将这股文艺新风带进高校，力求引领更多青年学者开展相关学习和研究。在凌逾主持和指导下，"跨界创意文化研究""跨媒介文化创意的新教改策略""跨媒介文化创意：新媒介教学内容和教学策略"等省级、校级科研教改项目均收获不俗成果。2015年底，凌逾出版论著《跨媒介香港》③，可谓香港文学跨媒介研究的集大成之作。2018年2月，新著《跨界网》付梓，省思网络时代的中外跨界创意可能，探测新时代艺术文化转型

---

① 凌逾：《跨媒介叙事——论西西小说新生态》，人民出版社2009年版。

② 凌逾：《跨媒介：港台叙事作品选读》，广东高等教育出版社2012年版。

③ 凌逾：《跨媒介香港》，社会科学文献出版社2015年版。（获"广东省第七届哲学社会科学优秀成果奖著作类"二等奖，证书编号：2017–A–2–071）。

之路。

自此，凌逾的学术研究路径从"I"型个案纵深研究延伸覆盖至"一"型类型广度研究，打造出独具特色的"T"型学术版图，其对香港跨媒介文化的深刻体认与独到见解可谓走在同时期研究者的前列。

力求出新、重质，在学术路上不求赶路。《跨媒介香港》耗心耗时六年打磨而成，当中既有对过去两部研究论著的观点归纳与概括梳理，同时又涵盖了论者大量的新近论述。全书共设五章，以文学为中心，展示了文学叙事与广播影视、地理空间、赛博网络与展演艺术的跨媒介整合，着力探讨新世纪文艺领域的跨媒介叙事。该论著集中体现了凌逾多年研究的丰硕成果，同时也印证了著者对跨媒介叙事持之以恒的关注与研究。那么，以跨媒介的视角探索叙事学，香港"跨媒介叙事"为何值得深入研究，其价值意义又体现在何处？

首先，揭示当今时代文艺发展趋势，为文学创作提供创意范式。

香港中西合璧的复杂多元文化根基与社会语境，充分浸润于新媒介时代之风，从而衍生出大量跨界创意。与海派、台派的跨媒介叙事比较，港派跨媒介叙事多有突破，兼容世界性、香港性与个人性，文艺创作更具开放性、包容性与多元性，当为时代文艺风向标。香港跨媒介叙事的范式意义不仅在其姿态万千，更在于其整个体系背后的创意之法，著者对此有详细分析。比如文学领域的跨界之道，一有文本内部的跨界整合法，文体文风混搭交织、古今文本互涉改写；二有文本外部的跨媒介借用法，以文学为主体叙事，吸纳其他艺术或媒介技术，互借互鉴；三有通感整合法，各种感觉彼此打通，各官能领域不分界限。媒介艺术的跨界之道也有几种：一是文学与电影在叙事时间、空间、人称和意旨等方面互启互鉴；二是文学空间叙事与后现代文学地理径、建筑术、缝制法相反相成，造就跨界创意；三是在赛博网络时代开创出赛博空间叙事、新符码、新人学、或然叙事、互动叙事；四是文学与展演艺术在叙事灵感和表现形式方面的跨界整合。所谓"授之以鱼不如授之以渔"，习香港跨媒介叙事创意，贵在得法。此可谓是跨媒介研究的方法论。

其次，推动跨界整合研究，为叙事学研究提供新的可能性。

经典叙事学脱胎自结构主义和俄国形式主义，将文本看作独立封闭的体系，研究内部各个要素的功能与关联。然而，随着信息技术的快速发展，文化生态急剧变化,各类新媒介异军突起,叙事方式由一变多,绘画、音乐、建筑、网络,都有可能成为叙事主体,传统的叙事学已无法对其作出合理阐释。于是,西方叙事学理论逐渐从经典叙事学向后经典叙事学转移。后经典叙事学的重要特征之一即跨界趋势,不仅强调叙事学本身要跨越边界,在对文本叙事结构作技术性分析的同时,走出文本,重新审视各媒介艺术间的圆融互渗,更强调学科整合研究,叙事学向符号学、媒介学、现象学等其他学科交叉取法,互为补充,实现学科合作的最大效益。凌逾的研究,可看做是这种跨界整合研究方式的一次成功尝试。而这种跨学科的研究思路,无疑为叙事学研究带来了新的可能性。

再次,重建当代文学评价标准,为文学批评提供新的视角。

自文学作品诞生以来,文学批评亦随之发展。作为文学活动中的一种动力性、引导性和建设性因素,文学批评既影响文学创造,也影响文学接受,同时在二者间承担沟通与传递作用。21世纪不仅是屏读时代,屏幕无处不在,视觉文化盛行,也是触网时代,数码网络快速发展,文学突破界限,谋求媒介合作,已然成为大势。对于这些作品,文化批评者要做的,不是否定而是挖掘,不是搁置而是推广,让传统的批评方法在信息时代焕发出新的活力。而这也要求批评者具备多领域理论与知识储备,从而使作品更易于为大众和学界所接受。以此审视《跨媒介香港》一书,若无著者前期漫长的跨界知识沉淀以及后期融科学性与趣味性于一炉的深度剖析作为支撑,实在难以见出整个香港地区的文学气象及其范式意义,读者也难以如此近距离接触与透彻地品味作品意趣。跨媒介叙事学顺应时代趋势,指出文学的前进方向,不失为当今文学批评新的理论武器。

跨媒介叙事虽属西方后经典叙事学之新兴范畴,但是凌逾对叙事学的思考并不局限于此。从西方后经典叙事学出发,凌逾正尝试走出一条建构中国本土叙事学的新路。正如凌逾本人所指出的,建构华文文学的本土叙事学,需要摆脱西方理论的固化限制,重新用传统的眼光和思维看待问题,在"古意中开辟新意"①。努力回溯传统,勾勒新意,也因而成为凌逾一以贯之的研究原则。

从这一角度观照香港文化,凌逾见出了香港跨媒介叙事贯通古今、打通中

---

① 凌逾:《跨媒介香港》,社会科学文献出版社2015年版,第417页。

西的交融特性，比如解读刘以鬯小说与王家卫电影的对倒叙事，却从中挖掘出背后所蕴含的中国传统精髓。"对倒"本为邮票术语，源于19世纪法国，受背靠背艺术启发而生。在西式对倒的外衣之下，凌逾看的是中国式的起兴、耦合的粘连，"'对倒'不是悲壮的对比、绝对的是非，而是太极式的二元相生互化"①，讲求的是言外不尽之意。解读图文互涉的对角叙事，发现与"古代形象思维中一个非常关键的理念——对称与平衡"②遥相呼应。解读也斯《后殖民食物与爱情》的空间叙事，凌逾自创新语"与美学"，不仅体现文本中类似于绘画拼贴与电影剪辑的叙事特点，更与汉语语法的并列、并置和对等等二合思维相呼应。解读李碧华小说的轮回叙事，看出中国传统戏曲元素的转世化用，以及轮回穿越背后的经典佛教哲思。解读葛亮《北鸢》的新古韵，紧紧抓住"纸鸢"这一传统文化符号，逐层深入论述，揭示小说的叙事结构、情感隐喻及其哲理寓意，并从家族小说的架构中见出中国古典叙事学神韵，翻出隐伏书中的传统文化精髓。此外，解读味觉、视觉、听觉、触觉跨界叙事，则发现其灵感实际源于传统文化中打通各感官的通感思维。在具体分析时，凌逾有意以本土性思维与传统性思维贯穿其中，借此挖掘港派跨媒介叙事底下的中国肌理。

目前，国内跨媒介叙事研究大多数是对媒介融合背景下跨媒介现象研究、文学叙事与其他媒介叙事的关系研究。王瑛的《回顾与展望：跨媒介叙事研究及其诗学建构形态考察》③，列举了当前我国跨媒介叙事的研究焦点，同时提出跨媒介叙事诗学的建构问题；李炜的《多重跨媒介文化实践：文学、影视与戏剧》④，梳理了当代多重跨媒介文化实践概况，围绕互文叙事探讨各媒介特质及其在此基础上的交叉融合；龙迪勇则指出空间在叙事学研究中的重要性，认为空间叙事也是一种跨媒介叙事，12年磨就《空间叙事研究》⑤一书，将空间维度引入叙事研究中，新意与深度兼具。对于上述现象与问题，凌逾也不乏剖析。

① 凌逾：《跨媒介香港》，社会科学文献出版社2015年版，第24页。
② 傅修延：《中国叙事学》，北京大学出版社2015年版，第81页。
③ 王瑛：《回顾与展望：跨媒介叙事研究及其诗学建构形态考察》，《中国文学研究》2016年第4期。
④ 李炜：《多重跨媒介文化实践：文学、影视与戏剧》，《华中学术》2016年第3期。
⑤ 龙迪勇：《空间叙事学》，生活·读书·新知三联书店2014年版。

《现当代香港文学创意与媒介生态》①点出香港文学中的跨媒介现象，《文拍与舞拍共振的跨界叙事》②《香港文学与电影的跨界整合》③等分析文学其他媒介的跨界合作，《小说时间空间化的叙述创意》④《后现代的香港空间叙事》⑤《开创地图空间叙事学》⑥等则聚焦文学中的空间叙事问题加以探讨。

然而，凌逾走得更前也更远，正如学者王瑛所言，不仅全面描述了港台文学跨媒介叙事的纹理，更着力触及这些叙事景观背后的肌理，展示其深远意义，为跨媒介叙事诗学的建构提供了有意义的思考。在全球化、同质化的今天，凌逾研究跨媒介叙事，并非简单地、机械地借用西方理论，而是立足于中华文化的根性，着眼于建构具有本土特色的叙述理论，旨在建立具有中国特色的跨媒介叙事。就这一点而言，凌逾与杨义、傅修延等老一辈学者所做的研究努力是一脉相承的。

可以说，凌逾的香港跨媒介叙事研究始终体现着破与立的辩证关系。在跨媒介领域，以创新思维洞悉时代新势，关注、挖掘具有跨媒介特色的优秀作品，既是对原有文学研究思路与文学批评原则的突破，也是更新。在叙事学领域，推动了西方后经典叙事学在跨媒介研究的进一步发展，同时又冲破西方叙事学理论的固有藩篱，迈出本土叙事学建构的重要一步。

香港文学之后，凌逾始终没有停下探索的脚步，而将研究视野拓宽至海峡两岸暨香港文学乃至全球华文文学。放眼华文世界，凌逾看到了中国文学在各国各区的传承繁衍与顽强生长，同时也看到华文文学对中国文学的补充更新与文化反哺。以圆融中西为基点，由香港文学辐射至华文文学，凌逾的跨界版图日益拓宽，也从侧面显示了学者对世界华文文学的熟悉关注与深刻思辨。凌逾曾赴美国加州大学伯克利分校访学一年，且经常受邀参加国外的学术交流会

① 凌逾：《现当代香港文学创意与媒介生态》，《中国现代文学研究丛刊》（月刊）2013年第7期。

② 凌逾：《文拍与舞拍共振的跨界叙事》，《文艺争鸣》2011年第10期。

③ 凌逾：《香港文学与电影的跨界整合》，《汉语言文学研究》2012年第1期。

④ 凌逾：《小说时间空间化的叙述创意》，《香港文学》2007年第10期。

⑤ 凌逾：《后现代的香港空间叙事》，《文学评论》2009年第2期。

⑥ 凌逾：《开创地图空间叙事学》，收入郭杰、左鹏军主编的《岭南文化研究》，清华大学出版社2015年版，第241—261页。

议，先后到过韩国、保加利亚、捷克、匈牙利、奥地利等多地。往返于东西方学府的求学经历及其国际化研讨切磋的学术经历，使其对北美华文文学、欧洲华文文学及至世界华文文学有独特的研究心得。《"美杜莎"与阴性书写——论虹影小说〈饥饿的女儿〉》①以女性主义视角探讨长篇小说《饥饿的女儿》如何拓展小说中女性个人叙述声音的空间以及如何重构社会文化意识，藉而成为阴性书写的典范文本；《海底无边——论加拿大华裔作家李彦的华人叙事》②发现长篇小说《海底》在写实主义传统之上的现代与后现代叙事技法新变；《自审与审他的多重跨越叙事——论少君的微脸百相网络》③剖析留美华人作家少君短篇小说集《人生自白》，双重叙事视角折射出华文作家背后的多重空间经验以及行走于异质文化所造就的他者立场；《颂瑜的欧风岭语》④介绍了瑞士籍华裔作家朱颂瑜散文中的乡土关注、亲情缱绻和中外双重视野，见出黄色岭南文化与蓝色欧洲文化的交相辉映，开辟世界华文文学研究不为人熟悉的另一方风景；《开拓跨国贸易与哲思小说的新格局——论老木长篇小说〈新生〉》⑤，则从捷克华人作家老木的长篇小说中敏锐挖掘出当代世界华文文学小说类型的转向：经济性、哲思性、跨国全球性与当下性的特色愈加突显。

此外，论者亦不忘挖掘华文文学的传统意蕴，中西打通的思维始终贯穿整个学术研究进程。2016年8月26—27日，凌逾参加在南京大学举行的"华文文学与中华文化"国际学术研讨会，为大会作学术总结演讲《复兴传统拓展华文》，在强调华文文学与中国文学、传统文化互生关系的基础上，尝试为新文学、新中华文化走向世界寻找可行道路。同年11月8日，在第二届世界华文文学大会暨第十八届世界华文文学国际学术研讨会上，凌逾为分论坛"讲好中国

---

① 凌逾：《"美杜莎"与阴性书写——论虹影小说〈饥饿的女儿〉》，《华南师范大学学报》2004年第3期。

② 凌逾：《海底无边——论加拿大华裔作家李彦的华人叙事》，《湘潭大学学报》2014年第6期。

③ 凌逾：《自审与审他的多重跨越叙事——论少君的微脸百相网络》，《海南师范大学学报》2016年第11期。

④ 凌逾：《颂瑜的欧风岭语》，《广州文艺》2016年第11期。

⑤ 凌逾：《开拓跨国贸易与哲思小说的新格局——论老木长篇小说〈新生〉》，《文学评论》（香港）2017年第48期。

故事，讲好华人故事"做小组汇报，充分肯定了海外华文作家们对传承中国心路历程中的苦苦耕耘。尽管不同区域的华文文学各有特色，但就总体而言，侨居海外的华文作家在文学创作上大多显示出博古通今、横贯中西的跨界意识以及立足传统、放眼全球的世界视野。世界华文文学异彩纷呈，凌逾的学术研究也因此遍地开花。

一个学者的魅力不仅仅在于其学术贡献，还在于其修炼精神。在凌逾身上，我们可以看到新生代学者所展现出来的风采与魅力——专注。凭着"在书桌前坐成一棵树"①的韧劲，几十年如一日地扎根香港文学、华文文学，由此开辟出独树一帜的研究风格：一、开放。自2013年起至今，凌逾每年坚持撰写《香港文学年鉴》，并收入古远清教授主编的《世界华文文学研究年鉴》各年版本。该系列年鉴全面介绍具有影响力的香港作家作品，及时总结当年的香港文学研究状况和学术动态，为后来者提供了详实的研究资料。二、责任感。挖掘传统文化，弘扬民族精神，为当代中国文化寻找根性，培养沃土。三、更重要的，思考与创造。德国哲学家费希特曾说，要永远忘记自己已经做过什么，而要永远记住自己作为一个学者还能够做点什么。在学术领域，凌逾从不固步自封，坚持每天看书写文，不断吸收成长，不停输出创见。从华南师范大学大学教授，进阶到博士生导师、博士后合作导师，凌逾始终保持着作为一个学者的生命活力，而这种活力也在师生之间，潜移默化，代代相承。

既纵身现代，汲取西方文化之精华，又穿梭于古典，深得传统文化之浸润，凌逾的研究摆脱了传统叙事学的固有框架，为建构具有中华文化特色的叙事理论以及自成一体的跨媒介创意理论提供了稳健而扎实的一步。其对华文文化新生态的深入探究，对全球中华文化根性的挖掘，无疑为华文文学学科的构建提供了有益的实践。

（本节撰稿者：彭瑞瑶，东莞市东华初级中学教师）

---

① 凌逾：《跨媒介香港》，社会科学文献出版社2015年版，第450页。

第四节　文化与叙事的交融：彭志恒

彭志恒为学界同仁所注意，始于十几年前的一场论争①。2002年2月中国作家协会主办的《文艺报》发表了题为《华文文学是一种独立自足的存在》的文章，文章旋即引起争论。论争持续了三年时间，不少学者著文参与讨论，另有更多学者通过学术会议交流的方式，也对该文的观点和立场发表了自己的看法。这场论争在研究理念以及选题方向上对国内的华文文学研究产生了积极影响，同时一定程度地激发了该领域研究的方法论意识。

发表在《文艺报》上的文章便是彭志恒执笔的长文《文化的华文文学的观念及其方法论意义》②的"缩写版"。这篇长文对当时的华文文学研究状况提出了尖锐的批评，认为该领域研究的繁荣只是表面现象，而在深层次上，则存在着基础性研究观念方面的危机。文章将这种研究状况归因于"语种的华文文学"观念的泛滥，并进一步指出，在这种观念的作用之下，研究活动过度释放了学者内心深处的某些民族主义情绪，从而收窄了对文本对象进行解释的理论通道，使得原本内涵丰富的台港及海外华文文学文本成了单纯的民族主义情绪的移情载体。该文还对当时华文文学研究中泛滥成灾的乡愁以及寻根的选题方向进行了专题的反思和批判。文章较强的批判性引发了学界的不满，同时也激励研究者们审视华文文学研究客观存在的问题，总体而言影响是良性的。

在批判"语种的华文文学"观念的同时，文章也提出了替代性的观念，即"文化的华文文学"。按照这种观念，华文文学，尤其是海外华文文学，

---

① 部分争鸣文章收录在《文化的华文文学——华文文学研究方法论争鸣集》，庄园编，汕头大学出版社2006年版。

② 见《中国现代文学研究丛刊》2004年第4期。

应该被解释为具有自身存在论意义的独立的文学现象。作为独立的文学现象，华文文学叙事具有两个支点，一个是作为文学之根本的生命，一个是海外生存的双重文化际遇。按照"文化的华文文学"观念的指引，研究活动会有更多的选题方向，研究成果会更加丰富多彩，培育的理论命题也会具有一定的人类学普遍意义。"文化的华文文学"观念究竟对后来的研究活动产生了多少影响是很难说的，确定无疑的是，这种观念的提出，激发了研究者对于台港及海外华文文学根本属性的再认识，此后出现的"族性的华文文学""个人化的华文文学"①的提法证明了这一点。

"文化的华文文学"观念引发论争有其客观方面的原因，当时华文文学研究已经有20年历史，虽在研究领域开拓方面成绩喜人，但在学科建设以及方法论探索上则存在不少问题。繁忙的思索和交流活动背后隐藏着某种焦虑，而论争不过是这种焦虑的一个体现。另一方面，论争的发生也与彭志恒个人思想深层的观念有关。他2000年出版的专著《中国文化与海外华文文学》具有非常明显的泛文化主义倾向，这种理论倾向决定了他将华文文学解释为具有存在论独立性的文化主义叙事现象。在他看来，华文文学叙事首先是文化主义的，然后才是文学的。这种观念自然属于理论预设，但同时也有足够的经验性证明。例如，东南亚地区的华文文学创作，尤其是早期的创作，就没有什么文学性。或者更准确地说，人类存在本身必然包含的文学性还没有在这一地区的华文文学写作当中体现出来，以"文学创作"为目的的写作活动没有培育出什么叙事模式，也没有展现典型的审美趣味。这种情况下，华文文学创作只有被当作文化主义话语现象来看待才具有足够的研究价值。

在泛文化主义观念的影响之下，彭志恒形成了自己独特的华文文学研究思路。这种思路包括两个层面的理论预设，一个层面的预设是，海外华文文学是中华文化与异域文化遭遇所产生的叙事形态。按照这种预设推断，中华文化核心理念在遭遇异域文化的观念和价值之后，必定会发生某种变化或者

---

① 刘登翰、小新：《关于华文文学几个基础性概念的学术清理》，《文学评论》2004年第4期。

变形，并且这种变化或变形一定会以某种方式体现在华文文学叙事当中。这种变化或变形所表现的并不仅仅是新奇可爱的文学现象，更重要的是人的自由本性在不同文化理念的挤压之下所获得的曲折反映。华文文学研究的任务就是观察和分析文本中出现的这些变化或变形，从而探索中华文化在遭遇了异域文化观念的对抗之后可能出现的演变逻辑。在这种演变逻辑里，很可能隐藏着中国文化现代化的秘密。另一个层面的预设是，美华文学是中华文化与异质文化遭遇所生成的叙事形态。由于东南亚地区的文化与西方文化根本不同，所以，虽然这两个文化区域的创作都属于海外华文文学范畴，但二者的文化学属性却是根本不同的。这种不同要求研究活动在分析方法上对二者采取不同态度。在本质层面上，中华文化与西方文化是对立的，这种对立在一个理论维度上体现为核心理念的对立，在另一个理论维度上又可以被表述为现代性与古典性的对立。这种深刻的对立必定会对美华文学叙事方式产生更大的塑造作用。而这意味着，相较于东南亚地区的华文文学，美华文学叙事在中国文化发展、变化的逻辑方面会向研究活动提供更多、更重要的信息。

彭志恒于2005年出版的《海外中国：华文文学和新儒学》（花城出版社）比较详细地论述了海外华文文学写作的思想背景，以新移民文学为文本例证分析了美华文学创作对中国文化现代化的启示意义，并着重探讨了特别典型的海外华文文学叙事模式的发生、存在和消解的内在逻辑。在他看来，海外新儒学与海外华文文学并非两种不相干的话语形态，二者是内里相通的。海外新儒学的诉求构成了海外华文文学创作思想背景的核心部分，二者表达的是关于生命存在的同一种文化学境遇：处于异质文化中间，生命无法获得真实的存在感，于是以理想的方式重建精神家园。

彭志恒认为，20世纪90年代以后出现的美华新移民文学最好地印证了一百年以前的"五四"时代为中国现代化历史所确定的个体主义方向。由原来的把个体存在当作封建伦理的工具转变到把个体生命看作独立自主的存在，并按照自由、民主以及民权原则重建中国人生，这是"五四"时代（1915—1926年）的历史性选择。这个选择站在最高的立场上规定了中国现代化历史的根本方向和进演逻辑，而百年后的美华新移民创作则令人欣喜地重申了这种历史性的选择。新移民文学创作对中国文化现代化的启示意义极为珍贵和独特，它在叙事方式上极大程度地放弃了此前海外华文文学书写所坚持的民族主义理解模式，并尽量按照个体主义原则和理念去叙述海外生活经验、塑造人物性格和推进小说情节。新移民文学的这种新气象，尤其是它所体现的个体主义文化学意味，是此前任何一个时期的海外华文文学创作所没有的。

这本书还专题讨论了"乡愁""边缘人"以及文化对立主义情绪的问题。乡愁以及边缘人既是海外华文文学书写的叙事模式，也是关于文学叙事的批评模式，二者属于一体两面的关系。作为海外华文文学的叙事模式，乡愁和边缘人这两种观念包含了过多的民族主义成分，从而限制了人物以及情节的文学内涵的丰富性，这种叙事方式排斥甚至拒绝读者对于文本多样化的解释方式，不管是作品的写入还是读出，都变得单一化。而就其作为批评模式而言，乡愁以及边缘人的观念不但错误地纵容文学叙事的单一化的民族主义属性，而且也使得海外华文文学研究本身变得模板化，失却了文学批评和研究面向广泛的精神价值。20世纪90年代，无论是在台湾，还是在祖国大陆，华文文学研究都淹没在一片乡愁之中，如此单调的写与读的对话使得文学本有的丰富性和批评与研究的深刻性都受到了损害（这种情况自2002年那场关于华文文学根本属性的学术论争之后有所改观）。

在彭志恒看来，任何一门汉语新学科的建立都必须在理论模式和历史书写上体现对于晚清以来中国现代化历史的思索热情和明确见解。这是任何一个新学科成型的必然要求，这种要求与近代以来中国文化现代化的逻辑是一致的。一个学科如果满足了这个要求，那么它的研究活动就有资格参与国际学术交流，如果无视这个要求，该学科就必定失去国际交流的可能性。中国现代文学研究就是在这个前提之下发展、繁荣起来的，它体现了对于现代化的热情，它的说理活动始终保持了现代化的方向感，对中国文化的现代化逻辑也表明了清晰的看法。与中国现代文学研究相比，海外华文文学研究学科化的相关要求还要更高、更典型。海外华文文学研究不仅面向本民族，而且面向全世界，这就要求它的学科建设具有更加鲜明的现代化视角，也要求它对于本民族文化与国际化了的现代文化之间的逻辑关系做出明确表述。

发表于《华文文学》2003年第2期上的文章《留学现象与近代以来中国

文化动变》（以下简称《留学现象》）便是基于以上考虑所做的新尝试。文章把海外华文文学看作中国文化现代化进程所引发的一种特别的文学叙事现象，并将整个创作史历程区分为三个段落。这三个段落分别代表了三种基本叙事模式，同时又体现了向着现代价值进步的历史递进关系。通常情况下，海外华文文学研究把20世纪60年代的台湾留学生文学看作海外华文文学的初始期，《留学现象》一文对这种约定俗成的做法做了较大改变。文章将海外华文文学书写的初始期向前推至晚清民初，这就意味着，原本属于中国现代文学研究议题的如郭沫若、郁达夫等人的早期创作，也可以被放置到海外华文文学研究视野里加以观照。这种将晚清民初看作海外华文文学历史起点的做法也较好地呼应了海外华文文学研究对中国历史现代化母题进行探索的内在要求。

这三个段落分别是晚清民初的留学生文学、20世纪60年代以后的台湾留学生文学及其后续海外华文创作、90年代以来的海外华文创作。这三个时期的海外华文文学创作分别体现了三种不同的文学叙事模式，这三种叙事模式背后的核心理念又体现着中国文化现代化的递进关系，即由集体主义价值向个体主义价值演进的文化变革逻辑。晚清民初留学生文学的根本属性是泛民族主义，即民族主义是其任何解释活动的根本原则。《留学现象》一文以郁达夫早年在日本的创作为案例，对这种泛民族主义叙事模式进行了分析，指出这种叙事模式的根本特征在于，小说叙述中的任何生活事件、情节进展的推动力、人物性格的设计乃至对话的内在逻辑，都以民族主义为根本原则。"我"的所有人生事务和琐屑的生活事件都不是"我个人的"，而是被创作活动叙述成了整个民族的事情，"我"的不幸成了民族的悲剧，甚至"我"失恋的苦恼在这种极端化民族主义叙事中也成了整个民族的失败。早期留学生文学的民族主义叙事扭曲了作者的认知活动，同时也扭曲了读者的认知活动。这种叙事活动严重压抑了个体主义理念在晚清以后中国新文化环境中的成长，从某种意义上说，它是一种人性论的灾难。

民族主义原则对海外华文文学叙述活动的损害在60年代以后的台湾留学生文学及其后续海外华文创作中有所减弱。在这个时期的创作中，作者的民族主义立场由晚清民初留学生文学的无所不在、无所不能的解释学原则弱化成了温和的"文化民族主义"立场。这个时期的创作固然也保留了民族主义理念对于文学叙事的优先权，但这种优先权是在与个体主义理念的尖锐对立中呈现的——例如於梨华的小说《再见，大伟》，这就意味着在文学叙事中民族主义理念的地盘有所缩小。在"乡愁""漂泊""放逐""寻根""游子"等各种形式的叙事中，民族主义思想原则淡化、弱化成了海外华文文学叙事对于中华文化精神家园的向往，成了文学书写的某种文化主义梦想。所以，这个阶段的海外华文文学叙事的根本属性是文化民族主义。这种属性可以被看作是泛民族主义向个体主义叙事原则的过渡。

台湾留学生心中的文化家园混合着两种成分，即台湾生活经验和文化主义的大中华观念，其中后一种成分是想象性的，没有足够的生活经验支撑。这决定了他们心中文化家园的脆弱性，也决定了其文化民族主义叙事原则的不可持续。与此形成鲜明对照的是，20世纪90年代以后来自大陆的作者是带着货真价实的中国生活经验开展华文文学创作的，他们的创作活动不再像台湾留学生那样严重依赖对"文化中国"的想象，因为他们的生活经历原本就是文化学视域内的中国。真实的中国生活经验激发了90年代以来以严歌苓创作为代表的美华文学创作的个体主义叙事原则的生成。这一时期的创作剔除了民族主义观念成分，放弃了乡愁叙述模式，摆脱了寻根观念的干扰，按照个体主义原则安排和组织一切。

三个历史段落的划分和对三种叙事模式的辨析对于深入理解海外华文文学现象有一定启发意义，对于反思海外华文文学史写作思路也有很大帮助。

近年来，彭志恒对海外华文文学的研究在方法和理念上又有较大程度的推进，这集中体现在《间际生存与异域书写》①一文里。此前的研究追问的是海外华文文学的文化学属性以及叙事模式的民族主义属性的演变情况，这篇文章则把追问指向了作者个人的思维活动；此前的研究属于宏观观察，而新近出现的研究方向则属于微观探索。有什么样的思维活动，就有什么样的文学作品，这是常识。那么，与海外华文文学任何一种文本直接相连的现场思维是怎样的？这种现场思维一般含有哪些概念？这些概念的活动遵循什么基本原则？

① 见《华文文学》2016年第3期。

对这些问题的探讨构成了这篇文章的主要内容。

　　按照《间际生存与异域书写》的见解，美华文学创作是在一种巨大的矛盾之中进行和完成的。这个矛盾便是个体主义思想原则与非个体主义思想原则之间的矛盾。作家的创作活动使用了两种文化资源，一种是中国文化的，另一种则是西方文化的。西方文化的根本原则是个体主义，而中国文化的最高原则属于一种非个体主义。这两种思想原则分别指导各自的概念活动，因此，作家创作的现场思维里包含了两种互相矛盾的思维活动。文章认为，所有的美华文学作品都是这两种互相矛盾的思维活动交织、纠结和寻求解脱的产物。用这种思路来解释海外华文文学文本可以产生很多新颖的看法，例如，《少女小渔》所书写的，以这种思路来看就并不是什么人性的善良——虽然通常的批评活动都这样认为，而是创作思维在受了集体主义思想原则的扭曲之后，对于人性的错位理解。用这种思路来观照整个海外华文文学史，则可以把整个文学史历程看作人类个体主义精神原则与非个体主义精神原则相互对抗、此消彼长的过程。

　　"间际生存"是一种十分重要的新概念。它是指这样一种生命存在状态：主体的思想活动包含了两种本质相异的文化成分，思维活动的主导权分属于两种无法并存的精神原则，因而概念之间的关系处于紊乱状态；这种状态最终造成了现实生活中任何存在物伦理含义的不确定，个体生命存在因而处于某种文化学意义上的非正常状态。"间际生存"有四种典型的情态，即"漂浮的人生""彷徨与苦恼""梦回精神家园"和思维活动过度依赖诠释学意义上的民族主义。由于海外华文文学就是海外华人间际生存的文本表现，所以，这四种情态也是文学创作的四种主要的题材模式和情节演进模式。

　　用"间际生存"的观念来解释海外华文文学，无疑会给海外华文文学研究带来新的局面。止于目前，对于海外华文文学根本属性的认识和探讨都是在比较狭窄的理论框架里进行的。而"间际生存"的观念则把华文文学看作人类生存现象，即意味着在终极意义上，海外华文文学所书写的不是"中国故事"，不是"中国人"的故事，而是人类的生活故事，是人类顽强寻求自身本质认同的精神行程。

"间际生存"作为概念工具还可以应用于整个人类生活史的现代化议题，比如，对Diaspora现象的任何专题化研究、文明冲突的本质、本族文化传统与现代价值，等等。

　　　　　　　　　　（本节撰稿者：彭志恒，汕头大学文学院副教授）

第五节 流动中的跨界与开放：朱崇科

目前，在台港和海外华文文学研究领域，出生于1975年的朱崇科已是极具学术创造力、冲击力、影响力的新生代学者。1994年，他从山东南下广东，在中山大学的丰厚与开放学术滋养中快速成长，七年后继续南下负笈新加坡国立大学攻读博士。2005年，被中山大学"百人计划"人才引进为中文系副教授，2011年晋升教授。2016年，踌躇满志的他开始执掌中山大学中文系（珠海）①，并勠力打造开放性、跨学科、国际化的华文文学研究新平台。无论是以鲁迅研究为代表的中国现当代文学领域，以刘以鬯、李碧华为代表的香港作家研究，还是以新加坡、马来西亚为代表的区域华文文学研究，乃至对王德威、史书美、黄锦树、钱超英等学者的评论互动，无不展现出新一代粤派学人立足本土、对话区域、放眼世界的敏锐创见。

从研究历程来看，"流动"无疑是朱崇科学术生命的喷薄源泉之一，这不仅生发于自我的流动与不羁，也涵括研究对象的流动与跨界。他先从鲁迅研究关涉香港文学，随后从新马文学缕析其内在的本土性纠葛，进而又从比较视野介入"世华文学"。同时，他对巴赫金的复调与狂欢、福柯的系谱学与考古学、布迪厄的场域与文化资本、后殖民话语与权力机制等都有独到见解与巧妙化用，将丰赡的理论涵养与精深的文本细读相融通，这就熔铸为一种观点鲜明、逻辑缜密又锐气逼人且新意迭出的思辨文风。在论证策略上，他评述各家短长又寻求反思新变，在规避陷阱的吊诡中又不乏剑走偏锋的犀利，往往层层剥离迷思，而后真面历历如绘。正如王国维所言："诗人对宇宙人生，须入乎其内，须出乎其外。"这也同样适用于朱崇科的学术理路，"入乎其内"是指

---

① 可参中山大学中文系（珠海）网站主页介绍：http://chinesezh.sysu.edu.cn/zh-hans/about/introduction。

对本土（香港、新马等地）的身心融入与情感观照，有了感同身受的在地体验，方能蕴蓄有"生气"且"不隔"的文思；"出乎其外"是指感性抽离并超然物象的客观审视与拆解建构，把控论述的理性尺度才能有的放矢且追求"高致"。统观其治学进路，在文（文人、文本、文论）史（文学史料、历史语境）互参的践行模式下，在锐意创新的问题意识调度下，他不乏陈寅恪的"了解之同情"，还依稀透射出鲁迅先生的铮骨傲气，更有对自我惯常的反思与超克，这应是其学术生命的内核支撑。

一、从鲁迅关涉香港文学

从1999年在《香港文学》发表第一篇论文《我看"南来作家"》[①]开始，朱崇科研究的流动版图初现，从此走向中国现当代文学与香港文学的对接与对话。这里的"南来"特指从内地迁居香港的文人，更准确的称呼应是"香港南来作家"。值得注意的是，该篇师从其硕士导师王剑丛教授的课业论文发表于香港，并得到时任主编、"香港文坛常青树"刘以鬯先生的嘉许和亲笔回信勉励，这也为其继续深入探研香港文学打开门径。另一方面，跨域对话的牛刀初试无疑增强了其学术研究的信心，并进一步激发了融入香港语境的潜在本土情怀。真正系统的香港文学研究要从他的硕士论文《故事新编中的叙事范式：以鲁迅、刘以鬯、李碧华、西西的相关文本为个案进行分析》（2001）说起，而导师王剑丛[②]更是研究香港文学的第一代专家。在学脉承传中，朱崇科延续了前辈学者重视第一手资料的扎实传统，同时又在理论素养与问题意识的开拓上焕发出新生代学者的批评锐气。具体而言，这一阶段的学术进路正蓄势待发，而继后分化为三路并进：一是鲁迅与香港的互动研究，二是鲁迅学研究，三是香港文学研究。

---

① 朱崇科：《我看"南来文人"》，《香港文学》1999年1月号。

② 当时，他的导师王剑丛已出版了一系列香港文学研究著作，如《香港作家传略》（1989年）、《台湾香港文学研究述评》（1991年）、《香港文学史》（1995年）、《20世纪香港文学》（1996年）等。

（一）鲁迅与香港的互动研究

跨地域的故事新编研究具有硕博延续性，其博士论题是《论故事新编小说中的主体介入》，后在此基础上修订出版《张力的狂欢：论鲁迅及其来者之故事新编小说中的主体介入》（2006）。对于这项研究的意义，同样作为鲁迅研究者的王润华认为，它建构了中国文学史上的新文类"故事新编小说"，补写了小说史空白的一页。[①]这部厚重的专著分为三编，上编讨论了巴赫金的狂欢化理论及其适用性，中编集中探讨鲁迅《故事新编》的叙事模式以及如何走向狂欢，下编则精选横跨内地与香港的经典个案（施蛰存、刘以鬯、李碧华、也斯、西西、陶然）并从历时性角度分析介入的狂欢节谱系。同郑家建[②]、吴秀明、孙刚等研究者有别，其创新性在于对巴赫金狂欢化神髓的理论化用，并力图对故事新编"小说次文类"进行历史正名，还全面爬梳故事新编的书写传统及其海峡两岸暨香港的影响余脉。其中，他对香港作家个案的选取具有针对性与典型性，文本分析与社会语境的呼应更显力道，这些"（鲁迅）后来者"对故事新编小说的主体介入可谓众声喧哗，而主体精神与主体职责的双重介入下，也让此"次文类"有了更多创造与更新的可能维度。理论驾驭的娴熟，论析方法的严谨，创新意识的敏感，让其博士论文屡现精妙之笔。

（二）鲁迅学研究

以"鲁迅学"称之是为了强调对鲁迅本体研究的纯粹性，在同辈学者中朱崇科量质并重的论文产出十分惊人，其相关成果自不待言，已先后出版《鲁迅小说中的话语形构》（2011）、《广州鲁迅》（2014）、《〈野草〉文本心诠》（2016）三部专著。姑且不论他借用福柯话语理论对鲁迅小说考古式的板块拼接，借用布迪厄场域理论对1927年的广州鲁迅多元立体的现场还原与历史形构，以及对《野草》逐篇细读的酣畅淋漓与心神交汇，在此，我们主要聚焦

---

①　朱崇科：《张力的狂欢：论鲁迅及其来者之故事新编小说中的主体介入》"序"，上海三联书店2006年版。

②　郑家建从"语言层面""创作思维层面""文体层面"对鲁迅《故事新编》进行递进研究，充分肯定"这一奇书文体"在鲁迅创作史和中国现代小说史上的独创性价值。郑家建：《〈故事新编〉研究引论》，《文艺理论研究》1998年第4期。

于香港与南洋的跨地域互动，谈他对鲁迅研究更进一层的灵活嫁接与突破进阶。其一，鲁迅与香港文学的反思新解。如《历史重写中的主体介入：以鲁迅、刘以鬯、陶然的"故事新编"为中心》就继续延展"故事新编"书写的两地差异，作家的个性灌注让彼此的实践操作特点鲜明，鲁迅以轻松态度"点染历史"而引发深邃博杂的思索，刘以鬯在艺术创新与文本改造上以再现、激活、解构的方式"复活历史"，陶然则在"断裂历史"中创造性地逸出"当代寓言"的活力。①其二，鲁迅与南洋文人的交叉。《林文庆与鲁迅的多重纠葛及其原因》②从儒学与现代的文化冲突、学术人事的立场纠葛、经济人格的义利差异相当深入地深层剖析，而秉持客观立场对学界盲点予以纠偏，这不仅无损林文庆的"新加坡圣人"形象，也可真切探触周树人教授应对理想与现实的两难。

（三）香港文学研究

毋庸讳言，香港文学研究是朱崇科的学术起点。不过，与鲁迅研究、新马华文文学研究两大板块相比，香港文学研究显得最为薄弱，文稿大都散见于鲁迅研究及新马研究的专著。其研究对象主要聚焦于上述提到的几位作家，此外还述及颜纯钩小说，而研究体裁基本限于小说一类。其中，对刘以鬯与李碧华小说叙事策略的多元解读最有影响，在学界有着较高引用率。③同时，他对香港性、香港气度、香港虚构、香港想象、香港文学批评等也有所涉猎，但比起较有系统的"香港故事新编"系列研究就略显松散。从时间跨度来看，这些研究主要发表于1999年至2007年，过后有近乎八年的间隔，而最新一篇应是2014年发表的《刘以鬯的南洋叙事》。④该篇虽然再次论及刘以鬯，不过其关注点显然已侧重于"南洋情境"，这也印证了其研究着力点从香港到南洋的转移。

① 朱崇科：《鲁迅小说中的话语形构》，人民出版社2011年版，第257—268页。
② 朱崇科：《广州鲁迅》，中国社会科学出版社2014年版，第101—115页。
③ 据中国知网（CNKI）统计，《雅俗混杂的香港虚构：浅解〈青蛇〉》（《世界华文文学论坛》2005年第1期）被引次数达27次，《历史重写中的主体介入：以鲁迅、刘以鬯、陶然的"故事新编"为个案进行比较》（《海南师范学院学报》2000年第3期）被引次数为13次，这些数据在华文文学研究领域已属难得。
④ 朱崇科：《刘以鬯的南洋叙事》，《福建论坛》2014年第10期。

二、新马在地感与南洋本土性

2001年，朱崇科再次踏上流动南下的旅程，"（香港）南来文人"的研究者吊诡却又奇妙地化身为"（南洋）南来文人"的践行者。在赴新加坡国立大学伊始，其学术路径就有了崭新的突破，系统的学院训练与强烈的在地体验让新马华文文学研究成为其又一学术生长点。2004年，读博期间的朱崇科便在台湾出版了学术处女著作《本土性的纠葛：边缘放逐·"南洋"虚构·本土迷思》（2014年由广东人民出版社出版的《"南洋"纠葛与本土中国性》算是该书的大陆修订版），这本论著源于"南来机缘"所催生的副产品，更是"南来情怀"对新马社会的倾力馈赠。王德威以"不卑不亢的有心人"称之，更激赏其对新马在地文化的深切关怀，"离开了中国大陆，朱反而发现了华文文学的丰富面貌：不论是他乡是本土，语言文字的流传及其所折射的现象，千变万化，哪里是一二主义或权威所能尽涵？以朱崇科对文学史及文学理论的深厚训练，未来的批评必有可观，也值得我们继续期待"①。

2008年，当第二本专著《考古文学"南洋"：新马华文文学与本土性》出版，其导师王润华教授惊呼其为"挖掘文学南洋的机器怪手"，并言及对中国第一代世华文学研究的颠覆与解构："这本论著的最大特点，除了重溯系谱之外，还把文学作品与理论还原到原来产生的文化土壤上，从当地华人及其他族群的文化属性来论述。"②其实，"颠覆与解构"之说并不恰切，他的新马学术贡献应在于"传承与新变"。所谓"传承"，意即对第一手文学史料的高度重视，这体现于第一代学者广罗资料的拓荒治学以及杨松年教授论从史出的现身教益。曾师从杨松年、如今在厦门大学执教的郭惠芬博士算是新生代学者中继承此传统的佼佼者，其新著《中外文学交流史·中国—东南亚卷》蔚为可观。③朱崇科在传承之中力求"新变"，而王润华先生在西方文论、文化研

---

① 王德威：《序》，选自朱崇科：《本土性的纠葛：边缘放逐·"南洋"虚构·本土迷思》，台湾唐山出版社2004年版。

② 朱崇科：《考古文学"南洋"：新马华文文学与本土性》序，上海三联书店2008年版。

③ 郭惠芬：《中外文学交流史·中国–东南亚卷》，山东教育出版社2015年版。

究、比较文学研究的内行示范显然对其不乏助力。在前人研究基础上，朱崇科个性张扬的批判力与创新力得以挥洒，这在空间诗学、中国性、本土性的处理上都有所展露。

（一）空间诗学

"空间诗学强调的是在不同区域华文文学本土特质保留的基础上的一种求同存异"①，从踏入区域华文文学领域开始，朱崇科出入内外的开放性研究思维就成为一大优势。具体来谈，《艰难的现代性与无奈的本土化》②是其研究新马华文文学的第一篇正式论文，该论文对其后续研究范式有着多重意义：一是对文学史料的考古式爬梳，在系统的文本细读与历史脉络中做到言必有据；二是对中国性（中华性）的思考，在"去中国性"的批判中逐渐呈现中国性的流动与复杂；三是现代性，既有对文学本体的现代性考量，也有对研究策略的现代性化用（相较于传统研究理路）；四是从"本土化"隐蓄"本土性"萌蘖，在文本批评中做到理论反思与概念厘定。

（二）复数中国性

对于黄锦树、张锦忠、林建国等后殖民话语操作下的"断奶""去中国性"等说辞，以朱文斌为代表的中国新生代学者持有严正的批判立场，他还从东南亚华文诗歌的角度呈现出中国性的复杂与暧昧。③对此，朱崇科则是批判与反思的双重姿态，他在《吊诡中国性：以黄锦树个案为中心》《"去中国性"：警醒、迷思及其他》《马华文学：为何中国，怎样现代？》等篇中既认可黄锦树独辟蹊径的洞见，也直击其台湾习气与张狂盲视。对"去中国性"予以反拨的同时，他也为"中国性"正名，并从中国性的流动与发展中推演其存在的必然与或然，进而提出"立中国性""复数中国性"。

---

① 朱崇科：《"南洋"纠葛与本土中国性》，广东人民出版社2014年版，第17页。

② 朱崇科：《艰难的现代性与无奈的本土化：解读〈星洲日报〉之〈现代戏剧〉（1937.11.3—1938.2.19）》，《华文文学》2002年第4期。

③ 朱文斌：《东南亚华文诗歌及其中国性研究》，浙江大学出版社2017年版，第12—18页。

（三）混杂本土性

华文文学的本土性是多元混杂的概念，具有封闭与流动、保守与开放、中国性与现代性（全球化）等诸般维度。正是由于这种相互冲突又彼此交葛的纠结难题，大多数论者对此都浅尝辄止，本土性的个案分析或语词点缀较多，但本土性的系统理论观瞻却相对欠缺。在蔡志诚看来，主体间性的交融视域为回应区域华文文学的本土性诉求提供了新向度，而空间位移与视域转换让朱崇科具有一种"不被规训的热带情怀"，其"马华文学本土性研究已对这一挑战性的议题进行有力的回应，地缘美学与主体间性的介入将为区域华文文学研究开创出新的文化空间"①。同时，他意识到《本土性的纠葛》所内含的"在地体验"对朱崇科可谓至为关键，由此也对其新一轮的文化位移（从新加坡返回中国）后与本土性深层文化心理相契合的内在激情延续性存有疑虑。实际上，《考古文学"南洋"》便是最好的回应，他的本土激情非但没有消退，反而在理论延展与文本演绎上更为精进。

朱崇科对于新马华文文学抱有深度挖掘与理论建构的学术雄心，两部专著皆以"本土性"作为核心命题，而极具挑战性的宏观主脉贯通与微观文本细读也成为最突出的创新所在。他将"本土性"划分为本土色彩（表层的本土自然风情与人文景观）、本土话语（中文再造与文化承载）、本土视维（深层的本土意识与本土关怀）三层架构，既从文学史演进及文学史编写进行本土性的谱系建构，又以点面结合的策略对新华作家（陈瑞献、郭宝崑、英培安、希尼尔、吴耀宗、蔡深江等）及马华作家（吴岸、王润华、李永平、张贵兴等）的典型文本进行考察演绎，同时兼及马华古典文学（邱菽园）以及新移民文学，更跨涉对本土批评者（王润华、杨松年、黄锦树、许文荣等）的再批评与再深化。

三、越界跨国的华语比较文学

早在1985年，乐黛云就提出海外华人文学"是研究比较文学和比较文化的极

好标本"①。饶芃子更是海外华文文学与比较文学研究的倡导者与行动者②，她主编的《中国文学在东南亚》③算是国内开风气之先的华语比较文学实践之作。她在宏观上进行理论思考与方法论证，从《比较文学与海外华文文学》④的专著命名便知其用意所在。在新生代学者中，朱崇科的比较意识格外突显。2012年，出版第三本华文文学研究专著《华语比较文学：问题意识及批评实践》，已不限于新马区域，其理论视野更为开阔，在越界跨国中彰显出纵横捭阖的掌控力。他对自己的批评观葆有清醒的自觉："我一直提倡和坚守的'华语比较文学'同样也是对中国大陆文学创作和书写的一种观照、丰富和善意提醒，这样的批评既有本土关怀，又有国际视野。"⑤进而给出"华语比较文学"的定义，"即是指在华语语系文学内部的比较。它同样也是立足世界性的背景，对所有华语书写的文学，包括离散书写进行不同层次和角度的比较"⑥。他强调大陆文学与其他区域华文文学的互动关系及更多可能，而本土性无疑可以作为华语文学研究的新进路，但也要注意本土性的发展与流动，以免落入其内部陷阱。

近十年，他对新马华文文学研究以个案精读式的拓展为主，不乏建构"经典（优秀）作家"图谱的深意。既有对英培安、李永平等的再挖掘，也有对原甸、谢裕民、淡莹、方北方、温任平、林幸谦、陈大为、钟怡雯、黎紫书等的新开拓，这些研究完全可以各出一本新加坡、马来西亚的华文作家论。在这一阶段，除了琳琅炫目的个案研究之外，对"问题意识"的理论探讨以及"比较意识"的多维实验更具学科建设性。

（一）问题意识

在自我切实践行问题意识的同时，他也不断反思国内华文文学研究的理路局限及其问题弊病，对宏大叙事及本土缺席不乏针砭。他认为华文文学并未

---

① 乐黛云：《比较文学的"名"与"实"：〈深圳大学比较文学丛书〉总序》，《深圳大学学报》1985年第3期。

② 饶芃子：《海外华文文学与比较文学》，《暨南学报》2000年第1期。

③ 饶芃子主编：《中国文学在东南亚》，暨南大学出版社1999年版。

④ 饶芃子：《比较文学与海外华文文学》，复旦大学出版社2011年版。

⑤ 朱崇科：《"南洋"纠葛与本土中国性》代序，广东人民出版社2014年版。

⑥ 朱崇科：《华语比较文学：超越主流支流的迷思》，《文学评论》2007年第6期。

获得与其宏阔指涉范围相对应的地位和话语权，其原因在于问题意识的更新缓慢、第一手资料的掌握不足以及对其他学科反哺能力的薄弱，相应对策可以从跨学科能力、本土感知以及实践考察方面提升。[①]其问题意识在术语考辨上尤为醒豁，国内学界对"华文文学"的命名经历了"（台港澳暨）海外华文文学""（世界）华文文学"两大阶段，目前普遍认可的"世界华文文学"依然存在是否包括大陆文学在内的争辩。具体来说，刘登翰、刘小新对"语种、文化、族性、个人化的华文文学"提法[②]，王列耀对"东南亚华人文学"的界定[③]，刘俊对"世界华文文学"的新定义（包括中国大陆文学在内的跨区域、跨文化的文学共同体）[④]，都有其合理性。对此，朱崇科在《术语的暧昧："问题意识"中的问题意识》《谁的东南亚华人/华文文学？》等篇中缕析术语命名的暧昧、吊诡及其权力话语操作，并提出"世华（华文+华人）文学""区域华文文学"的概念。此外，从史书美去除中国的"华语语系"，到王德威的无所不包的"华语语系文学"[⑤]，这一理念具有相当的冲击力，朱崇科在《华语语系文学的话语建构及其问题》《再论华语语系（文学）话语》中显然更认同后者。对于术语与命名的考辨，他显出苦心钻研的锐利，尤其是对"大中华"陷阱的自省、后殖民阴影的祛魅，其平等对话的姿态以及去中心化的操作也值得称道。当术语上升到理论层面，研究者将其作为宏观调度的参照必有助益。反之，如果过分纠缠于界限区隔，对微观操作而言反而会束手束脚。

（二）比较意识

朱崇科的研究视野始终贯穿着"比较意识"，从香港文学研究阶段便已

①　朱崇科：《华文文学研究新拓展的理路及其问题》，《暨南学报》2011年第5期。
②　刘登翰、刘小新：《关于华文文学几个基础性概念的学术清理》，《文学评论》2004年第4期。
③　王列耀：《隔海之望：东南亚华人文学中的望与乡》，中国社会科学出版社2005年版。
④　刘俊：《越界与交融：跨区域跨文化的世界华文文学》，人民文学出版社2014年版，第5页。
⑤　王德威：《华语语系文学：边界想象与越界建构》，《中山大学学报》2006年第5期。

显露，而华文文学的多元跨越性更是比较研究的绝佳场域。这些研究大体归为三类：其一，南来文人的本土影响。比起郁达夫、老舍的南洋经历，鲁迅是首屈一指的"不在场的在场者"。有关鲁迅在南洋的"文统"与"学统"①两篇论文是该领域影响研究的典范，不过"南洋"有泛化之嫌，实际上确指新马两地。其二，台湾经验与南洋叙述。马华留台作家的创作与研究都极具影响，其中《大马"南洋"叙述中的台湾影响及其再现模式》②充分肯定这一群体的跨域优势，也揭示其"双重边缘化""自我经典化"的吊诡。其三，跨语种、跨区域、跨国界的追寻。在某种意义上，他在《身体意识形态》中已经实践了此研究理念，将中国作家与其他区域作家兼收并蓄。③在"想象中国"的投射下对李碧华、张贵兴小说的同台比较更是跨越了中国（含海峡两岸暨香港）、法国、马来西亚。④另外，对以英文书写的马来西亚旅英华裔作家欧大旭（Tash Aw）的评论则开辟了自身跨语种研究的新领域。⑤

四、有担当的知识分子

在华文文学研究领域，朱崇科具有敏锐的问题意识，以批判性、创新性、独特性见长。综观其学术历程，《触摸鱼尾狮的激情与焦虑》绝对不容忽视，他对新加坡华文教育、文化认同、社会脉搏、大学精神的理想寄托与现实反思恰是新华研究者不可多得的第一手资料，其自我本土化的过程也是理解其本土性书写乃至学术动力的隐秘窗口。正如他对该文集的命名所示，其感性的

---

① 朱崇科：《论鲁迅在南洋的文统》，《文艺研究》2015年第11期；《论鲁迅研究在南洋的学统》，《福建论坛》2016年第3期。

② 朱崇科：《大马"南洋"叙述中的台湾影响及其再现模式》，《厦门大学学报》2015年第3期。

③ 朱崇科：《身体意识形态：论汉语长篇（1990—）中的力比多实践及再现》，中山大学出版社2009年版，第82—105、123—137页。

④ 朱崇科：《想象中国的吊诡：暴力再现与身份认同》，《扬子江评论》2008年第2期。

⑤ 朱崇科：《论欧大旭作品中的"大马"认同及吊诡》，《外国文学评论》2013年第4期。

激情与焦虑已内化为知识分子的理性担当。他以学术为志业，一贯履行自己所奉行的"有机知识分子"的责任。①

谈到未来研究，他指出："当务之急，我们首先还是要做好区域华文文学场域内部的经典作家（群）的穷形尽相式研究，不要在占有一点资料的基础之上胡乱发言或者是拼凑；其次还是要具有多线文学史的宏阔眼光，把研究对象放到更开阔的平台上去准确把握；第三，要努力思考中国文学和其他区域华文文学的复杂互动和可能借鉴；最后我们还是要多发现、'帮衬'区域华文文学写作的优秀边缘作家或群体，让他们感到思想文化创造的尊严，共同取暖，不至于太寂寞，这是相关领域学者的责任之一。"②作为新生代学者，在本土情怀、国际视野、知识立场的融通下，朱崇科正走出一条属于自己的学术之路。

（本节撰稿者：马峰，云南大学文学院讲师）

---

① 朱崇科：《触摸鱼尾狮的激情与焦虑》，上海三联书店2015年版，第316页。

② 笔者对朱崇科的访谈，时间：2018年1月28日，地点：中山大学中文系（珠海）海滨红楼15栋。

第六节　寻找新的学术空间：颜敏

　　自20世纪70年代末至今，台港澳地区暨海外华文文学研究已逾40年，在几代学者的持续耕耘下，这一边缘的学术领域开始发展成为独立的学科，涌现了一大批学术成果，初步形成了从本科到硕博士的研究层次，青年学者也逐渐登上了学术的主阵地，发出了独特的声音。其中，颜敏教授可谓青年学者中的佼佼者。作为20世纪70年代末出生的一代学人，颜敏教授在学术上的成长与收获，正是得益于世界华文文学的学科化发展进程。学术成果的积累与学术范式的成熟，良好的学术生态，学术前辈的鼎力相助，助力她不断探索新的研究领域和新的研究方法，为华文文学研究做出了自己的贡献。

一、建构新的研究领域：华文文学的跨语境传播

　　对于21世纪初期才进入这一领域的新生研究力量而言，华文文学研究已有的积累既是机遇，也是挑战。有什么研究什么的时代已经过去，简单的文本解读和文学史概观模式也开始遭遇质疑，研究者要面对的学术困境之一就是，如何超越既有研究，寻求新的研究对象和领域。2001年，当颜敏考上暨南大学文艺学的硕士研究生，师从知名学者王列耀从事台港澳地区暨海外华文文学研究时，她所要面对的首要问题也是研究什么的问题。

　　在导师的指引下，颜敏的硕士论文选题是印尼华文文学，如果以主流汉语文学的审美性标准去衡量印华文学，显然缺乏研究价值，但若将从印尼华人的历史叙事与文化建构的高度去审视这些文本，则具有独特的价值。在搜集研读了一手资料之后，颜敏选择了以异族叙事作为切入点，对20世纪60年代以来

当代印尼华文文学的裂变进行了思考，硕士阶段对于"异"的思考以及超越审美视野的研究路径深刻影响了颜敏后来的华文文学研究，从硕士到博士、博士后，颜敏一直在持续关注"同一语种文学在不同语境的传播、传承与变异"这一核心问题，逐渐围绕着"华文文学的跨语境传播"这一专门领域，取得了一系列的研究成果，在海峡两岸暨港澳、北美及东南亚等地的华文文学研究与创作界有一定影响。

华文文学的跨语境传播现象，是指华文文学在国家内部、区域与区域、国家与国家之间的流播过程。这一现象应出现在华文文学兴起之时，如果我们把19世纪中期后知识分子群体的出现以及海外华文教育与华文报刊的蓬勃发展作为全球性华文文学的时间起点，那么华文文学跨语境传播已有近180年的历史，但作为颇具规模的常态现象出现，还是20世纪80年代之后的事情。在颜敏看来，20世纪80年代后，随着国际政治气候的变化和各国文化政策的变动，世界各地的华文媒体进入第二次发展高潮，本土和本土以外的华文传媒构成了互动性的传播场，跨语境传播过程对华文文学创作、出版、评论与研究产生了重要和持续影响，激活了世界华文文学、汉语新文学、华语语系文学等新的概念及新的研究范式，那种限于单一区域得来的狭隘思路与理论观点开始遭遇挑战。①因此，系统梳理近40年来华文文学跨语境传播的史料，凸显新的现象与问题，总结跨语境传播的规律，是很有意义的。

颜敏的华文文学跨语境传播研究，立足于史料收集与整理。在搜集了大量史料之后，她立足媒介过程论，从主导型传播媒介发生变化的视角梳理从20世纪80年代至今华文文学跨语境传播的流变趋势。在她看来，从纸质形态到影视、网络、融合媒介、手机移动网络等形态转换中，20世纪80年代以来，华文文学的跨语境传播可简分为以下五个阶段：20世纪80年代到90年代初以纸质媒介为中心的传播阶段，区域华文文学通过纸质媒介建立了交流、互动与融合的基本途径，华文文学的世界性理念与想象初具形态；90年代初到90年代末，影视媒介的力量有所凸显，被改编成电视剧、电影的华文文学作品在华文世界

---

① 颜敏：《华文文学的跨语境传播研究：对象、问题与方法》，《暨南学报》2009年第3期。

获得普遍性认同,其中一些作家作品由此被经典化;20世纪90年代末期到世纪初,网络超越了纸质影视传媒,成为华文文学跨域生长的平台,华文创作、评论的区域互动性大大加强;进入21世纪后,华文文学的跨语境传播进入全媒体时代,呈现多种媒介共同介入、媒介之间互为平台、相互融通的趋势,即媒介融合的趋势;紧接着,智能手机形成的移动互联网将全球华文创作链接成了一个可以即时互动的网络,各种社交软件的介入为华文文学提供了更好的跨语境传播的平台。随着多元互动的媒介场的形成,华文文学的跨语境传播变得极度频繁且难以觉察,对创作与研究产生了更为微妙复杂的影响。①

在呈现华文文学跨语境传播纵向变化的清晰线索后,颜敏还立足媒介语境论,分析在跨语境传播及其结果已成为华文文学生存语境的情势中,华文文学创作和研究中所面临的新问题、新现象,并通过具有典型意义的传播个案对这些问题进行了较为深入的文本反思和诗学反思。如在有关余光中《乡愁》的内地传播的个案研究中,她探讨了跨语境传播中文学作品主题固化和转移的现象,分析大众传媒怎样和政治、教育等力量融合以促成跨域解读的固化结果,提醒研究者注意对看似自然的作品解读模式做出反思,这一研究论文无论在视野、方法还是结论方面都很有开拓性,对后来者有较强的借鉴性。而在海外华文文学影视化传播现象的专题研究中,她分析了为了适应特定语境,影视改编对文学文本的结构、语言、人物等方面的重新建构,指出了影视思维对当下海外华文文学创作的重要影响,探讨华文文学与异质媒介的交融碰撞中出现的新趋势与新问题,较为清晰地把握了影视传媒在华文文学跨语境传播中的位置及影响。

在不断积累的个案研究基础上,颜敏有关华文文学跨语境传播的整体意识逐渐形成,她从路径、动力、过程、规律和影响等方面对华文文学跨语境传播现象的总结,已显现出一定的理论意识与问题意识。她提出,在路径上,除传统的出版、评奖和教学机制外,学者的游学、作家的游散等以人为重心的文学交流活动也非常重要,而这些以人的流动为中心的跨语境传播活动怎样运

---

① 需注意的是,主导媒介之外,其他类型的媒介依然存在并发挥作用,因而这种阶段性的划分只是相对的。

转，对华文文学的跨域融合起到了什么样的作用等问题更值得研究。动力方面，颜敏看到了除了商业、意识形态和学术推动之外，私人交往和情感抒发需求的重要性，她认为"私人与情感诉求如何融入华文文学的想象疆域之内，具有怎样的推动力"等问题急需思考。在过程的梳理上，她的思考是，若时空的线索与媒介的线索要兼顾，宏观的鸟瞰与点的聚焦需同在，可否做出更有针对性的选择，从媒介或个案入手来对过程进行人类学似的厚描？在规律的探寻方面，颜敏主要考虑的是华文文学研究领域的特殊性，诸如区域不对等性、求同和存异的微妙滑动、社会需求与文学自律间的矛盾等看似普遍的跨语境传播规律，如何立足于华文文学这一特殊对象做更具体的分析？此外，她还提出了"区域华文文学创作在主题、形象、文类、题材方面有无关联，有无演变？如何演变？华文文学经典如何跨疆域生成？文学思潮、流派、诗学话语的旅行在华文世界是怎样进行的？"等颇有意味的问题。在判断华文文学跨语境传播产生的影响时，她对时下截然相反的两种观点进行了辩证分析，认为跨语境传播的影响结果必然是立体化的、多维度的，重要的是总结跨语境传播对华文文学的影响方式与影响规律，而不是得出简单的结论。[1]在她近五年的研究中，围绕上述问题逐步深入，形成了一系列独特见解，在她即将出版的《华文文学跨语境传播研究》一书将得到集中展现。

在21世纪的第二个十年，当我们回望20世纪80年代以来华文世界的互动交流时，一方面会发现华文世界的内部通道不断拓展，不同区域的文学传播与交流加速，华文文学的整体化进程与共同体意识不断被强化；另一方面则发现，因历史经验、社会制度、区位文化等因素的影响，区域间的华文文学流播依然具有跨语境性，充斥着差异、歧义、纷争与困扰。然而，在已成体系的文本和诗学研究之外，文学传播研究仍是寂寞的园地。颜敏凭借扎实的史料功夫，一直专注于探讨区域华文文学跨语境传播的过程和经验，试图敞开文学汇流过程的诸多问题和规律，她在这一领域的研究经验，对研究者在世界性视野中如何重建华文文学研究范式，实现新的逾越将具有启迪意义。

---

① 颜敏：《对象、问题与方法：华文文学的跨语境传播研究》，《暨南学报》2019年第3期。

二、跨域如何融合：拓展研究视野的探索

　　华文文学研究的初始阶段，曾有过较为单一的文学批评模式，仅限于对特定作家作品做直接描述。但随着研究的不断深入，研究者开始借助文化研究、历史研究等理论方法实现对文本批评的超越，将文学文本的脉络扎根于历史文化之中，从而使得华文文学研究具有跨域视野。但这种越来越泛滥的社会学、文化学研究模式在进入20世纪的最后十年时，也引起了学界的种种质疑，认为这恰恰是遮蔽了华文文学审美性不足的问题，不利于实现研究对创作的积极指引作用。颜敏的华文文学研究，在这种对于跨域视野的质疑中开始，故而要不要跨域、跨域如何融合，成为她进入华文文学研究时要面对的难题。

　　诚然，跨域融合体现了当下学术研究的某种趋势：一方面，任何人文研究最终都要通向更广阔的现实世界和意义维度，文学研究亦是如此；另一方面，决定某项研究价值的标准并非它是否符合某个领域的既定研究范式，而是看研究结果能否对后起研究和现实有启迪或推动作用。萨义德、麦克卢汉等文学研究者基于问题和社会意识而进行的跨域研究，对整个人文社会科学所起的撼动作用，早已证明跨域研究是探讨问题的重要路径。然而，在研究中要实践跨域融合却对研究者的知识结构、学术积累等提出很高的要求，故而如何实现跨域才是真正棘手的问题。

　　作为后起研究者，颜敏显然比较容易超越华文文学研究中的审美与文化之争，认同更具有开放性的跨域视野，但其华文文学研究中跨域视野的真正形成，还与她对艺术、历史、社会等的庞杂兴趣有关。颜敏做过的有关宗教、历史、文化等的专题研究，更是让她对跨域的学术价值有了真实感知。2003年，颜敏对中国农村的宗教问题产生了兴趣，经过一番调查研究，写了一篇有关中国农村基督教现状的论文①，至今仍有居高不下的他引率；2010年，她对时下正流行的学术明星现象进行了立体化的反思②；2013年，她写出了有关晚清南

---

　　①　颜敏：《中国农村基督教的重兴与农民的精神需求》，《唯实》2003年第8期。

　　②　颜敏：《学术明星的崛起与中国人文知识分子的现时定位》，《惠州学院学报》2010年第5期。

洋边界划定的史地研究论文①，引出一些史地研究者的共鸣。在偶尔为之的这些研究中，她发现，文学学者特有的细腻感知和文本解读能力能够在宗教和历史文化研究中焕发光彩，而研究中所触发的历史和宗教意识又会影响与渗透于文学研究之中，催生独特的研究视角与结论。如此，在华文文学研究中，颜敏开始自觉寻求跨域融合的可能路径，尝试将文学文本的细读技巧与社会历史的统观意识结合起来，准确把握小与大、细节与整体的关系，写出了一系列视角较为独特、具有一定见地的论文。如2005年的《大陆对台港及海外华文文学的接受心理》②一文，融合接受美学与社会心理学的理论视野，梳理了20世纪80—90年代中国大陆社会心理与审美需求与台港及海外华文文学的创作趋向的关系，在当时颇令人耳目一新；2013年的《异域话语的重新建构——许地山的南洋叙事及意义》③一文从许地山宗教意识的独特性出发，分析了其南洋叙事所呈现的异质性，进而分析"五四"异域话语出现转变的可能原因，无论是从许地山研究还是从南洋叙事研究的角度，这一论文都具有一定创新性；2014年的《异域民俗的审美困境及美感生成》④一文则从民俗学的角度，思考了异域民俗如何被审美化、在什么条件下可以成为作家创作资源的问题，也是在两个知识领域的交叉处形成了独特的观察视角；2017年的《告别历史的终点与起点：告别的年代与女作家的女人神话》⑤从历史与历史叙事的关系探讨了特定时代马华女作家对马共历史的想象方式，融合了历史研究的某些理论视野，发现了马华女作家历史叙事的语境性。

　　但对于颜敏而言，跨域融合不仅体现在研究思路与论文写作的方法层面，还成为她构建属于自己的研究领域、形成独特问题意识的重要思路。她近

---

　　①　颜敏：《风景的重新发现——晚清对"南洋"的重新划界与定位》，《东南亚南亚研究》2013年第1期。

　　②　颜敏：《大陆对台港及海外华文文学的接受心理》，《汕头大学学报》2005年第1期。

　　③　颜敏：《异域话语的重新建构——许地山的南洋叙事及意义》，《中国比较文学》2013年第3期。

　　④　颜敏：《异域民俗的审美困境及美感生成》，《海南师范大学学报》2014年3期。

　　⑤　颜敏：《告别历史的终点与起点：告别的年代与女作家的女人神话》《世界华文文学论坛》2017年第4期。

年来所着力开拓的华文文学跨语境传播研究，就是文学研究和传播学研究跨域融合的结果。众所周知，传播学中有关媒介的思想和研究对文学研究已形成冲击力，媒介作为文学第五要素的观点打破了自艾布拉姆斯以来的围绕文学四要素而进行的文学研究范式，借助媒介视野重新思考有关文学的种种问题已经进行，基本的看法是媒介不但在一定程度上决定着文学生产的思维方式、传播方式和接受方式，同时媒介要素的增加，还将使我们对文学活动要素之间的结构关系、存在态势的认识发生根本性变化。[1]故而颜敏选择以媒介为入口，呈现华文文学跨语境传播研究的清晰边界，形成了独具特色的研究思路。但需要指出的是，跨域融合形成的研究领域，仍需有其学科根基，颜敏对此有清醒的认识。她的华文文学跨语境传播研究，其出发点和目标都在文学研究，确切地说，这是以传播学的思路、方法开拓华文文学的研究视域，解决华文文学的问题。因此，借助跨域融合的视野，在深入华文文学创作与研究现场的基础上，颜敏提出了跨域解读、跨域想象、跨域经典、理论的跨域流动等新命题。

跨域解读是指对华文文学作品的跨域接受。颜敏通过余光中的《乡愁》在中国大陆的传播，详细分析了跨域解读中的主题固化或窄化现象，她认为跨语境传播过程中，误读是难以避免的；对于处在源头的语境来说，误读可能是变异，但对处在引进方的语境而言，误读是文化整合的过程。因此，研究者必须加强跨语境跨文化的诠释能力，对华文文学已有的诗学话语作语境性分析鉴定，避免将一时一地的误读与偏见看成是本然性的知识。[2]

跨域想象指的是指作家自觉或不自觉地在两种甚至多种空间的对比和缝隙中处理自己的写作素材，建构自己的人物形象，形成各自的艺术选择。当跨语境生存成为华文作家的主要生存模式时，跨域想象也成为华文文学创作的主导想象模式。跨域想象能为华文文学的跨语境传播奠定文本基础，可能提升文本的区域适应性，也有可能带来歧义和困惑。颜敏为了凸显这种跨域想象所带来的可能与盲见，尝试从比较文学的基本方法论出发，分析不同华文作家对同

---

① 颜敏：《对象、问题与方法：华文文学的跨语境传播研究》，《暨南学报》2019年第3期。

② 颜敏：《聚焦、强化与导向——从余光中现象看台港澳暨海外华文文学典型主题的内地生成》，《惠州学院学报》2012年第5期。

一题材的写作选择及其审美效应。她以哈金、严歌苓和葛亮三位作家的南京大屠杀书写为例，深入剖析在跨域生存状态下的华文作家如何书写一段历史，在他们的书写中又显现了怎样的问题，通过哈金、葛亮和严歌苓的南京大屠杀的演绎方式，体现了跨域想象所能达到的广度、深度及其可能的边界。

颜敏还对文类跨域的现象进行了分析。她以科幻小说为例，通过分析我国香港、台湾和内地地区的三位科幻名家倪匡、张系国和刘慈欣的科幻小说创作模式，敞开科幻小说在区域互动语境中创新的可能性与复杂性。她认为尽管华文世界内部已存在频繁的区域互动，但短时段内，区域语境特性仍会在文学创作中留下深刻的烙印，特定文类仍会沿着各自区域的传统与特色继续发展，而作家主体性在创作中的位置与活力，也让区域华文文学在保持自身传统的基础上，出现文类创新的可能性。但在区域互动的大趋势之下，这种凸显区域语境影响的文类创新过程，所能达到的深度和广度是有限度的。

随着跨语境传播在时间上的不断延续和在空间上的不断拓展，一些华文文学作品开始超越本区域的影响局限，成为跨域经典。颜敏以具有国际性视野的华文文学奖作为例证，分析了跨域经典生成的相关问题。在她看来，全球性的华文文学奖尽管主办方不一，延续时间也不同，设立奖项的初衷也有所差异，但在处理域外华文文学作品时，其运作的基本思维是一致的，都是在特殊化和普遍化、推陈与出新、加与减等二元对立的思维之中进行运转，从而使其运作处处彰显矛盾和张力。华文文学奖推出的跨域华文经典，则体现了时代审美观念、区域互动语境、文学奖运转体制等多种因素的综合影响。具体到每一文学奖的作用，则与其在整个文学场的位置有关系，在华文文学奖运转思维越来越相似、运转模式也越来越接近的情况下，那些坚持时间越长，奖金越高，开放度越大，权威性和公共性愈显著的文学奖，在经典化进程中的位置就越重要。通过对其运转机制与华文文学经典化过程的梳理，颜敏认识到，华文文学所形成的跨域流散的性质，与华文文学奖等跨语境传播机制的存在与运转密不可分。①

在华文文学研究中，理论术语的跨语境传播也是极为常见且值得关注的

---

① 参见颜敏：《国际性华文文学奖与华文文学经典的跨域生成》（未刊稿）。

现象，通过梳理特定术语的流播机制及可能影响，探寻现有研究中存在的问题，寻求本领域诗学话语的建构方式，具有更为宏观的理论反思意义。颜敏以"离散"这一理论术语的旅行为例，分析了理论跨域的具体过程。在她看来，同一理论话语，无论是作为方法论还是认识论，在不同区域情境中的使用都有着微妙的调适、改变，其衍生的差异性正好凸显出此时此地华文创作与研究的特色和问题。

跨域融合所形成的研究领域，因为其新，可能是偏窄的一片天地，还有可能远在潮流之外，显得并非如此重要，发表研究成果的园地也相对有限。颜敏所着力耕耘的华文文学跨语境传播研究领域，也许就处在这样一种状况之中。当有人关切地告诉她这样跨学科的研究方向既费力又不讨好，建议她去研究经典作家作品时，她却坚信，条条道路通罗马，林间人少的那条路，也自可通往学术的殿堂。

的确，学术最终只能是少数人的事业，如钱钟书所言，"大抵学问是荒江野老屋中，二三素心人商量培养之事，朝市之显学，必成俗学"。故真心向学者，选定自己的研究领域后，必须坚持。坚持才能不断深入，坚持才能出成果，颜敏在华文文学研究中的这种坚持，是她立足跨域研究不断出新的重要原因。

三、于无声处听惊雷：史料整理的有效经验

史料是学术研究的基础，任何研究都应该建立在充分把握史料的基础之上。因为传播渠道的局限，资料问题曾经是困扰华文文学研究的首要问题，但四十多年来，随着整体环境的转变，在一批学者的持续努力下，史料搜集和整理工作不断深入，取得较好成效，各种区域文学史和世界华文文学史相继出版，颇有经典眼光的各类文学选本不断出现，年度史料编写与作品述评工作也一直在持续，史料搜集的难度降低了。但与此同时，对现有的史料如何整理，使之生成学术价值，也就是方法意识变得极为重要。在传播途径多元化、资料足够丰富的当下，这一问题应引起研究者的足够重视。

颜敏开始领悟史料整理的基本方法，是在阅读经典文本的过程中逐渐形

成的。如果将无数的经典文本当成既高度凝固又可出新的史料库，那么，对于初入门的文学研究者，如何重新进入经典文本并发现新的学术问题，既涉及理论视野，也需重视方法技巧。在阅读经典文本时，颜敏采用了关键词摘录法。所谓关键词摘录法，就是以自己在阅读文本时感兴趣的人物、现象等作为关键词再次细读文本，将文本里所有相关信息逐一摘录下来，并标注所思所感，在此基础上，根据生成的问题意识再次整理排序归类，成为初有价值的资料，如此几次之后，一些学术思考逐渐清晰，具有学术价值的论文也有可能写成。颜敏硕一时写的《〈荷马史诗〉中的象喻世界初探》（发表在《外国文学评论》）就是在这种反复摘录的细读法基础上写成的。

　　关键词摘录法是建立在文本细读基础上的史料整理方法，主要用于将已有资料按照专题、问题等进行索引式归类整理。但面向新的研究对象和研究领域时，还需运用更多策略方法才能呈现对象与领域的基本面貌。颜敏在这一方面的进一步探索是从博士论文写作开始的。

　　颜敏的博士论文探讨的是台港澳地区暨海外华文文学在中国内地文学期刊的传播情况，为此，她动手动脚找材料，曾经在北京、上海、广州和福建等地的图书馆苦读过，并与陈贤茂、林承璜、杨际岚、白舒荣等资深期刊编辑有过长期的深度交流。在拍照、复印了十多本文学期刊上所有关于台港澳地区暨海外华文文学的作品，编出详细的目录索引和概要索引后，她积累了30多万字的原始资料。虽然这些资料本身就有价值，但如果不能从中提炼出具有价值的现象与问题，还不能称之为真正的研究，还需在问题意识的指引下对资料进行重新整理。然而，问题意识的获得，涉及方方面面的因素，而大量的文本阅读和持续的理论思考必然是基础。因此，如何在史料整理和问题意识之间建立通畅的循环通道，只能是不断积累、不断超越，方有所领悟。一般意义上，当一个学者在某个对象领域不断探索时，他就会形成关于这个领域的学术敏感性，能够在别人熟视无睹之处发现问题，使得旧的材料焕然乃珍。颜敏认为，提升史料整理的问题意识，最好的方式就是及时撰写并不断整理读书札记。颜敏在翻阅20世纪80年代以来的十多本文学期刊时，除了如实梳理目录索引和概要索引的同时，还及时撰写片段式的读书札记，从而慢慢培养起对材料的学术感知，能在一些看似平常的材料里找到研究的线索。如她在20世纪60年代的《诗刊》《人民文学》等主流刊物上找到了很多海外华侨华人的作品，在给这些作品编目并逐篇编写读后感后发现，这些作品的话语策略与中国大陆当时的整体氛围并不融洽；紧接着，她将这些作品的主题与意象和20世纪80年代以来新华侨华人文学作品做了归类对比，发现它们反而更接近当下海外华文文学的话语模式；最后，她选择了20世纪60年代在中国大陆发表作品数量最多、影响较大的印尼华侨黄东平的诗歌和散文作品，再次编目整理，逐渐深化了思考，写出一篇专题论文。在该文中，颜敏指出，一些在当下华文文学中观察到的所谓新问题与新现象，在黄东平20世纪60年代的作品里早有显现，可当时并没有引起研究者的关注，而现在却被反复言说，可见华文文学研究的很多结论并不是自然的，而是时代意志之下，被建构的风景话语。[①]

此外，颜敏在史料整理上的分类比较思路，也值得借鉴。颜敏对华文文学研究历史本身有较大兴趣，她在入门之初，就花费了很多时间与精力阅读学术综述，撰写学术综述，正是在学术综述范式的影响下，她逐渐形成了分类比较的史料整理思维。一般而言，研究者都会按时间、空间、问题等常规分类方式进行史料的重整，但颜敏因受到传播学研究方法的影响，还经常采用列表、曲线图、柱状图、思维导图等方式对已有资料进行重新整理。在对用不同方法得来的史料整理结果的综合比较中，她常会发现一些新的问题与现象，进而有了独特的研究视角。如在探讨影视媒介与华文文学的跨语境传播的关系时，她在整理出所有影视改编的作品目录之后，通过对比网络视频的点击率、研究者的关注率，选出了最具有典型意义的两个个案，一个是《山楂树之恋》的影视改编，一个是读书节目《开卷八分钟》对华文文学的传播。2008年《山楂树之恋》的电影在中国大陆获得很高票房，也引起广泛争议，很多研究者开始探讨影视改编与原著的同和异，颜敏对这些论述按照进行了主题、语言、人物与情节分类整理，整理过程中发现，人们普遍忽视了传播形式对于文学文本的结构性重组，也忽视了传播形式的背后，有着影视生产本身的原则与逻辑。在反思现有研究的基础上，颜敏通过这一个案深入探讨时代的影视生产逻辑对于华文

[①] 颜敏：《风景的重新发现：中国大陆语境下的台港澳暨海外华文文学研究》"自序"，中国社会科学出版社2017年版。

文学影视改编的影响方式。而在整理具有全球影响的电视读书节目《开卷八分钟》时，也是通过分类整理的方式，发现了香港在融媒体语境下华文文学传播的某些独特性和规律性，写出了一万多字的研究论文。

诚然，有效的史料整理是理论意识和具体方法统一的结果，史料整理方法的差异，也会反映不同的研究观念。如有的学者认为，任何人都不可能做到占有所有相关史料，史料不在多，而在精，在于有没有代表性；有的学者则认为，史料占有越多，阐发的空间就越大，应该投入更多精力搜集整理史料。应该说，前者强调的是代表性，后者强调的是普遍性，但在研究实践中两者是相辅相成、互相促进的两个层面，两者的协调过程可以生成一些可资借鉴的具体方法。颜敏进入华文文学研究领域时，一方面是尽可能通过各种途径搜集资料，另一方面则将重点放在如何更好地利用和挖掘已有材料方面，经过多年的实践，她在史料整理方法上的有效经验，将对那些刚刚进入华文文学领域的初学者起到较好的指引作用。

小 结

作为青年学人的代表，颜敏的华文文学研究深受同时代人的影响，她所专注的研究领域，所向往的跨域研究视野，以及在史料整理方法上的探索，都离不开前辈与同道的指引，正是在逐渐成熟的华文文学学术体制下，她们这一代学人的学术之路才相对顺利。但是，知识和学问的海洋无边无际，而人的经历与时间都有限，在未来的研究道路上，颜敏仍需继续沉淀下去，不断拓展自己的视野，为华文文学研究在新世纪实现新的突破做出自己的贡献。

（本节撰稿者：裴齐容，澳门城市大学博士生）

主要参考文献

1. 陈实：《新加坡华文作家作品论》，光明日报出版社1991年版。

2. 陈贤茂、吴奕锜、陈剑晖、赵顺宏：《海外华文文学史初编》，鹭江出版社1993年版。

3. 陈贤茂等：《海外华文文学史》（1—4卷），鹭江出版社1999年版。

4. 陈贤茂：《陈贤茂自选集》，汕头大学出版社2005年版。

5. 傅修延：《中国叙事学》，北京大学出版社2015年版。

6. 何慧：《香港当代小说史》，广东经济出版社2006年版。

7. 古远清：《别开生面的香港文学研究》，《北京晨报》，2016年3月20日。

8. 赖伯疆：《海外华文文学概观》，花城出版社1991年版。

9. 刘俊峰：《赵淑侠的文学世界》，中国文联出版社2000年版。

10. 梁若梅：《陈若曦创作论》，中国华侨出版社1992年版。

11. 凌逾：《跨媒介叙事——论西西小说新生态》，人民出版社2009年版。

12. 凌逾：《跨媒介：港台叙事作品选读》，广东高等教育出版社2012年版。

13. 凌逾：《跨媒介香港》，社会科学文献出版社2015年版。

14. 凌逾：《跨界网》，中国社会科学出版社2018年版。

15. 刘俊：《越界与交融：跨区域跨文化的世界华文文学》，人民文学出版社2014年版。

16. 彭瑞瑶：《究跨越之风，辟逾常之路——评凌逾〈跨媒介香港〉》，《文学报》，2016年7月21日。

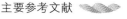

17. 饶芃子、杨匡汉等：《海外华文文学教程》，暨南大学出版社2009年版。

18. 饶芃子：《比较文学与海外华文文学》，复旦大学出版社2011年版。

19. 王晋民：《台湾当代文学》，广西人民出版社1986年版。

20. 王晋民：《台湾当代文学史》，广西人民出版社1994年版。

21. 王晋民：《白先勇评传》，香港天地图书公司1992年版。

22. 王晋民选编：《白先勇文集》（五卷本），花城出版社2000年版。

23. 王晋民著，周文彬选编：《多元化的文学思潮：王晋民选集》，花城出版社2012年版。

24. 王列耀：《隔海之望：东南亚华人文学中的望与乡》，中国社会科学出版社2005年版。

25. 王剑丛：《香港文学史》，百花洲文艺出版社1995年版。

26. 王瑛：《练文以析其辞，观象以综其理——评凌逾〈跨媒介香港〉》，《华文文学》2017年第4期。

27. 吴奕锜、陈涵平：《寻找身份——全球视野中的新移民文学研究》，中国社会科学出版社2012年版。

28. 吴奕锜、赵顺宏：《菲律宾华文文学史稿》，中国文联出版社2000年版。

29. 吴奕锜：《从"乡愁"出发——吴奕锜选集》，花城出版社2016年版。

30. 吴奕锜等：《新移民漫论》，作家出版社2005年版。

31. 许翼心：《香港文学考察》，花城出版社1996年版。

32. 颜敏：《在文学的现场——台港澳暨海外华文文学在中国大陆文学期刊中的传播与建构（1979—2002）》，中国社会科学出版社2011年版。

33. 杨奇主编：《香港概论》，中国社会科学出版社1996年版。

34. 朱崇科：《本土性的纠葛——边缘放逐·"南洋"虚构·本土迷思》（论文集），唐山出版社2004年版。

35. 朱崇科：《考古文学"南洋"——新马华文文学与本土性》，上海三联书店2008年版。

36. 朱崇科：《本土性的纠葛：边缘放逐·“南洋”虚构·本土迷思》，唐山出版社2004年版。

37. 朱崇科：《考古文学“南洋”：新马华文文学与本土性》，上海三联书店2008年版。

38. 朱崇科：《华语比较文学：问题意识及批评实践》，上海三联书店2012年版。

39. 朱崇科：《触摸鱼尾狮的激情与焦虑》，上海三联书店2015年版。

40. 庄钟庆等：《东南亚华文新文学史》，人民文学出版社2007年版。

41. 广州市社会科学界联合会编纂：《广州社会科学研究纵览（1991—2000）》，汕头大学出版社2004年版。

42. 《华文文学》（1985—2015），汕头大学台港及海外华文文学研究中心主办。

43. 《四海——港台与海外华文文学》丛刊，《世界华文文学丛刊》。

44. 历届世界华文文学国际研讨会论文集。

粤派批评丛书